Vor zwanzig Jahren wurde Carolines sechsjährige Tochter Hayley entführt und später tot aufgefunden. Der Täter wurde nie gefaßt.
Caroline ist über den Verlust ihres ersten Kindes und das Zerbrechen ihrer Ehe niemals wirklich hinweggekommen. Aber sie hat sich ein neues Leben aufgebaut. Sie ist glücklich verheiratet, sie hat zwei Kinder und näht nebenbei für den Designermöbelladen ihrer besten Freundin. Da beginnt genau an dem Tag, an dem Hayley fünfundzwanzig Jahre alt geworden wäre, der Alptraum erneut. Eine Kette unerklärlicher und erschreckender Ereignisse läßt Caroline fast an ihrem Verstand zweifeln. Ist Hayleys Mörder zurückgekehrt? Irgend jemand scheint es auf ihre achtjährige Tochter Melinda abgesehen zu haben ...

Carlene Thompson wurde 1952 in Parkersburg, West Virginia, geboren. Sie unterrichtete englische Literatur an der Universität von Rio Grande in Ohio. Sie lebt heute als freie Autorin in West Virginia und nimmt sich herrenloser Hunde an. Im Fischer Taschenbuch Verlag sind die folgenden Bände lieferbar: ›Heute Nacht oder nie‹ (Bd. 14779), ›Sieh mich nicht an‹ (Bd. 14538), ›Im Falle meines Todes‹ (Bd. 14835), ›Kalt ist die Nacht‹ (Bd. 14977), ›Vergiss, wenn du kannst‹ (Bd. 15235) und ›Glaub nicht, es sei vorbei‹ (Bd. 15946). Im Krüger Verlag liegen ihre beiden Romane ›Glaub nicht, es sei vorbei‹ und ›Frag nicht nach ihr‹ vor.

Unsere Adresse im Internet: www.fischerverlage.de

Carlene Thompson

Schwarz zur Erinnerung
Roman

Aus dem Amerikanischen
von Ann Anders

Fischer Taschenbuch Verlag

Limitierte Sonderausgabe
Veröffentlicht im Fischer Taschenbuch Verlag,
einem Unternehmen der S. Fischer Verlag GmbH,
Frankfurt am Main, Juni 2004

Die amerikanische Originalausgabe
erschien unter dem Titel ›Black for Rememberance‹
im Verlag Little, Brown & Company Ltd., Boston
© Paula Carlene Thompson 1991
Die deutsche Erstausgabe erschien im Februar 1993
© Fischer Taschenbuch Verlag GmbH,
Frankfurt am Main 1993
Gesamtherstellung: Clausen & Bosse, Leck
Printed in Germany
ISBN 3-596-50785-5

Für meine Familie

Dank an Casey Joe Smith

Prolog

Sie waren den Hügel hinaufgestiegen, der große, schlanke Mann und das kleine Mädchen mit der Clownpuppe im Arm. Blasse Figuren gegen die dunkelgrüne Baumwand in der Sommerdämmerung. Er hielt sie fest bei der Hand und beugte sich hinunter, um ihr etwas ins Ohr zu flüstern. Sie lachten. Er deutete auf eine Schaukel, die an Seilen vom Zweig einer mächtigen Eiche hing. »Willst du schaukeln?«

Sie nickte heftig, dann zögerte sie, und ihre blauen Augen sahen besorgt aus. »Es wird dunkel. Mami wird sich Sorgen machen.«

»Nein, bestimmt nicht, wenn du nur für ein paar Minuten schaukelst.«

Das kleine Mädchen überlegte einen Moment. Dann strahlte sie. »Gut. Schubst du mich an?«

»Tu ich das nicht immer?«

Sie legte behutsam ihre Clownpuppe auf den Boden, und er hob sie auf die Schaukel und legte ihre kleinen Hände sorgfältig um die alten Seile. Er ging hinter sie und stieß sie an, erst sanft, dann mit immer mehr Kraft, bis sie hoch durch die Luft flog und ihr goldenes Haar wehte.

Der durchdringende Schrei eines Tieres zerbrach die Stille. Der Mann wurde blaß, sein Kopf fuhr nach links. Seine Arme fielen zur Seite herab, und die Schaukel krachte in seinen Bauch und warf ihn zu Boden. Die Wucht warf das kleine Mädchen nach vorne auf Knie und Hände. Sie kroch zu dem Mann. »Was war das?« fragte sie mit zitternder Stimme und kauerte sich neben ihn.

»Etwas hat da geschrien.« Er fuhr mit der Hand über ihre glänzenden Haare. »Manchmal werden hier Fallen aufgestellt. Vielleicht hat sich statt eines Kaninchens ein Hund darin verfangen. Ich sollte es mal untersuchen.«

Sie stolperte über das Wort *untersuchen*, aber sie konnte spüren, wie seine Muskeln sich anspannten und sein ganzer Körper sich in die Richtung des Schreies lehnte. Sie ergriff sein Hemd. »Geh nicht!«

»Ich muß nachsehen, was los ist.« Er erhob sich und zog sie mit sich hoch.

»Ich hab Angst. Vielleicht ist es ein Wolf.«

Er setzte sie auf die Schaukel und legte ihr die Clownpuppe in den Arm. »Hayley, hier gibt es keine Wölfe. Hier ist unser Zauberwald, hast du das vergessen? Hier kann dir nichts passieren.« Ihre Augen blickten ihn groß an. »Ich bin in einer Minute zurück.«

Sie starrte ihm nach, als seine große, hagere Gestalt im Schatten der Bäume verschwand. Zunächst blieb sie steif sitzen und hielt ihre Clownpuppe fest gegen die Brust. Dann, sehr langsam, entspannte sie sich. Sie betrachtete ihre Knie, die nur leicht abgeschürft waren. Eins blutete ein bißchen. Sie leckte einen Finger an, um damit über die verletzte Haut zu fahren, und zuckte zusammen, als die Spucke auf der wunden Haut piekte. Als ihre Knie sie langweilten, schaute sie hoch. Der Himmel war noch nicht ganz dunkel, aber sie konnte schon die Mondsichel sehen und einen hellen Stern, von dem sie wußte, daß es gar kein Stern war, sondern die Venus. Was für ein hübscher Name, Venus, dachte sie. Sie wünschte, sie hieße Venus. In ein paar Wochen, wenn sie in die Schule käme, könnte sie zu der Lehrerin sagen: »Guten Tag. Ich heiße Venus.« Und die Lehrerin würde lächeln.

Es raschelte zwischen den Bäumen. Ihre Augen versuchten, in der Dunkelheit etwas zu erkennen, aber keine große, dünne Figur zeigte sich. Nichts als die purpurnen, dunkler werdenden Schatten der Dämmerung.

Dann hörte sie die Glöckchen. Helle Glöckchen, die fröhlich klingelten beim Näherkommen.

Hayley hielt den Atem an, als eine Gestalt aus dem Wald heraustanzte, in einem leuchtenden, bauschigen, rot und weiß gestreiften Satinkostüm. Das Gesicht war weiß geschminkt mit großen, roten Kreisen als Backen und schwarzen Rauten als Augen. Der Mund war ein großes, rotes Lachen. Orangefarbene Haare kräuselten sich unter einem weißen Hut, an dem die Glöckchen hingen. Ein Clown. Sie liebte Clowns.

Das Erstaunen des kleinen Mädchens löste sich in Entzücken auf. Daddy hatte gesagt, dies sei ein Zauberwald. Jetzt wußte sie, daß er recht hatte.

»Hallo! Du siehst genau wie Twinkle aus!« rief sie freudig und hielt ihre Puppe hoch.

Der Clown machte einen ungelenken Purzelbaum und fiel hin. Sie kicherte, als er schnell wieder aufstand und auf sie zu tanzte mit einer großen, ausgestreckten Hand in einem roten Handschuh.

Immer noch lachend, griff sie nach der Hand. Der Griff wurde fester, als der Clown sie von der Schaukel zog und sie vorwärts zerrte.

Sie stockte. »Tut mir leid, Clown, aber ich soll hierbleiben.«

Der Clown schüttelte den Kopf und zeigte auf die Bäume.

Ihre hellen Augenbrauen zogen sich zusammen, und ihr Mund spitzte sich nachdenklich. Dann rief sie: »Es ist eine Überraschung, nicht wahr? Daddy will, daß ich mit dir gehe!«

Der Kopf des Clowns nickte heftig auf und ab und brachte die Glöckchen lustig zum Klingen. Sein Fuß in dem leichten Schuh machte einen Doppelschritt, bevor er wieder fest an ihrer Hand zog.

Diesmal ging sie ohne Zögern mit. Sie lächelte, als der Clown sie in das Dunkel des Waldes führte.

1

»Warum hast du mir Erdnußbutter draufgeschmiert und nicht Frischkäse?«

Caroline Webb sah ihre achtjährige Tochter Melinda an, die kritisch zwischen die Scheiben Weißbrot schaute. »Daddy sagt, daß Frischkäse bis Mittag verdorben ist.«

»Jenny kriegt auch Frischkäse-Brote mit.«

»Jenny hat sich aber auch vor zwei Wochen den Magen verdorben.« David Webb richtete seine Krawatte vor dem Küchenspiegel, dann wandte er sich lächelnd zu seiner Tochter um. Seine zerfurchten Züge wurden weich vor Zärtlichkeit. »Und du willst doch nicht krank werden, oder?«

»Nein, will ich nicht.« Melinda packte ungeschickt ihre Brote wieder in die Folie ein und schaute in ihre Barbie-Pausentasche hinein. »Ist Kirsch-Limo in meiner Thermos?«

»Apfelsaft«, sagte Caroline.

»Iiih. Und wo ist mein Kuchen?«

»Ich hab dir statt dessen einen Müsliriegel eingepackt.«

Melinda stöhnte in größter Pein. Ihr Vater griff nach ihr und stupste mit seinen Fingern in ihre magere Seite. »Hör auf, ständig deine Mutter zu nerven, Kind.«

»Daddy, *laß* das!« lachte Melinda.

»Erst wenn du mir sagst, wie sehr du Müsliriegel magst.«

»Nein!« David kitzelte fester. »Gut, ich mag sie, ich *mag* sie!« quietschte Melinda. David ließ sie los, und sie fiel auf dem gelbweißen Linoleumboden zu einem keuchenden, kichernden Haufen in sich zusammen. George, der schwarze Labrador, kam angerannt, um sie mit Küssen zu bedecken, was einen weiteren hysterischen Ausbruch hervorrief.

»Was soll der Lärm?« Greg Webb, fünfzehn, schlenderte in die Küche, seine Haare waren noch naß von der Dusche.

»Mami hat mir Apfelsaft und Müsliriegel eingepackt«, erzählte Melinda in beleidigtem Ton, als sie aufstand.

»Hippie-Zeug«, verkündete Greg. »Das hat man in den Sechzigern gegessen.«

Caroline zog die Augenbrauen hoch. »Hier wird es immer noch gegessen. Und Melinda, wenn du Ballerina werden willst, mußt du gesund essen. Von Kuchen wirst du so dick, daß dich keiner mehr hochheben kann.«

»Bafischnirof kann es.«

»Baryschnikov. Und wenn du einmal Primaballerina bist, tritt der längst nicht mehr auf.«

»O Scheiße«, murmelte Melinda, dann wurde sie rot und fügte eilig hinzu: »Ich meine, schade.«

»Die Sonntagsschule scheint dem Kind ja wirklich gutzutun.« David ließ einen Kuß auf die kastanienbraunen Haare seiner Tochter fallen. »Kann man eigentlich die Lehrer dort verklagen?«

Caroline stellte den letzten Teller in die Spülmaschine und schloß die Tür. »Nein, verklagen kann man nur Ärzte.«

David verzog das Gesicht. »Erinnere mich nicht daran. Erst gestern abend habe ich den Scheck für die Versicherung zur Berufshaftpflicht unterschrieben.« Er warf sich den Regenmantel über. »Ich hau ab aus diesem Irrenhaus.« Er schlang den Arm um Carolines schlanke Taille. »Was steht bei dir heute an?«

»Ich bringe einige Sachen zu Lucy und geh dann einkaufen. Fidelia kommt heute.«

David rollte mit den dunklen Augen. »Warum müssen wir unter all den Putzfrauen in der Stadt ausgerechnet eine Voodoo-Anhängerin erwischen?«

»Nur weil sie von Haiti kommt, bedeutet das nicht, daß sie Voodoo praktiziert.«

»Aber sie fummelt immer mit Teeblättern rum.«

»Nicht mit Teeblättern, Daddy«, piepste Melinda. »Mit Tarockkarten. Fidelia sagt, ich bin der ›Bube der Kelche‹.«

»Bestimmt der Limo-Kelche.« Melinda kicherte, aber David blickte Caroline mißmutig an. »Ich weiß nicht, ob ich diesen ganzen Hokuspokus vor den Kindern mag«, sagte er in jenem altväterlichen Ton, der Caroline verrückt machte.

»Es ist doch nur zum Spaß«, erklärte sie und versuchte, ihre Irritation aus der Stimme zu halten. »Sie ist eine sehr anständige Frau. Sie war sogar Lehrerin in Haiti.«

»Und warum putzt sie dann hier?«

»Weil irgendwas mit der Anerkennung ihres Lehrerdiploms ist, und bis vor ein paar Monaten hatte sie ihren kranken Vater zu pflegen. Sie konnten sich kein Pflegeheim leisten, Fidelia mußte die meiste Zeit bei ihm bleiben. Sie ist gründlich und höflich. Sie bringt Melinda sogar etwas Französisch bei.«

»Und ich bin ein alter Nörgler.« David küßte sie auf die Wange. »Tut mir leid. Wenn du mit ihr zufrieden bist, so ist das am wichtigsten.«

Und so war es auch, wußte Caroline. Ihr Mann betete sie auf seine gedankenverlorene Art an, und er tat sein Bestes, ihre Toleranz gegenüber Leuten, die so ganz anders waren als sie, zu akzeptieren, auch wenn er es nicht verstand.

Caroline küßte David auf die Wange, die immer einen untergründigen Schatten dicker, schwarzer Stoppeln aufwies, der nicht mehr zu seinen überwiegend silbernen Haaren paßte. »Bring nicht zu viele Babys auf die Welt«, sagte sie liebevoll.

»Fällig ist kein einziges, aber das heißt ja nichts.« Er wandte sich an die Kinder. »Wer will zur Schule mitgenommen werden?«

»Ich!« Melinda klappte die anstößige Pausentasche zu. »Wenn Greg mit mir geht, trödelt er immer so lang, weil er den Mädchen nachguckt, und ich möchte früh da sein, um noch nach Aurora zu sehen.«

David runzelte die Stirn. »Wer in aller Welt ist Aurora?«

»Meine Bohnensprosse. Hab ich doch schon erzählt. Ich nenne sie Aurora, weil das Dornröschens richtiger Name war und meine Bohnensprosse immer noch schläft.« Sie sah unglücklich aus. »Die Sprossen der anderen Kinder wachsen alle schon.«

»Vielleicht kann Fidelia Aurora besprechen«, sagte Greg und schälte sich eine Banane trotz des gewaltigen Frühstücks, das er zwanzig Minuten zuvor verdrückt hatte.

»Bohnensprossen«, seufzte David. »Zu meiner Zeit lasen wir Shakespeare.«

»In der dritten Klasse?« fragte Caroline trocken.

»Ich war ein Wunderkind.«

»Laß dich von ihm nicht ärgern, Kleines«, sagte Greg zu seiner Schwester. »Als er in der dritten Klasse war, war Shakespeare noch gar nicht auf der Welt.«

David warf ein Geschirrtuch nach ihm, und Caroline lachte. Sie wußte, daß Witze über sein Alter David nichts ausmachten, auch wenn er mit sechsundfünfzig Jahren älter war als die Väter von Gregs Freunden. »*Du* kannst zur Schule laufen.« Er nahm Melinda bei der Hand. »Komm jetzt – bis wir endlich in der Schule sind, wird Aurora schon zwanzig Zentimeter groß sein.«

»Sehe ich euch nach der Schule?« fragte Caroline.

Melinda schüttelte heftig verneinend den Kopf. »Ich soll doch mit zu Jenny nachher. Ihre Mutter kocht Spaghetti.«

Caroline blickte skeptisch. »Holt ihre Mutter euch auch von der Schule ab?«

»Klar. Und sie bringt mich auch nach Hause.«

»Dann wird es ja wohl in Ordnung sein, obgleich ich dich lieber selbst abgeholt hätte.«

»Aber Mami, es ist doch schon alles verabredet.«

»Und ich habe Basketball-Training«, sagte Greg und warf die Bananenschale weg. »Dann gehe ich mit Julia Pizza essen.«

»Ich will, daß du um acht zu Hause bist.«

»*Acht* Uhr! Keiner von den anderen Jungs hat so blöde Polizeistunden wie ich.«

»Es ist mitten in der Woche, und wenn ich an deine Noten denke...«

»Acht *ist* ein bißchen früh«, sagte David. »Acht Uhr dreißig.«

Gregs Gesicht bekam den widerborstigen Ausdruck, an den man sich gewöhnen mußte, seit er die Pubertät erreicht hatte. »Na großartig. Um die Uhrzeit bin ich ja vor allen Werwölfen sicher.«

»Nicht bei Vollmond«, flötete Caroline, und Greg mußte unwillkürlich grinsen. Sie sah David an. »Sieht so aus, als ob wir beide allein sein werden.«

»Schatz, es ist Montag. Ich habe Abendsprechstunde.«

»O David, ich dachte, wir hätten entschieden, daß du nur Dienstag und Freitag abends in der Praxis bleibst. Drei Abende die Woche sind zuviel.«

»Ich weiß. Ich werde es auch reduzieren, sobald ich alles aufgearbeitet habe.« Caroline konnte sich nicht vorstellen, was »aufarbeiten« bedeutete. Es war eine von Davids üblichen Entschuldigungen, weil er nicht mit ihr über seine Arbeit diskutieren wollte, die ihn auffraß. Sie seufzte und gab auf. »Ich verspreche, ich bin um neun zurück«, sagte David.

»Sicher«, Caroline zwang sich zu einem Lächeln, wohl wissend, daß sie frühestens um zehn mit ihm rechnen konnte.

Alle vier gingen im Gänsemarsch hinaus in die Garage. Während David Melinda half, sich im Mercedes anzuschnallen, tippte Caroline auf den automatischen Öffner der Garagentür, und das große Tor surrte nach oben. Mit betonter Teenager-Nonchalance schlurfte Greg davon, ohne sich noch einmal umzuschauen. Aber Melinda winkte so heftig, während David rückwärts hinausfuhr, als ob sie sich für eine Reise nach Übersee verabschiedete.

Gott sei Dank hatte sie die Weinkrämpfe überwunden. Im letzten Frühjahr war sie deswegen regelmäßig an mindestens zwei Tagen in der Woche von der Schule nach Hause geschickt worden. Viel Aufmerksamkeit und Zeit zu Hause mit ihrer Mutter während des Sommers hatten vertrieben, was immer Melinda an Ängsten quälte und was zu offenbaren sie sich weigerte. Jetzt schien sie verhältnismäßig zufrieden mit der Schule zu sein, wenn auch ihre Lehrerin Miss Cummings berichtete, sie habe eine Tendenz zum Klammern. Vielleicht hat sie das von mir, überlegte Caroline. Ich war immer überfürsorglich bei ihr und Greg. Aber welche Mutter mit meiner Geschichte wäre das nicht?

Sie lächelte und winkte zurück. Dann schloß sie die Tür, goß sich eine zweite Tasse Kaffee ein und setzte sich an den Küchentisch, George lag ausgestreckt neben ihr.

Vor neun Jahren waren sie in dieses Haus gezogen, als Caroline erfuhr, daß sie mit ihrem zweiten Kind schwanger war, und sie hatte das Haus vom ersten Tag an geliebt. Aber besonders liebte sie ihre große, geräumige Küche mit der separaten Kochzeile und dem riesigen antiken Ahorntisch vor dem Fenster, das vom Boden bis zur Decke reichte. An diesem Morgen sah sie auf ihren breiten Rasen im Vorgarten hinaus, der immer noch grün war unter einem glyzinienblauen Oktoberhimmel. Weiße und gelbe Chrysanthemen ballten sich in dichten Beeten unterhalb des Fensters, und ein scharlachroter Kardinal hockte selbstgefällig auf der schmiedeeisernen Gartenlampe.

»Ich bin sehr glücklich«, sagte sie laut und lauschte auf das

Klopfen von Georges Schwanz auf dem Boden, während er sie anschaute. »Ich bin unglaublich glücklich. Wenn ich nur vergessen könnte...«

Ihr Magen begann sich gerade auf die so entsetzlich vertraute Art zu verkrampfen, als es an die Küchentür klopfte. Sie sprang auf, um zu öffnen, unheimlich froh, Fidelia zu sehen. »Ich bin früh dran. Zu früh? Ich kann noch wieder weggehen.«

»Unsinn. Ich bin froh, daß Sie da sind.« Fidelia trat ein, sie hatte Gänsehaut auf den bloßen Armen. »Wann werden Sie lernen, daß Sie nicht mehr in Haiti leben und sich warm anziehen müssen? Wie wäre es mit einem Kaffee zum Aufwärmen?«

»Klingt gut. Zucker, keine Milch.« Caroline liebte Fidelias weichen karibischen Akzent, dem selbst ein englischsprachiger, aus Ohio stammender Vater und mehrere Jahre in den Vereinigten Staaten nichts anhaben konnten. Sie bückte sich, und ihr verblichenes, rotbedrucktes Baumwollkleid verschob sich um ihre dünnen, bloßen Beine. »Allo, George, mein schöner Junge!« Der Hund rollte sich auf den Rücken, um am Bauch gestreichelt zu werden, was Fidelia lachend tat. »Unser großes Baby.«

»Sie wären überrascht, wieviel Schutz er bedeutet«, sagte Caroline und goß Kaffee ein. »Letztes Jahr hat ein Mann hier eingebrochen, während David nicht da war, und George hätte ihm beinahe die Hand abgebissen. Der Mann wollte uns dann tatsächlich verklagen, aber er ist damit natürlich nicht durchgekommen.«

»Sie können froh sein, in Ohio zu wohnen und nicht in Kalifornien. Ein Richter dort hätte ihm vielleicht geglaubt.«

Sie saßen am Tisch, und Fidelia sah Caroline prüfend an, mit ihren seltsamen hellblauen Augen in ihrem Milchkaffee-Gesicht. »Sind Sie heute morgen in Ordnung?«

»Natürlich.« Caroline lächelte. »Ja, zumindest bis vor zehn Minuten. Dann habe ich an etwas Trauriges denken müssen.«

»Ihr kleines Mädchen – Hayley?«

Caroline sah sie überrascht an. »Sie haben tatsächlich das zweite Gesicht.«

Fidelia schüttelte den Kopf. »Man braucht kein zweites Gesicht, um zu wissen, wenn eine Frau um ein Kind weint.«

»Aber ich habe Hayley Ihnen gegenüber nie erwähnt.«

»Ich lebe schon fünf Jahre in der Stadt. Ich habe viel reden gehört, besonders seit ich für eine andere Frau arbeite, die Sie kennt.«

Caroline blickte erneut auf die bunten Chrysanthemen. »Das hätte ich mir denken können. Sicherlich ist das Alice Andersons beliebtestes Thema, der Mord an meinem kleinen Mädchen und die Scheidung von Chris.«

»Ja, Mrs. Anderson, sie redet viel. Aber warum denken Sie heute an Hayley?«

»Ich denke immer an sie. Aber letzte Nacht habe ich von ihr geträumt. Es war ein schrecklicher Traum über ihren Tod.«

»Ich weiß«, sagte Fidelia sanft.

»Außerdem ist heute Hayleys Geburtstag. Ich lege immer Blumen auf ihr Grab an ihrem Geburtstag. Sie wäre heute fünfundzwanzig. So alt wie ich, als sie starb.«

Fidelia trug wunderschöne baumelnde Silberohrringe, die das Licht einfingen, als sie ihren Kopf schüttelte. »Schwer sich vorzustellen, Sie haben ein so altes Kind. Sie sehen aus wie fünfunddreißig.«

»Fidelia, Sie sind süß!«

»Man hat schon viel über mich gesagt, aber nie, daß ich süß bin.« Sie lachte, ein tiefes Raucherlachen mit ebenmäßigen weißen Zähnen gegen roten Lippenstift. Caroline hatte noch nie ihr Alter raten können – das glänzende, ungefärbte schwarze Haar ließ auf zwanzig tippen, die ledrige Haut auf sechzig Jahre in der Sonne. »Warum gehen Sie nicht aus und amüsieren sich.«

»Ich will zu Lucy Elders Laden.«

»Kaufen oder verkaufen?«

»Verkaufen.« *Elders Inneneinrichtungen* war der beliebteste Einrichtungsladen der Stadt. »Sie hat sechs Petit-point-Kissen und acht Crewel-Bezüge für die Eßzimmer-Stühle von Pamela Fitzgeralds neuem Haus bestellt.«

»Kenn ich nicht.«

»Sie heißt jetzt Burke. Sie ist mit Larry Burke verheiratet. Seinem Vater gehört Burkes Baufirma.« Caroline runzelte die Stirn. »Vielleicht bin ich deshalb heute so deprimiert. Pamela war in Hayleys Kindergartengruppe, aber ich habe nicht mehr an sie gedacht, bis Lucy vor kurzem über sie sprach. Jetzt muß ich dauernd daran denken, daß, wenn die Dinge anders gelaufen wären, vielleicht Hayley heute mit einem reichen jungen Mann verheiratet wäre und ein großes, neues Haus einrichten würde.«

»Man kann sein Schicksal nicht neu ausprobieren.«

»Ich habe nie an Schicksal geglaubt, Fidelia. Das Leben schien mir eher vom Zufall regiert zu sein.« Sie leerte ihre Tasse. »Großer Gott, jetzt werde ich auch noch philosophisch. Es wird Zeit, daß ich mal rauskomme.«

»Gehen Sie«, sagte Fidelia. »Und haben Sie Spaß. Ich putze, bis alles glänzt, und schließe zu, wenn ich fertig bin.«

Caroline ging nach oben, nahm eine Dusche, wusch ihr Haar und rollte es nach dem Trockenföhnen auf heiße Wickler. Es war schulterlang und leicht gewellt, obwohl sie sich seit kurzem überlegte, ob ihrem Alter nicht eine andere Frisur angemessen wäre, auch wenn ihr Haar noch leuchtend kastanienbraun war mit nur einzelnen grauen Haaren dazwischen, die sie immer ausriß. Sie sagte sich, daß sie es für David lang trug, aber sie wußte, daß es ihm egal war. Chris war es, der vor Jahren ihr dichtes, damals hüftlanges Haar geliebt hatte. Chris, der sie nackt gemalt hatte, wie sie auf dem Bett saß und eine Bürste mit Silberrücken durch den sie halb verhüllenden Schleier von rostfarbenen Strähnen zog.

Sie wischte ein Guckloch in den Dampf auf dem Spiegel. »Caroline, heute bist du eine trübe Tasse«, sagte sie grinsend. »Du solltest in einem weißen, wehenden Gewand umherschreiten, mit einer Kerze in der Hand.« Dann erstarb das Grinsen, und sie schaute genauer hin. Fidelia hatte recht – sie sah nicht aus wie vierundvierzig, was ihr ein Gefühl mangelnder Reife gab. Warum zeigten sich, nach allem, was sie durchgemacht hatte, auf ihrer blassen Stirn nur feine Linien, waren ihre Augen immer noch so grün und klar wie vor zwanzig Jahren? Melinda wird so wie ich aussehen, wenn sie vierundvierzig ist, dachte sie. Melinda ist mein Ebenbild.

Eine halbe Stunde später lud sie, bekleidet mit braunen Wollhosen, einem leuchtend gelben Pullover und einer Tweedjacke, die Kissen in ihren Thunderbird und winkte Fidelia zum Abschied, deren langer, ruhiger Blick ihr in der Ausfahrt folgte.

Caroline ließ das Autofenster herunter und sog die frische

Luft ein, die so kristallblau schmeckte wie der Himmel. Die Sonne war zum blassen Gelb des Herbstes geworden, und die Bäume leuchteten golden und rot. Sie fuhr an der Grundschule vorbei und blickte hinüber zu dem Raum, in dem Melindas dritte Klasse saß. Ausgeschnittene Zeichenpapierblätter schmückten die Fenster, und eine Kürbislaterne grinste sie an. Das erinnerte sie daran, daß in zwei Tagen Halloween war. Sie mußte noch die letzten Stiche an Melindas Kostüm machen und durfte nicht vergessen, genug Süßigkeiten für die Horden von Kindern auf Lager zu legen, die die Straße auf und ab ziehen würden bis um neun Uhr abends, dem Zeitpunkt, zu dem alle Gespenster der Stadt zu Hause zu sein hatten.

Caroline tankte und goß Öl nach, dann fuhr sie zum Einrichtungshaus *Elders*. Wie stets fuhr sie nach hinten auf den kleinen Parkplatz, wo Lucys weiße Corvette und der Volkswagen ihrer Assistentin Tina Morgan im Schatten parkten. Sie manövrierte den Thunderbird neben einen Baum, um die anderen Autos nicht zu behindern. Sie konnte schnell wegfahren, wenn jemand heraus mußte, aber sie bezweifelte, daß die junge Tina darum bitten würde – der Laden schien ihr Leben zu sein. Lucy erzählte, daß sie um halb acht morgens kam, sich das Mittagessen mitbrachte und gewöhnlich erst nach sechs wieder ging. Caroline hatte selbst gesehen, wie unermüdlich Tina war, als Lucy vor einigen Monaten das Haus der Webbs einrichtete. Tina schien immer dazusein – die Fenster vermessend, Vorschläge machend, mit Caroline hartnäckig über Tapetenmuster und Farbkarten brütend, bis Caroline schließlich einfach mit geschlossenen Augen auf Muster gedeutet und Lucy heimlich gebeten hatte, die schlimmsten Fehler zu verhindern. Trotz ihrer Intensität war Tina schön und lebhaft. Als sie schließlich die Arbeit abgeschlossen hatte, war Greg in sie verliebt, und Melinda gab bekannt, daß außer Mami und Lucy Tina ihr liebstes erwachsenes Mädchen sei.

Caroline öffnete die Hintertür und betrat den Lagerraum, der dunkler als sonst war. Eine Neonröhre an der hohen Decke war ausgegangen, und die andere summte schwach und tauchte den Raum in blaue Blässe. Plötzlich fühlte sich Caroline unwohl in der Düsternis, und sie ging schneller. Sie versuchte, allen Tischbeinen auszuweichen, die sie über ihren Säcken voller Kissen und Bezüge kaum ausmachen konnte. Sie war fast schon beim Ausstellungsraum, als sie über ein Fußpolster stolperte, seitwärts fiel und heftig auf der Hüfte landete.

»Verdammt!« murmelte sie, griff nach den Kissen, die herausgefallen waren, und lächelte, als sie sah, daß sie nicht schmutzig geworden waren. Sie stopfte sie in die Säcke zurück, als das Gefühl, beobachtet zu werden, ihr Rückgrat bis zum Nacken hinaufkroch. Sie saß still da und blickte sich um: »Lucy? Tina?«

Niemand antwortete, aber jemand beobachtete sie. Sie fühlte eine Gegenwart in dem Raum ebenso heftig, wie sie das Pochen in ihrer Hüfte spürte. Das einzelne Neonlicht zischte und erlosch. Caroline blickte in völlige Dunkelheit. »Jemand da?«

Wer immer es war, hatte nicht die Absicht zu antworten, und Caroline war ebenso genervt von ihrem klopfenden Herzen und der plötzlichen Kälte wie von der Dunkelheit. »Nimm dich zusammen«, murmelte sie und kam auf die Beine. Ihre Säcke an sich gepreßt, begann sie sich vorsichtig um die Möbel herumzutasten zu dem Lichtspalt, wo die Doppeltür zum Ausstellungsraum führte.

Dann hörte sie es. Ein leises Flüstern: »Mami?«

Caroline wurde steif. Sie kannte diese Stimme, auch wenn es nur ein Flüstern war. »Hayley?«

Diesmal war die Stimme lauter. »Mami, ich brauch dich.«

»Hayley?« Caroline schaute sich wild um, obgleich sie nichts als Grau erkennen konnte. »Hayley, bist du da?«

Schweigen, aber ein zwingendes Schweigen, das in ihren Ohren dröhnte und auf ihren Magen drückte.

Carolines Zunge fuhr über ihre trockenen Lippen. »Hayley, Liebling, wo bist du?« fragte sie, während die Vernunft ihr sagte: Das ist verrückt. Hayley ist tot.

Das Licht ging mit einem leichten Summen wieder an.

Caroline stand zitternd da, ihr Blick schoß in jede Ecke und die breite Treppe zum zweiten Stockwerk hoch. Aber was es auch gewesen war, es war verschwunden. Das Schweigen wurde wieder leer, und keine Augen blickten mehr auf ihren Körper. Sie stöhnte kurz auf und rannte Hals über Kopf in den Laden.

Die Türen flogen auf und knallten gegen die Wand, als sie in den Ausstellungsraum hineinplatzte. Eine junge Frau in einem strengen grauen Kostüm drehte sich um und schaute sie mißbilligend über riesengroße Brillengläser an. Caroline lächelte sie nervös an und sah sich im Raum um.

»Miss Elder ist oben«, verkündete die Frau, während sie sie vorsichtig musterte. »Sie ist mit Miss Morgan hinaufgegangen, um einige Stoffproben für mich zu holen.«

Sie betonte das »für mich«, um Caroline klarzumachen, daß sie, auch wenn sie wie ein Wirbelwind hereingeplatzt war, nunmehr abkühlen könne, bis Lucy und Tina Wichtigeres erledigt hatten.

Also war auch keine von beiden im Lagerraum, dachte Caroline, als sie an der Frau vorbeiging und ihre Säcke auf einen Hepplewhite-Eßtisch legte. Aber natürlich, wären es Lucy oder Tina gewesen, hätten sie ihr geantwortet. Und sicherlich hätten sie nicht in der Dunkelheit herumgelungert und *Mami* geflüstert.

Mit Hayleys Stimme.

Hör auf! Das war nicht Hayleys Stimme, sagte Caroline energisch zu sich. Dieser furchtbare Traum von Hayley spukt noch in deinem Kopf herum.

Sie setzte sich auf einen ungepolsterten Schaukelstuhl im Boston-Stil und holte tief Luft, um sich zu beruhigen. Sieh dir den Laden an, befahl sie sich selbst und ignorierte die neugierigen Blicke der Frau im grauen Kostüm. Schau dir all die hübschen Dinge in Lucys Laden an und halte deine wilden Phantasien im Zaum.

Sie zwang sich, die erlesenen Möbel anzuschauen, die in dem großen Ausstellungsraum kunstvoll arrangiert standen. Sie erinnerte sich, wie Lucy das Geschäft vor zwanzig Jahren eröffnete. Jeder hatte erwartet, daß sie pleite ging; ganz sicher, daß hinter ihrer unkonventionellen, bohemehaften Art kein Funke Geschäftssinn sei. Und Chris war natürlich entsetzt gewesen, daß sie ihre beeindruckenden künstlerischen Talente »verschleuderte« beim »Handel mit Wohnzimmereinrichtungen und Schnickschnack für Aufsteiger«.

Was für ein Snob Chris gewesen ist, dachte Caroline milde. Aber er trug das Kinn natürlich hoch in jenen Tagen, in denen ein bekannter Kunstkritiker verkündet hatte, daß »Christopher Corday eines Tages der erste Landschaftsmaler in diesem Land sein wird, wenn er es nicht schon heute ist«. Sie war seinetwegen aufgeregt gewesen, froh, ihren Eltern sagen zu können: »Ich habe euch immer gesagt, daß er wunderbar ist, auch wenn ihr gegen ihn wart oder dagegen, daß ich ihn mit achtzehn geheiratet habe.« Und sie hatte gewußt, daß die Jahre, in denen sie als Empfangsdame bei David gearbeitet hatte, statt aufs College zu gehen, es wert gewesen waren. Sie hatten Chris die Freiheit zum Malen verschafft, ohne die Last einer langweiligen Stelle, die ihn nur anöden würde. Ja, sie trugen das Kinn hoch, als Lucy ihren ersten kleinen Laden eröffnete.

»Caroline!« Sie sah auf und erblickte Lucy, die oben auf der Treppe stand, den Arm voller Stoffproben. »Ich wußte nicht, daß du da bist.«

»Ich glaube, ich bin etwas früh«, sagte Caroline, während sie bemerkte, daß die Frau im grauen Kostüm entschlossen auf die Treppe zusteuerte, voller Angst, die etwas Verrückte im gelben Rollkragenpullover würde sich vordrängeln. »Bedien erst deine Kundin, und dann spendiere ich dir ein Mittagessen.«

Lucy lächelte. »Fantastisch. Ich bin am *Verhungern*.«

Gute alte Lucy, die immer zu Übertreibungen neigte, dachte Caroline. Sie war nie nur hungrig; sie war am *Verhungern*. Sie war nie nur müde; sie war *erschöpft*. Und sie war nie nur ängstlich; sie war *entsetzt*. Wäre sie entsetzt gewesen in einem dunklen Lagerraum, wo ein Kind, das schon lange tot war, um Hilfe geweint hatte?

Caroline fühlte ein Zittern in sich. Sie würde Lucy erzählen, was ihr passiert war, und Lucy würde ihr alles mögliche über die komische Akustik im Lagerraum erzählen und ihr genau beschreiben, welches Geräusch so verzerrt worden war, daß es der Stimme eines kleinen Mädchens ähnelte. Caroline hatte gelernt, sich auf Lucys pragmatische Interpretation des Lebens zu verlassen. Lucy, die immer eine Menge Leute verblüffte durch die Art, wie sie sich kleidete. Sie blickte hinüber zu ihrer Freundin, die gerade geduldig der Kundin eine Stoffprobe nach der anderen zeigte. Sie sahen zusammen lachhaft aus; die eine ganz strenge Linie, glattes Haar, zurückhaltendes Make-up, eine Studie in neutralen Tönen; die andere ein Regenbogen in Purpur, Grün und Gold mit zerzaustem, kupferfarbenem Haar und herrlichen, stark betonten, violetten Augen in einem ausgesprochen markanten Gesicht. Mit ihrem Make-up und ihrer Kleidung war sie auffällig attraktiv und sah genauso unkonventionell aus wie vor dreiundzwanzig Jahren, als Chris sie miteinander bekannt gemacht hatte.

Chris hatte eines Abends Lucy zum Essen nach Hause gebracht mit den Worten: »Caro, das ist Lucille, eine alte Freundin. Ich habe sie heute im Mallory Park gesehen, sie hat völlig versunken den alten Mallory gemalt. Ich dachte, ›Wie kann dieser scheinheilige Bussard sie so faszinieren, daß sie ihn malt und dabei auch noch so *inbrünstig* aussieht?‹ Dann stand ich hinter ihr und sah, daß sie den alten Knacker nackt malte, stell dir vor. Da sagte ich zu mir: ›Lucy hat sich kein bißchen verändert. Ich muß sie mit nach Hause nehmen und sie Caroline und dem Baby vorstellen.‹«

Lucy hatte lauthals gelacht, als Caroline sie zögernd anlächelte. »Ich bin eigentlich nicht pervers, Caroline. Es ist nur so, daß mein Kunstlehrer mich *zwang*, diesen Tribut an Mallorys Ego abzuleisten, also beschloß ich, ihn zu schockieren, indem ich nur noch das male, was mich wirklich interessiert.« Statt dessen hatte sie ein Ungenügend in der Klasse bekommen, was sie aber mit Fassung zu tragen schien wie die meisten Zurückweisungen, aber Caroline war immer der Meinung, daß diese schlechte Note mit schuld daran war, daß Lucy sich von der Malerei abwandte.

»Ich bin fertig«, sagte gerade Lucy. »Caroline, geht es dir gut?«

Carolines Blick sprang zu Lucy hoch, die barfuß fast einen Meter achtzig maß. »Sicher, mir geht es gut. Nur ein bißchen nervös heute.«

»Laß uns darüber reden.« Lucy berührte Carolines Haar und lächelte. Vor vielen Jahren waren diese kleinen physischen Zeichen der Zuneigung Caroline unangenehm gewesen; jetzt war sie daran gewöhnt. »Wohin willst du essen gehen?«

»Wie wär's mit Zeppo's?«

»Das Lokal in der alten Feuerwache, wo all die jungen Leute hingehen und die Kellner die Stange mit einer Torte herunterrutschen, wenn jemand Geburtstag hat, wo es die riesigen fetten Hamburger gibt? Klingt *wunderbar*.«

Caroline bemerkte Tina, die die Treppe herunterkam. Ihre langen, glatten, schwarzen Haare leuchteten unter dem Licht, ihr schlanker Körper zeichnete sich unter den geradegeschnittenen schwarzen Hosen und der weißen Seidenbluse ab. Ihre Gesichtszüge, von den hohen Backenknochen, der geraden Nase und den großen dunklen Augen zu den perfekten rosa geschminkten Lippen, waren von klassischer Schönheit. Caroline hatte sich schon oft gefragt, ob sie je daran gedacht hatte, Fotomodell zu werden.

»Tina, Lucy und ich gehen zu Zeppo's zum Mittagessen«, sagte sie spontan. »Möchten Sie nicht mitkommen?«

Tinas Lächeln blitzte auf. »Danke, Mrs. Webb, aber ich muß im Laden bleiben«, sagte sie mit ihrer leicht rauhen Stimme, die Caroline immer an Kathleen Turner erinnerte.

»Ich glaube nicht, daß wir bankrott gehen, wenn wir den Laden für eine Stunde zumachen«, sagte Lucy und blickte sie ermutigend an. »Komm mit, es wird Spaß machen.«

»Lucille, genau in der Stunde, in der wir geschlossen haben, wird Jackie Onassis vorbeikommen mit dem Auftrag, all ihre Häuser neu einzurichten.«

Lucy verzog das Gesicht. »Klar, und Königin Elizabeth gleich hinterher. Aber wenn du entschlossen bist, dein Leben der Arbeit zu widmen, kann ich auch nichts dagegen tun. Soll ich dir was mitbringen?«

»Nein. Ich habe mein Mittagessen schon dabei.«

»Wahrscheinlich so etwas Köstliches wie Thunfisch und hartgekochte Eier«, sagte Lucy zu Caroline. »Sie ißt nichts.«

Tina blinzelte ihr zu. »Wir sind nicht alle so dünn von Natur aus wie du.«

»Mager, meinst du. Und glaube mir, wenn ich durch hartgekochte Eier eine Figur wie die deine bekäme, würde ich nie wieder einen Hamburger anfassen. Aber leider...« Ihre Augen starrten nach vorne zum Schaufenster. »O Teufel, da ist die alte Mrs. Edwards, und wenn ich mich nicht sehr täusche, hat sie diesen häßlichen, mottenzerfressenen Fetzen Brokat bei sich. Er ist ungefähr hundert Jahre alt, und sie war schon mindestens fünfmal da, um was dazu Passendes zu finden, aber nichts gefällt ihr. Sie kann sich nicht einmal mehr daran erinnern, daß sie schon mal da war.«

Tina grinste. »Ihr zwei verschwindet. Ich übernehme Mrs. Edwards.« Sie ging nach vorne durch den Laden, Freude in ihrer Stimme. »Hallo, Mrs. Edwards, wie schön, Sie zu sehen. Haben Sie etwas mitgebracht?«

»Stoff, meine Liebe«, sagte die alte Dame mit zitternder Stimme und hielt das Stück hoch. »Ich habe es gerade gefunden. Ich dachte, vielleicht haben Sie etwas, was dazu paßt, und können mir Vorhänge daraus machen wie die, die wir im Haus meines Großvaters hatten.«

»Wir schauen uns mal die Musterbücher an und gucken, was wir da finden. Meine Güte, ist das nicht wunderschön? Jetzt müssen Sie sich hier in den bequemen Stuhl setzen, und ich bringe die Bücher herunter. Und wie wäre es mit einer Tasse Tee?«

Lucy schüttelte voller Erstaunen den Kopf. »Sie ist ein absolutes Juwel, Caroline. Nicht nur talentiert, sondern auch noch unglaublich geduldig mit unseren unangenehmsten Kunden. Und apropos unangenehme Kunden, hast du die Sachen für Pamela mitgebracht?«

Caroline hatte schon fast vergessen, warum sie gekommen war. Sie holte die Säcke vom Eßtisch und zog Kissen und Sitzbezüge heraus, pfirsichfarben und türkis bestickt.

»O Caro, die sind wunderschön!« Lucille hielt sie hoch. »Phantastische Arbeit!«

»Laß uns hoffen, daß Pamela sie mag. Du hast ja gesagt, daß sie ständig nörgelt.«

»Ich glaube, ich habe Schlimmeres gesagt. Sie ist unmöglich, aber ich weiß nicht, was sie hieran aussetzen könnte. Komm doch mit mir, wenn ich sie abgebe. Wir gehen vor dem Essen bei ihr vorbei, dann habe ich auch eine gute Entschuldigung, mich gleich wieder loszueisen.«

Die kleine Pamela Fitzgerald. Caroline hatte sie nicht mehr gesehen, seit sie im Kindergarten war. Selbst damals hatte sie Pamela nicht gemocht, und nach allem, was sie ab und zu von Lucy hörte, hatte die Zeit ihre Persönlichkeit auch nicht liebenswerter gemacht. Trotzdem, es würde spannend sein, ihr wieder zu begegnen – sie war ein wunderschönes Kind gewesen. Und sie wußte, daß Lucy ihr das Haus der Burkes zeigen wollte, das sie gerade einrichtete. »Nun gut«, sagte sie schließlich, »aber denk daran, wir sind beide hungrig. Ich will dort nicht stundenlang herumstehen, und ich will ganz bestimmt nicht Pamela zum Lunch einladen.«

»Leichter gesagt als getan«, lachte Lucy schulterzuckend. »Das Mädel hat eine Art, immer das zu kriegen, was sie will.«

2

Pamela Fitzgerald Burke öffnete die schwere Teakholztür ihres herrlichen Hauses am Berghang und lächelte anmutig. »Hallo, Lucille.«

»Hallo. Ich habe eine Freundin mitgebracht. Das ist Caroline Webb.«

Pamela blinzelte, lange, gebogene Wimpern strichen wie brauner Samt über ihre Augen. »Mrs. Webb?«

»Ja. Wir haben uns vor langer Zeit einmal kennengelernt, Pamela, bei einem Kindergarten-Picknick im Frühling.«

Caroline überlegte, ob sie sich bloß einbildete, daß Pamelas Gesicht Farbe bekommen hatte. »Jetzt erinnere ich mich.«

»Wirklich? Das ist erstaunlich.«

»Ich habe ein gutes Gedächtnis. Außerdem haben Sie sich nicht verändert. Sie hießen damals noch Corday.« Sie zögerte, dann lächelte sie wieder. »Warum kommen Sie nicht herein? Ich habe gerade Tee gemacht.«

»Wir können nicht lange bleiben, Pam«, sagte Lucy. Schon als Kind hatte das Mädchen es gehaßt, wenn man sie Pam nannte. Lucy hatte Caroline offenbart, daß eine der wenigen Möglichkeiten, Pamelas arrogante Art zu ertragen, für sie darin bestand, ihren Namen abzukürzen.

»Wenn wir nicht ein kleines Vermögen bei diesem Job verdienten, würde ich sie sonstwohin schicken«, hatte Lucy gesagt. »Aber so kann ich mich nur mit kleinen Sticheleien rächen.«

Pamela führte sie in ein weiträumiges Wohnzimmer mit einer Decke, die wie in einer Kathedrale anstieg. Glänzendes Eichenparkett erstreckte sich zu einem Kamin aus Felsgestein, in dem man einen Ochsen hätte rösten können. Die Glaswände enthüllten einen Panoramarundblick auf herbstfarbene Hügel und auf die Stadt darunter. Sie tappten über einen groben Flachsteppich, der ein Vermögen gekostet haben mußte, dachte Caroline. Pamela forderte sie durch eine Handbewegung auf, Platz zu nehmen, bevor sie ihren gertenschlanken Körper S-förmig auf den unglaublich langen, vanillefarbenen Bogen der Couch gegenüber drapierte, wobei sie eine Pfirsich-und-Sahne-Wange gegen ihre Hand lehnte und genau wußte, wie hübsch sie aussah.

»Pamela, Ihr Haus ist wundervoll«, sagte Caroline zu ihr.

»Mein Mann hat es entworfen. Er ist sehr talentiert, er ist kein einfacher Bauarbeiter, wie die Leute hier denken.«

»*Ich* habe nie gedacht, daß der Erbe von Burkes Baufirma ein einfacher Bauarbeiter wäre«, Lucy lachte. »Aber laß uns mit dem Geschäftlichen anfangen. Caroline hat die Sachen fertig, die du bestellt hast.« Pamela rührte sich nicht, sie bewegte nur ihre Augen und sah hinunter zu den Säcken, in die Lucy ihre Hand hineinsteckte. »Schau dir doch nur die Kissen an«, sagte sie aufgeregt. »Das Türkis nimmt genau die Farbe von dem samtbezogenen Ohrensessel auf.« Sie warf Pamela eines der Kissen zu. Es knallte der jungen Frau ins Gesicht und fiel auf den Boden. Lucy wurde rot. »Das tut mir leid. Ich dachte, du würdest es fangen.«

Sogar Caroline konnte die Besorgnis in ihrer Stimme hören, aber Pamela betrachtete sie kalt. »Ich mag nicht Fangen spielen. Ich ziehe es vor, mir die Sachen reichen zu lassen.«

»Tut mir leid...« Lucy lehnte nach vorne, hob das Kissen auf und legte es sanft in Pamelas ausgestreckte, beringte Hand.

»Danke«, sagte sie steif. Sie betrachtete das Kissen. »Ganz nett.«

Caroline hatte den Eindruck, daß sie voller Dankbarkeit vor der Königin auf die Knie fallen sollte. Sie war leicht amüsiert und traurig. Offensichtlich war Pamela einfach zu der Erwachsenenversion des bildschönen, hochnäsigen kleinen Mädchens herangewachsen, das sich über Hayley lustig gemacht hatte, weil sie in einem Blockhaus lebte, und das »versehentlich« ein Loch in das Bild kanadischer Wildgänse im Flug gebohrt hatte, das Chris für beider Kindergärtnerin zum Abschluß gemalt hatte.

»Ich liebe die Farben«, beharrte Lucy.

»Ja«, sagte Pamela träge. Dann zogen sich ihre geschwungenen Augenbrauen sorgenvoll zusammen. »Aber ich weiß nicht, ob wir nicht lieber Braun und warmes Orange hätten nehmen sollen.«

»Braun und Orange!« schnappte Lucy. »Aber du hast doch gesagt, daß du diese Farben liebst. Unsere ganze Farbzusammenstellung ist darauf aufgebaut.«

»Sicher. Aber jetzt weiß ich einfach nicht...«

Lucy holte tief Atem und sah ernst drein. »Erdfarben sind aus der Mode. Völlig out.«

»Tatsächlich? Na... ja.« Offensichtlich war damit die Sache für Pamela entschieden, ohne Rücksicht auf ihren eigenen Geschmack. Caroline fing ein flüchtiges Lächeln des Triumphs bei Lucy auf. »Zumindest sind die Farben interessant«, sagte Pamela großzügig.

Lucy preßte vor Verärgerung die Lippen zusammen. »Wie gesagt, wir können nicht bleiben. Tina wird vorbeikommen und die Bezüge für die Eßzimmerstühle anbringen.«

»Oh, aber ich wollte dich noch wegen der Farbe des Teppichs im Schlafzimmer fragen. Das Bahamabraun ist beruhigend, aber ich weiß nicht, ob es mir nicht bald über wird.«

»Aber im Moment magst du es doch noch, also verschieben wir die Entscheidung, nicht wahr, Pam?« Caroline blickte zu Boden. Wenn Lucy Ausdrücke wie »nicht wahr« gebrauchte, war sie ziemlich geladen. Lucy stand auf. »Caroline und ich müssen jetzt wirklich gehen.«

Pamela erhob sich von der Couch wie eine Katze, die sich im Sonnenschein reckte. »Nun gut, ich denke, über den Teppich können wir später reden. Da ist auch noch die Wandfarbe im zweiten Gästezimmer...« Sie sah von einer zur andern. »Geht ihr jetzt essen?«

»Nein, zum Arzt«, sagte Caroline schnell. »Zum Augenarzt. Lucy fährt, weil ich Tropfen in die Augen bekomme.«

Muß ich denn so übertreiben? überlegte Caroline, als Pamelas samtener Blick sie traf und die Lüge aufzuspüren schien. »Ich verstehe«, sagte sie ausdruckslos. »Übrigens, Mrs. Corday, ich besitze ein Bild Ihres Mannes, das ich noch nicht aufgehängt habe. Es ist ein Ölbild, Sonne, die durch ein kaputtes Scheunendach fällt auf einen Schneehaufen an einem rostigen Stacheldrahtzaun. Mir gefällt es ja nicht besonders, aber Lucy sagt, es sei gut.«

»Es ist wunderbar! Der Wechsel von Licht und Schatten. Die Genauigkeit im Detail. Die Atmosphäre der Ruhe...« Lucys

Stimme war viel zu hoch und brach unglücklich ab nach dem letzten Klischee.

Caroline lächelte. »Chris und ich sind schon lange nicht mehr verheiratet, aber Sie können sich glücklich schätzen, von ihm ein Bild zu besitzen, Pamela. Er ist ein brillanter Künstler.«

»Sie wird noch mit achtzig ein Ekel sein«, fauchte Lucy, als sie vom Haus wegfuhren. »Sie hat Chris aus schierer Biestigkeit erwähnt, weil wir sie nicht zum Mittagessen eingeladen haben.«

Caroline sah auf den weiten Besitz mit den leuchtend verfärbten Bäumen. Das Haus war wirklich einsam gelegen, dachte sie, fast wie der Ort, an dem sie und Chris früher lebten. »Es ist vermutlich nicht allein ihre Schuld, Lucy. Wie ich gehört habe, hat sie von ihren Eltern alles bekommen außer Zeit und Zuwendung. Ihr Vater ist von seiner Arbeit besessen, und ihre Mutter ist Mitglied in jedem Club in der Stadt, außer im Bowling-Verein.«

»Ihre Mutter *kann* gar nicht zum Bowling-Verein gehören. Sie ist so massig wie ein Walfisch«, sagte Lucy gehässig. »Hoffentlich sieht Pamela in ein paar Jahren aus wie sie.«

»Lucy, du bist furchtbar.«

»Ich sage nur, was du nicht sagst, weil du einfach zu nett bist. Aber ehrlich, sie tut mir auch ein bißchen leid, obwohl ich das Gefühl zu unterdrücken versuche. Sie ist ein solcher Kotzbrokken, daß sie überhaupt keine Freunde hat. Es ist ein Wunder, daß sie Larry gefunden hat.«

»Wahrscheinlich gibt's auf jeden Topf einen Deckel.«

»Und es war klar, daß Pamela einen reichen Deckel findet.«

Caroline lachte, und Lucy schaute sie an. »Wenigstens bist du jetzt besserer Laune. Willst du mir erzählen, was los war?«

Caroline zog sich plötzlich in sich zurück. In Lucys strahlender Gesellschaft hatte Hayleys Stimme im Lagerraum ihre Realität verloren. »Vorhin habe ich gedacht, ich würde ein Kind im Lagerraum hören.«

Lucy runzelte die Stirn. »Ein Kind? In *meinem* Lager? Ich muß doch noch mehr darauf achten, die Türen zu verschließen! Ich war einfach so in Hetze nach der heutigen Lieferung.«

»Es gab kein Kind, Lucy. Es war meine Einbildung. Die Lichter gingen aus, dann dachte ich, ich würde... Hayley hören.«

»Oh.« Caroline sah, wie Lucys Hand fester um das Steuer griff.

»Es ist ihr Geburtstag, Lucy.«

»Ich weiß. Ich habe heute Blumen auf ihr Grab gelegt.«

»Ja, nun... Der Verstand kann einem komische Streiche spielen, nicht wahr?«

»Besonders an einem Tag wie heute.« Lucys Augen wandten sich ihr zu. »Aber, Caro, wenn du meinst, du hast Hayley gehört, *war* das deine Einbildung. Du weißt das, nicht wahr?«

»Ja, habe ich doch schon gesagt.«

»Ja, hast du. Aber ohne große Überzeugung.«

»Na ja, es waren weder du noch Tina.«

»Nein, normalerweise lungere ich nicht in Lagerräumen herum, um dich zu erschrecken. Und Tina hat mir geholfen, als du ankamst.«

»Dann habe ich es mir eingebildet, es sei denn, ein Kind hat sich da wirklich versteckt.«

»Also, nur um sicherzugehen, werde ich Tina vom Restaurant aus anrufen und sie bitten, das Lager zu überprüfen und die Türen zu verschließen. Ich möchte keine klebrigen Dauerlutscher in den Polstern meiner antiken Möbel finden.«

»Du möchtest auch nicht, daß etwas gestohlen wird.«

Lucy nahm einen tiefen Zug aus der Zigarette, die sie sich angezündet hatte, kaum waren sie im Auto gewesen, und Caroline sagte, um schnell das Thema zu wechseln: »Ich möchte gern wissen, wieso Pamela sich daran erinnert hat, daß ich mal mit Chris verheiratet war.«

»Er ist ziemlich bekannt hier, Caro. Und du auch, denn du warst seine Frau, als Hayley starb.«

»Vermutlich hast du recht.« Ihre Nase fing vom Zigarettenrauch an zu kitzeln. »Malt Chris im Moment viel?«

»Mehr als in den Jahren zuvor. Ich vertreibe einiges von ihm, aber eigentlich gehört er in eine Galerie. Ich habe jetzt ein besseres Gefühl, was ihn betrifft. Wenn er die Frauen in Ruhe läßt, schafft er es auch wieder.«

Caroline seufzte. »Chris und die Frauen.«

»Sie dienten ihm zur Flucht nach Hayleys Tod.«

»Ich weiß. Es ist nur schwer zu glauben, daß er mal ein treuer Ehemann war. Hat er eine Freundin?«

»Er hatte *nie* nur eine Freundin. Wer immer in den Abschleppkneipen verfügbar ist, ist gut genug für ihn.« Sie warf einen seitlichen Blick auf Caroline. »Aber das macht dir doch nichts mehr aus?«

»Nein, nur hasse ich es, mit anzusehen, wie er sein Leben und sein Talent verschleudert, abgesehen von dem Risiko, das er damit für seine Gesundheit eingeht. Ich hatte gehofft, daß die Angst vor Aids ihn zur Vernunft bringen würde.«

Lucy zerdrückte ihre halbaufgerauchte Zigarette. »Du bist sehr edelmütig, wenn man bedenkt, wie er dich behandelt hat.«

»Ich war nicht immer so edelmütig. Du weißt das. Ich habe jahrelang innerlich getobt. Das ging sogar so weit, daß ich bemerkt habe, wie ich anfing, laut mit mir selbst zu sprechen, ihn zu beschimpfen, all die Dinge zu sagen, die ich bei der Scheidung nicht gesagt habe, weil ich so fertig war.«

»Er war damals auch fürchterlich verletzt.«

»Ich weiß. Deshalb hielt meine Verbitterung auch nicht an.« Sie sah zu Lucy hinüber. »Ich bin froh, daß du seine Freundin geblieben bist, wenn ich schon nicht seine Frau bleiben konnte.«

»Chris und ich sind beide Außenseiter. Wir verstehen einander.«

»Du möchtest gern eine Außenseiterin sein, Lucy Elder, aber manchmal denke ich, daß du viel konventioneller bist als ich.«

Lucy hob spöttisch ihre Augenbrauen. »Ich bezweifle, ob noch jemand mit dir da einer Meinung ist, aber glaub, was du willst.«

Bei Zeppo's drängte Lucy Caroline, einen Daiquiri zum Essen zu bestellen. »Nun gut, nur einen«, sagte Caroline zögernd. »Ich muß noch einiges erledigen.« Eine Stunde später, als ihr dritter Drink serviert wurde, sah sie Lucy ernsthaft an und sagte: »Zum Teufel mit dem Einkaufen und der Reinigung. Was hältst du davon, die neue Komödie in der Zweiuhrvorstellung anzusehen?«

»Tolle Idee! Ich ruf nur noch mal Tina an und bitte sie, die Stellung zu halten. Sie wird wahrscheinlich erleichtert sein, nochmals zwei Stunden ohne mich zu haben.«

Caroline war überrascht. »Du hast mir doch gerade erzählt, welch ein Juwel sie ist. Gibt es Probleme?«

»Sie ist seit kurzem ziemlich nervös. Abgelenkt. Irgend etwas beschäftigt sie.«

Caroline nickte wissend. »Und du hast versucht, es herauszukriegen.«

Lucy lehnte sich zurück, als wäre sie verletzt. »Aber Caro, du weißt doch, daß ich so was nie mache.« Sie grinste. »Außerdem weiß ich es schon. Sie trifft sich mit Lowell Warren.«

»Dem Anwalt?«

»Dem Seniorpartner von Warren, Tate und Stern.«

»Ist er nicht ein bißchen alt für sie?«

»Ende Vierzig. Das Problem ist, er ist auch ein bißchen verheiratet. Allerdings ist Claire dauernd unterwegs, um für eine ihrer Kampagnen zu werben, zur Rettung des Dreizehenfaultiers oder was sie auch immer in diese popligen Talk-Shows treibt, also ist es schwer festzustellen, ob sie noch immer seine Frau *ist*, aber wenn es eine Scheidung gegeben haben sollte, habe ich nichts davon gehört.«

»Bist du sicher, daß Tina und er ein Verhältnis haben?«

Lucy nickte. »Er hat sie drei- oder viermal im Laden angerufen, soweit ich das mitgekriegt habe. Er hat nie den Namen gesagt, aber wenn man einmal diese tiefe, kultivierte Stimme gehört hat, vergißt man sie natürlich nicht. Außerdem habe ich sie eines Abends zusammen in seinem Wagen gesehen.« Sie blickte weg und seufzte. »Ich hoffe nur, daß sie nicht verletzt wird.«

»Sie scheint mir sehr viel Selbstvertrauen zu haben. Und außerdem – vielleicht will Lowell sich ja tatsächlich scheiden lassen.«

»Auf jeden Fall ist Tina Morgan eine erwachsene Frau, deren Leben mich nichts angeht. Also warum vergessen wir sie nicht und amüsieren uns?«

Im Kino kauften Lucy und Caroline Riesencolas und zwei Eimer kräftig gebutterten Popcorn, als hätten sie nicht gerade ein reichhaltiges Mittagessen zu sich genommen. »Ich fresse wie Greg«, sagte Caroline, als sie sich in dem dunklen, halbleeren Zuschauerraum niederließen und in die Popcorneimer faßten. »Der heutige Tag verschafft mir zehn Pfund mehr.«

»Eher zwanzig«, sagte Lucy ernsthaft, »und alles an den Hüften.«

Sie kicherten hysterisch, als hätte Lucy etwas besonders Witziges gesagt, und ein älterer Mann in den vorderen Reihen drehte sich um und funkelte sie an, was sie wieder losplatzen ließ.

Als sie kurz vor vier aus dem Kino herauskamen, lächelte Caroline glücklich. »Du hast mir den Tag gerettet, Lucy. Danke, daß du mitgekommen bist.«

»Ich hab mich mindestens genausogut amüsiert wie du. Ich hoffe nur, daß David nicht sauer ist, wenn ihm sein Abendessen zehn Minuten später serviert wird.« Sie wußte genau, daß David selten sauer wurde, am wenigsten auf seine Frau. Lucy und er waren ziemlich gute Freunde geworden, nachdem David seine anfänglichen Zweifel gegenüber einer Frau, die sich seiner Meinung nach wie ein Beatnik anzog, abgelegt hatte. Caroline erinnerte ihn daran, daß es Beatniks seit den fünfziger Jahren nicht mehr gab, aber er weigerte sich, seinen Wortschatz zu modernisieren, und hielt standhaft an den Vokabeln seiner Jugend fest.

Caroline ging nicht mit Lucy zurück in den Laden. Sie gab vor, schnell nach Hause zu müssen. In Wirklichkeit wollte sie noch Blumen kaufen, bevor die Geschäfte um fünf Uhr schlossen. Sie konnte diesen Tag nicht vorübergehen lassen, ohne Blumen auf Hayleys Grab zu legen. Sie wählte ein Bouquet mit rosa Nelken und Schleierkraut, von Spitzen und einer rosa Schleife eingefaßt, und fuhr zu dem einsamen Friedhof am Rande des Hügels, wo ihre Tochter auf Chris' Wunsch begraben worden war. »Von hier aus kann man über die ganze Stadt sehen«, hatte er gesagt, als sie beide am Tag, nachdem Hayleys Leichnam identifiziert worden war, in ihrem Schmerz über das Areal gestolpert waren. Sie waren so jung gewesen, noch nie hatten sie über den Kauf einer Grabstätte nachgedacht. Dann auf einmal brauchten sie so etwas ganz plötzlich. »Ich wette, es ist wunderschön hier nachts«, hatte Chris gesagt. Caroline konnte sich daran erinnern, daß sie sich vorgestellt hatte, wie ihr Baby auf dem kalten Hügel in den langen, dunklen Nächten dalag, und war in heftiges Schluchzen ausgebrochen, zum erstenmal seit Hayleys Verschwinden einen Monat zuvor. Chris hatte sie fast eine ganze Stunde festhalten müssen, bis sie wieder so weit sehen konnte, um zum Wagen zurückzugehen.

Heute wirkte der Hügel trostlos, mit dem abgefallenen Laub,

das der kalte Wind über die Gräber blies, der aufgekommen war, als die Sonne an Kraft verlor. Caroline fröstelte und knöpfte ihren Blazer zu, während sie durch das hohe Gras stapfte. Damals, bei Hayleys Beerdigung, hatte der Friedhof noch gepflegt ausgesehen. Inzwischen hatte die Verwaltung gewechselt, und seit ein paar Jahren beobachtete Caroline mit Verzweiflung, daß die Anlage immer schäbiger wurde. Als sie sich bei David wegen der Vernachlässigung beklagte, schlug er vor, Hayley auf einen anderen Friedhof, näher an ihrem Wohnort, umzubetten, aber die Vorstellung, ihr Kind ausgraben zu lassen, bereitete Caroline Unbehagen. Hayley hatte genug durchgemacht. Ihre letzte Ruhe sollte nicht gestört werden.

Als Caroline sich Hayleys Grab näherte, schossen ihr Tränen in die Augen. Der Engel, den Chris so liebevoll aus rosafarbenem italienischem Marmor gehauen hatte, war entweiht worden. Sein zarter, leicht vorgeneigter Kopf lag abgebrochen einige Meter von der Statue entfernt. Caroline sank auf die Knie und hob kleine Marmorsplitter auf, die um das eingesunkene Grab verstreut lagen. Sie sahen frisch abgeschlagen aus. War das heute passiert? Sie hockte sich auf ihre Fersen, wischte die Tränen von den kalten Wangen und überlegte, wer so etwas tun könnte. Vandalen? Keines der anderen Gräber war angerührt worden. Es sah nach einer geplanten Zerstörung aus, als wisse der Täter, daß Hayley enthauptet worden war.

Caroline merkte, daß sie ihr Bouquet hatte fallen lassen. Sie hob es auf und legte es neben den Grabstein. Sie sah die roten und weißen Rosen, die Lucy immer an Hayleys Geburtstag brachte, und den vertrauten Strauß Veilchen von Chris. Aber dazwischen lag ein dritter Strauß – ein Bouquet schwarzer Seidenorchideen, gebunden mit einem schwarzen Samtband. Verwirrt hob Caroline die Blumen auf und starrte auf die runde, kindliche Schrift auf einer kleinen Karte am Samtband:

*Für Hayley
Schwarz zur Erinnerung*

»Um Himmels willen«, flüsterte Caroline.

Sie ließ das Gebinde fallen, als hätte sie sich die Hand verbrannt. Der Himmel hatte sich dunkelviolett gefärbt, scharfer Wind frischte auf und rüttelte am Kopf des rosaroten Engels, der sie mit seinen toten Augen anstarrte.

Eine Stimme in einem verlassenen Lagerraum... Ein zerschlagener Engel... Ein schwarzes Bouquet... Plötzlich außer sich vor Angst, schrie Caroline leise auf und rannte zum Wagen, ohne auf das verwirrt schauende alte Paar auf dem Weg zu achten. Hinter ihr spritzten die Kieselsteine auf, als sie mit dem Auto die steile Straße hinunter raste, und sie verlangsamte ihr Tempo erst, als sie sich in den stadtauswärts fließenden Berufsverkehr einfädeln mußte.

Normalerweise nervten sie Verkehrsstaus, aber an diesem Abend war sie dankbar für die vielen Autos rechts und links. Sie waren voller Menschen – die lachten, den Stau verfluchten oder zur Radiomusik sangen –, und alle sahen so normal und unerschrocken aus, sie hatten bestimmt keine Geisterstimmen gehört oder zerstörte Grabmäler gesehen. »Haben Sie Spaß«, hatte ihr Fidelia heute morgen gewünscht. Caroline lachte freudlos. »Ich hab's versucht, Fidelia«, sagte sie laut. »Vermutlich waren die Sterne nicht auf meiner Seite.«

Es war sechs, als sie nach Hause kam, und da die Uhren auf Winterzeit umgestellt waren, wurde es schon dunkel. Die Straßenbeleuchtung schimmerte bläulichweiß und ließ die Szenerie merkwürdig leblos erscheinen.

Sie schloß sich auf und stellte gleich die Kaffeemaschine an, denn sie hatte das Gefühl, sie müsse ihren Kopf wieder klar kriegen. Fidelia hatte eine Notiz in ihrer krakeligen Schrift auf dem Küchentresen hinterlassen:

Hoffe, Sie hatten einen schönen Tag. George ist auf der hinteren Terrasse angekettet. Wußte nicht, wann Sie zurückkommen, und wollte nicht, daß er Schmutz drinnen macht.

Armer George. Eher würde er platzen, als im Haus Schmutz zu machen, aber davon konnte man Fidelia nicht überzeugen. Caroline beschloß, Jeans und einen alten Pullover anzuziehen, bevor sie sich seiner stürmischen Begrüßung stellte. Als der

Kaffee zu blubbern anfing, ging sie durch das Eßzimmer und die Eingangshalle und knipste unterwegs alle Lampen an. Heute abend hatte sie das Bedürfnis nach Festbeleuchtung. Sie hatte gerade die Treppe erreicht, als sie von oben eine Stimme hörte:

»Das Wetter wird klar und trocken sein, mit Temperaturen unter acht Grad. Und jetzt spielen wir wieder Musik, und zwar einen Golden Oldie von Peter Frampton, ›Baby, I Love Your Way‹.«

Die Musik begann laut und blechern, als käme sie aus Melindas Transistorradio. »Greg, Melinda, seid ihr da?« Caroline rief, obgleich sie die Leere des Hauses spüren konnte. Das Radio war heute morgen nicht angewesen, und Fidelia hörte nie Musik. Außerdem war das Radio in Melindas Kommode verstaut, seit sie Weihnachten einen tragbaren Radiokassettenrekorder bekommen hatte.

Caroline ging langsam hoch zu Melindas geschlossener Tür am Ende des Flurs. Als sie die Tür aufriß, plärrte ihr die laute Musik entgegen. Das Flurlicht fiel ins Zimmer, sie ging auf Melindas Frisiertisch zu, wo der Transistor lag und mit voller Lautstärke spielte. Sie stellte ihn ab und starrte ihn verwirrt an. Wer hatte das Radio in dem leeren Haus so laut aufgedreht?

Erst jetzt bemerkte Caroline, wie kalt es im Zimmer war. Sie blickte hinüber und sah, wie Melindas getüpfelte Musselingardinen sich im Wind bewegten, und entdeckte zugleich, wie das Mondlicht sich in Glasscherben auf dem blauen Teppich spiegelte.

»Wie ist das Fenster kaputtgegangen?« murmelte sie und drehte das Deckenlicht an, um besser sehen zu können. Dann schrie sie auf.

Auf Melindas Bett grinste ihr Twinkle entgegen, die Clownpuppe, die zusammen mit Hayley vor neunzehn Jahren verschwunden war.

3

1

»Als Tänzerin würde ich tausendmal besser aussehen«, verkündete Melinda, während sie sich in Carolines großem Spiegel anstarrte.
»Melinda, wir haben neun Grad heute abend. Weißt du, wie kalt es in einem Tutu und Strumpfhosen ist? Und außerdem würdest du nicht tausendmal besser aussehen. Du siehst süß aus.«
»Ich sehe doof aus.« Melinda wirbelte zu Caroline und ließ ihre großen flauschigen Kaninchenohren herumsegeln. Caroline mußte sich auf die Zunge beißen, um nicht loszulachen. »So kann ich nicht gehen.«
»Melinda, mach dich nicht lächerlich. Du siehst wunderbar aus, und dir wird warm sein.«
»Warm! Ich werde ein gesottenes Kaninchen sein, wenn ich nach Hause komme. Hier drin ist es dreihundertundfünfundsechzig Grad.« Melinda war immer sehr genau mit Zahlen. »Mami, *bitte,* ich will nicht so auf die Straße.«
Greg war hereingekommen und stand an der offenen Tür. Er zwinkerte Caroline zu, seine Augen glitzerten wie die seines Vaters. »He! Was für ein klasse Kostüm!«
Melinda drehte sich um. »Was soll das heißen?«
»Was ist los – verstehst du deine Muttersprache nicht mehr? Ich sagte, es ist ein großartiges Kostüm.«
»Wirklich?« Melinda studierte sich erneut im Spiegel, wie immer von der Zustimmung ihres bewunderten älteren Bruders beeinflußt. »Du findest nicht, ich sehe doof aus?«
»Bist du verrückt?« Er ging zu ihr und zwickte in den buschigen Häschenschwanz. »Das ist wirklich *Spitze.*«
»Ja. Würdest du so gehen?«
»Es scheint eher ein Mädchenkostüm zu sein, aber wenn ich ein Mädchen wäre, würde ich ganz bestimmt so gehen.«

Melinda spitzte den Mund ihrem Spiegelbild entgegen und ließ den Eyeliner-Schnurrbart zucken. »Und es würde dir nichts ausmachen, mich zum ›Spaß oder Spende‹ heute abend mitzunehmen?«

»He, nein. Ich hoffe, jeder sieht uns.«

»Okay.« Beseelt von einer ihrer blitzartigen Stimmungsänderungen, lachte Melinda strahlend und küßte Caroline auf die Wange. »Danke, daß du mir das Kostüm gemacht hast, Mami.«

»Gern geschehen, Schnitzelchen. Und wehe, du ißt etwas von deinen Süßigkeiten, bevor Daddy und ich sie bewundern konnten. Und Greg, paß...«

»... auf deine Schwester auf. Okay. Und ich werde ihr auch nichts von der Beute wegessen.«

Die Türklingel unten läutete, und Melinda quiekte. »Sie haben schon angefangen! Halloween ist vorbei, bevor ich überhaupt draußen bin.«

»Dann laß uns losziehen«, befahl Greg. »Hast du deinen Sack?«

Melinda hielt ihre Tüte hoch. »Bitte.«

»Weißt du noch deinen Spruch?«

»›Spaß oder Spende!‹ Danke sehr!«

»Schrecklich. Das Gör ist eine Allround-Begabung, Mom.«

»Hab ich doch immer gesagt«, lachte Caroline.

Sie saß auf dem Bett und sah den beiden nach, wie sie die Treppe hinunterliefen, Melinda als letzte in ihrem unförmigen Anzug. Für einen kurzen Moment sah sie Hayley vor sich an ihrem letzten Halloween, in einem Clownkostüm genau wie Twinkle und dauernd »Aß oder Ende« sagen zu ihrer und Chris' Verwunderung. »Hast du ihr das beigebracht?« hatte Chris sie gefragt. »Nein. Vielleicht war es Lucy.« Hayley hatte sich hartnäckig geweigert zu erzählen, wo sie den Spruch aufgegabelt hatte, und wiederholte ihn immer und immer wieder, während Caroline und Chris mit ihr die Straßen auf und ab gewandert waren und sie genau beobachteten, wie sie an Türen klingelte und mit ihrem Lächeln voller Grübchen um Bonbons bat.

Und jetzt, so viele Jahre später, schickte sie ein anderes kleines Mädchen los, die um Süßigkeiten bat, diesmal unter der

Obhut ihres kräftigen halberwachsenen Sohnes. Sie konnte es nicht fassen, daß soviel Jahre vergangen waren. Besonders nach den letzten Ereignissen.

Zwei Abende zuvor hatte Caroline die Clownpuppe versteckt und sich gezwungen, ruhig zu bleiben, bis Melinda von Jennys Mutter nach Hause gebracht wurde. Das Kind war aufgeregt gewesen wegen des zerbrochenen Fensters und bestand darauf, daß alle ihre Plüschtiere und Puppen ins Gästezimmer geräumt wurden, damit sie keine Erkältung bekamen oder vom Einbrecher geklaut wurden, wo sie sich doch ganz sicher war, daß er noch im Haus war. Caroline log. »Jemand hat doch nur einen Stein durchs Fenster geworfen, Lin. Ich habe ihn auf dem Boden gefunden. Hier ist nichts durcheinandergebracht worden. Niemand war hier.«

»Bist du sicher?«

»Ich bin sicher.«

»War die Polizei da?«

»Ja«, konnte Caroline wahrheitsgemäß sagen.

»Okay, aber ich schlafe bei dir.«

Sie war fest eingeschlafen im Doppelbett, und George lag neben ihr auf dem Boden, als David um halb elf nach Hause kam. Greg war in seinem Zimmer, angeblich um Hausaufgaben zu machen, aber in Wirklichkeit beim Telefonieren. Caroline saß steif auf der Wohnzimmercouch.

»Es ist Hayleys«, beharrte sie, als sie die Puppe einem verblüfften David entgegenhielt. »Sie hatte sie bei sich in der Nacht, in der sie gekidnappt wurde. Sie wurde nie gefunden.«

»Dann ist es nicht ihre Puppe«, sagte David fest. »Sie sieht nur so aus.«

»David, ich habe Twinkle für sie *gemacht*. Ich täusche mich nicht. Siehst du nicht, wie alt und schmutzig diese Puppe ist? Ich sage dir, es ist Twinkle.«

»Caroline, du hast vor zwanzig Jahren eine Menge Puppen wie diese gemacht. Auch ich habe eine gekauft, um sie meiner Nichte zu schenken. Ich meine, du hättest gesagt, Lucy habe auch eine. Himmel, Dutzende von Menschen können noch eine solche Puppe haben.«

»Alle anderen Puppen habe ich mit rotem Haar gemacht. Nur Twinkle hatte orangefarbenes.«

»Kann rote Wolle nicht nach all den Jahren orange werden?«
»Ja, vermutlich«, sagte Caroline zögernd.

»Also kann diese Puppe sehr wohl eine der vielen sein, die du vor Jahren gemacht hast.«

»Ich glaube nicht. Es ist etwas an dem Gesichtsausdruck...«

David hatte ihr die Puppe sanft abgenommen. »Caroline, du hast Twinkle lange nicht mehr gesehen. Du kannst dich nicht mehr genau daran erinnern, wie der Gesichtsausdruck war. Laß dich nicht von der Einbildung überwältigen.«

»Aber wer hat die Puppe auf Melindas Bett gelegt? Und warum?«

Schließlich hatte David ihr ein Beruhigungsmittel gegeben und neben ihr gesessen, bis sie in dem großen Bett neben Melinda eingeschlafen war, dann ging er ins Gästezimmer zu all den Plüschtieren und Puppen. Lieber David, der heute schon zwei Geburten hinter sich gebracht hatte, wobei ein Baby gestorben war, und der nach Hause gekommen war, wo es kein Essen gab, dafür aber eine fast hysterische Ehefrau. Und jetzt stand er im Kalten an der Tür und verteilte Süßigkeiten an Horden von Kindern, nachdem er den ganzen Tag gearbeitet hatte, während sie dasaß und über die Vergangenheit brütete. Sie gab sich innerlich einen Ruck und eilte nach unten.

»Du machst dir jetzt einen Drink. Ich kümmere mich um die Kinder«, befahl sie ihm, als er erneut in einen Beutel Schokoriegel hineingriff.

Er lächelte. »Ich habe doch erst angefangen. Ich halte bestimmt noch eine Stunde durch.«

»Ich habe gesagt, entspann dich, und wenn nicht, kriege ich einen Anfall.« Sie nahm ihm die Plastiktüte weg. »Jetzt geh.«

David seufzte. »Was ist aus all den sanften, unterwürfigen Frauen geworden, die nie ein lautes Wort zu ihren Männern gesagt haben.«

»Die gibt es nur in Romanen aus dem letzten Jahrhundert.« Die Türklingel läutete, und sie schob ihm zwei Riegel in die Hand. »Iß das und setz dich vor die Glotze. Stell dir vor, du wärst einer dieser Detektive, die einen Sportwagen fahren und denen die schönen Frauen nachlaufen.«

»Mir läuft schon eine schöne Frau nach.«

»O danke, Liebling.«

»Ach, ich habe doch die Schwester in der Praxis gemeint«, rief David auf dem Weg zum Wohnzimmer.

»Wenn ich es mir recht überlege, kannst du doch den Türdienst übernehmen«, lachte Caroline, als sie öffnete.

Eine halbe Stunde lang fand sie die Kinder süß und »Spaß oder Spende« eine wirklich wunderbare Tradition. Die zweite halbe Stunde war sie der Meinung, daß die Kinder und die Tradition okay seien. Eine Stunde und vierzig Minuten später auf ihrem Wachposten an der Tür hielt sie die Gören für gierige kleine Ungeheuer und die Halloween-Nacht für eine milde Form der Folter für Erwachsene. Gott, was für eine Art, den Abend zu verbringen, im Kalten zu stehen und Süßigkeiten in die gierigen Säcke seltsam verkleideter Kinder zu versenken, die meist noch nicht einmal »Spaß oder Spende« sagten, geschweige denn »Danke«.

Sie knurrte noch vor sich hin, weil das letzte Kind ihr die Zunge herausgestreckt hatte, als eine neue Bande von Bettlern an der Tür erschien. Sie leerte ihren Beutel mit Nußriegeln, und alle Kinder bis auf drei trampelten auf die Straße zurück. »Nur einen Moment – ich muß Nachschub holen«, sagte sie müde, denn sie hatte nur noch einen Beutel mit Schoko-Minz-Pralinen. Als sie ihn aufriß, schubste ein großer Junge in einem schwarzen Mantel und einer Batman-Maske ein kleines Kind zur Seite und fuchtelte mit einer Einkaufstüte unter ihrer Nase herum. Spitzfingrig ließ sie ein einziges Stück hineinfallen und starrte herausfordernd in seine Augenschlitze. Er war mindestens fünfzehn Jahre alt und hatte ihrer Meinung nach kein Recht mehr, sich zu verkleiden. Er fluchte murmelnd und stakste davon. »Idiot«, zischte Caroline.

Und dann kam ein kleines Kind, ein Mädchen von vielleicht sechs, in einem Clownkostüm, auf sie zu und sagte freundlich: »Aß oder Ende.«

Caroline ließ die Tüte fallen und verstreute die bunten, in Plastikpapier gewickelten Bonbons über den Eingang und die Stufen hinunter. Das kleine Mädchen starrte sie an, ihre Augen waren schwarze Rauten in einem kalkweißen Gesicht. »Wer bist du?« konnte Caroline herausbringen und griff nach dem Kind. Aber sie war schnell wie der Blitz, drehte sich um und rannte auf die Straße hinaus. Langes blondes Haar löste sich unter der krausen orangefarbenen Clownperücke. »Spaß oder Spende, verdammt.« Ein Mädchen, das sich als Madonna verkleidet hatte, trat vor Caroline. »Ich will nix, was schon auf dem Boden lag.«

Caroline knallte dem Mädchen die Tür ins Gesicht. »David«, flüsterte sie. »David!«

Im Nu war er neben ihr. »Was ist?«

Sie starrte ihn mit weiten, entsetzten Augen an. »Hayley war eben an der Tür.«

2

Pamela Burke goß sich ein Glas Chardonnay ein und fragte sich zum hundertsten Mal seit zwei Tagen: »Warum bin ich nur so ein Ekel?« Es war keine Frage, die sie jemals irgend jemand anderm stellen würde, aber es war eine Frage, die sie seit ihrer Kindheit verfolgte.

Sie lag auf dem Flachsteppich vor dem Feuer, das Larry zuvor entfacht hatte. Danach hatte sein Vater angerufen, und Larry war ins Büro zurückgefahren, um einen Fehler zu überprüfen, den er zu verantworten hatte. So was kam häufig vor. Larry war nicht sehr helle. Er sah gut aus und war reich und dumm. Lucille Elder hatte sie erzählt, Larry habe das Haus entworfen, aber er war praktisch unfähig, auch nur einen Scheck richtig auszufüllen. Trotzdem bestand sein Vater darauf, daß er die Firma »manage«. Und so stolperte er in schmerzlicher Verwirrung durch die Arbeitswoche und verbrachte die meisten Abende zusammen mit seinem Vater, um das Durcheinander, das er tagsüber angerichtet hatte, wieder zu entwirren. Während des ersten Jahres ihrer Ehe hatte sie seine ständige Abwesenheit abends geärgert; jetzt, nach zwei Jahren, freute sich Pamela, wenn sie in ihrem schönen Haus mit ihren häßlichen Gedanken allein war.

Die Begegnung mit Caroline Corday hatte sie wirklich verwirrt. Für sie würde die Frau immer Caroline Corday sein, auch wenn sie von ihrer Scheidung und Wiederheirat wußte, wie von vielem anderen in Carolines Leben. Und ihr Unbehagen über Carolines Besuch war der Grund, weshalb sie so biestig geworden war, wie immer, wenn sie verwirrt war. »Ich habe ein Bild Ihres Mannes... Ich mag es nicht, aber Lucille sagt, es sei gut«, äffte sie sich selber nach. Anstatt sich aufzuregen, hatte Mrs. Corday sie angeschaut, als wäre sie ein kleines bemitleidenswertes Gör. Ihre Tochter hatte genauso geguckt.

Pamela hatte darauf bestanden, die öffentliche Schule zu besuchen – dort konnte sie sich überlegen fühlen, denn ihre Familie hatte mehr Geld als sonst jemand –, aber sie erinnerte sich nur an wenige Mitschülerinnen, selbst von der Oberstufe. Und warum auch? Sie waren ein langweiliger Haufen mit Zahnklammern, Pickeln und billigen Klamotten. Dafür konnte sie sich mit größter Deutlichkeit an Hayley Corday aus ihrem Kindergarten erinnern. Sie haßte Hayley. Sie haßte ihr langes blondes Haar und ihre großen blauen Augen, das Haar und die Augen einer Prinzessin aus dem Märchen. Sie haßte auch, daß Hayley so gut zeichnen konnte, Katzen und Hunde und Menschen, die aussahen wie in Wirklichkeit, nicht wie ihre eigenen undefinierbaren Kleckse. Und jeder mochte Hayley, auch wenn sie selbstgenähte Kleider trug und in einem kleinen Blockhaus lebte wie das auf dem Etikett der Ahornsirup-Flasche. Die anderen Kinder freuten sich, wenn Hayleys hübsche Mutter und ihr gutaussehender Vater zum Frühlingspicknick des Kindergartens kamen und mit ihnen Ball und Verstecken spielten. Und dann hatte Mr. Corday der Leiterin das Gemälde geschenkt. Ha, das mit dem Bild hatte sie schön hingekriegt, indem sie »stolperte« und ein Messer durch das Bild stieß. Mr. Corday war herbeigerannt und mehr um sie besorgt gewesen als um sein Bild, aber Hayley hatte sie mit ihren blauen Augen wissend angestarrt, und Pamela hatte sie noch mehr gehaßt.

Das Feuer brannte langsam nieder, und Pamela erhob sich, um an der Bar ihr Glas zu füllen. Dann ging sie zu den riesigen Fenstern, sah auf die fernen Lichter und in die Dunkelheit, die wie eine Fledermaus über dem Haus schwebte. Heute war die Nacht vor Allerheiligen, die Nacht, in der die Seelen der Verstorbenen angeblich in ihre Häuser zurückkamen. Sie schauderte, dann lachte sie über sich. Selbst wenn sie abergläubisch gewesen wäre, was sie nicht war, so war dies doch ein funkelnagelneues Haus. Niemand hatte je darin gelebt, also konnte auch niemand als Geist hierher zurückkommen. Trotzdem hing heute nacht etwas über dem Haus, das sie beunruhigte, als ob das Haus oder etwas im Haus sie beobachtete.

»Ich grusel mich nur, weil ich an *sie* denken muß«, sagte Pamela sich wütend. »Nur weil ich an diesen Abend denken muß, diesen furchtbaren Abend.« Sie sah blind auf ihr Spiegelbild im Fenster.

Es war am vierten Juli gewesen. Am vierten Juli gaben ihre Eltern jedes Jahr für die Angestellten von Fitzgerald Electronics eine große Grillparty auf ihrem Grundstück, eine der wenigen demokratischen Gesten ihres Vaters. Beide Fitzgeralds hatten den ganzen Nachmittag über beständig getrunken, deshalb wurde Pamela am Abend, als alle zu dem kleinen Park am Flußufer gingen, ungefähr eine Meile entfernt, um sich das Feuerwerk anzusehen, ihrer Kinderfrau anvertraut, jener Miss Fisher, die sie heimlich Fischgesicht nannte.

Ungefähr dreihundert Menschen hatten sich zu dem Ereignis versammelt. Die Nacht war warm und schwer vom Geruch des Geißblatts, und trübes Flußwasser schwappte gegen das betonierte Flußufer. Männer in Booten draußen auf dem Fluß zündeten die Feuerwerkskörper. Während sie zerplatzten und in verschiedenen Formen am Himmel funkelten, staunten alle, lachten und klatschten Beifall. Alle außer Pamela, die sich weigerte, ihre Brille zu tragen, und nichts außer hellen Flecken in der Dunkelheit sehen konnte. Sie war zu Tode gelangweilt und wütend auf ihre Eltern, weil sie nicht dabei waren. Sie versprachen immer viel und hielten nie Wort. Nie. Wutentbrannt zog sie die Spitze ihrer neuen rosa Tennisschuhe über das Gras und färbte sie grün. Nicht daß es jemanden kümmern würde. Sie würden sie nur ermahnen, besser auf ihre Sachen aufzupassen, und ein neues Paar kaufen.

Sie blickte zu Fischgesicht hinüber, einer flachnasigen jungen Frau mit vorstehenden, rotgeränderten Augen. Sie hatte es fertiggebracht, mit einem unordentlich wirkenden Typ in schmutzigen Jeans ein Gespräch anzufangen. Pamela mochte Menschen nicht, die nicht hübsch waren. Sie schnitt ihnen eine Grimasse, aber sie bemerkten es nicht. Dummköpfe. Sie merkten es auch nicht, als sie sich wegschlich und zum Parkausgang steuerte. Sie würde sich verlaufen, jawohl. Dann würde Fischgesicht in Schwierigkeiten kommen, und alle würden bedauern, ihr nicht mehr Aufmerksamkeit geschenkt zu haben. Sie stellte sich vor, wie ihre Mutter ihre Hände ringen und ihr Vater auf und ab laufen würde, immerzu jammernd, daß sein kleines, liebes Mädchen gefunden werden müsse.

Sie war in diese Phantasie versunken, als sie den Bürgersteig vor den Parktoren erreicht hatte. Als sie von der Bordkante trat, sauste ein braunes Auto an ihr vorbei. Mit gewaltig quietschenden Bremsen kam es schlitternd zum Stillstand vor den weißen Absperrgittern einer Baustelle. Pamela beobachtete, wie der Fahrer versuchte, den Wagen zu wenden, aber die Einbahnstraße war zu eng wegen der parkenden Autos auf beiden Seiten der Straße. Der Fahrer schien nicht sehr geschickt zu sein, denn als er den Wagen hin und her rangierte, um die Kurve zu kriegen, krachte er in eines der Gitter. Jemand ging entschlossen auf das Auto zu, und als Pamela mächtig die Augen zusammenkniff, konnte sie eine Uniform erkennen. Ein Polizist! Bevor er jedoch ans Auto trat, sprang die Person heraus und rannte auf ihn zu. Pamela bezeichnete den Fahrer immer als »die Person«, denn die Entfernung, die sie später auf ungefähr vierzig Meter schätzte, war zu groß für sie, um die mittelgroße Gestalt, die seltsamerweise mit Regenmantel und Kapuze bekleidet war, als Mann oder Frau zu identifizieren. Jedenfalls hielt die Person den Polizisten an und gestikulierte, um offensichtlich etwas zu erklären. Pamela schlich näher an den Wagen. Er sah aus wie der ihres Daddys, ein Cadillac, wie sie wußte, und teuer. Hatte jemand von der Party Daddys Auto gestohlen? Sie kroch noch näher und fühlte sich dabei sehr wichtig. Wenn Daddys Auto gestohlen war und sie es wiederfand, dann würde sie eine Heldin sein. Sie erreichte das Auto und stand auf Zehenspitzen, um auf den Rücksitz zu spähen.

Zunächst sah sie im Schein der Straßenlaterne eine Decke. Dann starrte sie auf das Gesicht eines kleinen Mädchens, das sich von der Decke befreit hatte. Ihr Mund war verklebt, aber Pamela erkannte trotzdem Hayley Corday, die seit einer Woche vermißt wurde. Fischgesicht hatte ihr alle Zeitungsartikel über Hayleys Kidnapping vorgelesen und drohte ihr, daß mit ihr dasselbe passieren würde, wenn sie nicht brav sei. Hach, Hayley zu finden war sogar noch besser, als Daddys Auto zu finden! Pamela setzte an, den Polizisten zu rufen. Dann hielt sie ein und dachte nach. Wenn Hayley auf immer und ewig verschwinden würde, wäre Pamela die unangefochtene Königin ihrer ersten Klasse. Dann würde es keine Hayley mehr geben mit langem, blondem Haar, keine Hayley, die perfekt Hunde und Katzen zeichnen konnte, keine Hayley mit netten Eltern, die in die Schule kamen und den Lehrerinnen hübsche Geschenke machten. Hayleys große verschreckte Augen baten sie, etwas zu tun – aufzuschreien, die Tür zu öffnen, zu *helfen*. Aber Pamela starrte nur bewegungslos zurück. Dann blickte sie hoch und sah, wie der Polizist wegging und die Person auf den Wagen zukam, zu *ihr*. Ihr Blick begegnete Hayleys zum letztenmal, bevor sie in den Park zurücklief und sich neben Fischgesicht stellte, die sie noch gar nicht vermißt hatte.

Als sie erfuhr, daß der Wagen ihres Vaters gar nicht gestohlen war, war sie enttäuscht. Aber drei Wochen später, als Fischgesicht ihr sensationslüstern erzählte, daß Hayley Cordays verbrannter Leichnam ohne Kopf ungefähr zehn Meilen entfernt gefunden worden war, bekam sie vier Stunden lang einen hysterischen Anfall, bis man schließlich einen Arzt holte, der sie ruhigstellte. Mit der Logik eines Kindes hatte sie nicht an die Konsequenzen gedacht, daran, was passieren könnte, wenn man Hayley verschleppte. Sie hatte nur daran gedacht, wieviel schöner ihr Leben sein würde, wenn es Hayley nicht mehr gäbe. Nach Hayleys Tod war sie wie besessen vor Entsetzen vor dem, was sie getan hatte, und vor Furcht, daß die ›Person‹ dachte, Pamela habe ihr Gesicht gesehen, und zurückkommen würde. Sie wachte jede Nacht schreiend auf und litt unter Anfällen, in denen sie ihren hübschen kleinen Kopf an eine Wand oder einen Tisch oder an die Außenmauer des Hauses schlug. Während der nächsten acht Jahre unterzog sie sich psychiatrischer Behandlung, aber die Ärzte konnten ihr das Geheimnis nicht entreißen. Furcht und Schuldgefühle ließen sie schweigen, obwohl sie immer Angst hatte, daß Fischgesicht durch ihre Alpträume, wenn sie im Schlaf redete, alles herausgefunden haben könnte. Manchmal sah die Frau sie wissend an, und fast zwanzig Jahre lang hatte Pamela gebetet, daß sie sich nur einbildete, Fischgesicht wüßte etwas und könnte es weitererzählen.

Hinten im Haus knarrte es, und Pamela sprang hoch und verschüttete ihren Wein. Es war nur das Haus, das Haus, das sich setzte, natürlich. Sie wünschte, daß sie sich mit Rick verabredet hätte, dem Tennislehrer vom Club, mit dem sie seit Juli eine Affäre hatte. Dann wünschte sie sich, daß Larry nach Hause käme. Er war nicht sehr amüsant, aber er war groß und stark, und heute nacht fühlte sie sich nervös. Sie hatte gedacht, daß der Wein helfen würde, aber er verstärkte nur das unbehagliche Gefühl, daß sie beobachtet wurde. Vielleicht eine Beruhigungspille...

Als sie den langen Flur zum Schlafzimmer entlangging, fühlte sie kalte Luft um ihre Knöchel streichen. Hatte sie ein Fenster offen gelassen? Unmöglich. Sie hatte seit Wochen kein Fenster mehr geöffnet, seit es so herbstlich kühl geworden war. Aber als sie ihr großes Schlafzimmer betrat, sah sie, daß die Vorhänge nach innen wehten. Sie zog sie zurück, die Fenster waren weit nach oben geschoben. *Verdammt, Larry!* dachte sie. Immer machte er so etwas. Er war ein solcher Frischluftfanatiker, und es machte ihm überhaupt nichts aus, wenn sie eine Lungenentzündung bekam. Sie riß das Fenster herunter und zerbrach in ihrer Wut fast die Scheibe.

Sie war müde und nervös und äußerst gereizt. Sie fuhr mit der Hand über die Stirn und ging ins Badezimmer, um im Medizinschrank nach Valium zu suchen. Was würde ich nur ohne die kleinen blauen Pillen machen? überlegte sie. Sie nahm eine und dann noch eine, um auch ganz bestimmt schlafen zu können. Sie nahm ihre Kontaktlinsen heraus und legte sie in die Sterilisierungsflüssigkeit, dann entfernte sie ihr Make-up mit Creme, betupfte ihr Gesicht mit Gesichtswasser und massierte sich Augencreme, Zell-Revitalizer und ölfreie Feuchtigkeitscreme ein. Zufrieden mit ihrem nächtlichen Kampf gegen die Falten ging sie ins Schlafzimmer zurück.

Das Zimmer war noch immer kalt, und sie beschloß, ihren langen, flauschigen Hausmantel anzuziehen, der so kuschelig war wie der eines kleinen Mädchens. Sie streifte Hosen und Pullover ab, warf sie auf den Boden und betrat dann ihren begehbaren Kleiderschrank.

Sie wühlte durch ihre Kleider auf der Suche nach dem Mantel, als sie ein Rascheln hörte wie das Geräusch einer Brise, die durch trockene Blätter wispert. Sie zuckte herum und rief: »Wer ist da?« in einer hohen, rauhen Stimme, aber natürlich antwortete niemand. »Was hast du erwartet? Den Butzemann?« fragte sie sich laut und versuchte, ihre Angst wegzulachen. Caroline Cordays Besuch hatte ihr wirklich die ganze Woche ruiniert. Trotzdem würde nun das Valium seine Wirkung zeigen, durch sie hindurchspülen wie eine warme, ruhige Welle. Dann würde sie noch ein Glas Wein trinken und sich vielleicht eine Talkshow ansehen. Aber wo zum Teufel war denn ihr Mantel?

Kleiderbügel kratzten über die Metallstange, als sie die Kleidermenge zur Seite schob, voller Wut, daß sie den Mantel nicht finden konnte, der ihr sonst immer im Weg war. Dann hörte sie das Rascheln wieder, nur diesmal viel näher. Etwas ist mit mir in dem Schrank, dachte sie einen kurzen, erstarrten Moment lang, dann wurde ihr Haar ergriffen und ihr Kopf mit brutaler Kraft nach hinten gerissen. Ihr Schrei wurde abgeschnitten, als ein Messer glatt durch ihre Kehle von Ohr zu Ohr ritzte. Blut spritzte nach vorne auf ihre wunderschönen Kleider. Voller Entsetzen starrte sie auf die riesigen roten Flecken. Plötzlich wurde ihr Haar losgelassen, und sie fiel nach vorne, eine Marionette ohne Fäden. Sie versuchte wieder zu schreien, aber nichts kam heraus. Nichts außer Blut, das über ihre Hände spritzte. Instinktiv ging sie auf die Knie im Versuch zu entkommen. Sie war überrascht, daß sie keinen Schmerz fühlte, nur Schreck. Schwankend drehte sie sich zum Schlafzimmer um. Sie konnte jemanden hinter sich spüren, der darauf wartete, notfalls erneut zuzuschlagen. Ihre Beine gaben nach, als sie wegkroch, während der Angreifer wartete. Sie fiel zur Seite, ihr Gesicht rutschte auf dem Teppich entlang. Gott, das Blut! Es spritzte überall hin, und ihr wurde schwindelig.

Nun begann auch noch das Telefon zu klingeln. Sie rollte herum und versuchte, auf ein Knie hochzukommen. Wenn sie den Kopf leicht hochhob, konnte sie verschwommen das braune Telefon, das so durchdringend klingelte, auf dem Nachttisch stehen sehen. Sie schleppte sich vorwärts, zwang sich über den Teppichboden in Bahamabraun, der jetzt weit und schimmernd wie die Wüste aussah. Vielleicht würde.durch ein Wunder der Hörer herabfallen, und jemand konnte ihr Gurgeln durch das Blut hören. Aber natürlich erlebte sie keine Wunder. Sie verdiente sie nicht.

Schließlich hörte das Telefon auf zu klingeln, aber das bekam sie nicht mehr mit. Ihre Finger gruben sich in den Teppich, während sich ganz langsam ihr Bewußtsein verdunkelte und sich endlich das Bild von Hayley Corday, gefesselt und geknebelt auf dem Rücksitz eines Verrückten, auflöste.

4

»Mami, bist du wach?« wisperte Melinda in ihr Ohr.

Caroline öffnete die verschwollenen Augen und sah, wie das kleine Mädchen ein Tablett mit einer Zimtschnecke, einer Thermoskanne und einer gelben Chrysantheme in einem alten Marmeladenglas hielt. »Frühstück im Bett?«

»Genau. Daddy hat gesagt, du fühlst dich nicht so gut.«

Caroline setzte sich auf und nahm Melinda das gefährlich schiefe Tablett ab. »Das sieht lecker aus. Was ist in der Kanne?«

»Kaffee. Daddy hat ihn gemacht. Ich habe ihn in eine Thermoskanne gefüllt, damit ich ihn nicht verschütte.«

»Das war sehr klug von dir.«

Melinda strahlte und ging ums Bett herum, um neben sie zu krabbeln. »Sieht die Zimtschnecke nicht *toll* aus?«

»Ja, wirklich.« Caroline blickte in die dunkelgrünen Augen des Kindes, die voller Verlangen darauf gerichtet waren. »Teilen wir sie uns doch! Ich schaffe sie gar nicht allein.«

»Okay, wenn du willst«, sagte Melinda gnädig.

Caroline goß sich Kaffee in den Plastikbecher der Kanne. »Wo ist Daddy?«

»Weg, um jemandem ein Baby zu geben.« Melinda benutzte immer diesen Ausdruck, und Caroline lächelte, weil es klang, als ginge David in der Stadt herum und zeugte Kinder. »Ich soll dir sagen, du sollst dich schonen, und er hat dich lieb.«

»Das ist fein.« Sie nippte am Kaffee, der offensichtlich schon vor einigen Stunden gebrüht worden war. Dann blickte sie auf die Uhr neben sich. Halb zehn. Seit Jahren hatte sie nicht mehr so lange geschlafen. »Warum bist du nicht in der Schule?«

»Letzte Nacht wurden alle Fenster in meinem Klassenzimmer eingeworfen. Da ist es *kalt*.« Melinda verschränkte ihre Arme vor der Brust und schauderte theatralisch. »Brrr!«

»Das ist ja schlimm.« Caroline stockte. »Waren es nur die Fenster von *deinem* Klassenzimmer?«

»Ja.« Jetzt schauderte Caroline und dachte daran, wie die kalte Luft durch das zerbrochene Fenster hereingeweht war und Twinkles schmutziges, orangefarbenes Haar zerzauste. Melindas Kinderzimmer, Melindas Klassenzimmer.

Melindas Stirn runzelte sich. »Glaubst du, daß es dieselbe Person war, die auch unser Schlafzimmerfenster kaputtgemacht hat?«

»Es war bestimmt jemand anders«, sagte Caroline fest, als sie die Angst in Melindas Stimme hörte.

»Vielleicht ein Polstergeist?«

»Ein was?«

»Na, du weißt schon, ein Geist.«

»Ach, ein Poltergeist«, Caroline überlegte. »Melinda, glaubst du an Geister?«

Melinda bekam ganz große Augen. »Ja, *natürlich*«, sagte sie, als hätte Caroline sie gefragt, ob sie in diesem Haus wohne. »Du nicht?«

»Ich weiß nicht.«

»Letzte Nacht waren eine Menge Gespenster draußen.«

In der Tat, dachte Caroline. »Aber keine richtigen.«

»Nein, aber es gibt richtige, Mami. Wirklich.« Melinda lächelte. »Aurora ist unten.«

»Aurora?«

»Meine *Bohnen*sprosse. Warum vergessen das immer alle? Als Daddy mich heute morgen zur Schule fuhr und uns jemand von den Fenstern erzählt hat, wollte er gleich wieder umdrehen, aber ich hab ihn gebeten, auf mich zu warten, bis ich Aurora geholt hatte. Jetzt ist sie in der Küche und wärmt sich auf.«

»In den letzten Tagen hast du ganz schön Arbeit gehabt, deine Besitztümer vor einem Schnupfen zu schützen.«

»Ach, wenn das mit dem Fensterkaputtmachen nur aufhörte!«

»Wenn Aurora feststellt, wie lieb du sie hast, wird sie sicher wachsen.«

»Hoffentlich.« Melinda leckte den Zimt von ihren Fingern und deutete auf die Chrysantheme. »Ist sie nicht hübsch?«

»Ja. Willst du die etwa auch essen?«

Melinda kicherte. »Nein. Ich bin satt.« Sie sah ihre Mutter an. »Als Greg und ich nach Hause kamen gestern abend, hast du geweint. Ich hab dich gehört. Und heute sind deine Augen ganz komisch. Was war los?«

Caroline suchte fieberhaft nach einer Antwort. Sie konnte Melinda nicht erzählen, daß sie glaubte, Hayley gesehen zu haben, denn Melinda hatte keine Ahnung, wer Hayley war. Greg kannte die Geschichte, aber sie und David hatten beschlossen, noch zu warten, bis Melinda älter war, bevor sie ihr von dem kleinen Mädchen erzählten, das gekidnappt und ermordet worden war. Sie hätte vielleicht Angst bekommen, daß ihr dasselbe passieren würde, und Caroline wollte nicht, daß sie ihre Kindheit in Angst verlebte.

Sie wurde durch das Klingeln des Telefons neben dem Bett davor bewahrt, eine Antwort zu erfinden. »Wahrscheinlich Daddy«, sagte sie zu Melinda. Aber es war Lucy.

»Caroline, hast du von Pamela Burke gehört?«

Lucys Stimme war sehr laut, und Caroline hörte ein Zittern darin. »Nein. Hatte sie einen Unfall?«

»Es gab ein Feuer in ihrem Haus, und sie ist tot.«

»O nein«, Caroline holte tief Luft und überlegte. »Wie ist das Feuer entstanden?«

»Brandstiftung. Das ist sicher. Weißt du, die Sprinkleranlage ist angesprungen und hat das Feuer gelöscht, bevor es richtig entflammt war. Aber, Caroline, das ist noch nicht das Schlimmste. Tom wurde hinzugezogen«, fuhr Lucy fort und meinte damit ihren Liebhaber seit zwei Jahren, Tom Jerome von der Mordkommission. »Man hat Pamela in ihrem Schlafzimmer mit durchschnittener Kehle gefunden.«

»Guter Gott! Dann wurde sie ermordet!« Caroline hätte sich auf die Zunge beißen können, als Melinda aufquietschte und begann, an ihrem Arm zu ziehen.

»Wer wurde ermordet? Was ist passiert?«

Caroline hielt die Hand auf den Hörer. »Niemand, den du kennst. Ich erkläre es dir gleich.« Dann zu Lucy. »Haben sie eine Ahnung, wer dafür verantwortlich ist?«

»Noch nicht. Larry war im Büro unten in der Baufirma mit seinem Vater. Er kam nach Hause und fand einen Schwelbrand vor. Er rief die Feuerwehr vom Autotelefon aus an, aber als sie endlich da waren, war das Feuer schon fast aus. Es dauerte nicht lange, bis man Pamela fand.«

»Wie furchtbar, so zu sterben.«
»Ja. Aber es ging wenigstens schnell.«
»Das wird kein großer Trost für Larry sein.«
»Ich weiß. Ich wollte auch nicht so gefühllos klingen.« Lucy seufzte. »So, nun muß ich Schluß machen. Ich wußte, du würdest es wissen wollen, und ich fühlte mich so schuldig und mußte einfach mit jemandem reden.«
»Warum schuldig?«
»Weil ich sie nicht leiden konnte.«
»Nur weil sie tot ist, heißt das nicht, daß sie ein wunderbarer Mensch war. Hör mal, komm doch zum Mittagessen vorbei. Melinda ist zu Hause – ein paar Halloween-Rowdies haben alle Fenster ihres Klassenzimmers zerschmissen – wir drei könnten überbackene Käse-Toasts und Suppe essen.«
»Bitte komm, Tante Lucy«, zirpte Melinda im Hintergrund.
»Okay. Dann komm ich um halb eins, wenn es recht ist.«
»Prima. Wir freuen uns drauf, Lucy.«

Sobald Caroline eingehängt hatte, wurden Melindas große Augen noch runder. »Erzähl, erzähl!«

»Eine junge Frau von fünfundzwanzig, eine Frau, die ich seit ihrer Kindheit kannte, ist letzte Nacht getötet worden.«

»Und es war Mord«, sagte Melinda atemlos.

»Sieht so aus.«

»Wie?«

Caroline zögerte. Sie wußte, daß die Kinder soviel Gewalt im Fernsehen sahen, aber daß es jetzt in der eigenen Stadt passiert war, war etwas anderes. Trotzdem würde Melinda darüber in den Nachrichten hören. »Die Kehle wurde ihr durchgeschnitten. Dann ihr Haus angezündet.«

»Oh«, murmelte Melinda. »Hat Tom den Mörder gefunden?«

Melinda glaubte hartnäckig, daß Tom Jerome der einzig richtige Polizist der Stadt war und alle wichtigen Fälle bearbeitete, egal um was es dabei ging. »Tom arbeitet daran. Aber bis jetzt hatte er noch kein Glück.«

»Ich wette, er könnte Hilfe gebrauchen. Ich kriege die Nancy-Drews-Detektivgeschichten immer vorher raus, und ich schau mir immer alle Sendungen von *Mord ist ihr Hobby* an.«

Caroline sah sie ernst an. »Ich werde ihm diese Information

weitergeben. In der Zwischenzeit kannst du dein Vergrößerungsglas für die Nachforschungen putzen.«

Melinda sah entsetzt aus. »Ich habe aber doch gar keins!«

»Dann werden wir heute nachmittag eins kaufen. Wie wäre das?«

»Sagenhaft.« Melinda imitierte Lucy oft. »Aber jetzt dusch lieber und leg Make-up auf. Du siehst nicht so toll aus.«

»Danke dir, Liebling«, sagte Caroline trocken.

Als sie sich im Spiegel ansah, mußte sie Melinda recht geben. Ihre Augen waren immer noch rot und leicht angeschwollen vom Weinen, und sie war ungewöhnlich blaß. Nun, dafür war Make-up ja da – um Farbe auf die weißen Wangen zu bringen – Wangen fast so weiß wie Hayleys letzte Nacht.

Sie schloß die Augen. Natürlich war Hayley nicht an der Tür gewesen. Verlor sie langsam den Verstand, weil sie so etwas auch nur für einen Moment gedacht hatte? Aber da waren das Kind und die Puppe und die Stimme im Lagerraum. Hayleys Stimme. Sie schüttelte den Kopf und öffnete die Augen. »Du hattest bereits einen Nervenzusammenbruch, und du wirst nicht noch einen haben«, sagte sie streng zu ihrem Spiegelbild. »Hayley war nicht im Lagerraum, aber etwas geht hier vor – etwas, was ich herausfinden muß.«

Als Lucy einige Minuten zu spät kam, war Caroline bereits dabei, die Toasts zu grillen, während Melinda auf einem Stuhl stand und die Gemüsesuppe rührte, die Caroline am Tag zuvor gemacht hatte. »Das riecht ganz, ganz toll«, verkündete Melinda. Das Kind hatte sich den ganzen Morgen über große Mühe gegeben, sie aufzuheitern, und Caroline überkam eine heftige Anwandlung von Liebe für sie. Was würde ich machen, wenn ich sie auch verlöre? überlegte sie, dann schüttelte sie die düsteren Gedanken ab.

»Ich könnte ein Pferd essen!« erklärte Lucy, während sie über dem Suppentopf hing. »Ich war wegen Pamela so entsetzt, daß ich nicht gefrühstückt habe.«

»Pamela ist das Mädchen, das ermordet wurde«, sagte Melinda. »Mami hat es mir erzählt, und ich möchte, daß du Tom sagst, daß ich wirklich gut darin bin, Geheimnisse aufzudecken.«

»Das wußte ich nicht«, Lucys Stimme zeigte keine Spur von

Herablassung, wenn sie mit Melinda sprach. »Ich werde es ganz bestimmt Tom erzählen.«

»Nach dem Mittagessen gehen wir ein Vergrößerungsglas einkaufen«, erzählte ihr Caroline, »falls Tom ihre Dienste braucht. Alle guten Detektive brauchen ein Vergrößerungsglas.«

»Das brauchen sie bestimmt«, stimmte Lucy zu. »Ich weiß, Tom hat eins.«

»Warum kommst du nicht mit, Tante Lucy.«

Lucy überlegte. »Ach, ich war schon einmal diese Woche nachmittags nicht im Laden. Ich sollte nicht alle Arbeit auf Tina schieben.«

Caroline verteilte die erste Ladung Käsetoast. »Wir planen nicht den ganzen Nachmittag dafür. Ich muß nur mal ein bißchen rauskommen, und du siehst aus, als ob du auch etwas Abwechslung gebrauchen könntest. Glaubst du, Tina macht es was aus, für ein paar Stunden allein nach allem zu schauen?«

Lucy lachte. »Ihr wäre es wahrscheinlich lieber, allein zu sein. Ich glaube, sie findet meine Art etwas chaotisch. Sie ist ein sehr verschlossener Mensch.«

»Sie kann ja wohl so verschlossen nicht sein, wenn es wahr ist, was du mir über ihr Liebesleben erzählt hast.«

»Was ist mit Tinas Liebesleben?« wollte Melinda wissen. Sie war neugierig und besitzergreifend geworden, was ihr Idol betraf. »Hat sie keinen netten Freund?«

Lucy versuchte unschuldig auszusehen. »Sie hat einen sehr netten Freund. Aber sie will ihn als Geheimnis für sich behalten.«

»Oh, er ist verheiratet«, sagte Melinda nonchalant und wandte sich wieder der Suppe zu.

Lucy rang nach Luft. »Seifenopern«, informierte Caroline sie. »Sie weiß mehr übers Leben als ich.«

Nachdem sie gegessen hatten, rief Lucy im Laden an und sagte Tina, daß sie um drei zurück sei. »Ich gehe mit Caroline und Melinda einkaufen. Wir haben heute nachmittag keine Termine, also wird meine Abwesenheit hoffentlich kein Problem sein.« Tina schien ihr zuzureden, denn Lucy lächelte. »Der klügste Schachzug, den ich je gemacht habe außer die Firma zu gründen, war, dich anzustellen. Du bist nicht nur ein Genie, sondern auch noch ein Goldstück.« Caroline konnte sich vorstellen, wie Tina bei Lucys Überschwenglichkeit ein Gesicht zog. »Bis später, Miss Morgan.«

Caroline war nicht danach, sich durch den Verkehr in die Innenstadt zu kämpfen, deshalb fuhren sie in ein ungefähr fünf Meilen entferntes Einkaufszentrum. Als erstes kauften sie Melindas Vergrößerungsglas, was der Vorwand für Caroline gewesen war, von zu Hause wegzukommen. Dann gingen sie in eine teure Boutique, wo Lucy ein Abendjackett mit schwarzen Pailletten anprobierte (»Sähe das nicht Spitze zu Jeans aus?«) und sich schließlich für einen breitkrempigen roten Hut mit Feder entschied. Caroline wählte einen weißen Angorapullover, über den Lucy verlauten ließ »Konservativ, aber umwerfend«, und zum Schluß nach langen Überlegungen entschloß sich Melinda zu einem rosa Skianorak und passenden Handschuhen.

Erst als sie Cola tranken und Melinda hinüberrannte, um bei den Videospielen zuzusehen, erzählte Caroline von dem Kind, das am Abend zuvor an der Tür erschienen war. »Lucy, sie trug dasselbe Kostüm wie das, das ich damals für Hayley gemacht habe, und sie sagte ›Aß oder Ende‹, so wie Hayley es immer gesagt hat.«

Lucy sah sie seltsam an. »Ich habe Hayley den Spruch beigebracht. Er stammt von meinem Vater.«

»Chris und ich haben uns das gedacht. Hast du ihn je so von einem anderen Kind gehört?«

»Niemals.«

»Ich auch nicht. Jedenfalls, die Kombination von Spruch und Kostüm ist einfach zuviel, was meinst du.«

»Tja, das sind in der Tat viele Zufälle«, sagte Lucy langsam, »aber Zufälle passieren.«

»Nicht so viele hintereinander. Montag abend, als ich vom Kino heimkam, fand ich Twinkle auf Melindas Bett.«

»Twinkle?«

»Hayleys Clownpuppe.«

Erkenntnis dämmerte in Lucys Augen. »Natürlich! Ich erinnere mich. Sie hat diese Puppe sehr geliebt und sie überall mit hingenommen.«

»Ja. Sie hatte sie bei sich, als sie gekidnappt wurde. Sie wurde nie gefunden.«

Lucy schüttelte den Kopf. »Caroline, es kann nicht dieselbe Puppe sein.«

»Das sagt David auch, aber sie *ist* es. Ich verstehe nur nicht, wie sie da hingekommen ist.«

»Hat Fidelia an dem Tag nicht geputzt?«

»Ja.« Caroline sah, wie Lucys Augen sich zusammenzogen. »Fidelia würde so etwas nicht tun.«

»Waren die Schlösser oder Fenster aufgebrochen?«

»Die Fensterscheibe in Melindas Zimmer war kaputt. Ich dachte, daß vielleicht jemand durchgelangt und das Fenster hochgeschoben hat, aber der Polizist, der zu uns kam, sagte, es gebe keine Leiterabdrücke in der Erde unterm Fenster.«

»Es hat nicht viel geregnet. Der Boden war hart.«

Caroline lächelte. »Das Zusammensein mit einem Detective färbt ab. Dasselbe hat der Polizist auch gesagt. Aber unterm Fenster ist ein Asternbeet, und keine einzige Pflanze ist zerdrückt oder abgebrochen worden.«

»Und es gibt keinen anderen Weg, das Fenster von außen zu erreichen?«

»Keinen.«

»Dann ist die einzige Antwort Fidelia. Sie war im Haus, und außerdem, Caroline, gut kennst du sie nicht.«

»Ich glaube doch. Und warum um alles in der Welt hätte sie etwas davon, mir Angst einzujagen? Selbst wenn sie zu solchen Gemeinheiten fähig wäre, woher hat sie dann Twinkle?«

Lucy stieß abwesend mit dem Strohhalm in das gestoßene Eis ihres Bechers. »Bist du dir sicher, daß es Hayleys Puppe war?«

»Ich bin mir sicher. Ich zeige sie dir, wenn wir nach Hause kommen.«

Lucy war ungewöhnlich still auf der Rückfahrt. Caroline wußte, daß sie sie noch mehr aufgeregt hatte, aber sie konnte es nicht ändern. Lucy war außer David der einzige Mensch, mit dem sie über Hayley reden konnte. Bei ihren betagten Eltern rief jede Bemerkung über das geliebte ermordete Kind eine Worttirade hervor (»Ein *Künstler*! Welcher Mann mit Verantwortung läßt seine Frau arbeiten gehen, während er selbst nur Farbe auf eine Leinwand kleckst? Wir haben dir immer gesagt, er ist unzuverlässig, verantwortungslos. Wenn er ordentlich auf das Kind aufgepaßt hätte, wäre das nie passiert.«); Chris hatte sie nicht mehr gesehen, seit sie ihm vor drei Jahren zufällig an Hayleys Grab begegnet war. Und von Davids Reaktion war sie enttäuscht. Auch wenn er am Halloween-Abend, nachdem das Kind dagewesen war, beruhigend auf sie eingewirkt hatte, wußte sie, daß er glaubte, ihre Phantasie wäre mit ihr durchgegangen aus Kummer und wegen des Einbruchs. Deshalb brauchte sie jemanden, der ihr zuhörte, jemanden, der sie ernst nahm.

Als sie nach Hause kamen, ging Melinda sofort mit ihrem Vergrößerungsglas hinters Haus, um nach Spuren zu suchen. »Ich finde heraus, wer mein Fenster zerbrochen hat«, verkündete sie Caroline. »Sie haben wahrscheinlich überall Fußspuren hinterlassen.«

Sobald sie mit ihren Untersuchungen beschäftigt war, begleitet vom treuen George, ging Caroline mit Lucy nach oben. »Wenn du die Puppe siehst«, sagte sie zu Lucy, »dann erkennst du sie. Du wirst *wissen*, daß es Twinkle ist.«

Bevor sie neulich nacht zu Bett gegangen war, hatte Caroline die Puppe in eine alte Hutschachtel auf dem Bord in ihrem Schrank verstaut. Als sie sie herunterholte, lächelte Lucy. »Caroline, du hast diese Schachtel, seit ich dich kenne. Früher hast du Geschenke für Hayley darin aufgehoben.«

»Aber jetzt sind keine Geschenke mehr drin. Jetzt ist nur –«
Die Schachtel war leer.

Caroline hätte am liebsten vor Wut geheult. »Das verstehe ich nicht. Ich habe Twinkle vor zwei Tagen hier hineingetan. Ich wollte nicht, daß Melinda sie sieht.«

Lucy sah sie mitleidig an. »Könnte David sie genommen haben?«

»Glaube ich nicht.«

»Was ist mit Melinda?«

»Wenn sie das olle Ding gefunden hätte, wäre sie damit zu mir gekommen. Außerdem durchwühlt sie meinen Schrank nicht.«

»Fidelia?«

»Wie hätte sie wissen können, wo ich sie versteckt habe?«

»Könnte jemand hereingekommen sein?«

»Die Schlösser wurden am Tag nach dem Einbruch ausgetauscht, und es hat keine zerbrochenen Fenster mehr gegeben.«

Caroline sank auf das Bett neben Lucy. »Ich wollte doch so sehr, daß du die Puppe siehst, damit du bestätigst, daß sie Twinkle ist.«

»Könnte David das nicht? Er war doch während Hayleys Kindheit auch in der Nähe.«

»Er war in meiner Nähe, nicht in Hayleys. Er hat sie und Chris nur selten gesehen.«

Lucy klopfte auf Carolines Bein. »Sieh mal, Schatz, ich weiß nicht, was vor sich geht, aber du mußt es jetzt mal für eine Weile gut sein lassen. Es macht dich verrückt.«

»Danke.«

»Du weißt, wie ich es meine. Du bist fertig.«

Caroline faltete ihre Arme vor der Brust. »Ich weiß, ich klinge verrückt, aber wie kann ich das Kind vom Halloween-Abend vergessen, wie den Fund von Twinkle, wie den zerstörten Engel auf dem Grab?«

Lucys Augen weiteten sich. »Der Engel auf ihrem Grabstein?«

»Ja. Ich habe es an ihrem Geburtstag entdeckt.«

»Als ich morgens die Blumen brachte, war alles in Ordnung.«

»Das dachte ich mir, aber um fünf Uhr war es passiert.« Sie sah in Lucys Augen. »Sein Kopf ist abgeschlagen worden.«

Lucy schüttelte sich. »Gott.«

»Und das ist nicht alles. Es lag ein Bouquet mit schwarzen Seidenorchideen auf dem Grab, mit einer Karte. Darauf stand in einer Kinderschrift: ›Für Hayley, Schwarz zur Erinnerung.‹«

Lucy starrte sie an. »Bist du dir sicher?«

»Warum fragst du mich das dauernd? Natürlich bin ich mir sicher.«

»Hast du das Bouquet?«

»Nein... ich war so erschrocken, daß ich vom Friedhof weggerannt bin. Am nächsten Tag bin ich wieder hingegangen, aber das Bouquet war weg.«

»Keine Puppe, kein Bouquet.«

Caroline wurde aufgebracht. »Vielleicht ist die Puppe ja nicht mehr da, aber David hat sie auch gesehen.«

»Aber er konnte sie nicht identifizieren.«

»Was ist mit dem Grab?«

»Hör mal, Caro, ich möchte nicht hart werden, aber Hayleys

Tod vor zwanzig Jahren war eine Sensation in dieser Stadt. Eine Menge Verrückter laufen hier rum. Einer von ihnen könnte das Grabmal zerbrochen und das Bouquet hingelegt haben.«

»Vermutlich. Aber ich weiß nicht –«

Lucy sah weg und fuhr mit den Fingern durch ihr zerzaustes Haar, wie immer, wenn sie unglücklich war. »Caroline, du mußt die Geschichte vergessen. Laß sie eine Weile in Frieden. Laß *Hayley* in Frieden.«

Caroline war verletzt. »Glaubst du nicht, daß ich sie in Frieden lassen will?«

»Ehrlich gesagt, nein. Du hast seit neunzehn Jahren nicht davon abgelassen. Du hast sogar Privatdetektive angestellt, um nach ihr zu suchen, *nachdem* ihr Leichnam identifiziert worden war.«

Carolines Blick senkte sich. »Ich konnte nicht glauben, daß sie tot war.«

»Weil du es nicht wolltest. Aber sie ist es. Das ist die kalte, häßliche Wahrheit. Sie ist *tot*.«

Einen Moment lang hatte Caroline Lust, ihre seit dreiundzwanzig Jahren beste Freundin zu schlagen. Dann fühlte sie ihre Wut verrauchen. »Natürlich. Sie ist tot. Aber was ist mit der Puppe und dem Bouquet und dem kleinen Mädchen an der Tür, das genauso aussah wie Hayley an ihrem letzten Halloween? Ich habe Angst.«

»Dann laß uns mit Tom reden. Vielleicht kann er dir helfen.«

»O Lucy, du weißt gar nicht, wie gut mir das täte.«

Plötzlich bemerkte Caroline, daß Lucy unnatürlich blaß aussah, verschlossen, mit eisiger Miene. Vielleicht war all dies zusammen mit der Nachricht von Pamelas grausamem Tod zuviel für sie. Lucy gab sich gerne härter, als sie wirklich war. Nur Caroline und möglicherweise Tom schienen zu verstehen, daß unter dem glitzernden Äußeren ein empfindliches Wesen steckte.

»Warum kommst du nicht mit hinunter und trinkst noch einen Kaffee, bevor du in den Laden fährst?«

Lucy lächelte leicht. »Danke, aber ich muß wirklich los. Ich war schon länger weg, als ich Tina gesagt habe.«

Nachdem sie gegangen war, ging Caroline in die Küche, um

Kaffee zu machen. Melinda war von draußen hereingekommen und in eine ernsthafte Unterhaltung mit Aurora vertieft, als sie die Küche betrat. Nachdem sie ihrer Mutter erzählt hatte, daß Pflanzen es mochten, wenn man mit ihnen redete, fuhr sie unbefangen fort, dem Topf Erde von Vergrößerungsgläsern und Fußspuren und von der Amateurdetektivin Nancy Drew zu erzählen, während Caroline am Tisch saß und auf das leuchtende Chrysanthemenbeet starrte. Als das Telefon klingelte, rannte Melinda hin.

»Es ist für *mich*«, sagte sie wichtigtuerisch, als Caroline automatisch nach dem Hörer griff. »Eine Freundin.«

»Oh, Entschuldigung«, lachte Caroline. Während sie eine Tasse starken, schwarzen Kaffee trank und abwesend an einem Blumenmuster für eine reichverzierte Tischdecke und Servietten zeichnete, die Lucy in Auftrag gegeben hatte, kicherte und schwätzte Melinda etwa zwanzig Minuten am Telefon. Als sie auflegte, verkündete sie: »Das war meine neue beste Freundin.«

»Deine *neue* beste Freundin?« wiederholte Caroline. »Was ist mit Jenny?«

»Sie ist okay, aber gestern hat sie sich über Aurora lustig gemacht, und das verletzt Auroras Gefühle. Ich will keine beste Freundin, die gemein zu Pflanzen ist.«

»Würde ich auch nicht wollen. Ist deine neue beste Freundin in deiner Klasse?«

»Nein, sie ist jünger als ich. Ich habe sie gestern abend kennengelernt, als ich draußen beim Halloween-Sammeln war. Als Greg und ich das Haus verlassen haben, hat sie gesagt, daß sie mein Kostüm mag. Sie ist eine Weile mit uns gegangen. Sie hatte ein tolles Kostüm an. Sie war als Clown verkleidet.«

Caroline goß sich heißen Kaffee auf die Hand, achtete aber nicht darauf. Langsam fragte sie: »Wie heißt dieses Mädchen?«

»Hayley.«

5

Caroline sprang vom Tisch auf. »Hayley? Hayley wer?«

Melinda sah sie mit großen grünen Augen an. »An ihren Nachnamen kann ich mich nicht erinnern.«

»Corday?«

»Vielleicht. Ich bin mir nicht sicher.«

»Auf, denk nach!«

Melindas Gesicht zuckte, und sie merkte, daß sie das Kind erschreckte. Caroline bückte sich, um sie in ihre Arme zu schließen. »Tut mir leid, Schätzchen. Es ist halt wichtig, daß du dir alles merkst, was deine neue Freundin betrifft.«

»Warum? Sie ist ein Kind, so wie ich, nur kleiner.«

Caroline hockte sich auf ihre Fersen und versuchte zu lächeln. »Ich habe letzte Nacht ein Kind gesehen, das aussah wie ein kleines Mädchen, mit Namen Hayley, das ich vor langer Zeit gekannt habe. Es muß das Mädchen sein, das du letzte Nacht getroffen hast.«

Melinda schaute verwirrt. »Aber Mami, sie kann gar nicht das kleine Mädchen sein, das du vor langer Zeit gekannt hast.«

»Warum nicht?«

»Weil sie heute kein kleines Mädchen mehr sein würde.«

»Da hast du recht. Okay, es könnte nicht dasselbe kleine Mädchen sein. Aber trotzdem möchte ich deine neue Freundin mal kennenlernen.«

Melinda strahlte. »Dann frage ich sie, ob sie mal rüberkommen kann zum Spielen.«

»Gut. Weißt du, wo sie wohnt, oder hast du ihre Telefonnummer?«

»Nee. Aber sie wohnt im Wald, in einem Blockhaus.«

Caroline erstarrte, versuchte aber ihre Stimme beiläufig zu halten. »Hat Hayley etwas über ihre Eltern erzählt?«

Melindas Augen blickten im Zimmer umher, während sie nachdachte. »Sie hat gesagt, ihr Vater malt Bilder. Sie meinte wohl, er ist ein Künstler«, erklärte sie mit einem nachsichtigen Lächeln den beschränkten Wortschatz ihrer kleinen Freundin.

»Ein Künstler.« Carolines Herz klopfte. »Was ist mit ihrer Mami?«

Melinda zog an einer langen kastanienfarbenen Locke und runzelte die Brauen. »Ich glaub nicht, daß sie etwas von ihrer Mami gesagt hat. Nein, ich bin sicher, hat sie nicht. Aber ich habe von dir erzählt.«

»Was hast du gesagt?«

Melinda lächelte. »Daß du hübsch bist und eine Menge nähst. Sie hat auch gesagt, daß sie dich nett findet.«

»Das ist alles?«

»Ja. Kann ich jetzt fernsehen?«

Caroline hätte das Kind gerne noch weiter ausgefragt, aber sie wollte sie nicht beunruhigen. Sie lächelte. »Sicher, Baby. Später kannst du mir erzählen, was du gesehen hast.«

Caroline setzte sich schwerfällig auf einen der Küchenstühle. War das alles ein schrecklicher Scherz?

Mami, ich brauch dich. Caroline hatte die Stimme in Lucys Lager noch im Ohr. Hayleys Stimme. Sie stützte den Kopf in die Hände und erinnerte sich an die Monate nach Hayleys Tod, als sie durch Schock und Abwehr dauernd glaubte, Hayley überall zu sehen, ihre Stimme zu hören. *Wußte*, daß sie lebte.

»Aber jetzt ist die Situation anders«, sagte sie laut. »Damals habe ich nicht Hayleys Puppe gefunden. Mein kleines Mädchen hat nie zuvor Anrufe von einem Mädchen namens Hayley erhalten, das in einem Blockhaus wohnt und einen Künstlervater hat.« Sie seufzte. »Oder vielmehr *behauptet*, Hayley zu heißen und in einer Hütte zu wohnen. Ich muß vernünftig bleiben. Aber warum sollte jemand ein Kind dazu bringen, so etwas zu tun?«

Als Greg eine halbe Stunde später aus der Schule kam, stürzte sie sich auf ihn. »Hast du gestern abend ein kleines Mädchen in einem Clownkostüm gesehen?«

Er schoß wie eine wärmegesteuerte Rakete auf eine Schale mit Trauben zu, feuerte ungefähr fünf in seinen Mund und blickte sie verwirrt an. Schließlich nickte er. »O ja, da war so ein Gör. Richtig habe ich sie nicht gesehen. Sie kam auf uns zu und hat mit Lin geredet.«

»Wie sah sie aus?«

»Weiß nicht. Sie hatte ein Kostüm an und Schminke. Sie war kürzer als Lin, also war sie vermutlich jünger. Sie quasselte wie verrückt, aber ich hab nicht zugehört.« Er vertilgte mehr Trauben und starrte sie fragend an. »Was ist los?«

Caroline zögerte, weil sie nicht wußte, wie er reagieren würde, wenn sie ihm die Wahrheit sagte. Anders als sein Vater neigte er zu unüberlegten Handlungen. Wenn er sie ernst nahm, konnte er losstürmen, um das kleine Mädchen zu suchen. Nein, sie würde das Problem erst einmal herunterspielen. Wenn etwas Neues passierte, würde sie ihm die Wahrheit sagen.

»Es ist nur, daß Melinda dieses kleine Mädchen mag und sie einladen wollte, aber sie weiß gar nichts über sie. Ich dachte, du wüßtest was.«

Gregs dunkle Augen betrachteten sie skeptisch. »Mom, du bist eine furchtbar schlechte Lügnerin. Willst du mir nicht erzählen, was wirklich los ist?«

»Nein, jetzt nicht.«

»Okay.« Er schmiß den kahlen Strunk der Weintraube durch die ganze Küche und traf den Abfalleimer. »Ich bin bereit zuzuhören, wenn du bereit bist zu reden.«

Caroline lächelte immer noch, als er aus dem Zimmer schlenderte und das Telefon klingelte. Sofort verschwand ihr Lächeln. War es wieder das kleine Mädchen? Und würde sie sprechen, wenn Caroline ans Telefon ging?

Ihre Hand zitterte leicht, als sie den Hörer aufnahm. Sie machte eine Pause, bevor sie Hallo sagte und David schnauzte: »Melinda, spielst du mit dem Telefon?«

»Nein, David, ich bin's«, sagte Caroline und stieß ihren angehaltenen Atem aus.

»Warum hast du nichts gesagt?«

»Ich hatte –« Ich hatte was? dachte sie. Angst. »Was ist los?« fragte sie schnell und hoffte, daß sie nicht so nervös klang, wie sie sich fühlte. »Warum rufst du an?«

David schien zu abgelenkt zu sein, um zu bemerken, daß sie seine Frage nicht beantwortete. »Ich hatte einen schrecklichen Tag und komme erst spät. Erwarte mich nicht vor halb sieben.«

Caroline schaute auf die große Küchenuhr über der Theke. 3.50. Da hatte sie genügend Zeit, ihm ein besonderes Abendessen zu kochen, um seine Laune zu verbessern. »Dann warten wir auf dich. Wenn du später kommst, rufst du an?«

»Wenn ich kann.« Seine Stimme wurde weicher. »Wie fühlst du dich heute? Noch immer beunruhigt?«

»Laß uns heute abend darüber reden. Bis später.«

Sie ging ins Wohnzimmer, wo Greg sich mit Melinda heimlich eine Seifenoper ansah, während er vorgab, eigentlich *Omni* zu lesen. »Kinder, euer Vater kommt heute später. Wollt ihr wie immer essen oder auf ihn warten?«

»Auf Daddy warten!« piepste Melinda, zu beschäftigt um aufzuschauen.

Greg blickte betont von seiner Zeitschrift auf. »Ja, wir warten.«

Aber um Viertel nach sieben wurden die gefüllten Schweinekoteletts hart, die gebratenen Äpfel breiig, die grünen Bohnen schlaff, während die Kinder durch die Küche schlichen wie hungrige Wölfe um ein Lagerfeuer. Sie beschlossen, ohne Daddy anzufangen.

»So hungrig war ich seit mindestens fünf Jahren nicht mehr«, verkündete Melinda und überschwemmte ihren gemischten Salat mit Salatsoße. »Und du, Greg?«.

»Bei mir ist es sicher sechs oder sieben Jahre her.« Er verbarg ein Grinsen. »Mom, warst du jemals so hungrig?«

»Ich glaube einmal, als ich noch zur Schule ging, in der Abschlußklasse.«

Melinda blickte interessiert. »Hast du das Mittagessen vergessen?«

»Nein, ich war auf Diät. Ich glaubte der Herzogin von Windsor, die behauptet – daß man niemals zu reich oder zu dünn sein könne.«

Greg schaufelte die Äpfel rein. »Wer ist die Herzogin von Windsor?«

»Prinzessin Dianas Schwester«, sagte Melinda mit tadelnder Stimme. »Weißt du denn gar nichts?«

Caroline lächelte. »Nein, Schatz, sie war mit dem Herzog von Windsor verheiratet, der König von England gewesen war. Er hat den Thron aufgegeben, um sie heiraten zu können.«

»Ach«, Melinda war beeindruckt. »Warum konnte er kein König mehr sein?«

»Weil Wallis Simpson – die Herzogin von Windsor – eine Bürgerliche war.«

»Meinst du wie ein Brauer?«

Greg lachte laut los. »Das heißt *Bauer*, Dummchen.«

Melinda funkelte ihn an, dann wandte sie sich an Caroline. »Dornröschen war eine *Bäuerin*, und sie hat einen Prinzen geheiratet.«

»Ach, das ist nur eine Geschichte, Schnitzelchen. Das Leben ist halt nicht immer wie im Märchen.«

»Hayley mag Märchen«, gab Melinda bekannt, wobei sie die grünen Bohnen unter ihr Kotelett schob in der Hoffnung, daß Caroline es nicht bemerken würde.

Greg kaute langsamer, als Melinda »Hayley« sagte: Er schaute nicht hoch, aber Caroline konnte sehen, daß er genau zuhörte. Schließlich gab es nicht viele Mädchen, die Hayley hießen.

»Weißt du, welches ihr Lieblingsmärchen ist?« fragte Caroline beiläufig.

»Schneewittchen und die sieben Zwerge. Aber sie sagt *Werge*.«

Melinda kicherte entzückt, während Carolines Blut in den Adern gefror. Sie konnte hören, wie Hayley Chris fragte »Daddy, liest du mir noch Schneewittchen und die sieben Werge vor? Welcher Werg ist dein Lieblingswerg? Meiner ist Schlaffi. Er ist so süß und traurig.«

Carolines Gabel hing zwischen Mund und Teller. »Hat Hayley denn einen Lieblingszwerg?«

»Weiß ich nicht. Ich frag sie.« Melinda sah sie strahlend an. »Ich hab meinen Teller leergegessen. Gibt es noch Nachtisch?«

»Käsekuchen. Im Kühlschrank.«

»Oh, Spitze!« Melinda raste durch die Küche und riß die Kühlschranktür auf. Greg sah Caroline an. Sie mußte ihm die Situation erklären, wenn Melinda im Bett war. »Mit Kirschen obendrauf! Willst du welchen, Greg?«

»Ich hol ihn schon. Du läßt ihn noch fallen.«

»Mach ich nicht!« Aber Melinda stand daneben, als Greg das Dessert herausholte und Stücke abschnitt. »Drei dicke, große«, befahl Melinda.

»Nicht für mich«, sagte Caroline mit belegter Stimme. »Ich eß meins später mit Daddy.« Sie stand auf und schenkte sich Kaffee ein, während die Kinder aßen. Ein Kind, das wie Twinkle angezogen war und über Schneewittchen und die sieben Werge sprach. Selbst *wenn* jemand einen schlechten Scherz machte, wie konnte er von Hayleys falscher Aussprache der Zwerge wissen? Ihre Hände hatten zu zittern begonnen, während Melinda und Greg ihren Käsekuchen aßen. Sie ließ sie zum Fernsehen entkommen, ohne auch nur zu fragen, ob sie ihre Hausaufgaben gemacht hatten.

Als David um acht nach Hause kam, war das Essen ruiniert und Caroline schlechter Laune. »Warum um alles in der Welt hast du nicht angerufen. Das Abendessen ist hin.«

David warf ihr einen verblüfften Blick zu, als er seinen Mantel an den Garderobenständer hängte. »Ich hatte Probleme. Habe beinahe eine junge Mutter verloren.«

Nach diesem Dämpfer sagte Caroline: »Tut mir leid. Wahrscheinlich hätte ich das Essen früher vom Herd nehmen sollen, um es aufzuwärmen, wenn du kommst.«

David ging zu ihr und legte den Arm um sie. »Ich bin sowieso nicht hungrig. Was ich wirklich gebrauchen könnte, ist ein sehr großer Scotch und Wasser.«

»Es gibt Käsekuchen.«

»Davon auch was.«

»Käsekuchen und Scotch? Na, das ist eine Kombination.«

Er lachte. »Vergiß den Scotch. Ich kann heute nacht noch mal herausgerufen werden. Einmal Käsekuchen und Kaffee.«

»Kommt sofort. Bitte nehmen Sie schon Platz.« Während sie frischen Kaffee machte und den Kuchen schnitt, sagte sie: »Also ist die Frau durchgekommen?«

»Knapp. Das dumme Ding war im siebten Monat schwanger und steigt auf eine Leiter zum Fensterputzen. Sie hat das Gleichgewicht verloren und ist auf eine Schaufel gefallen.«

»O Gott! Und das Baby?«

David schüttelte den Kopf. »Tot. Es war ein Mädchen – ein perfektes kleines Mädchen.«

»O David, es tut mir so leid.« Caroline stellte den Kuchen vor ihn hin und bemerkte, daß er zum Umfallen müde aussah.

»Übrigens«, sagte er und balancierte eine Kirsche auf der Gabel. »Warst du mit Lucy nicht neulich bei Pamela Burke?«

»Ja. Du hast von ihrem Tod gehört.«

»Das schmeckt toll, Schatz. Ja, ich habe eine verrückte Geschichte gehört, daß Pamela im brennenden Haus mit durchgeschnittener Kehle gefunden wurde.«

»Es stimmt. Tom arbeitet an dem Fall. Sie ist ermordet worden.«

»Schrecklich.«

»Noch etwas Schreckliches ist heute passiert. Melinda hat einen Anruf bekommen von einem kleinen Mädchen, das sie gestern abend kennengelernt hat; ein kleines Mädchen, das zu Halloween ein Clownkostüm trug.«

David zog die Augenbrauen hoch. »Das Kind, das hier war?«

»Ich bin mir sicher, David, sie hat Melinda erzählt, daß sie Hayley heißt, in einem Blockhaus wohnt und ihr Vater Künstler ist.«

David legte die Gabel hin. »Was zum Teufel?«

»*Und* sie sagte, ihr Lieblingsmärchen sei Schneewittchen und die sieben *Werge*. So hat das Hayley auch immer gesagt – Werge statt Zwerge.«

David holte tief Luft. »Das wird immer seltsamer.«

»Ich weiß. David, ich habe Angst, besonders seit Twinkle aus meinem Schrank verschwunden ist.«

David sah verlegen aus. »Caroline, das ist meine Schuld. Ich habe sie weggeworfen.«

»*Warum*?«

»Es ist unmöglich, daß diese Puppe Hayley gehörte. Ich dachte, es wäre ein dummer Scherz von Fidelia.«

»Aber warum hast du sie weggeworfen?«

»Ich weiß nicht. Du hast dich so daran geklammert. Ich hatte Angst um dich.«

Caroline lehnte sich im Stuhl zurück. »Du dachtest, ich würde wieder durchdrehen, ja?«

David legte die Gabel hin. »Du hast seit Tagen ständig von Hayley gesprochen.«

»Ich habe nicht ständig von *Hayley* gesprochen. Ich habe dir erzählt, was passiert ist. Du kannst nicht leugnen, daß jemand eingebrochen ist und Twinkle auf Melindas Bett gelegt hat.«

»Ich habe ein zerbrochenes Fenster und eine Puppe gesehen, ja.«

Caroline starrte ihn an. »Das war sehr vorsichtig formuliert. Was willst du damit sagen – daß *ich* das Fenster eingeworfen und eine Clownpuppe auf Melindas Bett gelegt habe?«

»Das habe ich nicht gesagt.«

»Aber du hast es angedeutet.«

»Nein, habe ich nicht. Was ist in dich gefahren?«

»Ich will wissen, woher deiner Meinung nach die Puppe kam. Und sage nicht von Fidelia.«

»Wie kann ich ehrlich antworten, wenn du mir sagst, was ich antworten darf?« David seufzte irritiert. »Ich möchte nicht mit dir streiten.« Caroline fühlte, wie ihre Wangen vor Zorn heiß wurden. »Vermutlich hat Fidelia ein Kind angeheuert, das zu Melinda gegangen ist und ihr erzählt hat, daß sie in einem Blockhaus lebt und einen Künstler als Vater hat. Oder denkst du, ich hätte das erfunden.«

»Ich denke, ich will doch den Scotch«, sagte David, stand auf und ging zum Küchenschrank, wo sie die Getränke aufbewahrten.

»Was hast du mit Twinkle gemacht? Entschuldigung, mit der unbekannten Clownpuppe.«

»Der Müll wurde am nächsten Morgen abgeholt.« David klapperte mit dem Eis in seinem Glas. »Nachdem du eingeschlafen warst, hab ich die Puppe aus der Hutschachtel genommen und zusammen mit dem anderen Müll auf die Straße gestellt.«

»Toll.«

»Tut mir leid. Wenn ich gewußt hätte, daß es dich so aufregt, hätte ich sie niemals angefaßt.« David setzte sich mit ernster Miene wieder an den Tisch. »Caroline, ich sage nicht, daß du Sachen erfindest oder daß gar nichts passiert ist. Aber du mußt dich erinnern, wie viele Leute geglaubt haben, du oder Chris, ihr hättet Hayley ermordet. Sogar die Polizei war am Anfang mißtrauisch. Natürlich überprüfen sie zuallererst die Eltern, wenn ein Kind verschwindet. Sie haben bald erkannt, daß sie falsch lagen. Aber wahrscheinlich hat eine Menge Verrückter niemals aufgehört, es zu glauben.«

Ich weiß, daß du dein kleines Mädchen getötet hast. Caroline konnte immer noch die haßerfüllten Stimmen der Frauen hören, die im Laden auf sie zukamen, ein Tankwart, ein alter

Mann, der an ihre Haustür kam. Es waren Briefe gekommen. *Warum hast du das getan? Wie war das, den Kopf eines Kindes abzuhacken? Und überhaupt, wo ist der Kopf?* Aber die Telefonanrufe waren das Schlimmste gewesen. Dutzende, bis schließlich Chris das Telefon abschalten ließ. Lucy hatte ihr erzählt, daß er bis heute kein Telefon im Haus haben wollte.

Caroline legte die Hände gefaltet auf den Tisch. »David, das war vor so langer Zeit. Warum geht das alles wieder los, nach neunzehn Jahren, und aus heiterem Himmel? Wer kann soviel von Hayley wissen? Bestimmt nicht Fidelia.«

»Fidelia kennt Leute, die dich und Chris kennen, vielleicht hat sie Spaß daran, Unruhe zu stiften, nur um zu sehen, was passiert.«

»Ich weiß nicht, was sie dir getan hat, daß du das denkst.«

»Ich weiß nicht, warum du ihr so vertraust. Eigentlich solltest du nach deinen Erfahrungen mit Menschen ein bißchen weniger vertrauensselig sein.«

David beugte sich vor, um Carolines Hand mit seiner zu bedecken. »Wir werden den Grund dafür noch herauskriegen, Schatz, ich versprech's dir.«

Caroline versuchte zurückzulächeln, merkte aber, daß diesmal Davids Beteuerungen sie nicht beruhigten.

6

1

Am nächsten Morgen erhielt David früh einen Anruf und verschwand nach einer schnellen Tasse Kaffee um halb acht. Caroline machte für die Kinder Toast zum Frühstück, dann fuhr sie Melinda zur Schule. Als das Kind aus dem Wagen kletterte, sagte Caroline: »Schatz, wenn du Hayley heute siehst, laß dir ihren Nachnamen und ihre Adresse sagen, aber gehe mit ihr nirgendwo hin.«

Melindas Augen weiteten sich vor Überraschung. »Ich habe aber Hayley noch nie in der Schule gesehen.«

»Wie kannst du das wissen? Sie war doch als Clown geschminkt, als du sie neulich abends trafst.«

»Ach ja, habe ich vergessen. Aber sie ist doch nur ein *kleines* Mädchen, Mami. Vielleicht geht sie ja noch nicht zur Schule.«

»Ich hoffe nicht«, murmelte Caroline, dann sagte sie fröhlich: »Wenn sie aber doch zu dir kommt, denk daran, was ich gesagt habe. Gehe nirgendwohin mit ihr. Gehe mit *niemandem* irgendwohin.«

»Mami, das hast du doch schon hundertmal gesagt. Mach ich doch nicht.«

»Und wenn etwas Ungewöhnliches passiert, dann rennst du zu deiner Lehrerin.«

»Was denn Ungewöhnliches?«

»Oh, ich weiß nicht. Bleib einfach in der Nähe von Miss Cummings.«

Melinda sah sie an, als wäre sie verrückt. »Okay«, sagte sie ungeduldig. »Wie du willst. Bis später.«

Wenn ich doch nur bei dir bleiben könnte, dachte Caroline, als Melinda sich umdrehte, ihr einen Kuß zuwarf und durch die Eingangstür hüpfte. Wenn ich dich doch nur vierundzwanzig Stunden am Tag beschützen könnte. Aber wovor beschützen?

Ich habe keine Vorstellung, was uns bedroht, noch weniger, wie ich es verhindern kann.

Sie hatte mit dem Direktor der Schule gesprochen und ihn gebeten, darauf zu achten, daß immer jemand auf das Kind aufpaßte. »Aber, Mrs. Webb, darum bemühen wir uns doch immer«, sagte er in einem desinteressierten, begütigenden Ton, der sofort aufhörte, als sie ihm erzählte, daß schon einmal ein Kind von ihr gekidnappt und ermordet worden war und daß jetzt Melinda die Aufmerksamkeit eines Verrückten auf sich gezogen habe. »Die Polizei untersucht den Fall bereits«, log sie munter. »Ich bin sicher, man wird sich auch dafür interessieren, wie die Schule in dieser Angelegenheit mitarbeitet.«

»Ja, natürlich«, sagte er plötzlich ernst. »Sie können mit uns rechnen, Mrs. Webb.«

Na klar kann ich das, dachte sie. Andernfalls, das weißt du, bedeutet das ziemlich schlechte Werbung für dich.

Nachdem sie Melinda abgeliefert hatte, wollte sie eigentlich direkt nach Hause zurück, aber dann fuhr sie von der Schule aus südwärts. Ich fahr einfach ein bißchen umher, um mich zu beruhigen. Sie redete sich dies den ganzen Weg zum Longworth Hügel oberhalb von Chris Cordays Haus ein.

Sie war nur einmal in achtzehn Jahren zu der Hütte zurückgekehrt, seit Chris damals eine Woche lang mit einer jungen Kunststudentin von der Universität abgehauen war. Es hatte in dem Jahr andere vor ihr gegeben, und obwohl Caroline weinte und wütete, war sie entschlossen, zu dem Mann zu halten, den sie liebte und der fast verrückt wurde vor Schmerz und Schuldgefühlen wegen Hayley. Aber ihr eigener Gemütszustand war labil, und als Chris nach sechs Tagen zurückkam, stinkend vor Alkohol und mit einer betrunkenen Sechzehnjährigen im Arm, war sie einfach weggelaufen, in ihren alten Fiat gestiegen und zu Lucy gefahren. Am selben Tag noch hatte sie mit tödlicher Ruhe, wenn auch ihre Augen brannten und ihr Herz klopfte, einen Anwalt aufgesucht und die Scheidung beantragt. Zwei Tage später war sie zurückgefahren, um ihre Sachen zu holen. Chris hatte nicht versucht, sie zurückzuhalten. Er saß in dem alten Schaukelstuhl und sah ihr beim Packen zu und schien erleichtert zu sein. Und sie begriff, daß er aus Gründen, die sie nicht verstehen konnte, versucht hatte, sie zu vertreiben, seit der Leichnam des Kindes gefunden worden war.

Jetzt fuhr ihr roter Thunderbird zügig die Schotterstraße hinauf, die früher ihr Fiat kaum gepackt hatte, und sie erinnerte sich wieder lebhaft daran, wie sie nach der Hochzeit im Park hierher gekommen war. Als Kind der sechziger Jahre trug sie ein langes, altmodisches Kleid mit Lochspitze und Gänseblümchen im Haar. Bei der Erinnerung rollte sie mit den Augen. Auch Chris hatte ihr gesagt, daß sie eine der schönsten Frauen sei, die er je gesehen habe, und ihr Glück an jenem Tag war so groß, daß es ihr kaum etwas ausmachte, daß ihre Eltern sich geweigert hatten, an ihrer Trauung mit einem brotlosen Maler teilzunehmen. Natürlich fiel der Bann, als Caroline fünf Monate später entdeckte, daß sie schwanger war. Dann schwebten sie ein mit Angeboten für ein Haus in einer entsprechenden Gegend und einem Job für Chris in ihres Vaters Maklerfirma. Beides wurde abgelehnt. Chris malte weiter, während Caroline als Sprechstundenhilfe bei David Webb bis zwei Wochen vor der Geburt weiterarbeitete. David brachte das Baby kostenlos zur Welt und zahlte ihr auch das Gehalt während des sechswöchigen Mutterschutzes weiter. »Du weißt, daß er in dich verliebt ist«, hatte Chris immer zu Caroline gesagt. »Er ist zuverlässig, wohlhabend – du hättest ihn heiraten sollen, nicht mich. Er ist sogar ledig, und es gibt keine früheren Mrs. Webbs, die Schwierigkeiten machen könnten.« Als Hayley verschwand, hatte David eine Belohnung von zehntausend Dollar für ihre Rückkehr ausgesetzt und zwei Wochen später auf zwanzigtausend verdoppelt. Daraufhin erzählte man sich, daß sie ein Verhältnis hätten, aber Chris war keinen Augenblick lang eifersüchtig. Er hatte stets gewußt, daß sie heftig in ihn verliebt war, daß andere Männer für sie nicht wirklich existierten. Und eine gewisse Zeit lang hatte er dasselbe für sie gefühlt.

Ihre Kehle schnürte sich zu, als die Hütte ins Blickfeld kam. Da lag sie, klein und vom Wetter gebleicht und unglaublich schön. Als sie sie noch mit Chris teilte, hatte sie Blumen um die Veranda blühen lassen. Jetzt sah sie sehr karg aus ohne einen einzigen Strauch, der die geraden Umrisse auflockerte. Aber der Rasen war gepflegt, und ein Windspiel hing vom Verandadach. Ein neues Windspiel aus zartem, bemaltem Glas, wie sie es immer auf die Veranda gehängt hatte. Ersetzte Chris es jedes Jahr?

Sie fuhr vor die Hütte, stellte den Motor ab und kletterte aus dem Auto, ohne sich Zeit zum Nachdenken zu lassen. Wenn sie nachdachte, würde sie sich vielleicht umdrehen und weggehen. Einen Moment lang blieb sie stehen, um den Berg hinaufzuschauen bis ganz oben, wo das Longworth-Herrenhaus sich duckte, breit und efeubewachsen wie ein altes, pelziges Monster. Wie stets war der Rasen auf höchstens fünf Zentimeter gestutzt, und Caroline konnte die Umrisse einer Frau sehen, die ein weites, sich bauschendes Cape trug und einen riesigen Sonnenhut. Sie stellte selbstvergessen einen Drahtkäfig um einen Rosenbusch auf. Als hätte sie bemerkt, daß sie beobachtet wurde, hob die Frau den Kopf und blickte Caroline an. Die alte Millicent Longworth, dachte Caroline traurig. Immer noch im Kampf gegen die Mächte der Natur, als würden sie sie persönlich beleidigen. In ihrer Jugend war sie mit ihrem Bruder Garrison durch Europa und den Orient gereist. Sie hatten Museen besucht, bis sie langsam echte Sammler wurden. Sie kam im selben Jahr nach Hause, in dem Caroline und Chris heirateten. Es war das Jahr, in dem Millicents Vater starb und sie die Leitung des Familienbesitzes und der Firma übernahm, während der Bruder mit seiner neuen Frau in Florenz blieb. In all den Jahren, in denen sie nebenan wohnten, hatte Caroline kaum mehr als ein paar Worte mit ihr gesprochen. Schon damals war sie seltsam.

Caroline riß ihren Blick von Millicent los und stieg die Verandastufen hoch. Eine struppige, von den Narben vieler Kämpfe gezeichnete Katze glitt vom Fenstersims herab, als ihre Schuhe auf den Holzbohlen der Veranda klapperten. »Hallo, Katze«, sagte sie leise, aber das Tier rannte bereits den Hügel hinauf zum Longworth-Haus. Dr. Doolittle bin ich ja nicht, dachte sie etwas bitter, allerdings sah die Katze so aus, als hätte das Leben ihr gute Gründe geliefert, vorsichtig zu sein.

Ihr Klopfen an der Tür hörte sich an wie ein Donnerschlag in der stillen Morgenluft. Da es keine unmittelbare Reaktion gab, sah sie auf ihre Uhr. Zwanzig nach neun. Sicher war Chris um diese Zeit auf.

Falls er allein war.

Caroline fühlte sich wie ein verlegener Teenager und wäre am liebsten wieder umgekehrt, als die Tür aufflog. Glänzende, leicht blutunterlaufene blaue Augen starrten sie an, dann sagte Chris: »Caro? Bist du das, Süße?«

Süße? Caroline errötete und war wütend. Chris nannte die Hälfte der Frauen in der Stadt Süße. Das bedeutete gar nichts.

»Natürlich bin ich's«, sagte sie knapp, sauer auf sich und auf ihn. »Ich kann mich nicht so verändert haben, seitdem du mich das letzte Mal vor drei Jahren gesehen hast.«

Chris grinste, mit tiefen Grübchen auf beiden Seiten seines Mundes. Er war jetzt neunundvierzig, und die Jahre zeigten sich in den Linien um seine Augen und an dem kaum bemerkbaren Schlafferwerden seines Kinns. Aber seine aschblonden Haare waren vom Grau kaum berührt, sein Gesicht war gebräunt, seine Augen gleichzeitig teuflisch und liebevoll. Er war immer noch der bei weitem attraktivste Mann, den sie je gekannt hatte.

»Caroline, du bist die einzige Person, die ich kenne, an der der Zahn der Zeit nicht genagt hat.« Wie hatte sie immer den schwerfälligen, whiskey-gefärbten Ton in seiner Stimme geliebt. Ich habe einen Fehler gemacht, dachte sie. Es war eine Sache, Lucy zu erzählen, er bedeutete ihr nichts mehr. Es war etwas ganz anderes, ihm gegenüberzustehen. »Ich bin einfach überrascht, dich hier zu sehen«, fuhr Chris fort.

»Nun ja, ich bin auch überrascht, hier zu sein.« Sie stopfte ihre Hände in die Taschen ihrer weißen Strickjacke. »Ich wollte eigentlich nicht kommen, aber ich muß mit dir reden.« Sie sah auf seine nackte, muskulöse Brust, die enge Jeans und die bloßen Füße, und ihr Blick glitt weg. »Wenn es dir paßt, nur dann. Will sagen, wenn nicht –«

»...eine nackte Frau in meinem Bett hechelnd auf mich wartet?« Er lächelte, offensichtlich über ihr Unbehagen amüsiert. »Du hast Glück, Süße. Auch alternde Böcke müssen manchmal eine Nacht aussetzen.«

»Hör bitte damit auf, mich zu schockieren. Und nenn mich nicht Süße. Ich hasse das.«

Das belustigte Blitzen erstarb in seinen Augen. »Tut mir leid. Du hast recht – du hast Besseres verdient. Komm rein, und ich beweise dir, daß ich mich noch immer wie ein Gentleman benehmen kann.«

Caroline wußte nicht, was sie eigentlich in der Hütte erwartet hatte – Lampen aus Lavagestein, Glasperlen, Spiegel, Felldecken. Statt dessen fand sie den Raum so vor, wie sie ihn vor vielen Jahren verlassen hatte. Derselbe dunkelblaue und rote Orientteppich lag auf dem abgetretenen Fichtenboden, auf derselben Eichenkiste stand das leuchtend blaue Tongeschirr von Chris' Großmutter, dieselben weißen Deckchen, die sie gehäkelt hatte, zierten immer noch die Lehnen einer viktorianischen Couch aus gelbem Brokat. Alles war achtzehn Jahre älter, verblichener, abgenutzter, aber ansonsten noch genauso wie in den Tagen ihrer Ehe. Sie konnte fast sehen, wie sie selbst im Schaukelstuhl saß und Hayley im Schoß hielt.

»Kaffee?«

Caroline schrak zusammen. »Bitte, wenn welcher da ist.«

»Ich habe die zweite Kanne in Arbeit. Was Lucy auch immer erzählen mag, ich stehe nämlich früh auf, um zu malen.«

Caroline lächelte ein wenig bei der Erinnerung, wie er immer mit der Sonne aufgestanden war, um zu arbeiten, manchmal ohne Pause bis zum Mittag. »Ich hatte eine kurze Begegnung mit einer Katze auf der Veranda. Ist das deine?«

Er gab ihr einen Becher mit Kaffee, schwarz. Zumindest daran erinnerte er sich noch. »Ja. Eines Nachts vor einem Jahr bin ich aufgewacht und habe eine höllische Katzenschlacht vorm Haus gehört. Erst versuchte ich, sie zu ignorieren, aber dann fing eine der Katzen richtig an zu schreien, also bin ich rausgerannt. Die andere Katze war doppelt so groß und hatte ihr bereits das eine Ohr abgerissen und kratzte gerade das Auge aus. Es war furchtbar. Ich habe den Tierarzt geweckt, obwohl ich dachte, daß es zwecklos wäre. Aber er hat sie gerettet. Sie heißt Hecate.«

»Hecate? War das nicht eine Göttin mit magischen Kräften?«

Chris nickte lächelnd. »Ich hab gedacht, die Katze mußte ganz schön viel Zauberkraft besitzen, um diese Prügelei zu überleben. Ich wünschte nur, ich wäre früher dazwischen gegangen in jener Nacht. Aber nicht da zu sein, wenn man mich braucht, scheint ja meine Spezialität zu sein.« Er nahm einen Schluck Kaffee und ging zur Couch und überließ ihr den Schaukelstuhl.

Caroline fühlte sich vor Befangenheit ziemlich ungelenk, als sie ihren gewohnten Platz im Schaukelstuhl einnahm. Wie sie hier in diesem Raum zusammensaßen, Kaffee tranken und redeten; es konnte eine Szene von vor zwanzig Jahren sein. »Ich habe auch Millicent gesehen.«

»Bei der Gartenarbeit. Sie ist seit sieben Uhr früh dabei. Sie ist besessen. Garrison scheint ihre Leidenschaft nicht zu teilen.«

»Garrison? Oh, der Bruder. Er war damals in Italien, als wir verheiratet waren.«

»Er ist vor etwa acht Jahren zurückgekommen. Seine Frau ist tot, und ihm geht es gesundheitlich nicht gut. Herz, glaube ich. Wie geht es David?«

»Arbeitet zu viel. Wie immer.«

»Und die Kinder?«

»Greg ist in der Abschlußklasse. Er ist sehr beschäftigt mit seinen Freunden und Basketball, was mittelmäßige Noten zur Folge hat. Aber er ist ein wunderbarer Junge. Und Melinda – nun, sie ist das süßeste kleine Mädchen –«

Sie brach ab, als sie erkannte, wie taktlos das war, denn Chris dachte sicherlich an ein anderes süßes kleines Mädchen. Sie holte tief Luft. »Chris, ich bin gekommen, um mit dir über Hayley zu reden.«

Der Blick eines sterbenden Tieres schien in seinen Augen auf. »Was gibt es darüber zu sagen, Caro?«

»Ich möchte nicht über damals reden oder über ihren Tod. Ich möchte dir erzählen, was seit ein paar Tagen, seit ihrem Geburtstag, passiert ist.«

Eine tiefe Falte erschien zwischen Chris' Augenbrauen, als sie ihm alles erzählte, von der Stimme in Lucys Lagerraum bis zu dem Anruf von Melindas neuer bester Freundin. »David hat mich daran erinnert, daß manche dachten, wir hätten Hayley getötet. Er glaubt, daß es vielleicht ein Verrückter ist. Deshalb habe ich überlegt, ob du irgend etwas Seltsames erlebt hast.«

»Nichts. Absolut nichts. Und Caroline, dieser Engel war noch heil, als ich am Abend vor Hayleys Geburtstag Blumen auf das Grab legte.«

»Lucy sagt, er war auch noch ganz, als sie dort war am frühen Morgen. Es muß am Nachmittag passiert sein. Dort ist selten jemand. Es ist leicht, eine solche Beschädigung ohne Zeugen zu verüben, auch während des Tages.«

»Ich weiß. Der Ort ist ziemlich heruntergekommen.« Chris

schüttelte den Kopf. »Es könnte zufälliger Vandalismus sein, aber das andere? Unwahrscheinlich. Und tut mir leid, ich kann mir nicht vorstellen, daß nach fast zwanzig Jahren jemand beschlossen hat, dich wegen Hayley zu terrorisieren.«
»Ich auch nicht.«
»Was glaubst du denn, was dahintersteckt?«
Sie hob ihre Hände. »O Chris, ich weiß nicht. Was auch immer dahintersteckt, weiß eine Menge über Hayley. Zu viel.«
»Was meinst du mit *was* auch immer dahintersteckt? Etwa einen Geist?«
Der Ärger, der noch vor kurzem nahe an der Oberfläche gepocht hatte, flammte auf. Sie erhob sich. »Mach dich nicht über mich lustig!«
»Ich mach mich nicht über dich lustig.« Chris stand gleichfalls auf und legte die Hände auf ihre Schultern, während er in ihre Augen schaute. »Glaubst du, ich könnte irgendwas lustig finden, was mit Hayley zu tun hat? Ich will doch nur wissen, wie du dir erklärst, was passiert ist. Eine ehrliche Antwort.«
Caroline entspannte sich. »Diese Stimme im Lagerraum war Hayleys Stimme. Ich könnte es beschwören. Zumindest glaube ich, ich könnte es. Und das macht mir angst. Ich weiß ja, daß es unmöglich ist.«
»Ja, das ist unmöglich, Caroline. Jemand versucht, dir Angst einzujagen.«
»Wer, Chris? Wer würde so etwas tun?«
»Aber warum versuchen sie es nicht bei mir? Ich war verantwortlich dafür, was mit ihr geschah. Wenn ich nicht losgelaufen wäre und sie im Wald allein gelassen hätte...«
Heller Sonnenschein spielte um Chris' Augenfalten. Lachfalten waren es einmal gewesen, dachte Caroline mit einem Stich. Jetzt waren es Krähenfüße. »Chris, du wurdest bewußtlos geschlagen, nachdem du dich von Hayley entfernt hattest. Wie hättest du verhindern können, was passiert ist?«
»Ich hätte sie nicht alleine lassen und mich auf die Suche nach diesem nicht existierenden Tier in einer Falle machen dürfen.« Er fröstelte. »Weißt du, manchmal kann ich den Schrei noch hören. Er klang nicht menschlich, aber es muß ein Mensch gewesen sein.«
»Natürlich. Jemand hat dich von der Lichtung weglocken

wollen. Die Polizei ist mit dir doch alles durchgegangen. Hayleys Entführung war geplant. Wenn es nicht in jener Nacht passiert wäre, dann wäre es ein anderes Mal passiert.«

»Ein Teil von mir weiß das. Aber eine andere Stimme sagt immer: »Wenn du der Vater gewesen wärest, den das kleine Mädchen gebraucht hätte, *verdient* hätte, wäre sie noch heute am Leben.«

»So reden meine Eltern.«

»So rede ich auch, Caroline. Es war eine Strafe.«

»Chris, das ist doch Unsinn.« Aber der Schmerz in seiner Stimme schnitt durch sie hindurch, und fast ohne es zu wissen, zog sie seinen Kopf herab an ihre Schulter, vergrub ihr Gesicht in sein sauber riechendes Haar, während sein Körper von einem stillen Schluchzen geschüttelt wurde. »Chris, nicht. Bitte, quäle dich nicht mehr. Es ist falsch.«

»Nicht falsch. Nur nutzlos.« Er holte tief und zitternd Luft, dann schob er sie sanft von sich weg. So wie immer, dachte sie fast unbeteiligt. Er hat mich immer weggeschoben, wenn er mich am meisten brauchte.

Dann überkamen sie Reuegefühle. Warum war sie so schnell bereit, Chris Trost und Liebe zu geben, wo sie doch mit einem anderen Mann verheiratet war, einem Mann, der sie anbetete und ihr vertraute, einem Mann, der ihr niemals das zumuten würde, was Chris nach Hayleys Tod ihr angetan hatte? Was würde David denken, wenn er sie hier so sähe, an Chris geklammert. Abrupt trat sie zurück, zwang sich zu einem höflichen Gesicht, distanziert, kontrolliert. »So, ich wollte dies nur mit dir bereden«, sagte sie mit munterer Stimme. »Wollte deine Meinung hören. Ich halte dich auf dem laufenden.«

Chris sah sie verwundert an, dann flackerte ein kleines Lächeln über sein Gesicht. Er weiß, was ich da mache, dachte sie, während sie sich schnell umdrehte und ihre Jacke nahm. Er weiß, ich fühle immer noch etwas, und er findet es wahrscheinlich nach all den Jahren wahnsinnig komisch. Aber sein Lächeln verschwand, als er ihr in den Parka half. »Ich bin froh, daß du es mir erzählt hast, Caroline. Und ich hoffe, du läßt es mich wissen, wenn noch etwas passiert.«

»Ja, mach ich.«

Sie zog die Tür auf und trat auf die Veranda hinaus, wo der

Wind in ihr Haar fuhr und es ihr ins Gesicht blies. Sie langte danach, um es zurückzustreichen, aber Chris kam ihr zuvor. »Ich bin froh, daß du dein Haar nicht abgeschnitten hast«, sagte er weich, während er es ihr hinters Ohr steckte.

»Ich habe es geschnitten«, Carolines Stimme bebte leicht. »Es reichte früher bis zur Hüfte.«

»Ich weiß. Aber du hast es nicht ganz kurz geschnitten. Es ist noch immer wunderschön.«

Caroline erinnerte sich, wie Chris ihre Bürste mit dem Silberrücken durch die glänzenden Strähnen gezogen hatte, und ihr wurde die Kehle eng. »Danke. Danke für das Kompliment und danke fürs Zuhören. Auf Wiedersehen.«

Er sagte etwas, aber sie hörte nichts, als sie zum Wagen eilte, ihr Blick von Tränen getrübt.

2

Millicent Longworth hieb ein loses Stück Draht mit ihrer Drahtschere ab und lächelte bei dem Anblick des ordentlichen Käfigs, den sie gerade gebaut hatte. Ja, eine Arbeit, die man tun mußte, konnte man gleich richtig machen, sagte sie immer. Dieser Käfig würde alles aushalten bis auf einen Tornado, würde den Rosenbusch vor dem scharfen Wind schützen, der über den Hügel fegte. Jetzt mußte sie nur noch vierzehn weitere bauen, um die anderen zu schützen...

Plötzlich erfaßte sie eine Bewegung im rechten Augenwinkel, und als sie genauer hinsah, sah sie eine schwarze Katze, die sie hinter einem Rosenbusch anblickte. Sie haßte das Ding mit dem fehlenden Ohr und dem einen anklagenden, grünen Auge. Es erinnerte sie an etwas aus einer Poe-Geschichte, die ihre Mutter vorgelesen hatte, als sie ein Kind war.

Sie stand auf und wedelte mit ihrem Cape zu ihr hin und schrie: »Hau ab! Hau ab!« bis die Katze nach Hause zurück rannte. Wie passend, dachte sie. Eine verstümmelte Katze für einen sündigen Mann.

»Millicent!« Garrison Longworth ging langsam über den Rasen, schmal und mit gebeugten Schultern, in braunen Flanellhosen, die an ihm hingen, als habe er vor kurzem fünfzehn

Pfund verloren. Dichtes, weißes Haar umkränzte eine schimmernde, blanke Platte, und sein blau-grüner Pullover wiederholte genau den Farbton der milden Augen, mit denen er seine Schwester hinter goldumrandeten Brillengläsern ansah. »Millicent, mit wem redest du?«

Millicent seufzte. Sie hatte geglaubt, er wäre den ganzen Vormittag mit seinen Kunstbüchern gut versorgt und sie könnte ihre Arbeit machen. »Die Katze von Corday. Ich hasse es, wenn sie hier in meinen Rosen herumstreunt.«

»Du hast immer Katzen gehaßt. Ich verstehe das nicht. Den Ägyptern waren sie heilig.«

»Falls du es nicht bemerkt haben solltest, ich bin keine Ägypterin.« Garrison lachte, wie immer genoß er ihren Sarkasmus, und sie sah ihn mit einer Mischung von Gereiztheit und Besorgnis an. »Wo ist deine Jacke? Es ist kalt hier draußen.«

»Ja. Ich hörte dich rufen und bin nur hinausgekommen, um zu sehen, ob ich helfen kann.«

»Jetzt geh wieder hinein.«

»Es ist Zeit, daß du eine Pause machst. Du hast den ganzen Vormittag hier gearbeitet. Wie wäre es mit Tee?«

Millicent schob den Sonnenhut zurück, wohl wissend, daß es keinen Zweck hatte, mit Garrison zu argumentieren. Er würde stehenbleiben und herumnörgeln, bis sie tat, was er für richtig hielt. »Vermutlich habe ich eine Pause verdient«, sagte sie resigniert. »Tee klingt gut.«

Garrison nahm Millicents Arm, während sie zum Haus und durch die Doppeltür des Eingangs gingen. »Ich mache den Tee, meine Liebe«, sagte Garrison. »Das Wasser ist schon aufgestellt. Du ruhst dich im Wohnzimmer aus.«

Sie legte ihren Hut und die Drahtschere auf die Regency Konsole und schaute sich im darüber hängenden Spiegel an. Wüst, dachte sie. Trockenes Haar, trockene Haut, hängende Augenlider, zusammengekniffene Nase. Warum bin ich nicht ein bißchen stilvoller gealtert? Warum sehe ich nicht zumindest würdig aus, statt dessen sehe ich aus, als hätte ich mein Leben lang Toiletten geputzt.

Sie schob sich aus ihrem Cape, ließ es auf den Boden fallen und wanderte durch den verblichenen Prunk des Wohnzimmers, das ihre Mutter eingerichtet hatte. Ihre Mutter, die sich selbst erhängt hatte, als Millicent fünfzehn war und Garrison zwölf. Ihr Name war nicht mehr erwähnt worden im Haus, Befehl vom Vater. Aber Millicent dachte oft an sie, an ihr schweres, dunkles Haar in dem weichen Knoten, ihre traurigen blauen Augen, ihre wunderschöne Stimme, die ›Für Elise‹ immer so leise gesummt hatte, daß man es kaum hören konnte.

»Hier kommt der Tee«, sagte Garrison und trug ein Lowestoft-Teeservice herein, das sie vor vielen Jahren in England gekauft hatten. Er goß mit der Anmut einer Frau ein, einer Anmut, die alle seine Bewegungen auszeichnete. Er war der Feingliedrige, Elegante. Sie hatte immer wie ein Bauerntrampel ausgesehen.

»Gar, denkst du eigentlich noch manchmal an Mutter?« fragte sie und nahm eine Tasse.

Er sah überrascht aus. »Sicherlich. Manchmal. Öfter, seit ich nach Hause gekommen bin. Warum fragst du?«

»Ich mußte den ganzen Vormittag an sie denken.« Sie blickte in ihre Teetasse, ihr Herz schlug heftig bei der Erwähnung des verbotenen Themas, fast, als könnte ihr Vater hereinkommen und sie bestrafen. Aber an diesem Morgen fühlte sie sich gezwungen, weiterzufragen. »Warum, glaubst du, hat sie es getan?«

»Ein Liebhaber.«

»Gar! Du hast zu viele Jahre bei den raffinierten Europäern zugebracht. Natürlich hatte Mutter keinen Liebhaber.«

»O doch. Sie war schwanger. Vater hat es mir erzählt.«

Millicent war verblüfft. »Er hat es dir *erzählt*! Mir hat er es nicht erzählt.«

Garrison lächelte trocken. »Du warst eine Dame. Solche Angelegenheiten sind nichts für die Ohren einer Dame, dachte er zumindest.«

»Also war Mutter zwischen ihm und einem Liebhaber gefangen.«

»Nein, nicht gefangen, sie wurde *von* ihm *mit* einem Liebhaber erwischt, und die Vaterschaft des Kindes wurde fraglich. Er sagte, er würde sich von ihr scheiden lassen. Natürlich hätte er es nicht getan.«

»Nein«, sagte Millicent nachdenklich. »Das hätte der Familie Schande gebracht.« Sie setzte die Tasse ab und sah ihren Bruder an. »Ist das nicht dumm, daß wir all die Jahre niemals über

Mutters Selbstmord gesprochen haben? Du wußtest schon die ganze Zeit die Antworten, und ich wußte nichts.«

»Man sollte dieses Thema am besten vergessen.« Er hielt ihr einen Teller mit Keksen hin. »Lido, deine Lieblingssorte.«

Millicent griff geistesabwesend nach einem Keks, immer noch von Garrisons Enthüllung erschüttert. »Wo wir gerade von Sex und Untreue sprechen«, sagte sie, »der sogenannte Künstler hatte vor ein paar Minuten sehr interessanten Besuch.«

»Christopher?«

Sie nickte. »Caroline war da.«

»Caroline?« Garrisons breite Stirn zog sich in Falten. »Eine neue Freundin?«

»Glaubst du, ich würde Notiz nehmen von einer neuen, bei der endlosen Reihe von Frauen, die da ein und aus gehen. Nein, Caroline war seine Frau.«

»O ja.« Garrison ließ einen Zuckerwürfel in seinen Tee fallen und rührte mit einem glänzend polierten Löffel aus Sterlingsilber um. Er hatte weiße Hände voller Leberflecken. »Ich bin der Frau nie begegnet.«

»Sie war die Mutter des kleinen Mädchens, weißt du.«

»Mmmh.«

»Das kleine Mädchen, das gekidnappt und ermordet wurde.«

»Ich weiß, wen du meinst, Millicent. Laß uns von etwas anderem reden.«

Millicent rutschte auf ihrem Stuhl umher und sah besorgt aus. »Ich werde nie vergessen, wie das Kind verschwand.«

»Liebe, verzeihe, wenn ich es so sage, aber du bist ein bißchen morbid heute morgen. Laß uns das nicht wieder alles aufrühren. Trink deinen Tee.«

Millicent wippte mit dem Fuß. »Das kleine Mädchen ist ein paarmal hier heraufgewandert. Aber ich habe sie nicht dazu ermuntert.«

»Ich weiß das.«

»Ich mag keine Kinder.«

»Ich weiß. Noch einen Keks?«

»Aber sie haben mich beschuldigt. Ich wurde abgeholt und einem Test mit dem Lügendetektor unterzogen.« Ihre Stimme wurde lauter. »*Ich*, Millicent Longworth, in einem Polizeirevier, einem Lügendetektor-Test unterworfen wegen etwas, das ich nicht getan habe.«

Garrison sah langsam beunruhigt aus. Er beugte sich zu seiner Schwester herüber. »Es war sehr ungerecht. Sehr peinlich. Aber du wurdest vollständig entlastet.«

»Nicht ohne Zweifel. Ich habe den Test nicht gut bestanden. Ein Schatten liegt seitdem auf meinem Namen.«

»Meine Liebe, das klingt wie in einem schlechten Roman. Du übertreibst auch. In einer solchen Situation wird jeder, der das Kind kennt oder mit ihm in Kontakt war, unbarmherzig verhört. Ich habe das gelesen. Außerdem habe ich gelesen, daß Tests mit Lügendetektoren bekanntermaßen unzuverlässig sind.«

»Aber ich werde es nie vergessen, Gar. Demütigungen vergesse ich nie.« Millicent knallte ihre Tasse auf den Tisch, ihre Hand zitterte. »Was im Himmel hätte Vater gesagt?«

»Vater war schon lange tot.«

»Aber der Familienname war so wichtig für ihn, und meine öffentliche Demütigung hätte ihn besudelt.«

»Vaters Vorstellungen vergessen wir am besten. Mach dir keine Gedanken darüber, was er gedacht hätte. Wie du weißt, hat er unsere Mutter in den Selbstmord getrieben.«

»Er hat einfach nur mit Scheidung gedroht. Du hast selbst gesagt, er hätte sich nie wirklich scheiden lassen. Jeder andere hätte sich genauso verhalten.«

»Ich nicht. Nicht bei einer so zarten Frau wie Mutter. Wenn er sie nicht all die Jahre so schrecklich behandelt hätte, hätte sie sich erst gar keinen Liebhaber genommen.«

»Sie war sehr unglücklich, nicht wahr?«

»Ja. Wir alle waren unglücklich.«

»Das kleine Mädchen hatte Augen wie Mutter. Wunderschöne, blaue Augen.«

Garrison holte tief Luft. »Millicent, ich möchte, daß du eine deiner Pillen nimmst. Sie werden dich beruhigen. Dann laß uns nicht mehr von Vater sprechen. Oder von Mutter. Oder von jenem Kind. Besonders nicht von jenem Kind.«

»Warum besonders nicht von ihr?«

»Weil die alten Erinnerungen zu schmerzhaft für dich sind. Die Vergangenheit ist tot, Gott sei Dank. Und du regst dich nur auf für nichts und wieder nichts.« Er lächelte. »Jetzt trink aus. Dann kannst du zurück in den Garten gehen und mit den Rosen weitermachen.«

7

1

Pamela Fitzgerald Burkes Beerdigung fand am Sonntag nachmittag statt. Caroline hatte nicht darüber nachgedacht, ob sie teilnehmen sollte, aber Lucy fühlte sich verpflichtet, und Tom hatte keine Zeit, sie zu begleiten. »Ich weiß, es ist viel verlangt«, sagte sie zu Caroline am Telefon. »Es wird natürlich fürchterlich deprimierend werden. Und ich komme mir wie eine Heuchlerin vor, denn ich fand Pamela ja entsetzlich, aber ich mag Larry, den armen, lieben Tor, der er ist. Und ich habe eine Menge Geld bei ihnen durch die Einrichtung des Hauses verdient. Ich sollte wohl hingehen.«

»Da hast du recht«, sagte Caroline, die sich vor der Beerdigung fürchtete, aber Lucy nicht im Stich lassen wollte. »Natürlich gehe ich mit.«

Also zog sie ihr dunkelblaues Wollkostüm an, warm genug auch ohne Mantel für das immer noch milde Frühnovemberwetter, und fuhr zu dem vornehmen Apartmenthaus, wo Lucy seit zehn Jahren wohnte. »Leute sehen mich und denken an Kerzen in Chianti-Flaschen«, hatte Lucy einmal gewitzelt. »Aber ich mag Luxus. Immer schon. Deshalb habe ich mit der Malerei aufgehört. Ich bin kein Chris Corday, und ich wußte, daß ich als Künstlerin nie etwas verdienen würde, jedenfalls zu wenig, und ich möchte gerne gut leben.« Sie lebt gut, dachte Caroline, als sie in das schwarz-weiße Foyer eintrat mit der spektakulären Reihe Bühnenscheinwerfer an der Decke. Lucy hatte genausoviel für ihr Apartment im zehnten Stock mit zwei Schlafzimmern und winzigem Balkon bezahlt wie sie und David für das Haus mit vier Schlafzimmern und drei Morgen Grund. Caroline wußte, daß sie niemals glücklich wäre in diesem eleganten Vogelkäfig als Heim, aber Lucy liebte den überteuerten Schick als Symbol für alles, was sie erreicht hatte.

»Gott, ich will da nicht hin«, stöhnte Lucy, die in einem

düsterbraunen Kostüm, mit einer biederen Frisur ganz verändert aussah. Caroline verstand nie, warum Lucy immer, wenn sie seriös wirken wollte, die Grenze zur Häßlichkeit überschritt. »Du bist ein Engel, daß du mitkommst.«

»Ich kann nicht gerade behaupten, daß es mir ein Vergnügen wäre.« Caroline folgte Lucy in dem mit Teppichboden ausgelegten Flur zum Lift. »Warum machst du nicht ein bißchen langsamer? Die Beerdigung beginnt erst in fünfundvierzig Minuten.«

»Es werden schon viele Leute dasein, wenn man an all die Aufregung denkt, die Pamelas Tod hervorgerufen hat.«

Lucy hatte richtig vermutet. Obwohl sie eine halbe Stunde zu früh waren, war der Parkplatz des Beerdigungsinstituts schon voll. Sie parkten ziemlich weit die Straße hinunter und gingen zurück, durch die Blätter schlurfend, die der heftige Wind von den Bäumen riß. Als sie sich dem Eingang näherten, sah Caroline den Generalstaatsanwalt und den Präsidenten der größten Bank der Stadt hineingehen. Wie hätte Pamela diese Aufmerksamkeit genossen, konnte sie nicht umhin zu denken.

Viele Menschen standen in der Trauerhalle, wo Pamela aufgebahrt lag, während Bedienstete weitere gold- und maronfarbene Stühle herbeischleppten. Pamelas Mutter sah in der Überfülle schwarzer Seide und langer Perlenketten eher wie die Zarin von Rußland aus denn eine trauernde Mutter aus Ohio. Pamelas Vater stand wie ein Soldat am Kopfende des offenen Sarges. Larry trieb sich am Fußende herum und sah gleichzeitig tragisch verwitwet und komisch hölzern aus.

Lucy und Caroline bahnten sich einen Weg zu ihm. »Larry, es tut mir so leid«, sagte Lucy und nahm seine Hand.

Larry nickte, seine großen Spanielaugen füllten sich mit Tränen. »Wird dein Freund herausfinden, wer es getan hat?«

Er klingt wie ein Kind, dachte Caroline kurz. Er klammerte sich flehentlich an Lucys Hand, als habe sie die Macht, Toms Erfolg oder Mißerfolg anzuordnen. »Tom ist nicht hier, weil er an dem Fall gerade arbeitet«, sagte sie voller Sympathie. »Wenn es Trost bringt, dann solltest du wissen, daß er unter jedem Stein suchen wird.«

Larry schnüffelte. »Ich kann nicht verstehen, wer Pamela so etwas Furchtbares antun konnte. Sie war so liebenswert.«

Lucy lächelte unbehaglich. Dann wandte sie sich zu Caroline hin. »Dies ist Caroline Webb. Sie kannte Pamela schon als Kind.«

Larrys Miene hellte sich auf: »Wirklich?«

»Ja, als sie im Kindergarten war. Sie war sehr schön, auch damals schon.«

»Sehr diplomatisch«, murmelte Lucy, als sie sich von Larry entfernten.

»Ich mußte doch etwas sagen, und Liebenswürdigkeit konnte ich ihr wohl kaum attestieren.«

»Ich auch nicht. Aber hör zu, Mr. und Mrs. Fitzgerald sind genauso schwierig wie Pamela, und du kennst sie ja überhaupt nicht. Setz dich doch schon hin, und ich mache das alleine.«

»Okay«, sagte Caroline. Wenn ihr auch alle Eltern eines ermordeten Kindes leid taten, wußte sie überhaupt nicht, was sie zu Leuten sagen sollte, die sie nie kennengelernt hatte, über eine Frau, die sie nicht gemocht hatte: »Ich schau mir erst die Blumen an. Alle Stühle sind wohl besetzt.«

Pamela war im größten Raum des größten Beerdigungsinstitutes der Stadt aufgebahrt, und alle Wände waren mit Körben vollgestellt – riesige, teure Körbe voller farbenprächtiger Gaben für eine junge Frau ohne Freunde. Gelbe Rosen, rosa Gladiolen, rote Nelken, weiße Lilien. Sie waren wunderschön, bedeckten die Wände auf Gestellen bis zur Decke und füllten den Raum mit ihrem schweren Duft. Da sie sich etwas schwindelig von der parfümierten Luft fühlte, ging Caroline nach hinten, wo ein Fenster etwas geöffnet war und die kühle Herbstluft hereinließ. Ein junger Mann stellte gerade einen Stuhl dorthin, und Caroline sank mit einem tiefen Seufzer darauf.

Sie schloß die Augen und hörte den Frauen zu, die vor ihr saßen. »Weißt du, Edith, ihre Ehe war in Schwierigkeiten«, sagte die ältere mit großer Bestimmtheit. »Jeder wußte, daß sie mit dem Tennislehrer im Club etwas hatte.«

»Ich habe gehört, Larry hatte mit einer anderen was angefangen.«

Ein gedämpfter, spöttischer Ton. »Larry? Bestimmt nicht! Er verehrte dieses Früchtchen. Er war viel zu dumm, um durchzublicken.«

»Denkst du denn, Larry hat Pamela... als er es entdeckt hatte?«

»Wer weiß. Vielleicht war es auch der Tennislehrer, weil sie Larry nicht verlassen wollte. Die Einzelheiten kenne ich nicht. Aber bestimmt war es ein Verbrechen aus Leidenschaft. In Frankreich kann man damit davonkommen.«

»Wirklich?« Edith klang beeindruckt.

»O ja. Sogar bei uns würde der Täter höchstens zehn Jahre dafür kriegen. Jemand mit dem Namen Burke wahrscheinlich keine fünf.«

O verdammt noch mal, dachte Caroline. Können sie nicht wenigstens mit der Verurteilung des Witwers bis nach der Beerdigung warten? Verärgert stand sie auf und wollte Lucy suchen. Dann sah sie ihn am Boden des Blumengestells liegen:

Einen üppigen Strauß schwarzer Seidenorchideen.

Langsam kniete sich Caroline hin, um die kleine weiße Karte in der runden Kinderschrift zu lesen:

Für Pamela
Schwarz zur Erinnerung

»Mein Gott«, keuchte Caroline. »O mein Gott.«

»Mrs. Webb, geht es Ihnen nicht gut?«

Carolines Blick sprang von den Blumen hoch zu Tina Morgan, die sich mit besorgtem Gesicht über sie beugte. »Nein, mir geht es nicht gut. Ich könnte...«

Ich könnte schreien.

Obwohl sie es nicht laut gesagt hatte, hatte sie das Gefühl, daß Tina sie trotzdem gehört hatte. Sie streckte ihre Hand aus. »Möchten Sie nach draußen an die frische Luft gehen? Es ist hier drin wirklich stickig.«

Wortlos nahm Caroline ihre Hand. Tina zog sie heftig hoch, und als Caroline sie überrascht ansah, lächelte sie. »Es macht mich nervös, wenn mir jemand zu Füßen liegt, es sei denn, er macht mir gerade einen Antrag.« Caroline konnte sich zu einem Lächeln zwingen, bevor sie sich von Tina aus dem überfüllten Raum führen ließ.

Der Himmel, der noch vor einer Stunde klar gewesen war, zog sich nun mit düster aussehenden Wolken zusammen, und es war deutlich dunkler geworden.

»Möchten Sie irgendwohin, wo Sie sich setzen können?« fragte Tina.

»Ich fürchte, hier gibt es nichts.« Sie blickte Tina an, die keinen Mantel trug über ihrem schmalen, anthrazitfarbenen Kostüm mit dem leuchtend violetten Tuch, das wie eine Krawatte um ihren Hals geknotet war. Sie sah schlank und elegant und atemberaubend schön aus. »Ich bin wieder in Ordnung, Tina. Sie brauchen nicht bei mir zu bleiben. Gehen Sie nur wieder hinein.«

Tina schüttelte den Kopf. »Ich möchte da nicht wieder hinein. Ich bin nur gekommen, weil ich mich Larry gegenüber verpflichtet fühlte. Aber vielleicht bin ich etwas taktlos. Vielleicht mochten Sie Pamela ja.«

»Nein, eigentlich nicht. Nicht einmal als kleines Kind.«

Tina wandte sich ihr voller Interesse zu. »Sie kannten sie damals schon?«

»Sie war eine Freundin meiner Tochter. Eigentlich keine richtige Freundin. Nur jemand, der mit ihr den Kindergarten besuchte.«

Tina blickte verwundert. »Sie haben eine erwachsene Tochter?«

Caroline schluckte schwer. »Nein. Sie starb zwei Monate vor ihrem sechsten Geburtstag.«

»Oh.« Tina sah zum dunkler werdenden Himmel hoch. Ihre schwarzen Ponyhaare wehten auf ihrer glatten Stirn. »Mein Wagen ist auf dem Parkplatz – ich bin früh hergekommen. Wollen wir uns einen Kaffee mitnehmen und ein bißchen herumfahren?«

»Das ist eine gute Idee«, sagte Caroline dankbar. Sie wollte jetzt nicht allein sein, auch wenn sie es etwas peinlich fand, ihren Kummer vor dieser jungen, selbstbeherrschten Frau zu zeigen.

Sie stiegen in Tinas alten Volkswagen ein, den sie mit erstaunlicher Nachlässigkeit steuerte. Als Caroline zusammenzuckte, als sie auf den Parkplatz des McDonald's Schnellimbiß einbogen und knapp die Hauswand verfehlten, grinste Tina entschuldigend: »Ich war schon immer eine fürchterliche Fahrerin. Wenn es Sie nervös macht, bringe ich Sie heim.«

»Ich vertraue Ihnen, lassen Sie uns fahren«, sagte Caroline, überlegte aber, ob sie ihre guten Manieren nicht bereuen würde, wenn Tina das Auto um einen Telefonmast gewickelt hatte. Caroline versuchte verzweifelt, ihren Kaffee vom Auslaufen zu bewahren, als sie ruckend und stotternd wieder auf die Hauptstraße zurückfuhren. Sie hatte gerade einen großen, kochendheißen Schluck genommen, um den Kaffeespiegel zu senken, als Tina plötzlich fragte: »Haben Sie schon von meiner Affäre mit Lowell Warren gehört?«

Der Kaffee floß den falschen Weg in Carolines Kehle hinunter. Sie hustete und blickte durch die daraus resultierenden Tränen auf Tinas ruhiges Profil. »Affäre? Nun, ich...«

»Also doch. Sie finden mich hoffentlich nicht schrecklich.«

Carolines Stimme kam wieder steif zum Vorschein. »Ich bin der Meinung, jeder kann sein eigenes Leben führen.«

Tina lächelte leicht. »Aber das hält Sie nicht davon ab, sich eine Meinung zu bilden.«

Caroline hatte sich von der ersten Überraschung wieder erholt und sprach mit normalerer Stimme. »Nein, vermutlich nicht.« Sie nippte am Kaffee. »Theoretisch finde ich Ehebruch falsch. Aber es gibt Umstände...«

Sie schweifte ab, als sie sich Claire Warrens hartes, selbstgefälliges Gesicht vorstellte, wie sie in den regionalen Talkshows und Nachrichten erschien, immer mit einem unglücklichen Tier im Schoß, und wie sie immer freudig darüber sprach, wieviel der Tierschutz ihr doch bedeute. »Ich halte Sie für überhaupt nicht schrecklich.«

»Lowell ist ein wunderbarer Mann. Das klingt so abgedroschen, aber er ist es. Natürlich hat er mir die Ehe versprochen, aber das tun sie alle.«

»Würden Sie ihn denn heiraten, wenn er frei wäre?«

»O ja. Aber er ist schon so lange mit Claire verheiratet. Wenn er sie bis jetzt nicht verlassen hat, dann wird er es wohl nie tun.« In ihrer Stimme lag eine Spur Trauer, und Caroline begriff, wie verzweifelt gern sie Lowell heiraten wollte. Als wüßte sie, daß sie sich verraten hatte, fing Tina an, in ihrer großen Handtasche herumzusuchen, und zog eine Packung Salem heraus. Sie schüttelte die Packung, fing eine Zigarette zwischen rosafarbenen Lippen auf, grub wieder in ihrer Tasche, bis sie mit einem silbernen Feuerzeug herauskam, und berührte mit der Flamme das Zigarettenende. »Vermissen Sie Ihr kleines Mädchen immer noch? Die, die gestorben ist, meine ich?«

Ungläubigkeit und Ärger über die Herzlosigkeit dieser Frage stieg in Caroline hoch, bis sie in Tinas unschuldige braune Augen sah und begriff, daß sie vielleicht unsensibel, aber nicht grausam war.

»Ja, Tina. Ich vermisse sie jeden Tag. Das werde ich immer tun.«

Tina blies in einem dünnen Strom Zigarettenrauch aus. »Sie werden sich sicher wundern, warum ich eine solch dumme Frage gestellt habe. Es ist nur, weil ich ein Kind im März verloren habe.«

»O Tina, das wußte ich nicht!«

»Keiner weiß es außer Lucy. Ich möchte auch nicht, daß es Lowell jetzt erfährt.«

»Ich habe Lowell nur ein paarmal auf Parties getroffen, und ich werde es bestimmt niemandem erzählen, auch nicht meinem Mann.«

»Ich war nicht verheiratet. Und es war eine harte Zeit, mich gleichzeitig um Valerie zu kümmern, zu arbeiten und eine gute Mutter zu sein. Aber uns ging es nicht schlecht. Dann bekam sie Leukämie.« Tinas Gesicht war ausdruckslos und hart. »Ist es zu glauben? Vier Jahre alt und bekommt Leukämie.«

Caroline wünschte sich, daß sie einen Mantel dabei hätte. Sie fror plötzlich bis auf die Knochen. »Warum haben Sie Lowell nichts von Ihrem Kind erzählt?«

»Ich habe alles verloren, was ich je im Leben geliebt habe. Lowell kann etwas altmodisch sein, trotz unserer Affäre. Es ist nämlich seine erste. Er könnte sich vielleicht überlegen, eine ledige Mutter sei einfach zuviel, und ich möchte ihn nicht auch noch verlieren.« Ihre Hand zitterte, als sie die Zigarette zum Mund führte und tief Luft holte. »Außerdem würde Lowell Mitleid haben, aber verstehen würde er es nicht. Er hat noch nie jemanden verloren. Er könnte mir gar nicht sagen, ob man je über den Schmerz hinwegkommt.«

»Ich wünschte, ich könnte Ihnen mehr Mut machen, aber man

kommt nie darüber hinweg. Es hilft jedoch, wenn man jemanden zum Reden hat.«

Tina kurbelte ihr Fenster herunter und warf die Zigarette hinaus. »Ich habe es Lucy erzählt, aber ich will nicht mit ihr darüber reden. Sie ist meine Chefin. Es ist irgendwie nicht richtig. Nachdem Sie mir jedoch von Ihrer Tochter erzählt haben, wollte ich, daß Sie es wissen. Uns verbindet etwas.«

»Etwas Trauriges. Aber ich bin froh, daß Sie es mir erzählt haben. Aber trotzdem *können* Sie mit Lucy reden, auch wenn Sie für sie arbeiten. Ich weiß, wie sehr sie sich um Sie sorgt.«

»Sie ist sehr freundlich. Sie hat mich im guten Glauben eingestellt, wissen Sie. Nachdem Valerie starb, habe ich meinen Job in New York einfach verlassen. Sie verweigerten mir die Zeugnisse. Deshalb mußte ich Lucy von Valerie erzählen – um die fehlenden Zeugnisse zu erklären.«

»Wie sind Sie hierher gekommen?«

»Ich stamme aus dem mittleren Westen. Indianapolis. Ich hatte kein Bedürfnis zurückzugehen – alles, was ich da noch habe, ist ein Stiefvater –, aber trotzdem wollte ich auch nicht in New York bleiben, also habe ich mir eine Gegend ausgesucht, die nicht zu verschieden von zu Hause ist.« Sie langte hoch und zog ihren rechten Ohrring, einen schwarzen Bernstein in Gold gefaßt, ab, massierte das Ohrläppchen und fragte abrupt: »Was hat Sie in dem Beerdigungsinstitut so erschreckt?«

Schwarze Seidenblumen. Eine Karte mit einer kindlichen Handschrift.

»Tina, haben Sie ein Bouquet aus schwarzen Seidenorchideen bei den anderen Blumen gesehen?«

»Ich habe mir die Blumen überhaupt nicht angesehen. Ich habe nur Pamela angesehen. Sie war so schön. Sie sah viel liebenswerter aus, als sie in Wirklichkeit war. Aber Sie sagen, es gab da ein schwarzes Bouquet?«

»Ja. Es ist schon seltsam. *Schwarze* Blumen. Mit einer Karte: Für Pamela. Schwarz zur Erinnerung.«

Tinas Augenbrauen zogen sich zusammen. »Das ist ein komischer Spruch. Außerdem ziemlich krank. Aber Pamela war wohl nicht sehr beliebt. Lucy konnte sie nicht ausstehen, und Sie wissen, wie großzügig sie sonst ist.«

»Ich weiß. Ich kann mich nicht erinnern, daß Lucy jemals

eine solche Abneigung bei einer Kundin gezeigt hat. Aber das Bouquet, Tina. Ich überlege, ob es von ihrem Mörder kam.«

»Dann hat er ganz schön Nerven. So etwas hinterläßt Spuren.«

Caroline biß sich auf die Lippen. »Vielleicht. Aber was mir wirklich angst macht, ist die Tatsache, daß ich ein ähnliches Bouquet auf dem Grab meines kleinen Mädchens am Montag sah. Dieselben Blumen, dieselbe Botschaft in derselben Schrift.«

Tina zog hörbar Luft ein. »Guter Gott. Dann glauben Sie, die Person, die Blumen auf das Grab Ihres Kindes gelegt hat, hat etwas mit Pamelas Tod zu tun?«

»*Und* mit Hayleys Tod. Hayley wurde auch ermordet.«

»Gott, Caroline!« Tina verlangsamte die Fahrt und sah sie an. »Ihre Tochter wurde *ermordet*!«

»Ja. Sie wurde gekidnappt. Ihren Körper fand man einen Monat später, geköpft und verbrannt.«

Tina fuhr sich mit der Hand an den Magen, als fühle sie sich nicht gut. »Das ist ja furchtbar. Das tut mir ja *so* leid. Ich kann mir gar nicht vorstellen, warum Lucy das nie erwähnt hat.« Sie sah wieder auf die Straße. »Wer hat es denn getan?«

»Ihr Mörder wurde nie gefunden.«

Diesmal sah Tina sie ungläubig an. »Sie haben keine Ahnung, wer es hätte sein können?«

»Eigentlich nicht. Die Polizei verdächtigte eine seltsame, alte Frau, die in unserer Nähe wohnte, aber sie hatte ein Alibi.«

»Dann könnte die Person, die Ihre Tochter ermordet hat, noch immer frei herumlaufen«, sagte Tina langsam.

»Ja. Diese Woche brach jemand in unser Haus ein und ließ die Clownpuppe zurück, die Hayley bei sich hatte, als sie gekidnappt wurde.

»Caroline, Sie sind doch hoffentlich zur Polizei gegangen.«

»Ich habe heute erst das zweite Bouquet gefunden, und niemand glaubt, daß die Clownpuppe Hayleys Twinkle war, besonders, da ich sie nicht mehr habe. Man will mir einreden, es wäre eine der anderen Puppen, die ich vor zwanzig Jahren gemacht habe.«

»Sie müssen trotzdem zur Polizei gehen. Jetzt gleich. Sie haben schließlich noch ein kleines Mädchen.«

Caroline wurde steif. »Ja, ich habe noch ein kleines Mädchen«, murmelte sie. Sie blickte verstört aus dem Fenster, nur langsam bemerkte sie, daß Tina von der Hauptstraße abgebogen war auf eine schmale Asphaltstraße, die durch eine waldige Gegend führte. »Tina, wo sind wir?«

»Im Naturschutzgebiet. Sind Sie noch nie hier gewesen?«

»Doch«, sagte sie, froh, daß sie ihre Aufmerksamkeit von der Bedeutung der Bouquets ablenken konnte, wenn auch nur für kurze Zeit. »Schwer sich vorzustellen, daß das ganze Areal hier während des Zweiten Weltkrieges der Rüstungsindustrie diente.«

»Ich weiß. Am Ende des Krieges wurde hier alles verlassen, und die Gebäude verfielen.«

Caroline blickte zu dem alten, düsteren Kesselhaus mit dem ledrigen Efeu, der den Schornstein hinaufkletterte, und den zerbrochenen Fenstern, die sich in die trübe Finsternis hinein öffneten. »Ich möchte gern wissen, ob Claire schon einmal hier draußen war, wenn man ihre große Liebe zu Tieren bedenkt«, konnte sich Caroline nicht verkneifen.

Tina kicherte. »Komisch, daß Sie das erwähnen. Lowell hat mir erzählt, daß sie keinen Fuß hierhin setzen würde, obwohl die örtliche Fernsehstation ein Stück hier drehen wollte. Es ist nicht gerade der attraktivste Ort der Welt, und er paßt auch nicht zu den Designer-Hosenanzügen, die sie trägt, wenn sie mit den Tieren ›kommuniziert‹. Sie bestand statt dessen auf dem Zoo.«

»Ich kann ihr keinen Vorwurf machen. Diese Gegend hat mir schon immer Gänsehaut verursacht.«

Tina sah geknickt aus. »Es tut mir leid. Ich hätte Sie nicht hierher fahren sollen. Ich bringe Sie zurück. Der Gottesdienst ist wahrscheinlich vorbei, und Lucille wundert sich sicher, wo wir abgeblieben sind.«

Zwanzig Minuten später, als sie das Beerdigungsinstitut erreichten, entdeckte Caroline Lucy in ihrem Auto. Tina hielt, und nachdem sie sich für die Fahrt bedankt hatte, rannte Caroline hinüber zu Lucys Corvette.

Lucy sah verärgert und beunruhigt aus. »Caroline, wo warst du? Ich wollte gerade zu einer Telefonzelle und David anrufen.«

»Tut mir leid. Ich weiß, ich hätte dich nicht allein lassen sollen, aber es ist etwas passiert.«

»Was?«

»Erinnerst du dich, daß ich dir von dem Bouquet aus schwarzen Seidenorchideen auf Hayleys Grab erzählt habe? Und genauso ein Bouquet lag in der Trauerhalle. Und die Botschaft lautet: »Für Pamela. Schwarz zur Erinnerung.«

Lucy starrte sie an: »Caroline, bist du dir sicher?«

»Ja. Ich möchte Tom sehen. Kannst du mich zum Polizeirevier fahren?«

Lucy hob beruhigend die Hand. »Caro, werde jetzt nicht arrogant, bloß weil ich eine völlig normale Frage gestellt habe. Selbstverständlich mußt du nicht zum Polizeirevier, um Tom zu sehen. Er wird in ungefähr einer Stunde zu Hause sein. Da kannst du mit ihm reden.«

2

Lucy und Tom lebten schon fast zwei Jahre zusammen. Obwohl er sieben Jahre jünger war als sie, wollte Tom gerne heiraten. Es war Lucy, die sich nicht entscheiden konnte. »Ich bin achtundvierzig, Caro«, sagte sie immer. »Ich kann ihm keine Kinder mehr geben.«

»Lucy, er hat schon Kinder. Und eine sehr eklige Ex-Frau. Ist es das, was dir Sorgen macht?«

»Marian? Um Himmels willen. Die Frau lebt in Chicago, und er sieht sie nie – warum sollte ich mir ihretwegen Sorgen machen?«

»Etwas verschweigst du mir. Und eines Tages kriege ich dich so weit, daß du es mir erzählst.«

Aber Tom und Lucy lebten ganz glücklich zusammen, obwohl er sich über ihr extravagantes Apartment mokierte. »Ich bin Detective bei der Polizei, zum Donnerwetter«, pflegte er lachend zu sagen, »und lebe in einer Wohnung, die wie der Traum einer Sexbombe aussieht.«

Aber Lucy gab nichts darauf, sie wußte, daß er ihren Geschmack bewunderte und auch das Apartment toll fand mit seinem Hollywood-Geglitzer. Lange, schwarze Liegen und Ebenholztische wurden mehrmals in riesigen Spiegeln reflektiert, und wenn auch der schneeweiße Teppich schwer sauberzuhalten war, war er doch unglaublich weich und sinnlich unter der nackten Fußsohle. Ein schwarz und golden lackierter chinesischer Paravent verbarg eine Bar, an der Lucy jetzt stand und drei Brandys ausschenkte, während Tom leise mit Caroline sprach.

»Ich habe den Bericht über den Einbruch gelesen. Darin steht, abgesehen von der zerbrochenen Scheibe, habe der Eindringling keine Spuren hinterlassen.«

»Außer der Puppe.« Caroline sah in Toms längliches Gesicht mit seiner schmalen Nase und den steingrauen Augen. Diese Augen hatten sie zunächst abgestoßen, als sie ihn zum ersten Mal traf – sie sahen so erschreckend kalt und scharf aus. Sie konnten sie immer noch so ansehen, besonders wenn er nachdachte. Aber jetzt wußte sie, es gab Zeiten, da wurden sie weich und dunkel aus Freundschaft, Besorgnis oder auch aus Liebe, etwa wenn er Lucy anblickte. Sie mochte Tom, und sie wußte, er war ein ausgezeichneter Polizist, und er war einmal so etwas wie ein Wunderkind gewesen und hatte schnell Karriere gemacht. Jetzt fühlte sie sich allein durch das Sprechen über die Ereignisse der letzten Tage ruhiger, sie wußte, sie hatte seine völlige Aufmerksamkeit. Er hatte nichts Herablassendes oder Abwertendes in der Art, wie er reagierte. »Ich verstehe einfach nicht, wie jemand eine Leiter gegen das Haus gestellt haben kann und in das Fenster im zweiten Stock hineingeklettert ist, ohne daß die Nachbarn etwas bemerkt haben«, fuhr Caroline fort.

»Ihr habt auf allen vier Seiten Nachbarn?«

»Nein. Das Haus auf der anderen Straßenseite steht seit etwa vier Monaten leer.«

»Was ist mit den anderen drei?«

»Alle bewohnt, aber die Nachbarn zur Rechten arbeiten beide. Es war keiner zu Hause. Die Frau vom Haus auf der linken Seite war da. Sie hat nichts gesehen. Auch das alte Paar nicht, das im Haus hinten wohnt. Ihr Hof berührt unseren, und der Mann war draußen und hat fast den ganzen Nachmittag Laub geharkt. Ich verstehe nicht, wie er es nicht bemerken konnte, als jemand hinten einstieg.«

»Ist es möglich, daß jemand einen Schlüssel für euer Haus hat? Was ist mit der Putzfrau – wie ist ihr Name?«

»Fidelia Barnabas.«

»Lucy sagt, sie sei etwas merkwürdig.«

»Das stimmt nicht. Oh, sie legt Tarockkarten und beschäftigt sich mit Okkultismus, aber ich glaube, alles nur aus Jux. Außerdem hat sie keinen Schlüssel fürs Haus, und wenn sie einen hätte, hätte sie ihn nicht gebraucht, denn sie war ja schon allein drin. Und woher hätte sie Twinkle haben sollen? Das ist etwas, was ihr alle immer vergeßt. Es war Hayleys Puppe auf dem Bett.«

Tom nahm das Brandy-Glas, das Lucy schweigend anbot, und ließ die Flüssigkeit einen Moment gegen die Wände des Glases kreisen. »Lucy hat mir gesagt, daß du die Puppe für Hayley gemacht hast.«

»Ja.«

»Aber du hast auch andere gemacht.«

»Ähnliche, aber nicht genau solche wie Twinkle. Das Haar hatte eine andere Farbe. Und Twinkles Lachen war breiter.«

»Bist du dir über Twinkles Lachen nach all den Jahren so sicher?«

»Ja, bin ich. Also, wer könnte die Puppe haben außer Hayleys Mörder?«

Tom sah mitfühlend aus. »Vorausgesetzt, es *ist* Twinkle und nicht eine von den anderen, die du gemacht hast, eine Menge Leute könnten sie haben. Sie könnte verlorengegangen sein, bevor der Kidnapper mit Hayley aus der Stadt hinausfuhr. Sie könnte hier in der Gegend seit Jahren herumgeflogen sein.«

»Daran habe ich noch nie gedacht.« Caroline blickte skeptisch. »Aber warum soll jemand die Puppe so lange aufgehoben und sie erst jetzt in mein Haus gelegt haben?«

»Verrückte haben eine eigene Logik, Caroline.«

»Vermutlich«, Caroline seufzte. »Hast du eine Spur, wer Pamela ermordet hat?«

Tom schüttelte den Kopf, seine hohen Wangenknochen fingen das Licht einer kristallenen Hängelampe über dem Tischende ein. »Nichts, Caroline. Wir wissen allerdings, daß das Feuer mit Kerosin angelegt wurde und daß Pamelas Kehle mit einem zehn bis fünfzehn Zentimeter langen Sägemesser aufgeschlitzt wurde. Wahrscheinlich ein Küchenmesser, was es fast unmöglich macht, es zu finden. Die Kehle wurde von links nach rechts aufgeschlitzt, was bedeutet, daß der Mörder Rechtshänder ist. Sowohl die Luftröhre und die Halsschlagader als auch die Stimmbänder waren durchschnitten. Es kann nicht lange gedauert haben, bis sie verblutet war – allerhöchstens ein paar Minuten. Wir fanden Blut auf ihren Kleidern im Schrank und einige Haare – Pamelas Haare –, also würde ich sagen, sie wurde dort drinnen von hinten an den Haaren gepackt.«

»Gütiger Gott«, Caroline atmete schwer. »Jemand, der in ihrem Wandschrank wartete. Das ist ja wie in einem Horrorfilm.«

»Ziemlich theatralisch, vor allem wenn man bedenkt, daß der Mörder überall im Schlafzimmer Kerosin verspritzt und dann das Feuer mit Kerosin im Wohnzimmer gelegt hat, was mindestens fünfzig Meter entfernt ist von der Stelle, wo sie lag.«

»Vielleicht wollte der Mörder, daß entdeckt wird, wie Pamela mit durchschnittener Kehle daliegt«, steuerte Lucy dazu bei, die im Schneidersitz auf dem Boden saß und ihre hochhackigen Schuhe zur Seite geworfen hatte.

»Warum aber dann überhaupt das Feuer? Zumal das Sprinklersystem sofort losgegangen sein muß, als der Rauch begann?«

Lucy lächelte. »Genau mein Einwand. Der Mörder wollte nicht Pamelas Leiche zerstören. Das Feuer war ein symbolischer Akt.«

Tom sah sie bewundernd an. »Lucy, du bist großartig. Möchtest du bei mir arbeiten?«

»Ja, aber ich weiß, daß du mir jetzt Honig ums Maul schmierst. Du kannst mir nicht erzählen, daß du das nicht schon überlegt hast.« Sie blickte zu Caroline. »Er macht das ständig mit mir. Er will sich vergewissern, daß ich so klug bin, wie ich sein sollte.«

Tom grinste. »Du bist, keine Angst.«

Caroline lächelte abwesend über ihre Kabbeleien, konnte jedoch ihre eigene Angst nicht abschütteln. »Tom, glaubst du, die Blumen beweisen, daß es eine Verbindung gibt zwischen dem, was um mich herum vorgeht, und Pamelas Ermordung?«

»Du darfst nicht vergessen, daß kaum jemand Pamela mochte, und offensichtlich war sie mit jemandem liiert. Weder Larry noch Rick Loomis – der Typ, mit dem sie liiert war, der übrigens eine Vorstrafe wegen Körperverletzung hat – sind schon völlig entlastet. Trotzdem, ich wünschte, wir hätten die beiden Bouquets, damit wir die Handschrift vergleichen können.«

»Ich bin am nächsten Tag zu Hayleys Grab zurückgefahren, aber die Blumen waren weg.«

»Alle?« fragte Lucy. »Oder nur die Orchideen?«

»Nur die Orchideen.«

»Das ist schon sehr verdächtig«, sagte Tom. »Weißt du was – ich fahre morgen zu Pamelas Grab und versuche, das zweite Bouquet zu finden. Dann haben wir wenigstens eine Probe der Handschrift. Dann brauchen wir nur noch den Blumenhändler zu finden, von dem die Blumen kamen, und dann sollten wir auch herausfinden können, wer sie geschickt hat.«

»Wenn es künstliche Blumen waren, brauchen sie nicht von einem Blumenhändler zu kommen«, bedeutete Lucy.

Caroline nickte. »Sie hat recht, Tom. Das Blumenbouquet war nicht sehr professionell. Es war einfach nur ein Strauß Seidenorchideen, die mit einem schwarzen Samtband zusammengebunden wurden. Ein Kind kann so etwas.«

»Wetten, daß es kein Kind gemacht hat«, sagte Tom düster. »Denk nur an die Nachricht: *Schwarz zur Erinnerung*. Das schreibt kein Kind.«

»Nein, bestimmt nicht«, sagte Lucy und blickte Caroline an. »Was ist los? Was ist?«

»Mir ist gerade etwas eingefallen«, Carolines Gesicht war steif vor Schreck. »Die Nachricht. Sie ist falsch. Die Farbe ist falsch.«

Tom lehnte sich vor. »Sag, was meinst du.«

»Zu Hayleys fünftem Geburtstag haben wir ihr ein Kätzchen geschenkt. Es ist gestorben. Sie war ganz verzweifelt, und Chris organisierte ein richtiges Begräbnis. Er legte sogar einen Strauß Veilchen auf das Grab. ›Veilchen stehen für Heimweh und zum Gedenken‹, hat er Hayley erzählt. ›Es ist die Farbe der Erinnerung. Deshalb werden wir jedes Jahr auf Shadows Grab Veilchen legen, damit es weiß, daß wir an es denken.«

»Also deshalb legt Chris Veilchen auf Hayleys Grab«, sagte Lucy langsam.

»O Gott«, murmelte Caroline.

Tom sah Caroline ernst an. »Ich weiß, was du jetzt denkst, aber vergiß es. Hayley war fünf Jahre alt, als Chris ihr das erzählt hat. Fünfjährige verstehen noch nicht, was Begriffe wie Heimweh bedeuten.«

»Aber sie verstehen das Wort Erinnerung.«

»Ja, vielleicht. Aber eine Menge anderer Leute auch. Sie kennen auch die elementare Farbsymbolik wie Schwarz für Tod, und Schwarz wird in der Nachricht genannt, nicht Violett.«

Später, als die Nacht die graue Trostlosigkeit des Tages verdrängt hatte, schmiegte Lucy in dem breiten Bett ihren nackten Körper näher an Toms. »Eben hatte ich nicht deine ungeteilte Aufmerksamkeit.«

Tom strich ihr durchs wirre Haar. »Tut mir leid.«

»Etwas, das dich beschäftigt?«

»Caroline.«

»Wunderbar.«

Tom lachte aus vollem Hals, ein Lachen, das sie als erstes an ihm gemocht hatte. »Ich hätte nicht geglaubt, daß ich dich noch eifersüchtig machen kann. Aber es gibt keinen Grund zur Beunruhigung. Meine Gedanken waren die eines Polizisten.«

»Glaubst du, es ist etwas Ernstes?«

»Du etwa nicht?«

»Ich weiß nicht. Es gab eine Zeit nach Hayleys Ermordung, als sie nicht glauben wollte, daß Hayley wirklich tot war.«

»Diese Reaktion kann ich verstehen. Wenn du Kinder hättest, dann wüßtest du –« Lucy wurde starr, und Tom sagte schnell: »Tut mir leid, Liebes.«

»Ist schon in Ordnung«, Lucys Stimme klang dünn und wie aus weiter Ferne.

»Ich bin ein unsensibler Idiot.«

»Ich weiß«, sagte Lucy mit einem angedeuteten Lachen. »Ist nicht deine Schuld. Man kann nicht auf jedes Wort achten, das man sagt. Ich wäre auch nicht so empfindlich, wenn ich nicht auch fast ein eigenes Kind gehabt hätte.«

»Denk nicht daran.«

»Eine idiotische Entscheidung. Eine Stunde in der Praxis eines Pfuschers, und ich bin verstümmelt fürs Leben.«

»Du warst in einer unmöglichen Situation. Du hast richtig gehandelt.«

»*Richtig?* Kann man eine Abtreibung richtig nennen?«

»Manchmal schon. In deinem Falle war es richtig. Wie hättest du wissen können, was weiter wird?«

Tränen verschmierten das Mascara zu schwarzen Spuren, und Lucy wischte sie ungeduldig weg. »O Mann, Wasser gehört in den Fluß, unter die Brücke oder ins Abwasser.« Sie lachte unsicher. »Was ist also mit Caroline?«

Tom war einen Moment lang ruhig. »Ich bin mir nicht sicher, ob alles, was sie uns erzählt hat, stimmt. Außer ihr hat niemand ein schwarzes Bouquet gesehen, und nur sie besteht darauf, daß die Clownpuppe Twinkle war. Trotzdem können wir nicht außer acht lassen, was ihrer ersten Tochter passiert ist. Da der Mörder nie gefunden wurde, könnte er auf eine zweite Gelegenheit warten.«

»Eine zweite Gelegenheit?«

»Ich wollte Caroline das nicht sagen, aber es ist höchst unwahrscheinlich, daß eine Person, die nicht an Hayleys Kidnapping beteiligt war, die Puppe jetzt gefunden hat und sie benutzt, um Caroline Angst einzujagen. Wenn es wirklich Twinkle war, die Caroline auf dem Bett gefunden hat, dann war sie wahrscheinlich die ganze Zeit in den Händen des Mörders.«

»Aber warum kommt er jetzt damit heraus?«

»Wer weiß, wie sein Verstand arbeitet? Vielleicht hat es etwas damit zu tun, daß Melinda nur zwei Jahre älter ist als Hayley, als sie getötet wurde.«

Lucy stützte sich auf einen Ellbogen. »Tom, du denkst doch nicht etwa, jemand ist hinter Melinda her?«

»Ich weiß nicht. Aber es ist besser, vorzusorgen als nachzufassen. Ich werde davon ausgehen, daß Caroline sich nichts eingebildet hat, und den Hinweisen nachgehen.«

»Warum du?«

»Ich kann es niemandem sonst überlassen, denn wir haben keinen Fetzen an konkreten Beweisen, daß es eine Verbindung gibt zwischen dem, was Caroline passiert ist, und Pamelas Ermordung. Zum Teufel, wir haben noch nicht einmal einen konkreten Beweis für das, was Caroline passiert ist, außer einer zerbrochenen Fensterscheibe.«

»Wo wirst du anfangen?«

Tom wurde wieder still, und Lucy konnte fast fühlen, wie sein Hirn raste, so wie immer, wenn es die Unwägbarkeiten eines Falles zu fassen suchte. »Ich fange am Anfang an – mit Hayley Cordays Kidnapping.«

3

Ich wünschte, wir hätten die beiden Bouquets, damit wir die Handschrift vergleichen können.

Toms Worte kamen ihr wieder und wieder in den Sinn, als sie sich im Bett herumwarf und keinen Schlaf fand. Sie konnte nicht aufhören, an die Blumen zu denken. Bis jetzt hatte sie keinerlei Beweise für das, was passiert war – kein Twinkle, keine Blumen. Sie brauchte das schwarze Bouquet, und obwohl Tom gesagt hatte, daß er morgen auf dem Friedhof danach suchen würde, war sie sich nicht sicher, ob es noch da sein würde. Schließlich waren ja auch die Blumen auf Hayleys Grab am nächsten Tag verschwunden gewesen.

Sie konnte sie selbst holen. Sie sah auf die Uhr. 12.20. Zu spät, um auf den Friedhof zu gehen. Trotzdem, falls dieses Bouquet verschwand, konnte sie in Toms Augen an Glaubwürdigkeit verlieren.

David schlief fest. Leise schlüpfte sie aus dem Bett und zog Jeans an, einen dicken Pullover mit Zopfmuster und Tennisschuhe. Auf dem Weg die Treppe hinunter schaute sie noch bei Greg und Melinda hinein, die beide tief schliefen. Greg war über drei Viertel seines Doppelbettes ausgestreckt. Melinda zu einem kleinen Ball zusammengeknäult, und George lag neben ihr. Der Hund hob den Kopf, als Caroline die Tür öffnete, und auf einen Wink von ihr sprang er vom Bett, leichtfüßig wie eine Katze. Im Flur wandte sich Caroline ihm zu. »Du weißt, daß du nicht auf dem Bett schlafen sollst«, flüsterte sie. »Aber darüber reden wir später. Jetzt mußt du mich begleiten.«

Unten in der Küche fand sie die Taschenlampe, zog den Reißverschluß des Parka zu, legte George die Leine an und verschloß die Tür hinter sich. Sie hinterließ keine Nachricht für David. Der Friedhof war nicht weit weg, und mit etwas Glück würde sie wieder zurück sein, bevor er etwas bemerkt hatte.

George setzte sich glückselig neben sie, ganz offensichtlich erfreut über die Aussicht auf einen Ausflug. Seine Zunge hing heraus, und er sah neugierig aus dem Fenster. Seine Zunge verschmierte die Scheiben, während sie auf den leeren Straßen fuhren. Als sie den Friedhof erreichten, sah Caroline die großen, schmiedeeisernen Tore offenstehen. Ihr wurde klar, daß sie die Möglichkeit, ausgeschlossen zu sein, gar nicht in Betracht gezogen hatte, obwohl Rosemont der teuerste und bestbewachte Friedhof in der Stadt war – im Unterschied zu dem schäbigen Ort, wo Hayley lag. Sie fuhr langsam durch das Tor und bemerkte die kleine gemauerte Wachhütte zur Rechten. Ein Licht schien nach draußen, aber kein Uniformierter trat heraus und fragte sie, was sie um diese Zeit auf dem Friedhof verloren hätte. Vielleicht drehte er seine Runde oder so, falls Friedhofswächter das taten. Oder vielleicht hatte er drinnen einen Fernseher, der seine Aufmerksamkeit fesselte. Jedenfalls war sie froh, daß sie vorbeigleiten und sich schnell in dem weiten, hügeligen Areal des Friedhofs verlieren konnte.

Da sie und Lucy heute früh nicht mit zum Grab gegangen waren, war sie sich nicht sicher, wo Pamela nun lag. Trotzdem hatte sie das Gefühl, im »neuen« Teil suchen zu müssen, da sowohl die Fitzgeralds als auch die Burkes erst in den letzten vierzig Jahren in die Stadt gezogen waren. Sie fuhr durch den Irrgarten der asphaltierten Wege, auf der Suche nach Massen von frischen Blumen, die ein neues Grab anzeigten. Als sie schließlich eins erblickte, stieg sie aus, George an ihrer Seite, und beim Schein ihrer Taschenlampe ging sie über den gepflegten Rasen, nur um festzustellen, daß das neue Grab einem Mitglied der Mathis-Familie gehörte. »Fehlanzeige«, murmelte sie George zu. »Zurück zum Auto, alter Junge.«

Obwohl sie Angst hatte, dem Friedhofswärter zu begegnen, fuhr sie noch weitere zehn Minuten umher, bis sie eine andere Möglichkeit auf einem Hang am Ende des Friedhofs entdeckte. Sie konnte nicht in der Nähe parken und verlor einen Moment lang die Orientierung, als sie die Lichter ausmachte und aus dem Wagen stieg. Die Taschenlampe war bisher nicht notwendig gewesen, nun aber hatten sich schwarze, durchsichtige Wolken vor den Mond geschoben, und sie stand in fast völliger Dunkelheit da. Das Licht der Lampe wirkte sehr schwach, und sie überlegte, ob die Batterien zu Ende gingen. Sie hätten sich keine günstigere Gelegenheit aussuchen können, dachte sie, als sie den Hang hinaufflief und darauf zu achten versuchte, nicht auf Gräber zu treten. George trottete neben ihr, ihr Wächter gegen die Nacht, und sie hörte nicht auf, mit ihm zu reden, um das plötzliche Unbehagen, das sie überfallen hatte, abzuschütteln.

»So wollte ich den Abend eigentlich nicht verbringen«, informierte sie ihn. »Ich komme mir wie ein Grabräuber vor.« Seine Ohren stellten sich auf und nieder, während sie redete, und er hob seinen Kopf, um ihr die Hand zu lecken. »Nur ein paar Gespenster, das sind wir, George. So, laß mal sehen. Ich glaube, das Grab war hier rechts.«

Sie lenkte den Strahl auf einen Berg frischer Blumen. »So, wenn es das jetzt nicht ist, gebe ich auf. Ich mag es hier nicht. Ich habe ein Gefühl, als beobachtete uns jemand. Aber das ist ja dumm. Hier ist niemand. Normalerweise sind Friedhöfe um diese Nachzeit nicht sehr bevölkert.«

Ihre Stimme klang dünn und ängstlich, und sie war über sich selbst verärgert. Vor der Dunkelheit mußte man keine Angst haben. Vor dem Friedhof mußte man keine Angst haben. Es war ein wunderschöner Ort, voller Ruhe und Stille.

Und voller toter Leute.

»Caroline, du bist ein Idiot«, sagte sie streng zu sich, als sie den Namen auf dem mächtigen Grabstein entzifferte, der über dem Grab ragte. *Fitzgerald*. Also hatte man Pamela bei ihrer Familie begraben und nicht bei Larrys. Sie war nicht überrascht darüber. Nach allem, was sie gehört hatte, verband Pamela kaum etwas mit Larry oder mit der Familie Burke, ausgenommen deren Geld.

»Okay, George, wir haben es gefunden. Nun müssen wir nur noch die schwarzen Orchideen finden.«

Hunderte von Blumen. Tausende von Blumen. Hatte jemand, es sei denn Verstorbene von nationaler Bedeutung, jemals so viele Blumen bekommen? Caroline kniete und leuchtete mit der Taschenlampe über die Körbe, die auf dem Grab aufgehäuft lagen. Die Blumen obenauf waren durch die kalte Nachtluft schon verdorrt. Sie lehnte sich auf ihren Knien nach vorne und durchsuchte sie, begann am Kopfe des Grabes und arbeitete sich zum Fußende durch, versuchte dabei methodisch zu sein. Gladiolen und Lilien und Rosen. Nelken und Tonnen von Schleierkraut. Sogar weiße und lila Orchideen. Aber keine schwarzen Seidenen.

»Verdammt«, murmelte Caroline, setzte sich auf ihre Absätze, ihre Hände stanken von den Blumen. Konnte das Bouquet im Beerdigungsinstitut zurückgelassen worden sein, ausgesondert als unpassend? Aber wenn das der Fall war, warum hatte man es in der Trauerhalle ausgestellt? Sie kroch vorwärts, entschlossen, sich noch einmal durch den Haufen zu wühlen.

Und dann begann George zu knurren.

Das Geräusch begann tief in seiner Kehle, während seine Ohren vor Aufmerksamkeit gespitzt waren. »Was ist los, alter Junge?« fragte Caroline mit wackeliger Stimme und folgte seinem Blick den Hang hinauf, wo sich eine riesige Eiche gegen den schwarzen Himmel abzeichnete. »Ist jemand da oben?« Vielleicht der Wächter, dachte sie nervös. Georges Augen wurden schmaler, und das Haar auf seinem Rücken sträubte sich. Caroline griff nach seiner Leine und stand auf. »Komm schon, George, zurück zum Auto«, befahl sie.

Der Hund blieb voll angestrengter Aufmerksamkeit stehen, das Knurren wurde tiefer, bis es schien, daß der Boden vibrierte. Wenn es der Wächter wäre, überlegte sie, hätte er sich bestimmt schon längst gezeigt. Der Hund wurde noch angespannter. »George, *bitte*.« Caroline schrie vor jäher, besinnungsloser Furcht auf.

Plötzlich riß er sich von ihr los und rannte den Hügel hinauf. Sie konnte kaum seinen Schatten erkennen, wie er am Baum innehielt. Dann setzte er sich und warf seinen Kopf zurück und heulte. Es war ein fröstelnd trauriger Klang, der die Nacht wie eine Totenklage durchschnitt.

»Mein Gott, George«, keuchte Caroline. »George, komm! Komm sofort her!« Der Hund bellte weiter und ignorierte sie. Caroline hatte langsam das Gefühl, daß sie keine Luft mehr bekam. »George, ich gehe.« Sie ging ein paar Schritte zurück. »Ich gehe jetzt. Gehe *nach Hause*. Ich gehe jetzt *nach Hause*.«

George kannte *nach Hause*. Er hörte mitten im Heulen auf, zögerte, dann kam er den Abhang herunter und sprang sie an, seine großen Pfoten auf ihrer Schulter. »Guter Junge!«

Sie griff nach seiner Leine und schlang die Schlaufe um das Gelenk, entschlossen, ihn nicht mehr entkommen zu lassen. »Los jetzt. Wir müssen zurück zum –«

Als der Hund wieder hinuntersprang, blickte Caroline voller Entsetzen auf die Flecken auf der hellen Jacke. Im Mondlicht sahen sie wie Tinte aus, aber sie wußte, daß es Blut war.

Sie wurde vor Schreck schwach, und George nutzte die Gelegenheit aus und zog sie den Hügel hinauf. Ihr Handgelenk war in der Leine gefangen, und sie konnte sich nicht befreien. Sie stolperte einmal auf dem feuchten Gras und hörte sich selbst schluchzen, als sie wieder auf die Beine kam, aber George bestand aus fast vierzig Pfund unnachgiebigem Willen und Muskelkraft. Er hielt nicht eher an, bis er sie zum Stamm des Baumes gebracht hatte.

Also war es doch der Friedhofswächter, dachte sie distanziert. Er lag auf den knorrigen Wurzeln, das Hemd seiner Uniform vorne naß von Blut.

8

1

Später staunte Caroline, wie ruhig sie niedergekniet und das Gelenk des Mannes gefaßt hatte, um den schwachen Puls zu fühlen. Inzwischen war George ruhig geworden, und sie ließ ihn zur Wache und zum Schutz dort, während sie den Hügel hinunterrannte und zum Wachhäuschen fuhr.

Drinnen brannte Licht. Ein kleiner Farbfernseher dröhnte, und sie stellte ihn ab, griff nach dem schwarzen Telefon auf dem großen, beladenen Metalltisch. In dem Moment, wo Tom sich meldete, begriff sie, daß sie statt dessen den Notruf hätte wählen müssen. Aber Tom anzurufen, war ihre instinktive Reaktion gewesen.

»Tom, hier ist Caroline.« Ihre Stimme war freundlich und kontrolliert. »Tut mir leid, daß ich euch wecke.«

»Lucy ist bei ihrer Mutter. Was ist los?«

»Ich bin auf dem Rosemont-Friedhof, und ich habe den Wächter oben auf dem Hügel gefunden, wo Pamela Burke beerdigt wurde. Jemand hat ihn in die Brust geschossen oder vielleicht gestochen. Ich kann es nicht genau sagen.«

Nach einer kurzen Stille fragte Tom: »Ist er tot?«

»Nein, aber er ist bewußtlos, und überall ist viel Blut.«

»Du bist im Wächterhaus?« Caroline nickte. »Bist du im Wächterhaus?«

»O ja.«

»Geh nicht zu ihm zurück. Bleib, wo du bist. Ich komme gleich.«

Caroline fühlte plötzlich ihre Knie weich werden. Sie setzte sich auf den gepolsterten Metallstuhl und registrierte abwesend das Porno-Magazin, das auf dem Tisch ausgebreitet lag, die halbleere Türe mit billigen Keksen, die Kaffeemaschine, in deren Kanne eine dunkle, stark riechende, schlierige Flüssigkeit köchelte. Sie schaltete sie aus und klappte das Magazin zu, dann überlegte sie, ob sie überhaupt etwas hätte anfassen sollen. Aber der Wärter war nicht hier drin verletzt worden, und es war unwahrscheinlich, daß der Angreifer hierher gekommen war und Fingerabdrücke auf dem Magazin hinterlassen hatte, bevor er ging.

Sie blickte auf die Wanduhr. 1.22. War sie vor ungefähr einer Stunde von zu Hause weggefahren? Was, wenn David aufgewacht war und sie vermißte?

Schuldbewußt griff sie wieder zum Telefon. Nach dreimaligem Läuten antwortete David schlaftrunken: »Caroline? Bist du's?«

»David, tut mir leid. Ich dachte, ich wäre nur ein paar Minuten weg, aber es dauert länger.«

»Was? Weißt du, wieviel Uhr es ist? Wo *bist* du?«

»Sage ich dir später.« Sie hörte eine Sirene in der Ferne. »Tschüß.«

Er knatterte noch immer am anderen Ende, als sie auflegte. Aber sie konnte sich jetzt keine Gedanken machen, was sie ihm erklären würde. Schon fuhr der Krankenwagen vor. Sie schoß aus dem Wächterhäuschen heraus zu ihrem Wagen und rief: »Folgen Sie mir.«

Der Fahrer hatte die Sirene abgestellt, aber das rote Licht rotierte noch immer in der Dunkelheit und warf gespenstische Farben über die Grabsteine. Die Aufregung hatte George wieder angesteckt, und als sie am Hügel angekommen waren, jaulte er wie der Hund von Baskerville. Die Krankenpfleger sahen ihn aufmerksam an. »Es ist mein Labrador«, sagte Caroline. »Er tut Ihnen nichts.«

Der eine junge Mann blickte skeptisch. »Würden Sie ihn vielleicht doch ein bißchen festhalten, damit wir arbeiten können?«

»Sicherlich.« Caroline erkletterte den Hügel mit ihnen und griff nach Georges Leine, ohne den blutüberströmten Wärter anzusehen.

Zwei uniformierte Polizisten waren inzwischen angekommen. Einer nahm gerade ihren Namen und ihre Adresse auf, als Tom seinen Wagen anhielt. Er sprang aus dem Wagen, mit ungekämmten Haaren, in einem verblichenen Ohio-State-Sweatshirt und Jeans. »Caroline, geht es dir gut?«

»Ja, aber ich bin wahnsinnig froh, daß du da bist!« Langsam setzte nun die Reaktion ein. Ihre Stimme zitterte, und Tom nahm sie beim Arm und führte sie zu ihrem Auto. Als er die Tür öffnete, sprang George hinein, und Caroline saß seitlich auf dem Vordersitz und sah hinaus zu Tom und den Polizisten.

»Werden Sie ohnmächtig?« fragte einer von ihnen.

Caroline lächelte. »Manchmal zittere ich, aber ich falle nie in Ohnmacht. Ich bin okay.«

»Können Sie uns sagen, was Sie hier draußen getan haben, gnädige Frau?« fragte der andere, bereit, sich Notizen auf dem Block zu machen.

»Ich weiß, was sie hier gemacht hat«, sagte Tom schnell. »Caroline, erzähl uns, wie du den Wächter gefunden hast.«

»Ich war an Pamelas Grab und habe die Blumen durchsucht.« Sie sah, wie die beiden Polizisten einen Blick tauschten. »Dann begann George zu knurren. Er rannte zum Baum hoch und heulte, immer wieder. Ich rief ihn herbei. Als er kam, sprang er an mir hoch und hinterließ Blutflecken an meiner Jacke. Ich hatte die Hand in seiner Leine verwickelt, und als er das zweite Mal hochrannte, zog er mich mit.«

»Der Wärter war bewußtlos?«

»Ja.«

»Hast du irgend etwas gesehen oder gehört?«

»Nichts, Tom. Aber als ich im Wächterhäuschen war, konnte ich sehen, daß der Kaffee schon lange auf der Heizplatte stand. Die Kanne war fast eingetrocknet, als sei der meiste Kaffee verdunstet.«

»Du meinst also, daß dies schon vor geraumer Zeit passiert sein muß?«

»Bestimmt nicht in der letzten halben Stunde. Als ich kam, gab es kein Zeichen von ihm im Wächterhäuschen, und ich habe sein Auto nicht gesehen, als ich umherfuhr und Pamelas Grab suchte. Er muß aber eins haben. Er konnte das ganze Gebiet nicht zu Fuß patrouillieren.«

Tom wandte sich an einen der Polizisten. »Würden Sie hinauffahren und herausfinden, wie es ihm geht? Und nach seinem Auto suchen?« Dann blickte er Caroline wieder an. »Um wieviel Uhr bist du hier angekommen?«

»Ich schätze, ungefähr zwanzig vor eins.«

»Und du bist im ganzen Friedhof umhergefahren und hast das Grab gesucht?«

»Nur im neuen Teil. Ich konnte mir nicht vorstellen, daß die Burkes oder die Fitzgeralds Gräber im alten Teil hätten. Der ist besetzt mit Familien, die schon vor dem Zweiten Weltkrieg in der Stadt lebten.«

Tom grinste. »Weißt du, bei dir und Lucy habe ich das Gefühl, ich sollte meine Marke abgeben. Du hast einige sehr gute Schlußfolgerungen gezogen, in Anbetracht der Umstände.«

»Ich komme mir nicht sehr schlau vor. Eher wie ein Dummkopf, hier draußen herumzurennen zusammen mit einem Mörder.«

»Du hättest nicht hier sein sollen. Ich habe dir doch gesagt, *ich* suche das Bouquet.«

»Ich wollte nicht warten. Du weißt, am Tag, nachdem ich das Bouquet auf Hayleys Grab gefunden hatte, war es verschwunden.« Sie schwieg. »Und falls das zweite schwarze Bouquet auf Pamelas Grab lag, konnte ich es jedenfalls nicht finden.« »Das ist nicht gut.«

Caroline sah ihn scharf an. »Ich weiß, was du denkst: Es gab von Anfang an kein Bouquet.«

»Das habe ich nicht gesagt.«

»Das mußtest du auch nicht. Aber Tom, etwas kannst du nicht leugnen: Daß der Wächter in der Nähe von Pamelas Grab erschossen wurde. Vielleicht ist die Person, die das Bouquet geschickt hat, wiedergekommen, um es zu holen.«

»Und wurde vom Wächter entdeckt.«

»Ja.«

Caroline konnte Toms Ausdruck nicht lesen, weil er gerade dem Polizisten entgegenblickte, der vom Hügel zurückkam. »Der Wagen des Wächters ist auf dem übernächsten Weg«, sagte er zu Tom.

»Soweit bin ich nicht gefahren«, sagte Caroline. »Deshalb habe ich ihn nicht gesehen.«

Tom nickte. »Und der Wächter?«

»Sie haben die Blutung zum Stillstand gebracht und eine Transfusion begonnen, aber der Typ ist noch nicht bei Bewußtsein.«

»Was ist passiert?«

»Einschuß in der Brust. Und so wie es aussieht, aus seinem eigenen Revolver. Die Waffe wird vermißt.«

2

Drei Tage später war Tom Jerome überzeugt: Der Fall Hayley Corday war von der Polizei schlampig bearbeitet worden. Trotz Millicent Longworths unbefriedigendem Lügendetektortest hatte es keine konkreten weiteren Nachforschungen gegeben. Wenig oder kaum etwas war über all die Personen aktenkundig, die mit dem Kind in Kontakt gestanden hatten, und offensichtliche Spuren waren ohne guten Grund nicht weiterverfolgt worden. Zum Beispiel hatte eine Frau namens Margaret Evans eine Woche nach Hayleys Verschwinden ein Kind gesehen, das mit Hayleys Beschreibung übereinstimmte und das auf dem Rücksitz eines Cadillacs lag auf einem Parkplatz außerhalb von Chillicothe. Die Frau behauptete, sie habe an die Scheibe des Cadillacs geklopft, aber das Kind habe sich nicht bewegt, was Mrs. Evans vermuten ließ, daß das kleine Mädchen betäubt gewesen sei. Harry Vinton, der für die Untersuchung zuständige Detective von der Jugendabteilung, hatte die Frau als Verrückte abgetan mit der Behauptung, sie sei bekannt dafür, immer Anzeigen zu erstatten, ständig irgendwo vermißte Kinder gesehen haben zu wollen. Aber Toms Nachforschungen ergaben keine weiteren Anrufe von Mrs. Evans. Spontan wählte er die Nummer, die in den Akten stand, ziemlich sicher, daß sie nach zwanzig Jahren bestimmt weggezogen war. Sein Herz setzte einen Schlag aus, als eine junge Frau antwortete und erklärte, daß ihre Mutter in der Tat Mrs. Margaret Evans sei und sicherlich am Freitag wieder zurückkomme, zur Zeit sei sie verreist. Nachdem er aufgehängt hatte, beschloß Tom, ein bißchen bei Harry Vinton nachzugraben.

»Klar erinnere ich mich an ihn«, erzählte ihm Al McRoberts, früher in der Abteilung für Jugendkriminalität und Verbrechen an Jugendlichen, jetzt bei der Mordkommission. »Verdammt guter Bulle, bis ihn der Alkohol erwischte. Er ist in Ruhestand gegangen, oh, ungefähr vor siebzehn, achtzehn Jahren, lange, bevor du kamst.«

»Ein guter Bulle, sagst du.«

»Ja.« Al überlegte. »Gut, denn er war clever, und er zeigte das gerne. Ich meine, ich weiß, man soll sich nicht persönlich bei einem Fall engagieren, oder du verlierst den Verstand, aber jeder einzelne Fall ist an Harry einfach abgeglitten. Keinerlei persönliche Reaktion, niemals. Jeder Fall war wie ein Puzzle für ihn, und er wollte beweisen, daß er das Puzzle lösen konnte. Davon abgesehen, ließ er ihn unberührt.« Er lachte schief. »Wie klingt das für eine kleine Populäranalyse?«

»Interessant. Erinnerst du dich an den Fall Hayley Corday?«

Al starrte vor sich hin, sein frühzeitig gealtertes Gesicht sah bleich aus in der harten Morgensonne. »Tochter des Künstlers, nicht? Mörder hat den Kopf abgeschnitten und den Körper verbrannt?« Tom nickte. »Daran habe ich nicht gearbeitet, aber mir scheint, als habe Vinton bei dem ganzen Fall nicht seine übliche Hartnäckigkeit gezeigt.«

»Was meinst du damit?«

»Nur daß ich mich erinnere, er hat den Fall ziemlich schnell abgeschlossen, nachdem der Leichnam des Kindes gefunden worden war.«

»Es war doch dann Sache der Mordkommission.«

»Ich weiß, aber das hat Harry sonst nie gehindert. Wie ich schon sagte, er liebte das Rampenlicht. Eine Primadonna. Normalerweise wäre er drangeblieben, sogar im Urlaub, nur um zu beweisen, daß er einen Mord aufklären konnte, wenn schon niemand sonst.«

»Hat das nicht jeden verwundert?«

Al rieb sich in Gedanken das Kinn. »Ja, aber wir haben es darauf zurückgeführt, daß er damals wegen seiner Frau ziemlich durcheinander war.« Tom hob eine Augenbraue. »O zum Teufel, wie war ihr Name? So ein Bühnenname. Sie spielte hier am Ort und glaubte, sie wäre auf dem Weg zum Starruhm.«

»Vermutlich hat sie es nicht geschafft.«

Al lachte. »Hatte nie eine Chance, meiner Meinung nach. Ich bin kein Theaterkritiker, aber wenn die Sachen mit ihr, in die meine Frau mich reingeschleppt hat, ein Hinweis waren... Jedenfalls war sie jung und sexy, gute zwanzig Jahre jünger als Harry, und sie hat ihm für eine Weile ein vergnügtes Leben geboten. Er hat seine erste Frau ihretwegen verlassen, hat das bißchen Ersparte, das er hatte, verbraucht, und dann hat sie ihn fallengelassen und ist nach Kalifornien gegangen. Und er hat zu trinken angefangen. Dann wurde sie getötet. Harry hat den Dienst ein paar Monate später quittiert.«

»Um was zu machen?«

»Er hat noch ein bißchen als Privatdetektiv herumgespielt, aber er hat das vor Jahren schon aufgegeben.«

»Wovon lebt er denn jetzt?«

»Frag mich. Vielleicht ist er ja zu Geld gekommen.«

»Vielleicht«, sagte Tom nachdenklich.

3

Harry Vinton rollte sich aus dem Bett und sah auf die Uhr. 11.30. Zumindest war er zum ersten Mal in dieser Woche vor Mittag wach. Zum Teufel, zum ersten Mal in diesem Monat. Was war der Grund für diese Energie und Unternehmungslust? Muß etwas Aufregendes in der Luft liegen, dachte er, etwas, was er nicht herausbekam, bevor er nicht seinen Morgenkaffee zu sich genommen hatte.

Ächzend schob er seine einhundertzwanzig Kilo aus dem Bett und stöhnte, als das Sonnenlicht durch die offenen Lamellen des Rollos in seine Augen fiel. Gott, wann würde er daran denken, die verdammten Dinger zu schließen, bevor er ins Bett ging? Wahrscheinlich in der ersten Nacht, in der er nüchtern zu Bett ging, was seit langem nicht mehr passiert war und was wohl kaum mehr zu seinen Lebzeiten passieren würde.

Er schaltete die Kaffeemaschine ein und hörte zu, wie sie anfing zu zischen, während er über der Spüle lehnte und die junge Frau von nebenan beobachtete. Sie lud Koffer in ihren Wagen, ihr langes, blondes Haar war zu einem Pferdeschwanz zusammengefaßt, und ihr Rock spannte sich eng über runden Hüften. Er hatte sie nie von nahem gesehen, aber er schätzte sie auf ungefähr fünfundzwanzig, und aus der Entfernung erinnerte sie ihn an Teresa, seine zweite Frau. Sie hatten beide denselben frechen Gang, der besagte, daß sie wußten, wie sexy sie waren, dieselbe Art, das Haar herumzuwerfen, um Aufmerksamkeit zu erwecken. Aber trotz ihres üppigen Körpers und ihres Selbstbewußtseins schien das Mädchen von nebenan irgendwie unschuldig zu sein. Teresa war alles, nur nicht unschuldig.

Was sie zum Teil für dich so anziehend gemacht hat, dachte Harry. Seine erste Frau war loyal, freundlich und langweilig wie Spülwasser. Das einzige Mal, wo ihr einfaches, kleines Gesicht Lebhaftigkeit gezeigt hatte, war bei den Vorbereitungen eines Flohmarktes, und sie ertrug sein wöchentliches Liebemachen mit der zerstreuten Haltung einer Frau, die Einkaufslisten in ihrem Kopf zusammenstellte. Dann erschien Teresa, eine Barfrau, die an jedem seiner Worte hing, wenn er in der Bar nach der Arbeit haltmachte, und eines Nachts in einem billigen Motel freudig erregt tat, als er ihr verkündete, daß er sich von seiner Frau scheiden lassen und sie heiraten würde. Aber das Eheleben war nichts für sie. Sie brauchte Aufmerksamkeit, und obwohl er alles versucht hatte, um sie zu halten, fuhr sie nach Hollywood, voller Überzeugung, daß auf der Leinwand ein Platz für sie frei war. Harry lachte laut bei dieser Erinnerung, aber es lag keine Freude darin. Er liebte sie, Gott allein wußte warum. Arme Teresa. Teresa Torrance, so nannte sie sich. Aber ein Jahr später, als sie von einem Einbrecher erstochen worden war, meldete die winzig kleine Notiz in der Zeitung ihren wirklichen Namen: Tessie Kuhn.

Fast neunzehn Jahre alt. Kaum zu glauben, daß sie es so lange durchgehalten hatte. Wenn sie nicht ermordet worden wäre, wäre sie zurückgekommen. Harry wußte das. Sie wäre zurückgekommen, da sie erkannt hätte, daß Hollywood sie nicht wollte, wohl aber er. Und er hatte inzwischen Geld. Nur acht Monate, nachdem sie weggegangen war, war Hayley Corday gekidnappt worden. Da hatte er seine Chance gesehen, seine einzige Chance, jemals genug Geld zu haben, um Teresa nach Hause zu locken. Er hatte drei Wochen vor ihrem Tod mit ihr gesprochen und ihr erzählt, er wäre »zu Geld gekommen«. Zunächst hatte sie ihm nicht geglaubt, vor allem, weil sie ihn bat, ihr etwas von dem neugefundenen Reichtum zu schicken, und er hatte es verweigert. Sie würde nicht nach Hause kommen, wenn er ihre dummen Hollywood-Träume unterstützte. Aber die Monate in Los Angeles hatten ihr Selbstbewußtsein geschwächt. Keiner hatte Interesse daran, sie in einem Film unterzubringen, einer Fernsehshow, einem Werbespot oder sonstwas, und sie kellnerte wieder, diesmal in einem billigen Schnellrestaurant. Harry war der Meinung, daß sie nach Hause gekommen wäre, wenn sie noch sechs Monate gelebt hätte. Aber sie hatte nicht mehr länger gelebt.

Er goß sich eine Tasse Kaffee ein und beobachtete, wie die Blonde wegfuhr. Sie reist eine ganze Menge, dachte er ohne Interesse. Das Corday-Mädchen wäre jetzt ungefähr in demselben Alter. Sie war auch blond gewesen. Komisch, wie er an sie bei den unerwartetsten Gelegenheiten dachte. Nein, komisch, wie er an sie bei *allen* Gelegenheiten dachte.

Ach, zum Teufel, an was soll man sonst denken? überlegte er und schlurfte in seinen Shorts zurück ins Wohnzimmer und schaltete den Fernseher an. Neunzehn Jahre lang war er offiziell Privatdetektiv gewesen, aber seit langem hatte er den Vorwand aufgegeben. Schließlich brauchte er das Geld nicht. Ziemlich lange Zeit brauchte er das Geld nicht. Aber nun trocknete seine Quelle aus, und bald würde nichts mehr übrig sein, dank schlechter Investitionen. Er konnte noch ein paar Jahre lang damit auskommen. Aber was dann?

Es klingelte an der Tür, und er sprang beinahe aus seinem Stuhl. Er hatte nie Gesellschaft. Vielleicht war es ein Vertreter. Er lugte durch die Vorhänge und sah einen großen, schlanken Mann, dessen Augen sofort die Bewegung erfaßten. Harry zuckte zurück, aber die Klingel ging wieder. Harry kochte. Er wollte nichts kaufen. Aber als die Klingel zum dritten Mal läutete, gab er auf. Immer noch nur mit uralten, ausgebeulten Shorts bekleidet, öffnete er die Tür einen Spalt breit.

»Harry Vinton?«

Harry blickte in ein Paar stechender Augen. »Wer will das wissen?«

»Mein Name ist Tom Jerome. Ich möchte mit Ihnen über den Fall Hayley Corday reden.«

Zwei Stunden später warf Harry den Hörer zum vierten Mal auf die Gabel. Niemand zu Hause. Oder niemand antwortete. Mußten wissen, daß er es war. Nein, das war unmöglich. Es hatte ihn nur mitgenommen.

Er kappte ein weiteres Bier und dachte nach. Was war passiert? Eine Beichte? Denn Jeromes Geschichte, daß die Mutter des Corday-Kids von jemandem belästigt wurde, der behauptete, Hayley zu sein, wollte Harry nicht glauben. Zum Teufel, nein, das war eine Falle. Und auch noch eine ziemlich dürftige. Er hatte mehr von einem Detective erwartet, von dem er schon soviel gehört hatte. HOT SHIT. Das war's, was Jerome sein sollte. HOT SHIT aus Chicago. Verdammt, in seinen besten Zeiten hätte Harry ihn mit links überholt. Der Typ war ein Idiot.

Doch leider stimmte das nicht. Harry wußte das. Der Mann war richtig zum Fürchten mit diesen Augen, so kalt und hart wie Granit. Und er war auf einer Spur.

Trotz seines Fettes, weswegen ihm gewöhnlich zu warm war, fröstelte Harry. Dann wählte er wieder. Diesmal nahm jemand ab.

»Hier ist Vinton. Ich komme heute abend rüber, um mit Ihnen zu reden.« Er schluckte sein Bier hinunter, während jemand sprach. »Ich komme nicht wegen Geld. Ich komme wegen Ihres Tratschmauls.«

Er warf den Hörer hin. Keiner konnte es mit Harry Vinton aufnehmen, dachte er, während er seine große Hand zur Faust machte. Auch nicht Jerome. Nein, mein Herr. Er würde den Grund herausfinden. Und dann würde er es in Ordnung bringen.

4

Chris Corday bestellte einen weiteren Scotch mit Wasser und blickte an der Bar entlang. Sie spielte mit einer feuchten Serviette unter ihrem Glas, mit gesenkten Augen, als hätte sie ihn nicht bemerkt. Er lächelte vor sich hin. Warum taten sie nur immer so, als würden sie einen nicht sehen? Als wüßten sie nicht, daß man existierte. Während sie die ganze Zeit gespannt darauf warteten, daß man den ersten offenen Zug machte. Nun gut. Er wußte, wie die Spielregeln waren.

Er nahm sein Glas und ging langsam auf sie zu. Sie blickte auf, ihre Augen unter silbrigem Lidschatten versuchten erstaunt auszusehen. »Darf ich mich hierher setzen?« fragte Chris mit genau der richtigen Mischung umwerbenden Zögerns. »Oder erwarten Sie jemanden?«

»Mein Freund wollte kommen, aber vermutlich schafft er es

nicht mehr.« Ihre Stimme war flach, leicht nasal, ihr Akzent aus dem Mittleren Westen. Sie war völlig ohne Charme. »Sie können sich einen Moment setzen.«

Chris lächelte ein Danke und dachte dabei, was für ein totaler Mist dies war und daß er zu müde war, um auf Touren zu kommen, auch wenn sie eine winzige Ähnlichkeit mit Cheryl Tiegs hatte. Aber was war die Alternative? Eine Nacht allein in der Hütte, mit den Erinnerungen an Hayley? Er zwang Wärme in seine Stimme. »Ihr Drink sieht ein bißchen wäßrig aus. Darf ich Ihnen einen neuen bestellen?«

Sie tat, als dächte sie darüber nach. »Nun, gut. Einen vertrage ich noch.«

»Toll. Übrigens, ich heiße Chris.«

Sie lächelte kokett. »Ich bin Renée.«

Er brauchte nur eine Stunde, um sie rumzukriegen, daß sie mit ihm nach Hause fuhr. Sie war bei ihrem vierten Manhattan und erzählte ihm, was für ein gemeiner Hund ihr erster Mann gewesen war, obwohl er nichts im Vergleich war zum zweiten, der sie letztes Jahr verlassen hatte. Chris hörte zu und schüttelte voller Sympathie mit dem Kopf. Die Bar wurde langsam voll, und als jemand an Renées Arm stieß und ihren Drink verschüttete, lehnte sich Chris zu ihr hin. »Hör mal, hier wird es langsam wie in einem Irrenhaus. Außerdem bestehen die Drinks fast nur aus Eis. Warum gehen wir nicht zu mir und trinken etwas Ordentliches?«

»Oh, ich weiß nicht.«

»Bitte?« Chris' blaue Augen blickten sie treuherzig an. »Ich finde es so angenehm, mit dir zu reden.«

Renée stierte vernebelt zurück. »Vermutlich ist es okay. Aber nur noch einen Drink. Ich muß morgen früh zur Arbeit.«

Als sie aufstanden, um zu gehen, schlang sie eine riesige Tasche über ihre Schulter und schlug Chris damit fast ins Gesicht. »Ist das eine Handtasche oder eine Reisetasche?« fragte Chris und versuchte, seine Irritation zu verbergen.

Sie lachte etwas betrunken. »Ich hasse die winzig kleinen Täschchen, in die man nichts reintun kann. Hier drin kann ich meine halbe Wohnung verstauen.«

Auf dem Weg zu seiner Hütte lehnte sie sich vor, drehte das Radio und stimmte in ›Every Breath You Take‹ der Gruppe

Police ein. Sie schloß ihre Augen, während sie sang, ihr Gesicht spiegelte die Gefühle wider, denen ihre flache Stimme nicht gewachsen war. Chris überlegte, ob ihr toller Körper unter Jeans und Pullover all das wert war. Gott, sie klang wie eine wellige Schallplatte. Er holte tief Luft und wünschte sich, daß er mindestens ein Glas mehr getrunken hätte. Dann wäre sie ihm vielleicht etwas attraktiver erschienen.

»Eine Blockhütte!« quiekte sie und brach in hysterisches Lachen aus. »Was'n Trip!«

»Ich hätte nicht gedacht, daß jemand den Ausdruck noch benutzt.« Chris dachte daran, sie anzulächeln. »Klein, aber mein. Komm herein und laß dir einen Drink spendieren.«

Als er die Tür öffnete und die Lichter anknipste, stand Hecate von ihrem Lager auf der Couch auf und starrte auf die Frau, die schrie, als würde sie abgestochen. »Was ist *das*?«

»Ich glaube, es wird Katze genannt.«

»Aber ihr Auge.« Renée wurde steif. »Ich hasse Katzen«, sagte sie mit eisiger Stimme. »Ich kann sie überhaupt nicht ausstehen.«

Hecate sprang von der Couch und fauchte heftig. Renée schrie wieder, dann schwang sie ihre riesige Schultertasche auf die Katze. Sie zielte gut, und Hecate traf auf die Wand mit einem Schlag, bevor sie wieder auf die Füße kam und aus der Tür schoß.

Mit einem kühlen Blick auf Renée folgte Chris der Katze, die unter seinen Jeep geflüchtet war. »Tut mir leid, Hecate. Vermutlich kann sie mit Katzen nichts anfangen.« Hecates einziges Auge blinzelte ihn vorwurfsvoll an. »Komm wieder zurück, und ich verspreche, daß ich sie los werde.«

Aber die Katze duckte sich nur noch tiefer. Ängstlich auch unter den besten Umständen, war sie nun verschreckt und würde sich weigern, in die Nähe der Hütte zu kommen, bis zum Morgen, wenn sie hungrig wurde. Seufzend ging Chris wieder hinein, wo Renée eingerollt auf der Couch saß, ihre Schuhe standen auf dem Boden vor ihr. »Hier ist es richtig gemütlich«, sagte sie mit süßer Stimme. »Es wird noch gemütlicher, wenn du mir was zu trinken machst.«

Chris sah sie ganze zehn Sekunden an, bevor er ruhig sagte: »Renée, es war vielleicht ein Fehler. Es ist spät.«

»Es ist halb elf.«

»Aber du sagtest, du müßtest morgen arbeiten.«

»Ich kann wohl trotzdem nach halb elf aufbleiben, Herrgott.«

»Ja. Sicher doch. Du bist ja kein Kind mehr, richtig?« Was zum Teufel macht es, daß du sie nicht magst? dachte Chris. In zwei Stunden wirst du sie nach Hause fahren, und dann mußt du sie nie wiedersehen. »Was trinkst du?«

»Es ist nicht gut zu mischen. Ich bleibe bei Bourbon.« Renée entrollte sich aus der Couch und blickte ihn kokett an. »Während du mir den Drink machst, möchte ich mich etwas frisch machen. Wenn du mir bitte den Weg zu kleinen Mädchen zeigst.«

»Das *Badezimmer* ist hier entlang.« Er führte sie zum Schlafzimmer, drehte das Licht an und wies auf die gegenüberliegende Wand. »Genau dort.«

Sein Blick starrte auf das Bett, wo eine Clownpuppe lag und ihn angrinste.

»Ich brauche sicher einen Führer, der mich zum Wohnzimmer zurückbringt«, sagte Renée. »Sonst gehe ich verloren und –«

Chris eilte zum Bett, nahm die Puppe hoch und wirbelte zu ihr herum: »Wo hast du die her?«

Renées silberne Augenlider flatterten. »Wo habe ich was her?«

»Twinkle. Wo hast du Twinkle her?«

Sie wurde starr durch die Wut in seiner Stimme. »Du meinst diese Puppe?«

»Du weißt verdammt genau, daß ich diese Puppe meine!«

»Was meinst du, woher *ich* die habe? Sie liegt auf *deinem* Bett. Ich habe sie niemals zuvor gesehen.«

»Du hast sie in deiner großen Tasche gehabt, nicht wahr? Du hast sie aufs Bett gesetzt, während ich draußen bei der Katze war.«

Sie trat einen Schritt zurück. »Hör mal, ich weiß nicht, was du meinst.« Sie war plötzlich nüchtern, und ihre Augen zeigten Furcht. »Ich schwöre, daß ich diese Puppe niemals zuvor gesehen habe.«

»Lüge.«

Ihre Zunge berührte ihre Lippen, während ihre Augen die Ecken des Raumes durchsuchten. »Deine Tür war unverschlossen. Vielleicht ist jemand reingekommen und hat die Puppe auf dein Bett gelegt.«

»*Du*. Du hast sie aufs Bett gelegt.« Er warf die Puppe weg und durchschritt den Raum und wollte sie bei der Schulter packen, aber sie war zu schnell für ihn. Sie war bereits im Wohnzimmer und schrie.

»Du bist verrückt! Du bist ein Wahnsinniger!« Er stand da und beobachtete sie, wie sie mit der Vordertür kämpfte. Kalte Nachtluft wehte herein, als sie die Tür aufriß und barfuß durch die Dunkelheit lief. »Du bist verrückt! Ich rufe die Polizei!«

Sie hatte seinen Jeep erreicht, als etwas an ihrem Kopf vorbeischoß und das vordere Fenster der Hütte zerbarst. Instinktiv fiel Renée auf den Boden und kauerte sich neben den Jeep, als ein weiterer Schuß die Dunkelheit durchschnitt und noch einer und noch einer, alle auf die Hütte gezielt. Dann war Stille.

Fast fünfzehn Minuten vergingen, bevor Renée fähig war, sich wieder aufzurichten. Sie war entsetzt, und sie fror. Sie war außerdem neugierig über die plötzliche Stille in der Hütte. Nur Sekunden, nachdem das Schießen aufgehört hatte, war die Katze unter dem Jeep hervorgekrochen und durch die offene Tür in die Hütte gerannt, aber auch dann gab es kein Geräusch, niemand kam nachsehen, ob sie in Ordnung war. Der Mann und die Katze schienen wie vom Erdboden verschluckt, was für Renée völlig in Ordnung war, wenn sie nur weg konnte. Aber sie erinnerte sich, daß Chris die Schlüssel des Jeeps mitgenommen hatte, als sie ankamen, und sie konnte nicht barfuß durch die Dunkelheit die Meile bis zum Fuß des Hügels und bis zur Hauptstraße laufen.

Ihr Atem rasselte in ihrer Kehle, als Renée halb kriechend, halb rennend zur Hütte zurücklief. Sie zögerte, bevor sie eintrat, dann sprang sie über die Schwelle ins Wohnzimmer, wo Hecate dasaß und Chris' geschlossene Augen leckte, während sein Blut auf den Perserteppich tropfte.

9

»Hallo, wenn das nicht die Mitternachtsschleicherin ist«, sagte Lucy, als Caroline den Laden betrat.

Caroline lachte. »Vermutlich werde ich das nie wieder loswerden.«

»Tja, Caro, mitten in der Nacht auf Friedhöfen herumzuschleichen ist nicht gerade dein Ding, ganz zu schweigen davon, daß dein Name in der Zeitung steht.«

Caroline verzog das Gesicht. »Ja, David ist begeistert.«

Lucy sah überrascht aus. »War er sehr wütend?«

»Ja, nicht so sehr, weil mein Name in der Zeitung stand, sondern weil ich auf den Friedhof gegangen bin. Wahrscheinlich hält er mich im Moment für nicht ganz zurechnungsfähig.«

»Du hast dein Leben riskiert.«

»Das konnte ich nicht wissen. Ich habe nur das schwarze Bouquet gesucht. Ist der Wächter inzwischen wieder bei Bewußtsein?«

»Seit gestern abend. Tom hat erzählt, er behauptet, daß er auf seiner normalen Mitternachtsrunde war, als er zwei junge Typen sah. Er ist aus seinem Auto raus und hat gefragt, was sie da machten. Sie sind weggelaufen, und er ist ihnen hinterher. Er hat einen bei dem Baum eingeholt, sie haben gekämpft, und irgendwie hat der Typ dem Wächter die Kanone entrissen und ihn angeschossen.«

Caroline überlegte. »Was könnten zwei Männer auf dem Friedhof mitten in der Nacht machen?«

»Einen Drogendeal, sagt der Wächter. Behauptet, er hätte Aktentaschen den Besitzer wechseln sehen – eine offensichtlich voller Geld, die andere mit Kokain.« Lucy grinste. »Tom nimmt es ihm nicht ab. Er meint, der Wächter hat zuviel ›Miami Vice‹ gesehen.«

»Was macht ihn so sicher?«

»Dieser Wächter ist um die Fünfundfünfzig und übergewichtig. Also, warum sollte er erst zwei harten und wahrscheinlich bewaffneten jungen Männern hinterherjagen und sie angreifen, statt einfach nur einen Warnschuß abzufeuern?«

»Woher weiß man, daß er das nicht getan hat?«

»Die Waffe wurde nahe am Eingang vom Friedhof gefunden. Sie wurde nur einmal gefeuert, und diese Kugel traf den Wächter.«

»Was meint Tom, was wirklich passiert ist?« fragte Caroline.

»Er hat keine Ahnung, außer daß das Gesicht des Wächters zerkratzt war. Es gab offensichtlich einen Kampf.«

»Die Friedhofstore waren unverschlossen«, bedeutete Caroline. »Ist das wichtig?«

»Da das Wächterhäuschen genau rechts neben dem Eingang steht, sind sie meistens offen. Das haben die Besitzer der Anlage Tom erzählt. Nichts Ungewöhnliches dabei. Jeder hätte hineinkonnt. Du ja auch.«

»Nur weil der Wächter schon angeschossen war. Aber ich bin hineingefahren. Vermutlich wäre es kein großes Problem, das Auto außerhalb des Friedhofs weit weg von dem Wächterhäuschen zu lassen und über den Zaun zu steigen. Er ist keine zwei Meter hoch.«

»Ich glaube, sie überprüfen das. Aber bis jetzt ist das alles, was die Polizei weiß.« Lucy drehte an einer der Bernsteinperlen ihrer hüftlangen Kette. »Tom sagte, du hättest das Bouquet nicht gefunden.«

Caroline erwiderte Lucys festen Blick. »Nein. Ich glaube, ich bin zu spät gekommen. Es wurde von demjenigen weggenommen, der den Wächter angeschossen hat.«

»Die Person muß aber wild entschlossen gewesen sein, mit diesen Blumen wegzukommen.«

»Da die Person möglicherweise Pamela auf dem Gewissen hat, kann ich das verstehen.«

»Caroline, das scheinst du zu vergessen, Pamela wurde *ermordet*. Auch wenn du denkst, es gibt eine Verbindung zwischen Hayleys Fall und Pamelas, mußt du das der Polizei überlassen.«

»So daß sie abwarten können, bis die Beweise verschwunden sind.«

»Du hast das Bouquet auch nicht gefunden.«

»Ich weiß. Tut mir leid, daß ich dich angefahren habe.« Caroline kreuzte die Arme fast abwehrend vor ihrer Brust. »Es ist nur, daß es langsam sehr schwierig wird, ruhig zu bleiben. *Ich* weiß, was ich gesehen habe, aber niemand sonst.«

»Niemand kann leugnen, daß jemand eine Clownpuppe auf Melindas Bett zurückgelassen hat, die Twinkle verblüffend ähnlich sieht, und daß ein Kind, das wie Hayley verkleidet war, an deine Tür kam und dann Melinda angerufen hat. Ich habe nie gesagt, daß das nur in deiner Einbildung existiert.«

»Nein, hast du nicht.« Aber du bist nicht überzeugt von der Verbindung zwischen Pamelas Fall und Hayleys, dachte Caroline und fühlte Enttäuschung aufsteigen, weil Lucy ständig die Situation herunterspielte. Dann erinnerte sie sich selbst daran, daß Lucy wohl versuchte, ihr die Verhältnismäßigkeit der Situation zu vermitteln, damit sie nicht falsche Schlüsse zog.

Sie zwang sich zu einem Lächeln. »Nun, ich bin bereit, für den Moment schwarze Bouquets und verwundete Wächter zu vergessen«, sagte sie leichthin, legte ihre Tasche auf den nächsten Eßtisch und holte einige Stränge Stickseide heraus. »Ich habe einige Muster für Mrs. Reinfeldts Tischdecke mitgebracht. Sie sagte, sie wolle Rosen und Weiden, und ich dachte, du könntest mir helfen, die Farbschattierungen herauszusuchen, die am besten zu ihrem Geschirr passen.«

Eine Kundin kam gerade herein, als Tina sich oben über das Geländer der Balustrade beugte und rief: »Mrs. Webb, Ihr Mann ist am Telefon!«

»Mein Mann?«

»Er sagt, er habe zu Hause angerufen. Die Putzfrau hätte ihm gesagt, Sie seien hier. Er sagt, es sei dringend.«

»O mein Gott«, keuchte Caroline. »Eines der Kinder ist verletzt.«

Sie schoß die gußeiserne Wendeltreppe zum Büro im zweiten Stockwerk hoch, Lucy direkt hinter ihr. Tina drückte auf den Verbindungsknopf und gab Caroline den Hörer, während Lucy ihr bedeutete, hinunterzugehen.

»David? Was ist passiert?« wollte Caroline wissen.

»Es ist Chris.«

Da sie erwartet hatte, daß er Greg oder Melinda sagen würde, verstand sie nicht. »Wer?«

»Chris Corday. Man hat auf ihn geschossen.«

»Geschossen?« Caroline hatte das Gefühl, als würde sie ihm unter Wasser zuhören. »Was meinst du, geschossen?«

»Caroline, letzte Nacht hat jemand Chris in seinem Haus angeschossen.«

Sie setzte sich auf die Kante des Schreibtisches. »Ist er... tot?«

David klang zerknirscht. »Nein, Liebes. Ich wollte dich nicht erschrecken. Er wird wieder in Ordnung. Ich dachte nur, du solltest es wissen.«

»In welchem Krankenhaus ist er?«

»Hier im Landeskrankenhaus. Ich habe es bei meiner Visite heute morgen erfahren.«

»Ich fahre gleich hin.«

»Caroline, das ist nicht nötig. Er wird sich wieder erholen.«

»David, er hat keine Angehörigen. Ich bin in fünfzehn Minuten da.«

David hängte ein, ohne auf Wiedersehen zu sagen, und Caroline wandte sich an Lucy. »Jemand hat Chris gestern nacht angeschossen.«

Lucys Gesichtszüge wurden leer. »Wie schlimm ist es?«

»Ich weiß nicht, aber ich fahre ins Krankenhaus. Kommst du mit?«

»Sicher.« Lucy griff bereits nach ihrem grauen Cape an der Garderobe. »Soll ich fahren?«

»Nein. Mein Wagen ist noch von der Fahrt hierher aufgewärmt.« Sie griff nach ihrer Tasche, dann erinnerte sie sich, daß sie sie unten gelassen hatte. Sie rannte die Treppe hinunter. Die Kundin war gegangen, und während Lucy Tina eine kurze Erklärung hinwarf, nahm Caroline die Tasche vom Eßtisch und lief zum Auto.

Der Verkehr war ungewöhnlich dicht, obwohl der Berufsverkehr schon seit zwei Stunden vorbei war. Caroline fluchte, als sie an einer Ampel das zweite Rotlicht abwarten mußte, da sie nicht links abbiegen konnte.

»Beruhige dich, Caro«, sagte Lucy sanft. »David sagt, Chris ist in keinem ernsten Zustand. Dies ist keine Sache auf Leben und Tod.«

»Aber er wurde *angeschossen*, Lucy. Es ist furchtbar.«

Lucy warf ihr einen strengen Blick zu. »Caroline, tu mir einen Gefallen. Laß David nicht sehen, wie sehr du verstört bist.«

»Er würde von mir erwarten, daß ich verstört bin.«

»Nicht *so* verstört. Du trägst dein Herz auf der Zunge, wenn du mir das Klischee verzeihst.«

Trotz ihrer Wut und Angst wurde Caroline rot vor Scham. Lucy hatte recht – sie konnte direkt in sie hineinsehen. Und David ebenso, wenn sie sich nicht zusammenriß.

Die Ampel schaltete auf Grün, und diesmal schaffte es Caroline. Sie fuhren auf den Parkplatz des Krankenhauses und fanden wunderbarerweise einen Platz nicht weit von der Eingangstür. Als sie David trafen, der vor Chris' Zimmer im vierten Stock wartete, fühlte Caroline, daß sie sich schon viel besser unter Kontrolle hatte. Zumindest klopfte ihr Herz nicht mehr so heftig, und sie konnte richtig Luft holen, ohne daß es weh tat.

»Hallo, Schatz«, sagte sie, als sie Davids Wange küßte. »Es war lieb von dir, auf uns zu warten.«

David lächelte, obwohl er angespannt aussah. »Ich dachte, du möchtest ein bißchen mehr über seinen Zustand wissen, bevor du reingehst. Ich hätte es dir am Telefon erzählen können, aber du hast mir keine Gelegenheit gegeben.«

»Es tut mir leid, David. Ich war so entsetzt. Wie geht es ihm?«

»Wie ich sagte, es ist nichts Ernsthaftes. Er wurde in die Schulter geschossen, aber der Arzt sagt, die Kugel ging durch den Deltamuskel, ohne Knochen, Schlagadern oder Nerven zu verletzen. Durch einen zweiten Schuß bekam er Schürfwunden an einer Schläfe.«

Caroline wurde fast ohnmächtig vor Erleichterung, versuchte aber, es nicht zu zeigen.

»Wie lange wird er im Krankenhaus bleiben?« fragte Lucy.

»Zwei oder drei Tage.« David sah Caroline an, sein Blick war leicht reserviert. »Jetzt könnt ihr reingehen und ihn besuchen.«

Caroline lächelte. »Danke. Bis heute abend.«

David nickte nur und ging. Lucy hob eine Augenbraue in Carolines Richtung, dann öffnete sie die Tür.

»Klopf, klopf«, rief sie. »In der Lage, zwei dufte Bienen zu empfangen?«

»Immer«, antwortete Chris, aber seine Stimme war vor Schmerz und Erschöpfung ganz belegt. Carolines Herz zog sich zusammen, als sie sein aschfarbenes Gesicht sah und die dunklen Schatten unter den Augen. Er sah dünn und alt aus in dem grünen Krankenhausnachthemd, mit dem dicken Verband um den Hals. Ein weiterer Verband bedeckte seine linke Schläfe. »Gute Nachrichten verbreiten sich schnell.«

»Caro und ich haben eine Standleitung«, zog Lucy ihn auf. »Jedesmal, wenn sie einen gutaussehenden Mann einliefern, kommen wir angerannt, um zu sehen, was wir tun können.«

»Diesmal war es falscher Alarm, denn ich sehe eher aus wie das, was die Katze immer reinschleppt.« Chris grinste und zeigte auf den plastikbezogenen einzigen Stuhl neben dem Bett.

»Du nimmst den Stuhl, Caroline«, sagte Lucy schnell. »Ich hocke mich auf das Bett des Patienten.«

»Ich dachte, es wäre gegen die Regel, auf dem Bett zu sitzen.« Caroline nahm sich den Stuhl.

»Sie können mich verklagen.« Lucy ließ sich niederplumpsen und ließ ihre Beine in den Krokodilleder-Stiefeln an der Seite herunterbaumeln. »Also, Don Juan, welcher eifersüchtige Ehemann hat es dir diesmal gezeigt?«

Caroline waren die Neckereien nicht recht, aber Chris sah sie ernst an. »Kein eifersüchtiger Ehemann, Lucy.«

»Woher weißt du das?«

Chris' Augen fanden Carolines. »Ich gebe zu, ich habe eine Frau letzte Nacht nach Hause gebracht.« Carolines Magen zog sich zusammen. Warum macht es mir etwas aus? dachte sie wütend. Warum habe ich das Gefühl, er ist immer noch mein Mann und mir untreu? »Wir waren kaum zehn Minuten da, als ich ins Schlafzimmer ging und Twinkle entdeckte.«

Sie vergaß alle Gedanken an eine andere Frau, und das Blut wich aus Carolines Gesicht. »Twinkle?«

Chris nickte. »In Lebensgröße, alt und schmutzig, lag auf meinem Bett und grinste mich an.«

»Twinkle«, wiederholte Lucy. »Hayleys Clownpuppe.«

»Richtig.«

Lucy sah ihn scharf an. »Das ist unmöglich.«

Chris klang überrascht wegen ihres Tonfalls. »Warum unmöglich? Die Puppe tauchte bei Caroline auf.«

Lucy schoß einen Blick zu Caroline hin. »Ich wußte nicht, daß du dies alles mit Chris diskutiert hast.«

Caroline fühlte sich plötzlich wie eine Fünfzehnjährige, deren Mutter herausgefunden hat, daß sie die Schule schwänzte. »Ja, ich habe es Chris erzählt«, sagte sie mit einem defensiven Zittern in der Stimme, dann mit mehr Nachdruck. »Natürlich habe ich es ihm erzählt, Lucy. Er ist Hayleys Vater. Das betrifft auch ihn.«

Lucy betrachtete sie einen Moment lang, dann wandte sie sich wieder an Chris. »Okay, du hast eine Clownpuppe auf deinem Bett gesehen. Was dann?«

Chris' Augen glitzerten. »Also, Miss Ermittlungsrichter, ich beschuldigte die Frau, die ich mitgebracht hatte, daß sie die Puppe eingeschmuggelt und aufs Bett gelegt habe. Sie hatte so einen Überseekoffer als Handtasche dabei, und ich hatte die Hütte für ein paar Minuten verlassen. Es wäre möglich gewesen. Aber sie flippte vor lauter Leugnen aus, und als ich ziemlich aggressiv wurde, rannte sie zur Tür hinaus. Sie war ungefähr zehn Sekunden weg, als das Glas zersprang und ich an der Schulter getroffen wurde. Dann gab es einen furchtbaren Stich an der Schläfe. Als ich schon am Boden lag, hörte ich die anderen Schüsse, bevor ich ohnmächtig wurde.«

»Du denkst also, sie hätte dich angeschossen?«

Chris sah ärgerlich aus. »Nein, Lucy, außer sie hatte einen Revolver in ihren hautengen Jeans versteckt. Sie hatte ihre Tasche drinnen gelassen.«

»Vielleicht war mehr Zeit vergangen, als du dachtest.«

»Ich war nicht betrunken. Ich weiß genau, wieviel Zeit vergangen war. Und was zum Teufel ist mit dir los?«

Caroline unterbrach. »Was war mit Twinkle?«

Chris versuchte, mit der Schulter zu zucken, hielt aber vor Schmerz den Atem an. »Ich weiß nicht, Caro. Die Puppe kann noch in der Hütte sein. Ich habe sie im Schlafzimmer gelassen.«

»Das alles paßt zu dem, was mir passiert«, sagte Caroline sanft. »Es muß miteinander zu tun haben.«

Lucy sah aus, als wolle sie etwas sagen, hielt sich aber zurück. Alle drei waren sie einen Moment lang still, bis Chris sagte: »Lucy, ich muß dich um einen Gefallen bitten. Sie sagen, ich käme hier vor ein paar Tagen nicht heraus, und meine Katze muß versorgt werden. Meinst du, du könntest sie zum Tierarzt bringen? Er wird sie so lange versorgen, bis ich nach Hause komme.«

Lucys Augenbrauen zogen sich verzweifelt zusammen. »Chris, diese Katze haßt mich. Sie läßt sich von mir noch nicht einmal anfassen.«

»Wenn du es mal probierst...«

»Ich kümmere mich um Hecate«, sagte Caroline schnell. »Ich habe mehr Erfahrung mit Tieren als du, Lucy.«

Chris sah sie dankbar, fast zärtlich an. »Danke, Caro. Ich weiß das wirklich zu schätzen.«

»Überhaupt kein Problem.«

Caroline machte Konversation auf dem Weg zum Parkplatz, aber Lucy antwortete nicht. Als sie in Carolines Wagen stiegen, langte Lucy hinüber und legte ihre Hand auf Carolines, als sie den Schlüssel in den Anlasser stecken wollte. »Caro, du mußt damit aufhören«, sagte sie ruhig.

»Mit was aufhören? Ich weiß nicht, was du meinst.«

»O doch, das weißt du. Du versuchst, die Vergangenheit wieder lebendig werden zu lassen.«

»Die Vergangenheit lebendig werden zu lassen? Das ist verrückt.«

»Wirklich? Erst bist du überzeugt, daß Hayley aus dem Grab wiedergekommen ist —«

»Ich habe *niemals* so etwas behauptet!«

»Und jetzt näherst du dich wieder Chris. Offensichtlich hast du ihn in der Hütte besucht.«

»Lucy, ich wollte, daß er weiß, was vor sich geht, und er hat kein Telefon. Wenn ich mit ihm reden will, muß ich ihn besuchen.«

»Und hast du David von diesem Besuch erzählt?«

Caroline holte tief Luft und starrte durch die Windschutzscheibe auf eine junge Frau, die mit einem behinderten alten Mann, der an ihrem Arm hing, über den Parkplatz schlich. »Nein«, sagte sie schließlich.

»Verstehst du jetzt?«

»Ja, vermutlich.«

Lucy lehnte sich in ihrem Sitz zurück und sagte ernst: »Caroline, ich bin deine beste Freundin. Es gab Zeiten in der Vergangenheit, wo ich dich im Stich gelassen habe, aber ich versuche, es jetzt nicht zu tun. Ich sehe, worauf es hinausläuft, und zwar auf Ärger. Du hast immer noch eine Menge romantischer Erinnerungen an Chris, und du hast die Art, wie er dich das letzte Jahr eurer Ehe behandelt hat, rationalisiert, indem du alles auf seinen Schock wegen Hayleys Tod geschoben hast. Und vielleicht hat ihn das auch verändert, aber ich habe mehr mit ihm zu tun gehabt die letzten Jahre als du, und ich kann dir sagen, er ist *nicht* der Mann, den du geheiratet hast. Er ist verbittert und egoistisch geworden. Ich denke, er will vielleicht wieder zu dem werden, der er durch dich war, aber es wird nicht funktionieren.«

»Was meinst du, daß er sich durch mich ändern will?«

»Er war mit dir künstlerisch auf dem Höhepunkt. Er will diesen Erfolg wieder, und ich bin der Meinung, er tut alles, um ihn wiederzubekommen, um dich wiederzubekommen.«

»Alles, wie zum Beispiel was?«

»Wie zum Beispiel wegen der Puppe zu lügen.«

»Lucy!«

»Komm, denk doch mal nach, Caroline. Du fährst zu ihm und erzählst ihm von Telefonanrufen, über Twinkle, und zack! Twinkle ist in der Hütte, Chris wird angeschossen, und du fliegst an sein Krankenbett, so wie Cathy über die Moore zu Heathcliff flog.«

Caroline war verblüfft. »Wie kannst du nur so von Chris denken?«

»Weil ich ihn kenne. Willst du mir jetzt das Loblied seiner guten Eigenschaften singen?«

»Er hat einige. Und außerdem, Lucy, er wurde angeschossen.«

»Wahrscheinlich von einem eifersüchtigen Ehemann. Du *weißt*, daß das nicht unmöglich wäre – verdient hätte er es seit Jahren.«

Caroline konnte Lucy nicht widersprechen. »Vermutlich sollte ich darüber nachdenken, obwohl ich es noch nie erlebt habe, daß Chris gelogen hat.«

»Du kennst Chris schon seit langem nicht mehr. Vielleicht hast du ihn nie wirklich gekannt. Jedenfalls, Chris' Probleme sind nicht deine. Du solltest dir um David und Greg und Melinda Gedanken machen.« Sie hielt ein. »Du weißt, Caro, ich würde alles geben, um mit dir zu tauschen.«

Caroline sah sie überrascht an. »Lucy, du wärst tödlich gelangweilt mit meinem Leben. Der Mann immer weg, und die Kinder werden langsam erwachsen.«

»Trotzdem...« Lucy zeigte ihr strahlendes Lächeln. »Du hast recht. Die verrückte Lucille Elder würde niemals ein Heimchen am Herd werden. Und jetzt muß ich mich um meinen Laden kümmern.«

Als sie auf den kleinen Parkplatz hinter dem Laden fuhren, schaute Caroline auf die Uhr an ihrem Armaturenbrett. »Es ist zwölf Uhr dreißig. Wir könnten etwas zu Mittag essen.«

»Ist nicht drin. Ich habe einen Termin in einer halben Stunde. Trotzdem Dank für die Einladung. Bis bald.«

Der Abschied war untypisch abrupt für Lucy. Was sie über Chris gesagt hat, scheint ihr mehr auszumachen als mir, dachte Caroline verwirrt. War Lucy wirklich besorgt, daß Caroline ihre Ehe wegen Chris aufs Spiel setzen könnte? Trotz des jüngsten Besuchs, der sie an Chris' Anziehungskraft und ihre Liebe für ihn erinnert hatte, wußte sie doch, was sie an David hatte. Sie würde niemals ihr Heim für Chris riskieren, und Lucy sollte das wissen. Als Caroline wegfuhr, sah sie im Rückspiegel Lucy an der Hintertür stehen und traurig dem Auto nachschauen.

Caroline war so abgelenkt durch die Ereignisse des Morgens, daß sie bei der Fahrt an Melindas Schule vorbei den leeren Schulhof fast nicht bemerkt hätte. Er sollte um diese Zeit eigentlich voller Kinder sein, die noch zehn Minuten Freiheit auskosteten, bevor die Ein-Uhr-Klingel läutete. Alarmiert fuhr sie nach Hause, wo sie Fidelia antraf, die die Garage ausfegte. David hatte Caroline gebeten, der Frau zu kündigen, aber Caroline meinte, sie könne leichter ein Auge auf sie haben, solange sie noch bei ihnen arbeitete, falls das überhaupt nötig sei. Auch wenn sie keinen Beweis für die Berechtigung ihres Vertrauens hatte, konnte sie einfach nicht glauben, daß Fidelia Twinkle hatte oder schwarze Bouquets in der Stadt herumschickte.

»Bombendrohung«, verkündete Fidelia, bevor noch Caroline

ganz aus dem Wagen ausgestiegen war. »Die Schule hat angerufen. Sie haben eine Bombendrohung. Es ist bestimmt nichts weiter, aber sie mußten die Kinder nach Hause schicken. Ich hab Melinda abgeholt.«

»Oh, Fidelia, danke«, sagte Caroline. »Und ich wette, Sie haben keinen Mantel angehabt – nur diesen dünnen Pullover.«

Fidelia grinste. »Kälte macht mir nix. Außerdem hatte ich George an der Leine. Er war so aufgeregt, daß er mich gezogen hat. Mir konnte nicht kalt werden.« Caroline lachte. »Melinda ist in der Küche, redet mit einer Freundin am Telefon. Sie findet die Bombendrohung wundervoll.«

»Kann ich mir vorstellen. Es ist ihre erste.«

Und so war es auch. Als Caroline in die Küche trat, sprach Melinda mit Maschinengewehr-Geschwindigkeit, ihre kleinen Backen waren rot vor Aufregung. Sie winkte Caroline zu, die zurücklächelte, während sie ihre Jacke auszog und Georges Kopf tätschelte.

»Meine Mami ist jetzt da«, sagte Melinda gerade. »Sie war nicht hier, als die Schule anrief, und Fidelia mußte mich holen. Du solltest Fidelia kennenlernen. Sie ist ganz dufte. Sie sagt die Zukunft voraus.« Pause. »Ja, natürlich kann sie wirklich wahrsagen. Ganz bestimmt, Hayley.«

Caroline war blitzschnell auf der anderen Seite des Küchentisches, und Melinda schrie vor Überraschung auf, als sie ihr den Hörer aus der Hand riß. »Wer ist da?« verlangte Caroline. »Was wollen Sie?«

Nach drei Sekunden Stille sagte das Kind: »Hallo, Mami. Bist du traurig, daß Daddy angeschossen wurde?«

10

1

»Detective Jerome, bitte.«

Melinda starrte sie immer noch mit großen, erschrockenen Augen an und schmiegte sich an Fidelia. Während Caroline auf Tom wartete, beugte sie sich zu ihr hin und streichelte über Melindas Haar. »Tut mir leid, daß ich dich erschreckt habe, Schätzchen, aber jemand erlaubt sich einen ganz schlechten Scherz mit uns.«

Melindas Stimme zitterte, während sie mit den Tränen kämpfte. »Das verstehe ich nicht. Es war doch nur Hayley.«

»Das war *nicht* Hayley.«

Das kleine Mädchen sah sie völlig verwirrt an, und Fidelia drehte sie um. »Was meinst du, soll ich dir Karten lesen, während deine Mom telefoniert?«

»Ja, gut«, sagte Melinda ohne große Begeisterung.

»Also. Ich fühl mich Spitze heute.« Fidelia schnippte mit den Fingern, um psychische Meisterschaft anzudeuten, und Melinda lächelte.

Fidelia legte gerade die Karten auf dem Eßtisch aus, als Toms dunkle, intensive Stimme zu hören war. »Jerome.«

»O Tom, ich bin so froh, daß du da bist. Hier ist Caroline.«

Seine Stimme wurde wärmer. »Hallo, Caroline. Was ist los?«

»Wir haben gerade einen weiteren Telefonanruf gehabt.« Sie versuchte, ruhig und zusammenhängend zu sprechen, als sie ihm von dem Anruf bei Melinda erzählte und von der geheimnisvollen Bemerkung über Chris.

»Hast du die Stimme erkannt?«

Sollte sie ihm erzählen, daß sie genau wie Hayleys Stimme klang? Nein, natürlich nicht, nicht wenn sie sein Vertrauen behalten wollte. »Es ist keine von Melindas Freundinnen.«

»Weißt du, was sie zu Melinda gesagt hat?«

»Nur Kleine-Mädchen-Gerede. Nichts über ihren Hintergrund oder sonst Persönliches über uns. Nicht, bis ich den Hörer nahm.«

»Aber sie erwähnte Chris' Schußverletzung«, sagte Tom nachdenklich, »und soweit ich weiß, steht davon nichts in den Morgenzeitungen.«

»Wußtest du, daß Chris, kurz bevor er angeschossen wurde, Twinkle auf seinem Bett fand?«

»Die Clownpuppe?«

Caroline hörte die Aufregung in seiner Stimme. »Ja.«

»Nein, wußte ich nicht. Das wirft ein neues Licht auf die Ereignisse, nicht wahr?«

»Wenn die Person, die die Puppe auf das Bett gelegt hat, dieselbe ist, die Chris angeschossen hat, dann kann man das so sagen.«

»Caroline, ich weiß, David hat die Puppe in der Nacht weggeworfen, in der du sie gefunden hast. Weißt du, ob er sie in den Mülleimer hineingestopft oder sie nur obenauf gelegt hat?«

»Keine Ahnung. Der Müll wird immer so um sechs Uhr morgens abgeholt. Aber ich kann ihn fragen. Glaubst du, jemand hat die Puppe aus unserem Müll geklaubt?«

»Ich kann mir keine andere Lösung vorstellen. Hör zu, Caroline, ich werde selbst Chris' Schießerei nachgehen. Ich fahre ins Krankenhaus und befrage ihn, dann suche ich in seinem Haus nach der Puppe.«

»Sie wird wahrscheinlich verschwunden sein, genau wie die Bouquets.« Caroline schauderte, als sie an ihre Nacht auf dem Friedhof dachte. »Lucy sagte, der Wächter habe das Bewußtsein wiedererlangt, aber daß du ihm seine Geschichte nicht glaubst.«

»Es fällt schwer, ihn ernst zu nehmen. Ich habe ihn überprüft. Glaube mir, er ist kein Held. Alles, was er wollte, ist zwei, drei Runden in der Nacht drehen, fernsehen und essen. Sogar wenn es einen Drogendeal gegeben hat, was ich aber höchst unwahrscheinlich in dieser Gegend finde, hätte sich unser Mann da kaum eingemischt.«

»Aber warum lügt er dann?«

»Weil er vielleicht Angst hat, verletzt oder getötet zu werden, oder er hat vielleicht etwas getan, was er nicht sollte.«

»Lucy sagte, er habe Kratzer wie nach einem Kampf, aber ihr habt keine anderen Spuren.«

Tom zögerte. »Doch.«

Sein Zögern verriet ihr, daß er ihr ungern mehr sagen wollte, und sie spannte sich an. »Was?«

»Ich habe es bis heute morgen nicht gewußt, weil ich nicht an diesem Fall arbeite. Aber ein paar Haare, die wir an seiner Kleidung und unter seinen Nägeln fanden, stammen offensichtlich von der Person, mit der er gekämpft hat.«

»Was für Haare?«

»Synthetische. Krusselige. Orangenfarbene.«

Caroline stieß ihren Atem aus. »Genau wie bei Twinkle. Genau wie die Perücke, die Hayley an ihrem letzten Halloween trug, und wie die von dem Kind, das an der Tür beim diesjährigen Halloween stand.«

»Laß uns nicht Vermutungen anstellen, Caroline. Es sind wahrscheinlich eine Menge orangenfarbener Perücken in Umlauf.«

»Diese tauchte nur zufällig an Pamelas Grab auf, wo ein Mann erschossen wurde.«

»Ich wollte es dir eigentlich nicht erzählen, aber ich bin doch der Meinung, du solltest alles wissen, da ja das Ganze bei dir anfing.«

»Laßt uns nur hoffen, daß das Ganze nicht bei Melinda endet.«

»Dazu kommt es nicht, Caroline. Das laß ich nicht zu.«

Als Caroline auflegte, hörte sie, wie Melinda im anderen Zimmer kicherte, bevor sie in die Küche hüpfte. »Fidelia sagt, ich werde reich und berühmt sein!«

»Bestimmt eine Primaballerina«, sagte Caroline und beugte sich vor, um Melinda in die Arme zu nehmen. Gott, habe ich Angst um dich, dachte sie zornig. Warum ruft das kleine Mädchen nicht mich an anstatt dich? Dann riß sie sich zusammen. Weil sie weiß, daß man mir am allermeisten angst machen kann, wenn man Melinda bedroht, denn ich habe schon einmal ein kleines Mädchen verloren.

»Entweder Primaballerina oder Schauspielerin«, plapperte Melinda weiter und entwandt sich dem festen Griff ihrer Mutter. »Ich weiß nicht – die Karten sagen es nicht genau, aber das sind die zwei Sachen, die ich am besten kann.«

»Haben die Karten verraten, ob Aurora keimen wird?«

Melinda überlegte und ging hinüber zu ihrem Topf mit Dreck, der sorgfältig in das Licht der schwindenden Sonne plaziert war. »Ich habe vergessen zu fragen.«

Fidelia schlug die Tarockkarten in einen gemusterten Seidenschal ein und schob sie in ihre Handtasche. »Ich sage, Aurora wird wirklich wachsen.«

»Haben die Karten das vorausgesagt?« fragte Melinda hoffnungsvoll.

»Nein, aber ich habe Glaube. Das mußt du auch, *ma petite amie.*« Sie zwinkerte Caroline zu und fragte: »Soll ich heute mit Keller anfangen?«

Caroline schüttelte den Kopf. »Nein, wir werden ihn in ein paar Wochen streichen lassen. Es ist besser, damit zu warten, bis es fertig ist.« Sie blickte auf ihre Uhr. »Es ist bald zwei. Laß es für heute genug sein.«

»Gut. Ich babysitte heute abend für die Richardsons, und ich gut gebrauche ein paar Stunden Ruhe. Diese Kinder und die vier Katzen machen verrückt –«

»Katzen!« entfuhr es Caroline. Melinda und Fidelia zuckten zusammen, ganz offensichtlich unsicher, was als Nächstes kommen würde, und Caroline lachte. »Ich wollte euch nicht erschrecken. Mir ist nur gerade wieder eingefallen, daß ich eine Katze abholen sollte, die einem Freund im Krankenhaus gehört.«

»Heißt das, daß wir auf eine Katze aufpassen?« fragte Melinda.

»Vielleicht. Das ist eine sehr temperamentvolle Katze. Wenn sie sich nicht benimmt, muß ich sie weggeben.«

»*Ich* kann sie aber erziehen«, informierte Melinda sie. »Ich liebe Katzen. Und George auch.«

»Es ist nur so, daß Katzen George nicht zurücklieben«, sagte Caroline trocken. »Wir müssen es ausprobieren. Ich habe es versprochen.«

»Ich hole eine Kiste und lege ein schönes Kissen hinein für die Katze. Wie heißt sie?«

»Hecate.«

»Huch, wie komisch, ich hole eine Kiste für Hecate. Da gibt es eine schöne große im Keller –«

Sie war schon verschwunden, rannte durch das Haus und

sprach mit sich selbst. Fidelia sah Caroline an, ihre blauen Augen schauten wissend. »Ich wünschte, du mit mir reden. Vielleicht ich kann helfen.«

»Ich möchte nicht im Beisein von Melinda darüber reden. Aber das nächste Mal, wenn wir allein sind...« Sie brach ab und faltete ihre Hände zusammen. »Fidelia, glaubst du an Geister?« Fidelias Augen zeigten keine Unsicherheit. »Ja. Du auch?«

»Nein.«

»Deine Augen sagen anders. Fühlst du Nähe eines Geists?«

»Ich fühle etwas«, sagte Caroline vage und versank in Fidelias wasserblauen Augen. »Es fühlt sich nach etwas Schlechtem an.«

»Du denkst nicht, dein kleines Mädchen schlecht.«

»Woher weißt du...«

»Du hast Schrecken, wenn Melinda telefoniert mit Kind mit Namen Hayley, dann du fragst, ob ich glaube an Geister.« Sie zuckte die Schultern.

»Anscheinend ist es sehr offensichtlich. Du hast recht – der Ärger hat mit Hayley zu tun. Ich bin mir nur nicht sicher wie.«

Caroline beobachtete Fidelia genau, wartete auf ein verräterisches Zeichen von Schuld bei der Erwähnung von Hayleys Namen. Fidelias ledriges Gesicht blieb bewegungslos. Dann lächelte sie. »Du denkst, ich habe zu tun mit dem Ärger.«

»Nein, ich...«

»Es ist okay. Ich verstehe. Ich weiß über Hayley, und ich arbeite hier. Ich war hier dem Tag, als Fenster kaputtging, und ich weiß, daß mehr war, als Melinda mir erzählt.«

»Wieso glaubst du das?«

»Wegen dir. Du nervös. Du beobachtest mich. Aber du mußt glauben, Caroline, daß ich deiner Familie nichts tu. Aber wenn du willst, gehe...«

»Nein, das will ich doch nicht.«

»Dann mußt du mir mal erzählen, was alles passiert. Du kennst nicht die Kraft vom Übernatürlichen. Es *gibt* solche Sachen wie Hexen, böse Geister, die man rufen kann, Todesverwünschungen...«

»O Fidelia, ich kann das alles nicht akzeptieren«, sagte Caroline scharf, als sie daran dachte, was David sagen würde, wenn er diese Unterhaltung hörte.

»Es ist erschreckend, aber es ist wirklich«, sagte Fidelia ruhig. »Denke daran – ich sorge um dich und deine Familie, besonders Melinda. Ich will helfen, wenn du willst.«

Caroline war versucht zu sagen: »Ja, bitte, hilf mir«, erkannte aber, wenn sie dies tat, würde sie zugeben, daß ihrer Meinung nach doch etwas Übernatürliches passierte. Hatte Lucy das nicht auch gesagt? »*Erst bist du überzeugt, daß Hayley aus dem Grab wiedergekommen ist...*« Nein, sie würde sich nicht in solche Gedanken verstricken lassen. Sie waren nicht vernünftig, und ihre Bereitschaft, sie auch nur einen Augenblick weiterzuverfolgen, erschreckte sie.

»Ich habe es!« Melinda erschien wieder, ihre Beine schauten unter dem Karton hervor, in dem Carolines neuer Mikrowellenherd geliefert worden war. »Ist das groß genug?«

»Lin, Hecate ist eine Katze, kein Löwe«, Caroline lachte, dankbar, daß sie ihren Blick von Fidelia wenden konnte. »Hast du nichts Kleineres finden können?«

»Nö. Du hast doch in diesem Sommer alles weggeworfen, weiß du noch?«

»Nichts Gutes kommt dabei heraus, wenn man zu tüchtig ist. Und was macht das gute Kissen von der Wohnzimmercouch hier?«

»Das war das einzige, das ich finden konnte, Mami, ehrlich. Und das Kätzchen *braucht* ein Kissen.«

»Also gut, zumindest hat es einen waschbaren Bezug. Hol deine Jacke, während ich das Zeug im Auto verstaue.«

»Kann George mitkommen?«

Er sah beide flehentlich mit schmelzenden braunen Augen an, sein Schwanz fegte langsam über den Boden. »Ich fürchte nein. Er würde wahrscheinlich die Katze verscheuchen.«

Melinda beugte sich hinunter, um sein Gesicht in die Hände zu nehmen. »Mach dir keine Sorgen, George. Wir bringen das kleine Kätzchen schon nach Hause, und dann kannst du sein Freund werden.«

»Zumindest hoffen wir das«, murmelte Caroline Fidelia zu.

Zehn Minuten später, als sie in Richtung Longworth Hill fuhren, fragte Melinda: »Wem gehört Hecate?«

»Einem Mann namens Chris Corday. Er ist Künstler.«

»Oh, dein erster Mann.« In ihrem Erstaunen trat Caroline

versehentlich das Gaspedal durch. »Iih!« Melinda lachte, als sie nach vorne schossen. »Das hat Spaß gemacht!«

Caroline fuhr langsam, als wolle sie ihren Geschwindigkeitsrausch wieder gutmachen, und starrte Melinda an. »Woher weißt du von Chris?«

»Greg hat es mir vor langer, langer Zeit erzählt. Ich habe ein Bild von dir in einem langen weißen Kleid mit Blumen im Haar gefunden. Du hast Händchen gehalten mit einem gutaussehenden Mann. Ich habe das Bild Greg gezeigt, und er sagte, du hättest einen anderen Ehemann vor Daddy gehabt, aber ich sollte dich nicht deswegen fragen, denn es würde dich traurig machen, daran zu denken.« Melinda beugte den Kopf. »Macht es dich traurig?«

Caroline sah wieder auf die Straße. »Sich scheiden lassen ist immer traurig.«

»Oh, ich weiß schon. Einige Eltern von meinen Freunden sind geschieden. Aber das ist anders.«

»Warum?«

»Weil du und Daddy noch immer verheiratet seid. Ich kenne noch nicht einmal Chris Corday.« Melinda runzelte die Stirn. »*Corday*. Du hast mich gefragt, ob Hayley mit Nachnamen Corday heißt. Hast gedacht, sie sind verwandt?«

Caroline sagte erschöpft: »Ja, ich dachte es.«

Melinda nickte nachdenklich. »Du hast geglaubt, meine Freundin Hayley sei dein kleines Mädchen, das gestorben ist?«

Diesmal keuchte Caroline, zwang sich aber, die Straße im Blick zu behalten. »Hat Greg dir davon erzählt?«

»Nö. Jenny. Ihre Mutter wußte alles darüber. Sie sagte, du hättest ein kleines Mädchen gehabt, das gekidnappt und ermordet worden ist. Sie sagte, es hat alles in der Zeitung gestanden – auf der ersten Seite. Aber sie hat den Namen des Mädchens nicht genannt. Hieß sie Hayley?«

»Ja«, sagte Caroline zögernd. »Melinda, seit wann weißt du das alles?«

»Seit Jahren. Naja, vielleicht nicht seit Jahren. Vielleicht seit Monaten. Ich weiß nicht mehr.«

»Könnte es letztes Frühjahr gewesen sein?«

»Ja, könnte sein.«

Melinda hatte angefangen, an ihren Haaren zu drehen, wie sie es immer tat, wenn sie nervös war. Caroline nahm ihre Hand. »Hast du deswegen in der Schule geweint?«

Melinda nickte. »Es ging mir so schlecht, denn ich wußte, wie sehr es dir weh getan haben mußte, als dein kleines Mädchen gestorben ist. Und ich war ganz traurig, weil Greg und ich eine Schwester hatten, die wir nie kennengelernt haben.« Ihre grünen Augen schauten nach unten. »Und auch, weil ich ganz schön Angst hatte.«

»Angst, daß dir dasselbe passieren würde?« Melinda nickte wieder. »Das passiert nicht, Baby.«

»Nein, natürlich nicht«, sagte Melinda in ihrer besten Erwachsenenstimme. »Ich habe gar keine Angst mehr. Und Mami, meine Freundin Hayley kann gar nicht dein kleines Mädchen sein, weil sie überhaupt nicht wie ein Geist aussieht.«

»Du hast recht, Lin. Es war dumm von mir, so etwas überhaupt zu denken.«

»Das ist schon okay. Jeder ist mal ein bißchen dumm, sogar ich.«

Caroline konnte ein Lächeln nicht verhindern, als sie von der Hauptstraße abbogen und die Auffahrt von Longworth Hill begannen. Als sie die Hütte erreichten, hatte Melinda ganz runde Augen. »He! Eine richtige Blockhütte wie von Abraham Lincoln. Hast du hier gelebt?«

»Na sicherlich, acht Jahre lang.«

Die Hütte war versiegelt worden, aber es war keine Polizei mehr da. Caroline war erleichtert. Sie wollte Melinda nicht beunruhigen, aber das Kind schien sowieso viel stabiler zu sein, als sie dachte. Caroline konnte immer noch nicht glauben, daß sie seit Monaten über Hayley Bescheid wußte und ihr Wissen für sich behalten hatte. Es bewies nur, wie verschwiegen Kinder sein konnten. Hayley war genauso gewesen.

»Schau, Mami! Da ist eine schwarze Katze, die uns hinter dem Baum anschaut!«

»Das ist Hecate. Und, Schatz, was ich vergessen habe zu sagen: Die Katze hat in einem fürchterlichen Kampf ein Auge verloren. Sie ist nicht sehr hübsch.«

»Oh, das arme Kätzchen!« schrie Melinda und schoß aus dem Auto. »Vielleicht können wir ihr ein Glasauge besorgen.«

Melinda kam der Katze näher und sprach dabei mit tiefer, ruhiger Stimme. Sie war nur noch ungefähr einen Meter entfernt, als Hecate wütend fauchte, dann den Hügel zum Longworth-Haus hinaufschoß. »Du holst den Karton, Mami!« rief Melinda, schon auf ihrer Fährte.

Caroline zerrte den großen Karton aus dem Auto und hielt für einen Moment an. Sie schaute auf die Hütte. Einerseits wollte sie hineingehen und nach Twinkle suchen. Andererseits hatte sie eine Todesangst vor dem, was sie finden könnte. Aber ein genauerer Blick auf die Hüttentür erließ ihr die Verantwortung. Die Tür war mit einem Siegel verschlossen, auf dem TATORT stand. Sie wußte, daß sie die Hütte nicht betreten und gar Beweise durcheinanderbringen durfte, die verraten konnten, wer Chris angegriffen hatte.

»Mami, kommst du endlich?« rief Melinda vom Hügel herab. Sie hatte Hecate in die Enge getrieben und winkte ungeduldig. »Sie rennt weg, wenn du dich nicht beeilst!«

Caroline mühte sich mit dem Karton den Hügel hoch. Schon aus dieser Entfernung konnte sie sehen, daß die Katze verängstigt war, aber Melinda schlich langsam zu ihr hin und hielt die Hände dabei ausgestreckt als Zeichen ihrer Freundschaft. Und wunderbarerweise rannte die Katze nicht weg.

»Süßes, kleines Kätzchen, du mußt doch vor mir keine Angst haben«, sagte sie gerade, als Caroline näher kam. Hecate warf ihr einen kläglichen Blick zu, richtete dann ihre Aufmerksamkeit wieder auf Melinda, die ihr eine von den Käseleckereien hinhielt, die George so gerne aß. »Warum versuchst du nicht davon? Sie sind echt gut, und du siehst hungrig aus. Komm schon, Mietzekatze. Es wird schon alles wieder gut.«

Caroline hielt mitten im Schritt an, als Hecate sich vorwärts schlich. Ihr jadegrünes Auge beobachtete Melinda und ihr Ohr zuckte. Dann streckte sie ihren Körper nach vorne, wobei sie die Käsestange ignorierte und ihren Kopf unter Melindas Hand schob. »Oh, du willst nur gestreichelt werden?« schmeichelte Melinda. »Armes, kleines Baby, dessen Papa im Krankenhaus ist. Du bist heute noch gar nicht gestreichelt worden!«

Als Melinda sich auf das trockene Gras setzte und eine willige Hecate auf ihren Schoß zog, kam Caroline näher. »Sieht aus, als bräuchten wir den Karton nicht. Sie mag dich.«

»Weil sie weiß, daß ich sie auch mag.« Melinda stand auf und hielt die kleine Katze zärtlich im Arm. »Schau, es gibt keinen Grund zur Angst. Ich wußte, daß ich mich mit ihr anfreunden kann.«

In diesem Augenblick schossen ein wehendes Cape und ein Sonnenhut aus Stroh um die Garagenecke. »He da! Was soll das? Was ist hier los?«

Hecate jaulte auf, und Melinda sah erschreckt aus, als Millicent Longworth auf sie zukam. Caroline berührte Melindas Schulter. »Du läufst hinunter zum Wagen, Schatz. Ich komme gleich nach.« Sie wandte sich an Millicent, während Melinda floh. »Miss Longworth, ich bin sicher, daß Sie sich an mich –«

»Sie waren mit Corday verheiratet.«

»Das stimmt. Ich bin Caroline. Ich heiße jetzt Webb.«

»Ja, ja, ich weiß das alles. Was machen Sie hier?«

»Es gab einen schrecklichen Zwischenfall gestern nacht. Chris wurde angeschossen. Er ist im Krankenhaus, und ich bin gekommen, seine Katze abzuholen.«

Millicents leicht hervorstehendes Kinn fiel etwas herunter, und ihre Stimme bekam einen normaleren Tonfall. »Die Frau, mit der er gestern hochkam, benutzte unser Telefon nach der Schießerei.«

»Ach ja?«

»Mußte sie ja. Er hat kein Telefon, und es ist ein langer Weg zu Fuß hinunter. Ich hätte sie fast nicht hereingelassen. Klang wie eine Verrückte da draußen, wie sie an die Tür schlug. Und natürlich wollte er nicht, daß ich die Tür aufmache.«

»Ihr Bruder?«

Millicents Blick wurde wachsam. »Nein. Ein Besucher. Ich erwähne ungern Namen.«

»Ich verstehe. Ich wollte auch nicht neugierig sein.« Ermutigt davon, daß Millicent ungewohnt gesprächig war, konnte sie der Versuchung nicht widerstehen zu fragen: »Haben Sie irgend etwas gesehen, Miss Longworth? Irgend etwas, was der Polizei helfen könnte, die Person zu finden, die Chris angeschossen hat?«

»Ich habe nichts gesehen, ich war im Haus.«

»Was ist mit Ihrem Bruder? Könnte er etwas gesehen haben?«

Millicent blickte auf den fahlen grauen Himmel hinter ihr.
»Garrison hatte letzte Nacht einen Herzanfall. Der Schreck...«
»Guter Gott. Das tut mir leid. Ist er in Ordnung?«
»Ich weiß nicht. Er ist im Krankenhaus.«

Entweder war die Frau eine sehr gute Schauspielerin, oder sie scherte sich nicht um Garrisons Herzanfall, dachte Caroline. Und wieder begannen sie all die alten Fragen zu bestürmen. Konnte Millicent etwas mit dem Mord an Hayley zu tun gehabt haben? Die Polizei hatte es eine Zeitlang geglaubt, bis ihr Alibi bestätigt war. Und Caroline mußte zugeben, daß die Frau kalt wirkte, sogar was ihren Bruder betraf. Sie hatte immer gefunden, daß ihre Augen irgendwie nicht normal guckten.

»Ich will nicht, daß die Katze hier hochkommt«, sagte Millicent plötzlich, »auch wenn Katzen den Ägyptern heilig waren.«

Caroline entspannte sich innerlich, der Druck wich von ihr. »Ich verstehe. Wir nehmen sie jetzt mit.« Sie drehte sich um und begann schnell mit ihrem Abstieg vom Hügel.

»Auf Wiedersehen«, sagte Millicent so leise, daß Caroline sie kaum verstehen konnte. Dann: »Ihr kleines Mädchen ist sehr hübsch. Genau wie die andere.«

2

»Daddy, kannst du etwas mit Hecates Auge machen?« fragte Melinda.

Ein leichter, beständiger Regen hatte vor einer Stunde eingesetzt, und jetzt, während sie um den Eßtisch herumsaßen, schlug er gegen die Scheiben wie eine verlorene Seele, die um Einlaß bat.

David, der keinen einzigen vollständigen Satz geäußert hatte, seit er nach Hause gekommen war und Chris' Katze oben auf dem Kühlschrank hatte sitzen sehen, verzog seinen Mund zu einem Lächeln. »Das Auge ist weg, Schätzchen. Es kann nicht mehr gerichtet werden.«

»Ich dachte an eine Organverpflanzung«, sagte Melinda ernsthaft. »Haben wir genug Geld?«

Greg sprach, ohne von seinem Teller hochzuschauen: »Man transplantiert nicht an Tieren, Dummchen.«

»Woher weißt du das? Daddy ist der Doktor.«

»Ich glaube, Greg hat hier recht. Aber sorge dich nicht um die Katze, Melinda. Ich bin sicher, daß sie ganz gut mit nur einem Auge sehen kann.«

»Vielleicht, aber sie sieht so häßlich aus, daß sie vielleicht andere Tiere verschreckt.«

Greg grinste. »Nicht George. Er sitzt seit zwei Stunden wie angewurzelt vor dem Kühlschrank mit diesem dümmlichen, liebeskranken Ausdruck im Gesicht.«

»George ist etwas Besonderes«, sagte Melinda liebevoll. »Er läßt sich von einem verlorenen Auge nicht abhalten. Aber Kater sind vielleicht nicht so nett.«

Sie grub einen Trichter in ihren Kartoffelbrei und ließ ein paar Erbsen hineinfallen. »Daddy, ich und Mami haben die gruseligste Frau gesehen, als wir Hecate abholten. Sie sieht aus wie die böse Hexe in ›*Der Zauberer von Oz*‹.«

»Millicent Longworth«, informierte Caroline David.

»Habe ich mir schon gedacht.«

»Sie sagte, ihr Bruder Garrison hätte einen Herzanfall letzte Nacht gehabt, aber sie schien nicht sehr besorgt um ihn zu sein.«

Greg spießte sein drittes Stück Roastbeef auf. »Sind das die Leute, die die Longworth-Mühle besitzen?«

Caroline nickte. »Sie waren sehr reich, als ich in ihrer Nähe wohnte. Aber Millicent wußte nach dem Tod ihres Vaters überhaupt nicht, wie man eine Mühle leitete, und ihr Bruder, wie ich gehört habe, war nicht daran interessiert, deshalb wurde die Geschäftsleitung an Außenstehende vergeben, die sie übers Ohr gehauen haben und die Firma zugrunde richteten. Ich weiß nicht, was ihnen geblieben ist, jedenfalls ist Millicent ein armes Ding.«

»Wohl eher gruselig«, warf Melinda ein und schob ihren Teller weg. »Gibt's noch Nachtisch?«

»Wie wäre es mit Eis? Ich hatte keine Zeit, etwas vorzubereiten.«

»Eis finde ich okay«, sagte Greg, lehnte sich zurück und wartete darauf, bedient zu werden.

Caroline schob ihren Stuhl zurück, aber David hielt sie zurück. »Bleib sitzen. Greg, mach deiner Schwester und dir je eine

Portion und eßt es vor dem Fernseher. Ich möchte mit eurer Mutter reden.«

Melinda und Greg tauschten einen Blick, dann sagte er: »Na klar. Komm schon, Kleines. Vielleicht kriegst du ja George dazu, sich wegzubewegen, so daß ich an den Kühlschrank kann.«

David horchte angespannt, und als er sicher war, daß die Kinder bei einer ihrer häufigen Zankereien waren und nicht lauschten, sah er Caroline an. »Warum hast du diese Katze hergebracht?«

Sie hatte sich schon den ganzen Abend darauf vorbereitet. »David, sie ist doch nur für ein paar Tage hier, und sie macht bestimmt keine Umstände. Außerdem dachte ich, du magst Katzen.«

»Weich mir nicht aus. Warum mußt ausgerechnet *du* diejenige sein, die für Chris' Katze sorgt?«

Chris war seit ihrer Heirat ein Thema gewesen, über das beide nie redeten. Obwohl David nie ein Wort gegen Chris gesagt oder offen seine Eifersucht geäußert hatte, wußte Caroline, daß er Chris als Bedrohung empfand – der berühmte Künstler, den Caroline geliebt und verloren hatte. Es hatte nach ihrer Scheidung fast ein Jahr gedauert, bis er sie zum Essen eingeladen hatte, und es war sie gewesen, die den Antrag gemacht hatte, nicht weil sie einsam war, sondern weil sie wußte, daß David sie liebte, und sie angefangen hatte, seine Stärke und Freundlichkeit zu lieben. Aber David schien nie darauf zu vertrauen, daß sie ihn genausosehr lieben konnte wie einmal Chris, wenn auch auf andere Weise, ohne die romantische Selbstvergessenheit der Jugend und ersten Liebe. Vielleicht hatte Lucy heute recht gehabt. Vielleicht hatte David ihr erneutes Interesse an Chris gespürt, und es machte ihn elend.

Sie lächelte. »Chris bat Lucy, auf die Katze aufzupassen, aber sie wollte nicht. Ich habe mich bereit erklärt, weil es niemand anderen gab. Ich habe sie hierher gebracht statt zum Tierarzt, weil ich der Meinung war, Melinda würde sie gerne haben.« Das ist fast die ganze Wahrheit, dachte sie schuldbewußt.

David faltete die Hände hinter dem Kopf und wandte seufzend das Gesicht zur Decke. »Weißt du, ich dachte, wir hätten alles hinter uns. Hayley. Chris. Aber nach all dem, was in der letzten Zeit passiert ist, scheint mir wieder alles wie gestern.«

»Ich weiß, aber das ist nicht meine Schuld.«

Seine Augen trafen ihre. »Ich weiß das, Schatz. Ich wollte das auch damit nicht andeuten. Es ist nur... unglücklich.«

»David, ich würde nicht *unglücklich* sagen. Jemand da draußen ruft an, bricht ein, *schießt* auf Leute.« Sie sah David forschend an. »Du glaubst mir doch jetzt, nicht wahr? Daß alles zusammenhängt?«

»Ich weiß, jemand hat eine Puppe auf Melindas Bett gesetzt, und jemand hat angerufen. Ich glaube immer noch, es war Fidelia.«

»Fidelia war heute hier, als der Anruf kam.«

»Es ist möglich, ein Tonband übers Telefon abzuspielen.«

»David, Melinda hat sich mit jemandem unterhalten, bevor ich den Hörer nahm. Man kann mit einem Tonband keine Unterhaltung führen.«

»Wahrscheinlich nicht.«

»Und was ist mit Chris?«

»Jeder hätte ihn anschießen können. Wir haben nur sein Wort, daß eine Puppe auf seinem Bett lag.«

Caroline trommelte mit den Fingern auf den Tisch. »Hast du mit Lucy geredet?«

»Willst du sagen, sie ist derselben Meinung?«

»Ja. Was für ein Zufall.«

»Kein Zufall, Caroline, nur gesunder Menschenverstand. Ich wette fünf Dollar, daß die Polizei in Chris' Hütte keine Clownpuppe findet.«

Caroline ignorierte die Herausforderung. »Wo wir gerade von Twinkle reden, Tom wollte, daß ich dich frage, ob du die Puppe tief in den Müll gestopft oder oben auf den Eimer gelegt hast.«

David senkte die Hände und stützte die Ellbogen auf den Tisch. »Ich trage nie Mülleimer auf die Straße. Zu schwer. Ich trage nur die Mülltüten hinaus.« Er überlegte. »Laß mich nachdenken. Ich habe wohl versucht, die Puppe in eine volle Tüte zu stopfen, aber sie paßte nicht mehr hinein, ich habe sie nur obendrauf gelegt.«

»Dann könnte sie hinuntergefallen sein.«
»Vielleicht. Was heißt, deiner Meinung nach könnte jemand sie aufgehoben haben – jemand, der das Haus beobachtet hat und die Puppe zurückhaben wollte, um Chris genauso zu ängstigen wie dich.«
Caroline nickte.
»Überzeugt mich nicht.«
»O David. Warum schließt du nur die Augen vor etwas, was du nicht wahrhaben willst.«
»Tu ich gar nicht.«
»Doch. Immer schon. Du scheinst zu glauben, wenn du so tust, als sei nichts los, geht es schon vorüber.«
David schloß die Augen und rieb sie kurz. »Caroline, du bist wegen Hayley durch die Hölle gegangen«, sagte er langsam. »Jetzt scheint dich die Vergangenheit einzuholen. Das macht mir angst.«
Das macht mir auch angst, wollte Caroline sagen, tat es aber nicht. Sie wollte nicht, daß David auch nur einen Moment lang dachte, daß sie auch Zweifel habe. »David, etwas Seltsames geht hier vor. Das mußt du doch zugeben.«
»Ja. Jemand versucht, dir mit den Telefonanrufen angst zu machen. Aber daß sie was zu tun haben mit Pamela Burkes Tod und Chris' Schießerei« – er hob die Hände – »das kann ich nicht glauben.«
»Trotz allem, was das Kind am Telefon gesagt hat über Chris' Schußverletzung?«
»Hunderte von Leuten hätten davon wissen können. Vielleicht haben es die Nachrichten im Radio gesendet.«
»Und dieses Kind hat es zufällig gehört.«
»Ein Erwachsener hat es gehört und ließ ein Kind anrufen. Wo bleibt deine Fähigkeit zum logischen Denken?«
»Ich besitze sie doch wohl noch.«
»Wirklich? Was ist mit heute?« David sah ihr mit einer Intensität in die Augen, die sie selten sah. »Caroline, ich habe immer geglaubt, daß Millicent Longworth Hayley getötet hat. Sie ist seit Jahren verrückt. Jetzt, wo jemand – möglicherweise Millicent – dir fürchterlich Angst einjagen will, indem er dir suggeriert, Hayley sei zurückgekommen, da nimmst du unser kleines Mädchen dorthin, wo Hayley gekidnappt und Chris keine vier-

undzwanzig Stunden zuvor angeschossen wurde. Das erscheint mir nicht sehr vernünftig.«

Caroline wußte, daß auch David nicht ganz ehrlich war – es lag eine Spur von Eifersucht in seinem Wunsch, daß Melinda nicht in die Nähe von Chris' Hütte kam. Trotzdem hatte er den richtigen Punkt getroffen – einen fatal richtigen. Sie war plötzlich entsetzt darüber, was sie bewirkt hatte, indem sie Millicent hatte Melinda sehen lassen und das Kind zu einem Tatort mitgenommen hatte. Sie fuhr mit der Hand über die Stirn. »David, es tut mir leid. Vermutlich denke ich vor lauter Aufregung nicht mehr normal.« Und außerdem hatte sie nie wirklich geglaubt, daß Millicent Hayley entführt hatte. Sie konnte ihren Glauben jedoch nicht beweisen. Es war nur ein Gefühl. Und Gefühle können täuschen, sagte sie sich.

»Es war falsch, Melinda mitzunehmen«, sagte sie heftig. »Ich verspreche, ich werde nie wieder so leichtsinnig sein.«

David kniete neben ihrem Stuhl. »Du bist die am wenigsten leichtsinnige Mutter, die ich kenne. Du warst nur abgelenkt.« Er umarmte sie. »Wieder Freunde?«

Sie blickte hinunter in die geliebten dunklen Augen, unter denen jetzt leichte Tränensäcke der Erschöpfung lagen. »Immer.«

»Daddy?« Melinda stand ängstlich an der Tür. »Seid ihr fertig mit Streiten?«

»Wir streiten doch nicht, Kindchen, wir haben bloß geredet.«

»Das sagst du immer, wenn ihr euch streitet.« Melinda kam näher und setzte ihr engelhaftes Lächeln auf. »Es gibt ›*Pongo und Perdita*‹ am Samstag abend im Kino. Gehen wir dahin?«

David schlang einen Arm um ihre dünnen Beine. »Hast du den nicht schon mal gesehen?«

»Schon, aber du siehst dir doch John-Wayne-Filme auch öfter als einmal an. Bitte!«

Caroline sah David an. »*Bitte*. Wir haben seit langem nichts mehr zusammen als Familie gemacht.«

David lächelte. »Gut, aber ich bezweifle, daß Greg sich wahnsinnig freuen wird.«

»›*Pongo und Perdita*‹ gibt es im Kinocenter mit vielen Filmen in einem Gebäude. Er sagt, wenn Julie mitkommen darf, sehen sie sich etwas anderes an.«

»John Wayne?«

»Tom Cruise.« Melinda kicherte. »Er ist *so* süß!«

»Süß oder nicht, du bleibst bei Walt Disney«, David lachte. »Also habe ich Samstag abend eine Verabredung mit den beiden hübschesten Mädels der Stadt.«

3

Millicent drehte sich vor dem Spiegel in ihrem neuen blauen Festtagskleid aus Taft: »Ich sehe beinahe hübsch aus!« rief sie dem Dienstmädchen Sally zu.

»Da gibt es kein Beinahe«, sagte Sally. »So hübsch wie gemalt.«

»Ich möchte es Mutter zeigen. Wo ist sie?«

»Das weiß ich nicht, Miss Millie.« Sally beugte sich, um am Saum des Kleides zu zupfen. »Wahrscheinlich ist sie in ihrem Schlafzimmer.«

Millicent rannte den Flur hinunter zum Zimmer ihrer Mutter, der Taft raschelte an ihren langen Beinen. Sie klopfte an die Tür, aber ihre Mutter antwortete nicht. Millicent öffnete zögernd und überlegte, ob ihre Mutter eines ihrer immer häufiger werdenden Nickerchen hielt. Aber das breite Bett mit dem Baldachin war leer. Enttäuscht stakste sie den Flur weiter zum Nähzimmer. Nicht daß ihre Mutter noch viel nähte. Aber vielleicht...

Dann entdeckte sie, daß die Tür zum Dachboden am Ende des Flurs offenstand, und sie wurde von unerklärlicher Furcht gepackt.

Langsam ging sie die Stufen zum Boden hinauf, ihr wunderschöner Rock raschelte, ihr Herz pochte. Als sie oben war, stand sie völlig ruhig da und betrachtete den hellen Sonnenschein, wie er durch die bleigefaßten Dachfenster hereinströmte und auf dem Körper ihrer Mutter spielte, der an einem Seil vom Dachbalken hing, einer ihrer kleinen weißen Schuhe an einem leblosen Fuß baumelnd.

Millicents Herz pochte gegen die Rippen, und sie schlug die Augen auf. Zunächst konnte sie nichts sehen, die Bilder des Traumes tanzten noch vor ihr wie flackernde Flammen. Dann wurde ihr Herz wieder langsamer, als das Viereck ihres Schlafzimmers deutlich wurde. Ja, es war alles in Ordnung. Nur der Traum wieder. Sie sollte doch nach all den Jahren daran gewöhnt sein. Sie sollte eigentlich sagen können: »Es ist nur ein Traum über jemanden, der schon lange tot ist.« Und dann sich wach machen, aber das konnte sie nicht. Der Alptraum war immer noch so lebendig und lähmend wir vor fünfzig Jahren.

Millicent holte tief und seufzend Luft. Ihr Mund hatte einen bitteren Geschmack, als habe sie Schlaftabletten genommen. Aber sie hatte heute nacht keine genommen. Zumindest glaubte sie, daß sie keine genommen hatte, auch wenn sie von Müdigkeit überrascht wurde nach ihrem Abendsherry und um halb zehn ins Bett gegangen war. War es möglich, daß sie doch eine genommen hatte oder sogar zwei und sich nicht daran erinnerte?

Sie versuchte sich aufzusetzen und konnte nicht. Ihr rechter Arm schien hinten oben am Bett festgehalten zu werden, und als sie sich umdrehte, sah sie voller Entsetzen, daß ihr Gelenk mit Handschellen an dem Messingkopfende angeschlossen war.

Jemand bewegte sich in einer schattigen Ecke. »Hast du Angst?« fragte ein kleines Mädchen. Millicent wimmerte und zog, aber die Handschellen hielten erbarmungslos. »Du *hast* Angst, nicht wahr? Richtig Angst«, fuhr die niedliche, junge Stimme fort. »Angst haben ist ein schreckliches Gefühl, nicht wahr?«

»Wer bist du?« keuchte Millicent.

»Erinnerst du dich nicht?«

»Erinnern an was?«

»Lügen ist schlecht. Du erinnerst dich. Vor langer Zeit hat einmal ein kleines Mädchen geweint. Sie hat dich angefleht, sie loszubinden und sie zu ihrer Mami zurückzubringen.«

Pause. »Aber das hast du nicht gemacht.«

Millicent spähte angestrengt in die Dunkelheit. »Was willst du?«

»Ich will, daß du fühlst, wie sie vor so langer Zeit gefühlt hat. Verängstigt. Allein. Möchtest du nicht weinen?«

Millicents langes weißes Nachthemd verdrehte sich um ihre

knochigen Beine, als sie sich im Bett herumwarf, in der Hoffnung, es wäre nur wieder ein Alptraum, aber sie wußte, es war keiner. »Ich verstehe nicht.«

»Doch, du verstehst. Denk nur mal richtig nach, Miss Longworth. *Richtig* nach.« Ein leiser metallischer Klang kam aus der Ecke, als würde ein Deckel aufgedreht. »Sie kam hier hoch zu ihren Freunden, aber sie durfte Mami und Daddy nichts erzählen. Es war ein Geheimnis. Alles war ein Geheimnis.«

Eine Erkenntnis, die ihr Übelkeit bereitete, erfüllte Millicent, obwohl sie wußte, daß es nicht sein konnte. »Du kannst nicht dieses kleine Mädchen sein. Diese Hayley.«

»Warum nicht?«

Millicent hörte ein spritzendes Geräusch. »Hayley ist tot.«

»Oh.« Die kindliche Stimme schien abgelenkt zu sein und langsam erfüllte ein durchdringender Geruch den Raum.

»Was machst du?« krächzte Millicent.

»Schütte Zeug aus.«

»Kerosin! Es riecht nach Kerosin!«

»Ja.«

»Mein Bruder ist hier. Mein Bruder wird —«

»Dein Bruder ist im Krankenhaus.«

Millicent begann sich hin und her zu werfen. »Binde mich los! Mach die Dinger auf!«

»Kann ich nicht. Dann läufst du doch weg.«

Millicent bebte vor trockenem Schluchzen. »Was wirst du tun?«

»Dich verbrennen.«

»Mich verbrennen. Das Kind wurde verbrannt. Hayley.«

»Ich weiß.«

Millicent hörte plötzlich auf, sich herumzuwerfen. »Ich habe versucht zu vergessen.«

»Ich habe nicht vergessen.«

»Ich habe versucht, es wieder gutzumachen. Es tut mir leid. Ich hätte nie gedacht, daß es soweit kommen würde.«

»Was hast du gedacht, Miss Longworth? Daß du sie auf immer verstecken könntest?«

»Ich habe überhaupt nicht nachgedacht. Aber ich wollte nicht, daß jemand stirbt. Ich habe Gott gebeten, daß alles gut wird.«

»Gott hört nicht auf schlechte Menschen.«

»Aber ich hatte doch keine andere Wahl! Ich mußte den Familiennamen schützen. Vater wäre so wütend gewesen. So *wütend*!« Millicent verfiel in ein Brabbeln. »Aber ich fand sie immer so hübsch. Wunderschöne blaue Augen. Augen wie Mutters. Mutter ist tot. Hayley ist tot...«

»Hoppla, der Kanister ist leer.«

Millicents Stimme wurde schrill vor Hysterie. »Ich weiß, warum du hier bist! Harry Vinton hat dich geschickt!«

»Wer?«

»Der Polizist. Er hat einen Lügendetektor-Test bei mir gemacht. Ich habe gelogen. Er wußte es. Er hat alles untersucht. Er hat alles herausgefunden. Sagte aber, er würde helfen. Er sagte, für etwas Geld werde er alles vertuschen, daß alles in Ordnung kommt. Danach haben sie mich in Ruhe gelassen. Jeder hat mich in Ruhe gelassen bis letzte Nacht.«

»Ich wußte nichts von ihm. Aber er hat mich nicht geschickt.«

Millicent lag einen Augenblick ruhig. Dann schrie sie: »Vater hat dich geschickt! Er hat dich geschickt, um mich zu bestrafen. Er hat nicht verstanden.«

Ein Streichholz wurde angezündet, und in dem Schein konnte Millicent einen undeutlichen Blick auf leuchtendes, krusseliges Haar erhaschen. »Dein Daddy hat mich nicht geschickt. Vielleicht hat Gott mich geschickt. Oder der Teufel vielleicht.«

Millicents Körper schlug in dem Bett hin und her, als das Streichholz gegen ein Stück Stoff gehalten wurde. Der Stoff flammte auf. »Auf Wiedersehen, Miss Longworth.« Der Stoff wurde nach vorne geworfen und explodierte, als er das Kerosin berührte.

Innerhalb von Sekunden erreichte eine Flammenwand das Fußende von Millicents Bett. Sie schrie, und mit einer einzigen heftigen Zuckung kugelte sie sich die rechte Schulter aus. Aber es gab kein Entkommen aus den Handschellen, und während der Rauch näher wogte, würgte sie einen letzten Fluch auf Gott heraus, der sie verlassen hatte an dem Tag, an dem ihre Mutter sich erhängt hatte.

11

1

Tom war erschöpft. Er war um fünf Uhr morgens zu dem Brand und dem Mord im Longworth-Haus gerufen worden und hatte zugesehen, wie sie die Überreste von Millicent Longworth wegtrugen. Millicent, die man mit Handschellen an das Messingkopfteil ihres Bettes gefesselt gefunden hatte. Das zweite Feuer in zwei Wochen, aber kaum das Werk eines Pyromanen. Jetzt war es ein Uhr, und er war zurückgekehrt an seinen Schreibtisch und überlegte, ob die Remouladensauce seines Fischsandwichs, das er im Wagen hastig hinuntergeschlungen hatte, verdorben gewesen war. Etwas rumorte in seinem Magen. Er griff nach dem Kaffeebecher, starrte ihn einen Moment lang an, dann stellte er ihn wieder ab und durchwühlte die Schreibtischschublade nach Rennies.

Das Telefon klingelte. Er biß die Rennie-Scheibe in zwei Teile, als er die Stimme seiner Exfrau Marian hörte. »Ich will, daß du mit den Kindern redest«, sagte sie ohne Vorrede. »Sie haben die verrückte Idee, daß sie dich in den Ferien besuchen wollen.«

»Klingt doch großartig. Ich habe sowieso nicht viel Zeit mit ihnen verbringen können, seitdem ich hierhergezogen bin.«

»Und wessen Schuld ist das?«

»Deine. Du konntest dir immer prompt eine hysterische Krankheit an Land ziehen, wenn sie mich mal besuchen wollten.«

»Meine Krankheiten sind nicht hysterisch«, sagte Marian kalt. »Und außerdem möchte ich nicht, daß sie etwas mit dieser Frau, mit der du zusammenlebst, zu tun haben.«

»Nenne sie nicht *diese Frau*. Sie heißt Lucille.«

»Ich schere mich einen Dreck um ihren Namen. Ich will nicht, daß meine Kinder mit ihr was zu tun haben.«

Tom seufzte und fragte sich, wo das Mädchen mit der sanften

Stimme, das er vor zwanzig Jahren geheiratet hatte, geblieben war. Alle hatten gesagt, sie seien zu jung zum Heiraten. Über kurz oder lang wußte er, alle hatten recht gehabt. Sie waren Kinder gewesen, die sich nach fünf Jahren mit zwei eigenen Kindern und sonst nichts an Gemeinsamkeiten wiederfanden. Tom begann, mehr und mehr Zeit bei seiner Arbeit zu verbringen, und Marian begann, andere Männer zu treffen, was sie anscheinend in den vier Jahren seit ihrer Scheidung vergessen hatte. Jetzt sah sie sich als die betrogene Ehefrau, die mit der Sorge um zwei Töchter zurückgelassen wurde, während ihr Exmann auf Kosten einer reichen, älteren Frau lebte. Trotz seines Ärgers konnte er sich ein Grinsen nicht verkneifen. Marians melodramatische Vorstellungskraft machte Überstunden, seit er mit Lucy befreundet war, und ihre Abneigung war sogar noch größer geworden, nachdem er und Lucy die Mädchen in Chicago besucht hatten. Sie hatten Lucy nicht nur akzeptiert, sondern waren richtig verzaubert von ihrer Lebhaftigkeit und ihren modernen Ansichten, sie war das genaue Gegenteil zur hypochondrischen Launenhaftigkeit ihrer Mutter.

Tom zwang sich, seine Stimme unter Kontrolle zu halten. »Schau mal, Marian, obwohl wir das Sorgerecht für die Mädchen gemeinsam haben, habe ich dir immer die Entscheidungen überlassen, seit wir geschieden sind. Aber die Kinder sind jetzt bald erwachsen, und ich bin der Meinung, es ist an der Zeit, daß sie jetzt ihre eigenen Entscheidungen fällen.«

»Sie sind noch keine achtzehn, und ich werde sie *nicht* deinem Lebenswandel aussetzen.«

»Ich fürchte, du hast keine Wahl. Ich sage es noch einmal – *gemeinsames* Sorgerecht. Ich habe, was sie betrifft, genausoviel zu sagen wie du, und wenn ich mein Recht einklagen muß, um ihnen dabei zu helfen, was sie tun wollen – wie zum Beispiel, ihren eigenen Vater zu besuchen –, dann werde ich das verdammt noch mal auch tun.«

Marian knallte den Hörer auf. Tom stöhnte und nahm noch einmal die Schachtel mit den Rennies heraus und überlegte, ob man davon eine Überdosis nehmen konnte.

Er starrte auf die kleine Bronzekopie der Sphinx auf seinem Schreibtisch, ein Geschenk von Lucy, denn sie verkörperte angeblich das Rätselvolle, und Rätsel seien sein Geschäft. So wie das Rätsel um Hayley Cordays Ermordung. Er zwang sich, nicht mehr an Marian zu denken, und beschloß, Margaret Evans anzurufen, die Frau, von der es hieß, sie habe Hayley eine Woche nach der Entführung gesehen. Ihre Tochter hatte gesagt, sie sei Freitag morgen wieder zu Hause, und inzwischen war es nachmittags.

Eine Frau antwortete nach dem dritten Klingeln und identifizierte sich als Margaret Evans. Nachdem er sich vorgestellt hatte, sagte Tom: »Ich weiß, es ist Jahre her, seit Sie gemeldet haben, daß Sie ein Kind auf dem Parkplatz gesehen haben, das Sie für Hayley Corday hielten. Aber ich würde es wirklich schätzen, wenn Sie mir alles erzählen könnten, woran Sie sich noch erinnern.«

Mrs. Evans, eine scharfzüngige Siebzigjährige, hatte lange darauf gewartet, ihren Ärger loszuwerden, wie schnöde Harry Vinton ihre Beobachtung beiseitegewischt hatte. Sie kam mit keiner Einzelheit heraus, bis sie Tom klargemacht hatte, wie sehr sie in all den Jahren verletzt gewesen war. »Ein schöner Zeitpunkt, sich dafür zu interessieren, was ich gesehen habe«, knurrte sie. »Jetzt ist es zu spät, um noch etwas für das kleine Mädchen zu tun.«

»Sie sind sicher, daß es Hayley Corday war, die Sie im Auto sahen?«

»Ich war Zentimeter entfernt von ihr. *Zentimeter*. Ich habe sie von den Fotos erkannt, die in den Nachrichten und in der Zeitung erschienen sind. Ich habe diesem neunmalklugen Polizisten, der den Fall bearbeitet hat, gesagt, daß es Hayley war, aber er hat mir nicht geglaubt.«

»Können Sie mir genau erzählen, was Sie gesehen haben?«

»Warum? Eröffnen Sie den Fall wieder neu?«

»Nicht offiziell, aber ich habe die Berichte der Corday-Untersuchung wieder gelesen, und ich habe ein paar Fragen.« Tom beschloß, daß Schmeicheleien jetzt einfach sein mußten: »Bitte, Mrs. Evans. Ich bin nicht Harry Vinton, und ich werde nicht beiseitewischen, was Sie mir erzählen. Sie könnten wirklich eine große Hilfe sein, wenn Sie sich doch nur an den Abend erinnerten.«

Ein tiefer Seufzer am anderen Ende der Leitung, als sich die Federn glätteten. »Nun gut. Das einzige, was ich wollte, war helfen. Und es ist ja nicht so, daß ich vergessen hätte, was ich gesehen habe. Niemals werde ich das vergessen.«

»Großartig, Mrs. Evans.«

»Es war der vierte Juli, und mein Mann und ich kamen von einem Besuch bei unserer verheirateten Tochter zurück. Das war die, mit der Sie neulich telefoniert haben. Ihr Mann ist vor fünf Jahren gestorben, als er oben auf dem Dach die Antenne installieren wollte. Ist vom Dach runtergerutscht auf den Rasen vorm Haus. Sein Rückgrat ist wie ein Streichholz zerbrochen.«

»Wie furchtbar«, murmelte Tom, der ziemlich bestimmt sagen konnte, daß das einzige, was er an der Polizeiarbeit außer Überwachungen haßte, weitschweifige Zeugen waren.

»Ja, es war furchtbar, und da sie keine Kinder hatten, bestand ich darauf, daß sie gleich zu mir zog. Auf jeden Fall, Roy – das war mein Mann –, Roy mußte auf die Toilette. Probleme mit den Nieren. Ich habe ihn gebeten zu warten, bis wir an einem netten Restaurant vorbeikämen – die Toiletten auf diesen Parkplätzen sind nicht viel besser als Erdlöcher –, aber er wollte nicht auf mich hören. Sie wissen ja, wie Männer sind. Wir hielten an einer solche Anlage, und nur noch ein anderes Auto stand da. Ich sagte zu Roy, ich würde im Wagen warten. Aber nach ein paar Minuten beschloß ich doch, auszusteigen und mir die Beine zu vertreten. Ich lief auf den Cadillac zu – das war der andere Wagen, ein brauner Cadillac –, und nennen Sie es das Zweite Gesicht oder Gottes Wille oder was Sie wollen, ich wußte, ich sollte in dieses Auto schauen, Mr. Jerome.«

»Erstaunlich«, Tom hielt den Hörer fester. »Was haben Sie gesehen?«

»Ein kleines Mädchen, das in eine Decke gehüllt war. Zuerst dachte ich, es wäre nichts Ungewöhnliches daran, ein Kind, das auf der Rückbank eines Autos eingeschlafen war. Aber dann sah ich, daß ihr Mund zugeklebt war. Ich schaute genauer und konnte sehen, daß ihre Augen ganz eingesunken waren, ihre Haut bleich. Ich war der Meinung, daß sie betäubt war. Dann kam es mir. Hayley Corday. Ich schaute auf Hayley Corday, das kleine Mädchen, das seit einer Woche vermißt wurde.«

»Was haben Sie dann gemacht, Mrs. Evans?«

»Ich rannte herum und schaute aufs Nummernschild. Dann rannte ich zu den Toiletten. Ich rief nach Roy. Er sagte: ›Halt die Luft an‹, oder so was, und ich schrie: ›Es geht um Leben und Tod!‹ Er kam dann gerannt. Aber gerade als er auftauchte, fuhr das Auto los und schoß aus dem Parkplatz wie eine Kanonenkugel. Ich wollte ihm folgen, aber Roy wollte nicht.«

»Mrs. Evans, wie lautete das Nummernschild?«

»Also, daran kann ich mich nach neunzehn Jahren nun wirklich nicht mehr erinnern. Aber ich habe es Harry Vinton gesagt. Steht das nicht in Ihrem Bericht?«

»Nein.«

»Na sehen Sie. Ich habe Ihnen erzählt, wie er sich benahm. Hat mir praktisch unterstellt, ich würde mir Sachen einbilden. Er hätte wahrscheinlich nichts davon aufgeschrieben, wenn ich nicht mit einem anderen Polizisten dort gesprochen hätte. Seinen Namen weiß ich nicht mehr.«

»Sie haben ihre Geschichte einem anderen Polizisten erzählt?«

»O nein, nicht die ganze Geschichte. Ich habe nur erwähnt, daß ich Hayley Corday gesehen und Harry Vinton alle Einzelheiten aufgeschrieben hätte.« Deshalb also der Bericht, dachte Tom. Wenn Mrs. Evans noch mit jemand anderem gesprochen hatte, konnte Vinton das nicht ignorieren – er mußte irgend etwas schreiben. Aber er mußte nicht die vollständige Zeugenaussage schreiben. Und er mußte die Spur nicht verfolgen. »Ich habe nochmals angerufen, weil mir noch etwas eingefallen war, von dem ich glaubte, er müsse es wissen«, sprach Mrs. Evans weiter. »Es war wegen der Decke, in die das kleine Mädchen gewickelt war.«

»Was war damit?«

»Es war keine gewöhnliche Decke. Sie war grob, wie handgewebt, und sie hatte ein eigenartiges Muster. Ich kann sie nicht anders beschreiben, als daß sie afrikanisch aussah. Ist das wichtig? In den Fernsehkrimis sind solche Sachen immer wichtig.«

»Es könnte sehr wichtig sein, Mrs. Evans.«

»Ja«, sagte sie mit Befriedigung. »Das dachte ich mir.«

»Mrs. Evans, haben Sie nicht die Person gesehen, die in dem Auto wegfuhr?«

»O nein. Und das hat mich verwirrt. Er mußte dort gehalten haben, um die Toiletten zu benutzen, aber er ist mir nicht begegnet, als ich Roy holen ging.«

»Waren die Toiletten für Damen und Herren in getrennten Gebäuden?«

Mrs. Evans war einen Moment lang ruhig. »Ja, sie waren sogar ein Stückchen voneinander entfernt. Aber Sie denken doch nicht, eine *Frau* könnte das Kind genommen haben und... und diese *Dinge* mit ihm gemacht haben!«

»Alles ist möglich.«

»O Herr Jesus«, stöhnte Mrs. Evans. »Eine *Frau*.«

»Vielleicht. Mrs. Evans, können Sie sich noch an *irgend etwas* erinnern?«

»Das war alles.«

»Ich möchte, daß Sie wissen, wie sehr ich es zu schätzen weiß, daß Sie mir diese Informationen gegeben haben«, sagte Tom in seinem wärmsten Tonfall. »Ich weiß, daß es keine erfreuliche Erinnerung war, die Sie wieder herausholen mußten.«

»Nein, das war es sicherlich nicht«, sagte sie mit spitzer Stimme, dann mit leichtem Zittern: »Detective?«

»Ja?«

»Habe ich vor all den Jahren etwas falsch gemacht? Ich wußte, daß Harry Vinton meine Informationen nicht richtig beachtete, und ich wollte schon ins Revier gehen und jemanden finden, der mich ernst nimmt, aber Roy, Friede seiner Asche, hat es mir ausgeredet. Er sagte, warum sollten wir uns Schereien aufladen. Und ich habe ihm zugestimmt. Aber ich habe immer... Ich habe immer überlegt, ob ich vielleicht das Leben des kleinen Mädchens hätte retten können.«

Und das hättest du auch, wenn Harry Vinton nicht die Untersuchung geleitet hätte, dachte Tom wütend. Der Mann hatte die unschätzbare Aussage dieser Frau unterdrückt, aber das war nicht ihr Fehler. »Mrs. Evans, das haben Sie schon richtig gemacht«, sagte er freundlich. »Ich wünschte, jeder wäre so aufmerksam und kooperativ wie Sie.«

»O gut...« Er spürte, wie sie sich entspannte. »Das ist gut zu wissen. Ich habe mir viele Jahre lang Sorgen gemacht.«

»Hören Sie damit auf. Und nochmals danke für Ihre Informationen.«

Tom legte auf, lehnte sich im Stuhl zurück und holte tief Luft. Hayley Corday in einer Decke mit *afrikanischem* Muster? Natürlich hatte Mrs. Evans diese Decke schon vor fast zwanzig Jahren gesehen, und ihre Beschreibung war nur ein vager Eindruck des Musters, aber man konnte die Schlußfolgerungen nicht ignorieren, nicht, wenn man alte Berichte berücksichtigte, daß Millicent Longworth durch Afrika gereist war, bevor ihr Vater starb und sie nach Hause kam, um die Firma zu übernehmen. Trotzdem, er wollte sicher sein. Er nahm den Hörer auf und wählte wieder. »Caroline«, sagte er einen Moment später und versuchte, locker zu klingen. »Wie geht's dir?«

»Okay. Keine weiteren Telefonanrufe.« Ihre Stimme klang trotzdem angespannt und beunruhigt. »Ist dies ein Freundschaftsanruf, oder gibt es etwas, was ich für dich tun kann?«

»Beides. Sag mal, kannst du mir etwas über Millicent Longworth erzählen?«

»Millicent? Warum?«

»Du wirst es sowieso in den Abendnachrichten hören, also kann ich es dir auch sagen. Sie ist letzte Nacht in ihrem Haus verbrannt.«

Caroline keuchte. »Nicht noch ein Feuer!«

»Und noch ein Mord. Sie war mit Handschellen ans Bett gefesselt.«

»O mein Gott.«

»Ja, ziemlich schlimm. Ihr Bruder weiß gar nicht, was für ein Glück er hatte, daß er einen Herzanfall gehabt hat und aus dem Haus war. Andernfalls wäre auch er umgekommen.«

»Der Himmel allein weiß, wie die Nachricht vom Tod seiner Schwester auf ihn wirkt, nach allem, was er durchgemacht hat.«

»Kanntest du ihn?«

»Nein. Wir sind uns nie begegnet. Er hat mit seiner Frau in Italien gelebt, als Chris und ich verheiratet waren. Chris hat erzählt, seine Frau sei gestorben, und er kam erst vor ein paar Jahren wegen seiner Herzkrankheit nach Hause.«

»Aber du kanntest Millicent.«

»Ich würde nicht behaupten, daß ich sie wirklich *gekannt* habe. Wir sind uns begegnet. Ich sprach mit ihr ein paarmal einige Minuten lang, als ich in der Hütte lebte.«

»Ist sie nicht auch durch die Welt gereist?«

»Ja. Sie und ihr Bruder waren eine Art Team, bis er geheiratet hat. Und dann reiste sie allein. Sie kam nach Hause in dem Jahr, in dem Chris und ich geheiratet haben, demselben Jahr, in dem ihr Vater starb. Das war vielleicht ein Tyrann.«

»Der Vater?«

»Ja. Er hat sich natürlich nicht herabgelassen, mit Chris oder mir zu sprechen, und er hat versucht, die Hütte abreißen zu lassen, obwohl sie gar nicht auf seinem Grund stand. Er versuchte mehrere Male, Chris herauszukaufen, und zum Schluß hat er einige Politiker hier in der Stadt an diverse Gefälligkeiten erinnert, um uns loszuwerden. Er war doch im Kongreß gewesen. Er hat uns bis zu der Woche vor seinem Tod bekämpft.«

»Und dann kam Millicent nach Hause.«

»Ja. Ich war nicht überrascht, daß sie und ihr Bruder immer unterwegs waren, niemals bei ihrem Vater blieben, aber ich war doch überrascht, daß Garrison nicht nach Hause kam, als der Alte gestorben war. Vermutlich bestand keine große Zuneigung zwischen ihnen, und Garrison war sehr glücklich in Italien. Es ist nur seltsam, daß nach all den weiten Reisen Millicent sich so zurückzog, als sie nach Hause kam.« Caroline machte eine Pause. »Du weißt, daß sie unter Verdacht stand, nach dem Mord an Hayley.«

»Weiß ich. Und aus gutem Grund.«

»Aber sie wurde entlastet. Sie war irgendwo anders an dem Abend, als Hayley entführt wurde.« Ja, laut Vinton hatte Millicent Longworth eine Mrs. Sally Rice an jenem Abend besucht, dachte Tom grimmig. Mrs. Rice behauptete, daß Millicent von drei Uhr am Nachmittag bis zehn Uhr abends bei ihr war.

»Caroline, kannst du dich noch erinnern, was für ein Auto Millicent damals fuhr?«

Caroline lachte. »Jetzt fragst du mich aber etwas Schwieriges. Das ist so lange her. Aber laß mich nachdenken. Ich erinnere mich, daß der Vater einen Wagen hinterließ, den Millicent pflichtschuldig einmal in der Woche den Hügel herunter und wieder zurück fuhr, um die Kerzen durchzublasen, wie sie uns einmal sagte. Chris fand es so komisch, daß sie der Meinung war, wenn sie mit zehn Meilen in der Stunde den Hügel herunterkroch, würde nichts verrußen. Aber wenn ich mich genau erinnere, war es ein Cadillac, eines dieser Modelle mit großen Flossen.«

»Farbe?«

»Mann, Tom, das weiß ich nicht. Dunkel.«

»Schwarz?«

»Vielleicht. Nein, warte. Chris sagte einmal, wenn er schwarz wäre, sähe er wie ein Leichenwagen aus. Warte mal... Braun oder Dunkelgrün. Braun, glaube ich. Warum ist das wichtig?«

»Habe mir nur überlegt, ob sie fahren konnte«, wich Tom aus. Er hatte Caroline versprochen, daß er ihr alles sagen würde, aber dies war ein Punkt, den er noch etwas für sich behalten wollte. Wenn Caroline erfuhr, daß jemand Hayley entdeckt hatte und sie hätte gerettet werden können... nun, er wollte nicht, daß sie das erfuhr, von allem anderen abgesehen, um das sie sich Sorgen machte.

»Ich glaube, ich weiß, warum du dich für ihre Fahrten interessierst. David sagt, er habe Twinkle in die volle Mülltüte gestopft, und die Puppe könnte herausgefallen sein. David hat immer geglaubt, Millicent habe Hayley entführt, weißt du. Es ist möglich, daß sie herkam und die Puppe im Hof gefunden hat.«

»Aber wie könnte sie zuvor ins Haus gekommen sein?«

»Das habe ich mir auch schon überlegt. Aber vermutlich ist es machbar.« Sie seufzte. »Es ist kaum zu glauben, daß ich Millicent erst gestern gesehen habe.«

»Du hast sie gestern gesehen?«

»Ja. Melinda und ich fuhren zur Hütte, um Chris' Katze zu holen. Die Katze rannte zum Longworth-Haus hoch, und Melinda rannte hinterher. Millicent kam heraus und wollte wissen, was los sei. Ich erzählte ihr, daß Chris angeschossen worden war, und sie sagte, sie wisse es – das Mädchen, mit dem Chris zusammen war, ist zum Haus gelaufen, um nach der Schießerei zu telefonieren.«

Ah, die charmante und freundliche Renée, dachte Tom mit schiefem Lächeln. Er hatte mit ihr gestern wegen der Schießerei gesprochen. »Ich weiß nichts, und ich will auch nichts wissen«, hatte sie ihm haßerfüllt erzählt. »Es ist doch so, man trifft einen Kerl und fährt mit ihm nach Hause, um einen netten Abend zu erleben, und was passiert? Er rastet aus, dann fängt jemand an, mit einem Maschinengewehr auf das Haus zu feuern.«

»Es war eine Handfeuerwaffe.«

»Mir egal, beides schießt. Und *dann*, nachdem ich gerade mit dem Leben davongekommen bin und Hilfe holen will, wollen mich diese verrückte Alte und der Fettwanst dort oben im Haus nicht reinlassen. ›Nicht die Tür öffnen!‹ ruft er dauernd. So ein dürrer, alter Mann hat sie dann doch geöffnet. Er war wirklich süß zu mir, aber seine Lippen waren ganz blau. Er sah krank aus. Die Frau ist dauernd herumgeflattert und hat geschrien von wegen Privatsphäre. Und der Fettwanst hat sich umgedreht und ist in ein anderes Zimmer gerannt, als wolle er nicht gesehen werden. Wenn Sie mich fragen, war er es, der die Schüsse abgegeben hat.«

»Haben Sie ihn sich genau ansehen können, Renée?«

Sie schaute einen Moment lang mißmutig zur Seite, dann dachte sie daran, daß ihr weitere Minuten an Aufmerksamkeit sicher waren, und offenbarte: »Wie gesagt, er war fett. Und er hatte richtig schwarze Augen wie Oliven und graubraunes Haar, das oben schon dünn wurde. Das ist alles, was ich sagen kann, weil er so schnell abgehauen ist. Aber ich habe einen Olds 98er vor dem Haus gesehen. Ich habe ihn bemerkt, denn meine Mom hat genauso ein Auto. Ich vermute, es war seiner – ich kann mir nicht vorstellen, daß die Verrückte oder der kranke, alte Mann fahren.«

»Welche Farbe hatte das Auto?«

»Weiß. Und es war nicht neu. Das von meiner Mom auch nicht.«

»Sie haben sich nicht zufällig das Nummernschild gemerkt?«

Renée sah ihn mit leeren Augen an, ihr Kinn fiel herab. »Ihr Bullen seid echt Spitze. Klar, ich werde beschossen und halte an, um mir ein Nummernschild aufzuschreiben. Jesses!«

Tom schaltete innerlich wieder auf das Gespräch mit Caroline zurück und fragte: »Was hat Millicent noch über die Schießerei gesagt?«

»Nichts, was sehr viel Sinn machte. Eines war jedoch interessant. Sie sagte, *er* wollte das Mädchen nicht hereinlassen. Ich dachte, sie meinte ihren Bruder, aber sie sagte, es sei ein

Besucher gewesen. Als ich fragte, wer der Besucher gewesen sei, wurde sie ganz abweisend und sagte, daß sie keine Namen nennen wolle. Sie sah verschreckt aus. Ich glaube, sie hat etwas verraten.«

»Du bist sicher, daß sie nichts weiter über diesen Mann gesagt hat?«

»Nichts. Warum? Meinst du, er könnte was mit der Schießerei zu tun haben?«

»Man kann nie wissen«, sagte Tom unbestimmt und dachte an den weißen Olds 98er, den er in der Zufahrt des fetten Harry Vinton gesehen hatte.

2

Caroline legte den Hörer auf und fuhr sich unzufrieden mit der Hand durchs Haar. Warum hatte sie Tom nicht erzählt, daß sie glaubte, Millicent Longworth' Tod habe mit Hayleys Fall zu tun? Erst Pamela, dann Chris, jetzt Millicent – lauter Leute, die ihr kleines Mädchen gekannt hatten. Aber sie konnte nicht beweisen, daß es kein Zufall war.

Als das Telefon zehn Minuten später klingelte, dachte sie, es wäre wieder Tom. Aber statt dessen pochte Chris' whiskeyrauhe Stimme an ihr Ohr. »Caro.«

»Chris! Rufst du vom Krankenhaus aus an?«

»Nein, ich bin heute morgen entlassen worden und habe ein Taxi genommen. Ich rufe von einem Laden aus an. Ich war gerade beim Tierarzt. Er sagt, daß du Hecate nicht vorbeigebracht hast. Sie ist doch nicht verschwunden nach der Schießerei, oder?«

»Nein. Tut mir leid, ich hätte es dir gleich sagen sollen, aber ich dachte, du würdest erst morgen entlassen werden. Sie ist hier bei uns.« Sie lachte. »Nach all dem, was sie durchgemacht hat, dachte ich, es sei weniger schlimm für sie, in einer Familie unterzukommen als beim Tierarzt, aber ich bin mir nicht sicher.«

»Sie hat doch keinen Ärger gemacht?«

»Überhaupt nicht. Das Problem war George, unser Labrador – er hat sich in sie verliebt und läßt sie keine Minute in Ruhe, deshalb wird sie froh sein, nach Hause zu kommen, auch wenn Melinda sie ungern weglassen wird.«

»Deine Tochter mag die Katze?«

»Melinda hat ein Händchen für Tiere. Sogar Hecate scheint sie zu mögen, auch wenn wir anderen ihr offensichtlich ziemlich egal sind.«

»Ich komme gleich und hole sie.«

»Das ist nicht nötig. Ich bringe sie zu dir, wenn du glaubst, daß du schon für sie sorgen kannst.«

»Mir geht's gut. Mein Arm ist in der Schlinge, aber abgesehen davon bin ich so gut wie neu. Außerdem vermisse ich die Katze.«

»Gut«, sagte Caroline. »Ich werde versuchen, sie in den Wagen zu locken. In einer halben Stunde sind wir da.«

Sobald sie aufgehängt hatte, begann ihr Herz zu klopfen. Sie würde Chris sehen. Die Aussicht beunruhigte sie, besonders wenn sie an Davids Mißbilligung dachte, aber gleichzeitig fühlte sie sich aufgedreht und lebendig wie schon lange nicht mehr, seit diese ganze Aufregung um Hayley begonnen hatte. So hatte sie schon immer auf Chris reagiert, seit sie sich damals begegnet waren, sie als Siebzehnjährige im Kunstkurs und Chris als Gastdozent. Siebenundzwanzig Jahre hatte sie ihn geliebt, trotz der Kränkungen, trotz der Trennung seit Jahren. Trotz David.

Sie schob den Gedanken an David weit von sich, als sie sich auf die Suche nach der Katze machte. Es hatte keinen Zweck, sich vor Gewissensbissen zu zermartern wegen Gefühlen, die sie nicht ändern konnte. Sie hatte nicht vor, diesen Gefühlen nachzugeben. Sie würde Chris die Katze bringen, schauen, ob er versorgt war, und damit wäre es dann zu Ende.

Hecate lag zusammengerollt auf dem Bücherregal im Wohnzimmer, George stand voll glühender Verehrung zwei Meter tiefer davor. »George, wir müssen dir wohl eine passendere Freundin besorgen«, seufzte Caroline, als sie die Katze vom Regal holte. Hecate machte sich steif und zischte voller Entsetzen. Vielleicht fürchtete sie, nun dem schwarzen Monster vorgeworfen zu werden, das sie seit Tagen unermüdlich verfolgte. Aber als Caroline sie sicher und fest gegen ihre Brust hielt, entspannte sie sich etwas. George war entschlossen, ihnen zum

Auto zu folgen, ließ sich aber von ein paar Knochen ablenken, die Caroline auf den Küchenfußboden warf. Dann rannte sie mit der Katze durch die Tür hinaus zur Garage.

»Melinda wird dich vermissen«, erzählte Caroline der Katze, als sie auf der Uferstraße am Fluß entlang zum Longworth-Hügel fuhren. Hecate sah sie mit ihrem einen wunderschönen Auge mißtrauisch an, dann versenkte sie sich in ein intensives Studium der Landschaft auf der Beifahrerseite.

Am Hügel hing der Geruch von Rauch noch immer in der Luft, und als Caroline oben angelangt war, verstand sie auch warum. Das einzige, was vom Longworth-Haus übriggeblieben war, waren ein paar bröcklige Ziegelmauern. Offensichtlich hatte es hier keine Sprinkleranlage gegeben wie in Pamelas Haus. Sogar der wunderbar gepflegte Rasen und die kostbaren Rosenbüsche waren angesengt. Caroline stellte den Motor ab und starrte einige Minuten still auf die Ruinen, während sich ihr der Magen fast umdrehte. Arme, eigenartige Millicent. Noch gestern war sie in ihrem schwarzen Cape über den Rasen geflattert und hatte eifersüchtig den Familiengrund bewacht. Jetzt mußte sie sich keine Sorgen mehr machen. Es war nichts mehr von dem Longworth-Besitz übrig, nichts mehr von Millicent.

Chris trat auf die Veranda heraus, als Caroline die Wagentür öffnete. »Ein ziemliches Durcheinander da oben, nicht?«

Sein Arm hing in einer Schlinge, er sah blasser und dünner aus, aber sonst schien er in Ordnung zu sein. Hecate kletterte über ihren Schoß und rannte zu ihm hin, ein schlankes schwarzes Geschoß. »Ich wußte nicht, daß der Schaden so total war.« Caroline stieg aus dem Wagen, während Chris sich bückte, um die Katze aufzuheben. »Es ist ja fast nichts mehr übriggeblieben.«

»Und es war wie eine Trutzburg gebaut.«

Jetzt, wo sie so nahe bei ihm stand, konnte Caroline die tieferen Krähenfüße um Chris' Augen sehen, die Linien, die die Anspannung der letzten Tage wie Kerben senkrecht neben seinen Mund geschnitten hatte. Er schien ihr in diesem Zeitraum um zehn Jahre gealtert zu sein. »Hast du gehört, daß das Feuer absichtlich gelegt worden ist?«

Chris sah sie überrascht an. »Bist du sicher?«

»Ja. Tom hat es mir erzählt.« Sie blickte wieder zum Haus hoch. »Sie haben Millicent mit Handschellen ans Bett gefesselt gefunden. Sie wurde ermordet.«

Chris' blasses Gesicht wurde weißer. »Ich kann's nicht glauben.«

»Ich weiß. Pamela Burke und jetzt Millicent.«

»Aber da gibt es doch keine Verbindung, oder?«

Caroline zuckte mit den Schultern. »Vielleicht nicht.«

Chris setzte Hecate auf den Boden, wo sie sich um seine Beine wand. »Nun, es wird komisch sein, nicht mehr die Ferngläser der lieben Millicent auf meine Hütte gerichtet zu wissen. Nach ihren Rosen zu schauen und nach mir war ihre einzige Quelle der Unterhaltung in den letzten zwanzig Jahren. Aber ich wette, daß der alte Garrison sie vermißt. Er schien wirklich an ihr zu hängen.«

»Weißt du etwas über seinen Zustand?«

»Er war auch im Landeskrankenhaus, und eine der Schwestern hat für mich mal nachgefragt.« Natürlich, dachte Caroline trocken. Frauen sind immer glücklich, etwas Chris zuliebe zu machen. »Er hatte einen leichten Herzanfall. Ich hoffe nur, er bekommt keinen neuen, wenn er das über seine Schwester hört.« Er nickte zur Hütte hin. »Ich habe Kaffee gemacht. Willst du welchen?«

Ich sollte gehen, dachte Caroline. Ich sollte ›nein, danke‹ sagen und mich so schnell wie möglich auf den Weg machen. »Eine Tasse würde ich gerne trinken«, hörte sie sich selbst sagen.

Sobald sie die Hütte betraten, sprang Hecate von Chris' Arm und auf ihren Platz auf der Couch. Sie sah aus, als habe sie das Heilige Land erreicht. »Sie ist froh, zurück zu sein«, sagte Caroline und folgte Chris in die Küche. »George hat ihr das Leben unerträglich gemacht.«

»Hach, sie ziert sich nur. Sie ist wahrscheinlich ganz und gar entzückt, daß ein Mitglied des männlichen Geschlechts sie attraktiv findet.«

»Melinda findet, du solltest mal wegen einer Augentransplantation und einer Wiederherstellungschirurgie fürs Ohr nachfragen.«

Diesmal warf Chris seinen Kopf zurück, als er lachte. »Das

klingt nach einem richtig lieben Mädchen, Caro. Ich würde sie gerne kennenlernen.«

»Vielleicht geht das ja mal«, sagte Caroline vage und dachte an Davids Reaktion bei diesem Vorschlag. »Brauchst du Hilfe mit dem Kaffee?«

»Nein. Gott sei Dank war es die linke Schulter, die getroffen wurde. Ich kann sogar malen. Wer immer da draußen in der Nacht auf mich gezielt hat, wollte mich nicht töten.«

Caroline betrachtete sein Gesicht. »Warum glaubst du das?«

Chris reichte ihr einen Becher Kaffee. »Laut Tom stammen die Kugeln von einer 22er Beretta. Hinter meinem Jeep war der Boden aufgewühlt, offensichtlich hatte sich der Schütze dort verborgen, fast zwanzig Meter von der Hütte entfernt. Wenn jemand mich wirklich aus dieser Entfernung wegpusten wollte, hätte er eine weitaus stärkere Waffe genommen.«

»Vielleicht wußte er nicht so genau über Waffen Bescheid. Oder vielleicht war er nur einfach ein schlechter Schütze. Er hat die Hütte zweimal getroffen.«

»*Nachdem* ich bereits hingefallen war. Warum weiterschießen, wenn ich außerhalb der Reichweite war? Nein, ich glaube wirklich, er wollte seinem Ärger Luft machen, nicht mich töten.«

»Das klingt nach Lucys Theorie vom eifersüchtigen Ehemann.«

»Eifersüchtige Ehemänner tragen keine Clownpuppen mit sich herum.«

Caroline ging zu dem Geschirregal, in dem das blaue Farmersteingut stand, das Chris' Großmutter ihnen zur Hochzeit geschenkt hatte. Es funkelte vor Sauberkeit in der Morgensonne. »Chris, was ist mit Twinkle?«

»Das letzte Mal, als ich die Puppe gesehen habe, lag sie auf meinem Bett. Aber als Tom kam, um alles zu untersuchen, war sie verschwunden, sagt er, und angeblich hätten auch die Bullen, die gleich nach der Schießerei hergekommen sind, sie nicht gesehen.«

Sie drehte sich um. »Aber du bist sicher, es war Twinkle.«

»Ziemlich sicher. Sie sah aus wie Hayleys Puppe.«

»Und sie verschwand, als deine Freundin zu Millicent hochlief, um dort zu telefonieren?«

»Muß so sein, denn der Krankenwagen und die Polizei trafen fünfzehn Minuten nach ihrem Anruf hier ein, und da war die Puppe schon weg.«

Caroline leerte ihre Tasse. »Chris, glaubst du, daß es Hayleys Mörder war?«

Chris stand auf und ging zum Fenster hinüber. Hecate spürte seinen Kummer und hob den Kopf, um ihn zu beobachten. »Ich denke ja. Ich verlasse übermorgen die Stadt und fahre nach Taos. Du und David, ihr solltet auch verschwinden.«

»Wir haben es noch nicht besprochen, aber es ist eine gute Idee.« Sie starrte auf Chris' geraden Rücken und dachte nach. »Weißt du, David dachte immer, Millicent hätte Hayley ermordet, aber jetzt ist sie auch umgebracht worden.«

»Das muß nicht heißen, daß sie nicht Hayley getötet oder auf mich geschossen hat.«

»Du glaubst doch nicht, daß sie Hayley getötet hat, sonst wärst du doch nicht hier wohnen geblieben!«

»Nein, du hast recht. Sie hatte ein Alibi. Also, wer hat Millicent umgebracht?«

»Ich habe keine Ahnung, aber ich habe das Gefühl, daß ihr Tod in Zusammenhang steht mit all dem, was mir gerade passiert. Vielleicht sogar mit Hayleys Tod.«

Chris blickte sie an. »Ich glaube das auch. Aber wo ist die Verbindung zwischen dem Mord an einem kleinen Mädchen und dem an einer alten Dame so viele Jahre später?«

Vor lauter vergeblicher Anstrengung, Gefühle zu erklären, die sie nicht beweisen konnte, fühlte Caroline sich ganz verkrampft. »Ich weiß nicht. Aber ich bin verzweifelt auf der Suche nach einer Antwort.« Ihre Stimme brach. »Wegen Melinda, weißt du. Sie bekommt Anrufe, sie wird von einem Kind angesprochen, das sich Hayley nennt...«

Chris durchquerte den Raum und nahm Caroline in seine Arme. »Caro, mach nicht schlapp. Was mit Hayley passiert ist, wird Melinda *nicht* passieren.«

»Das kannst du nicht wissen. Und ich kann es nicht vergessen.«

»Du mußt es versuchen.«

»Kannst du es?« rief sie. »Stellst du dir nicht auch jeden Tag Hayleys Ermordung vor?«

Chris seufzte. »Ja, aber ich war es, der auf sie aufpassen sollte. Wenn sie mit dir auf dem Hügel gewesen wäre, hätte man sie nicht entführt. Ich weiß das. Aber zum Schaden für Hayley war ich verantwortlich. Und jetzt ist sie tot.«

»Sag das nicht!« Caroline blickte zu ihm hoch. »Hör auf, immer die Schuld bei dir zu suchen. Ich ertrage das nicht.«

»Wirklich, Caroline? Gibst du mir nicht auch die Schuld?« Chris' Stimme war gleichzeitig ungläubig und zynisch. »Kannst du ehrlicherweise sagen, daß du mir nie die Schuld gegeben hast?«

»Ja. Du hast sie genausosehr geliebt wie ich. Und du warst ein wunderbarer Vater, ein wunderbarer Ehemann.«

Chris ließ sie abrupt los und drehte sich weg. »Ich war kein so wunderbarer Ehemann, wie du dachtest«, murmelte er. »Ich war weder ein wunderbarer Vater noch ein wunderbarer Ehemann. Deshalb habe ich immer gesagt, ihr Tod war eine Strafe.«

Das schrecklich kalte Gefühl, das Caroline so oft während der letzten paar Tage gehabt hatte, durchzog sie wieder. Chris würde ihr etwas erzählen, was sie nicht hören wollte. Ihr spontaner Wunsch war es, mit zugehaltenen Ohren aus der Tür zu rennen, aber ein tiefsitzender, masochistischer Impuls ließ sie bewegungslos dastehen und fragen: »Strafe für was?«

Chris drehte sich nicht herum, um ihren Blick zu erwidern. »Ich wollte es dir nie erzählen. Niemals. Und als die ganze Sache wieder von vorne anfing, hatte ich das abergläubische Gefühl, daß mein Schweigen die Ursache war.« Er lachte halbherzig. »Verrückt, nicht wahr?«

»Erzähl es mir«, sagte Caroline tonlos.

»Caro, es tut mir so leid.«

»Erzähl's mir.«

Chris holte tief Luft und ging zur Couch zurück. Hecate kletterte auf seinen Schoß, ihr Schwanz peitschte, als habe sie Angst. »Es war, als du nach Jamaika gefahren bist mit deinen Eltern. Sie haben mich nie gemocht, und vermutlich wollte ich nicht, daß du wegfährst und Hayley mitnimmst.«

»Du hast *darauf bestanden*, daß ich mitfahre. Ich war seit unserer Hochzeit nicht weggewesen.«

»Ich weiß. Ich sage ja nicht, daß meine Gefühle fair gewesen wären. Sie waren nur einfach vorhanden. Also, ihr beide wart weg mit deinen Eltern, die dir alles bieten konnten, während ich uns noch nicht einmal zu ernähren vermochte. Ich hatte noch keine Ahnung davon, daß in ein paar Monaten mein Durchbruch kommen würde. Die Ausstellung in der New Yorker Galerie. Die guten Kritiken. Jedenfalls, eines Abends kam Lucy mich besuchen.« O Gott, o nein, stöhnte Caroline innerlich, aber sie blickte regungslos zurück. »Ihre Malerei führte nirgendwohin. Ihr wurde stets gesagt, sie könne etwas, aber das war auch alles. Sie hat immer behauptet, das hätte ihr nichts ausgemacht, aber das stimmte nicht. Die Kritik hat sie vernichtet.«

»Das habe ich schon längst gedacht, Chris.«

»Ja, gut, du schon.« Chris fuhr sich durchs Haar. »Sie war in einem tiefen Loch, also tranken wir etwas, dann rauchten wir etwas. Vermutlich waren wir beide ziemlich bekifft. Und dann... tja, erzählte sie, daß sie mich schon immer geliebt habe. Schon seit wir miteinander ausgegangen waren, bevor ich dich kannte. Sie war so zart, so voller Bewunderung. Und du warst –«

»In Jamaika mit meinen Eltern, die mir alles bieten konnten.«

»Caro, mach es nicht noch schwerer.«

»Fällt mir nicht im Traum ein. Erzähl bitte weiter.«

Chris streckte seine Hände hoch. »Du kannst dir den Rest denken. Wir haben uns beide danach schrecklich gefühlt. Dann fand Lucy heraus, daß sie schwanger war. Sie wollte das Baby haben. Sie sagte, sie könne es als Kind eines Mannes ausgeben, mit dem sie eine kurze Affäre gehabt habe. Aber ich sagte nein. Sie war deine beste Freundin, sie hat dir immer alles erzählt. Wenn sie ein Techtelmechtel gehabt hätte, hättest du davon erfahren. Du hättest die Geschichte mit dem geheimnisvollen Mann genau durchschaut. Du hättest ausgerechnet, daß sie schwanger geworden war, als du weg warst. Du hättest dir alles zusammengereimt. Lucy war hysterisch. Sie liebte dich. Sie sagte, du seist die einzige richtige Freundin, die sie je gehabt habe.«

»Eine seltsame Art, das zu zeigen.«

Chris ignorierte ihre Worte. »Also beschlossen wir, daß sie eine Abtreibung machen ließ. Etwas lief schief. Danach konnte sie nie wieder ein Baby haben. Du siehst also, ich mußte nicht nur damit leben, daß ich dich betrogen hatte. Ich mußte auch Verantwortung übernehmen für die Abtreibung und ihre Unfruchtbarkeit. Nur ein paar Monate später wurde Hayley gekidnappt. Ich hatte das Gefühl, es war die Strafe dafür.«

»Deshalb also wolltest du, daß ich dich verlasse – weil du dachtest, es sei eine gerechte Strafe für das, was du getan hast, was du da verursacht hast.«

Er nickte. Caroline starrte ihn an. Er sah elend aus. Sie wußte, ihm *war* elend. Aber im Augenblick konnte sie außer Verachtung nichts für ihn empfinden. Sie erinnerte sich, wie glücklich er sie und Hayley begrüßt hatte, als sie in jenem Frühjahr nach Hause gekommen waren. Aber bereits da war er untreu gewesen, und ihre beste Freundin erwartete sein Kind, ein Kind, das er lieber abtreiben ließ, als daß sie die Wahrheit herausfand. Also war sie in jenen letzten Wochen von Hayleys Leben von Lügen umgeben gewesen, Lügen, die fast zwanzig Jahre später immer noch ihre Welt erschüttern konnten.

»Caroline, ich weiß, du kannst mir nie vergeben, aber wenn du doch versuchen würdest, mich zu verstehen?«

Caroline sah ihn kalt an. »Chris, ich habe lange, lange Zeit versucht, dich zu verstehen. Ich habe jede Entschuldigung der Welt angeführt. Aber selbst ich kann nicht auf immer einer Phantasie hinterherlaufen.«

Sie setzte ihre Kaffeetasse ab und ging wie ein Roboter aus der Hütte, die sie einst so geliebt hatte, mit dem Wissen, daß sie sie nie wieder betreten würde.

12

1

In der Küche attackierte Harry Vinton gerade den Ausguß der Spüle mit einem Gummistampfer, als es an der Tür läutete. Zunächst ignorierte er es, aber als es zum vierten Mal läutete, warf er den Stampfer fluchend hin und ging ins Wohnzimmer.

Im selben Moment, als er die Tür aufriß und Tom Jerome gegenüberstand, wußte er, daß etwas passiert war. Daß etwas Schreckliches passiert war.

»Haben Sie ein paar Minuten Zeit, Vinton?« fragte Jerome, seine Augen sahen granitgrau aus in der schwindenden Nachmittagssonne. »Ich hätte ein paar Fragen.«

»Sie haben mich doch schon befragt.« Harrys Stimme war laut und kräftig, auch wenn er das Gefühl hatte, in seinen Eingeweiden drehte sich alles. »Außerdem habe ich zu tun.«

»Dann komme ich wieder.« Tom machte eine Pause, seine Augen spießten Harry auf wie ein Spanferkel zum Grillen. »Und ich werde immer wieder kommen, bis ich erreicht habe, was ich will.«

Und so würde es sein. Tief hinten in seinem Bewußtsein vernahm Harry etwas wie eine Totenglocke, und er wußte, daß alles vorbei war. Nach neunzehn Jahren war alles vorbei.

»Gut.« Er trat zurück, um Tom ins Wohnzimmer zu lassen, das mit lauter teuren, ungepflegten Möbeln bestückt war. Über einer echten Brücke waren Zeitungen verstreut, auf Tischen im frühen Kolonial-Stil lagen zusammengepreßte Bierdosen. Lucy würde sterben, wenn sie so gute Möbel auf diese Weise verhunzt sähe, dachte Tom abwesend. Offensichtlich hatte Harry sich bei der Einrichtung Mühe gegeben, dann jegliche Sorgfalt fahren lassen. Schade.

Harry ließ sich in einen zerschlissenen Ohrensessel sinken, und Tom bemerkte das Zucken um seinen Mund. »Also, was wollen Sie diesmal, Jerome?« fragte er mürrisch.

Tom blieb stehen und sah auf Harry hinunter. »Warum haben Sie im Hayley-Corday-Fall Beweise zurückgehalten?«

Harry versuchte, beleidigt auszusehen. »Ich weiß nicht, wovon zum Teufel Sie reden.«

»Nein? Nun, was ist mit Mrs. Margaret Evans? Sie wissen, die Frau, die Hayley auf dem Rücksitz eines Cadillacs auf einem Parkplatz außerhalb Mayesvilles entdeckt hat?«

»Eine Verrückte.«

»Ich glaube nicht, Vinton. Ich glaube, die Frau wußte genau, was sie beobachtet hatte, und gab Ihnen eine sehr genaue Beschreibung davon, einschließlich des Nummernschildes vom Wagen. Ein brauner Cadillac, so einer, wie Millicent Longworth ihn besaß. Aber natürlich erscheint diese Information nicht in Ihrem Bericht.«

»Nummernschild, zum Teufel!« Harry explodierte. »Sie hat mir kein Nummernschild beschrieben.«

»Sie sagt, sie hätte. Und ich glaube ihr.«

»Millicent Longworth kannte noch nicht einmal das Kind.«

»Vinton, Hayley lebte ihr ganzes Leben lang in ihrer Nachbarschaft. Also hören Sie auf mit dem ›Sie-kannte-es-nicht‹-Scheiß.«

»Aber die Longworth war an dem Abend, als das Kind entführt wurde, weg.«

»O ja, das gefällige Alibi. Sie besuchte Sally Rice.« Tom beugte sich über Harry, seine stechenden Augen über der Nase mit dem hohen Rücken ließen ihn wie einen Raubvogel aussehen. »Ist doch komisch: Ich habe herausgefunden, daß Sally Rice für die Longworth-Familie gearbeitet hat. Sie war fast zwanzig Jahre lang deren Dienstmädchen. Der Familie sehr ergeben. Was aber noch interessanter ist: Einen Monat nach dem Corday-Mord ist sie nach Palm Beach in eine nette Eigentumswohnung gezogen. Natürlich hatte sie nur eine kleine Rente, aber vermutlich war sie eben sehr sparsam, oder?«

Harrys Kehle machte eine lautes, gluckerndes Geräusch, als er schluckte. »Was zum Teufel wollen Sie damit sagen?«

»Ich will damit sagen, daß Sie einen Scheißjob bei der Suche nach dem kleinen Mädchen veranstaltet haben, daß Sie Beweise unterdrückt haben. Ich will damit sagen, daß Sie kurz nach dem Mord in der Lage waren, den Dienst zu quittieren und ein bißchen Privatdetektiv zu spielen und dabei besser lebten als vorher. Ich will damit sagen, daß Sie am Abend vor Millicent Longworth' Ermordung bei ihr waren.«

Harry wurde blaß, sein Atem rasselte. »*Wer* sagte, daß ich bei Longworth' war?«

»Das Mädchen, das dort telefoniert hat«, sagte Tom ohne Gewissensbisse, daß er die Wahrheit etwas dehnte. Er verließ sich auf seine Ahnung und war zu diesem Zeitpunkt vor allem daran interessiert, Harry Vintons Reaktionen zu erkunden. »Sie hat Sie gesehen, und sie hat Sie erkannt.«

»Das ist eine gottverdammte Lüge.«

»Warum sind Sie dann so empört darüber?«

Harry hievte sich aus dem Stuhl empor, sein Gesicht war nur noch Zentimeter von Toms entfernt. »Wie würden Sie das finden, wenn so eine Tussi diese Anschuldigungen gegen Sie erheben würde?«

»Ich würde es gar nicht mögen, aber ich würde mich nicht so aufregen. Es sei denn, die Anschuldigungen treffen zu.«

Schweiß brach auf Harrys Stirn aus. »Und was ist, wenn ich bei den Longworth' gewesen war? Sie ist in jener Nacht nicht gestorben.«

»Aber in der nächsten Nacht starb sie in einem absichtlich gelegten Feuer. Sie starb, mit Handschellen an ihr Bett gefesselt. Was ist passiert, Harry? Ist ihr Gewissen schließlich aufgewacht? Wollte sie gestehen, daß sie Hayley ermordet hatte und Sie als Mitschuldigen benennen?«

»Raus aus meinem Haus«, spuckte Harry.

»Gerne. Aber ich brauche Ihnen wohl nicht zu sagen, daß Sie die Stadt nicht verlassen dürfen. Sie wären vielleicht mit den Beweisunterschlagungen im Corday-Fall davongekommen, aber Sie werden nicht mit Millicent Longworth' Ermordung davonkommen.«

»Ich habe die Frau nicht umgebracht«, Harrys Stimme überschlug sich. »Ich nicht.«

Tom lächelte. »Dann haben Sie doch gar nichts zu befürchten, oder?«

Harry starrte Tom nach, der langsam zur Tür hinausging und sie hinter sich schloß. Er fühlte sich im Boden verwurzelt, als sein Blut vom Kopf in die Beine floß wie Lava einen Berg hinunter. Wie viele Male in den letzten Jahren hatte er sich diese Szene vorgestellt. Hundertmal? Tausendmal? So viele Male, daß er geglaubt hatte, wenn der Tag jemals kommen würde, würde er so cool in seiner einstudierten Nonchalance sein. Aber er war nicht cool gewesen. Er hatte sich wie ein Sechzehnjähriger benommen, der den örtlichen Kramladen ausgeraubt hatte – zitternd, erschreckt, schuldbewußt wie die Sünde. Vor zwanzig Jahren hätte er Jerome Paroli bieten können. Aber schaut ihn jetzt an – ein konfuser Alkoholiker. Er hatte es ziemlich vermasselt. Er hob seine fleischige Hand, um den kalten Schweiß von seiner Stirn zu wischen. Na, großartig. Wenn Jerome nur herumgestochert hatte, dann wußte er jetzt alles, was er vorher noch nicht gewußt hatte. Außer über Millicents Tod! Scheiße! Mord und Brandstiftung. Wer hätte die alte Fledermaus verbrennen wollen? Er nicht. Er hatte bereits einen Tod auf dem Gewissen – er hätte keinen zweiten auf sich genommen. Auch wenn sie gedroht hätte, zur Polizei zu gehen, was sie aber nicht getan hatte. Aber Jerome würde das nie glauben. Zur Hölle, niemand, der von seiner Rolle in dem Corday-Fall wußte, würde ihm glauben.

Seine Hände wollten nicht aufhören zu zittern. Einen Drink, das war es, was er brauchte. Einen richtigen, ordentlichen Drink.

Er stolperte auf unsicheren Beinen in die Küche und öffnete den Schrank. Was könnte er trinken? Sein Blick fiel auf die halbvolle Flasche mit Ezra Brooks Bourbon, den er für besondere Gelegenheiten aufsparte. Der würde den Zweck erfüllen. Zwölf Jahre alt und mild, reiner Samt, wenn er die Kehle hinunterfloß. Er goß eine großzügige Portion ein und schüttete ihn mit einem Seufzer der Erleichterung hinunter. Er strömte durch ihn hindurch, warm und tröstend, und er goß einen zweiten ein und schüttete ihn genauso schnell hinunter wie den ersten. Den dritten beschloß er zu genießen. Er würde an dem Drink nippen, die Glotze anmachen und sich einen Weg aus der Scheiße überlegen.

Im Sessel im Wohnzimmer zielte er mit der Fernbedienung auf den Fernseher. Aber er achtete nicht wirklich auf die Kanäle, die still vorbeiklickten. Die Abendnachrichten, ein Zeichentrickfilm, ein Kinofilm. Bei dem Film hielt er an. Arnold

Schwarzenegger in irgendwas. Er fand Schwarzenegger gut. Eine Menge Action, keine dumme Liebesgeschichte...

Als er erwachte, war der Raum völlig dunkel, mit Ausnahme der Bilder, die über die Mattscheibe flimmerten. Betrunken sah er auf die Flasche mit Bourbon, sie war leer. Dann versuchte er, die Uhr auf dem Tisch neben sich, die er mal zu einem Jubiläum bekommen hatte, zu fixieren. Sie schwankte, aber er glaubte, den keinen Zeiger auf Neun erkannt zu haben. Er war Stunden weg gewesen. Er versuchte aufzustehen, fiel dann wieder zurück von der Anstrengung. Gott, war er lahm. Würde ihm morgen schlecht sein. Trotzdem, auch nett dumpf. Er mußte nicht über Hayley Corday oder Millicent Longworth oder Tom HOT SHIT aus Chicago nachdenken.

Harry stöhnte bei der Erinnerung an Tom und starrte auf den Fernseher, wo ein Baseball in Zeitlupe durch die Luft flog und in eine Leuchttafel schoß. Sprühregen aus Licht traf den Nachthimmel wie glühendes Konfetti, während die Musik im Hintergrund anschwoll.

»Das sieht hübsch aus. Ich könnte das malen.«

Harry sprang hoch, die Flasche rollte von seinem Schoß. Die Stimme kam nicht aus dem Fernseher. Sie schien von irgendwo hinter ihm zu kommen. Aber natürlich halluzinierte er. Er rieb sich die Augen.

»Nur würde ich es noch schöner machen.«

Nein, er halluzinierte nicht. Zumindest glaubte er es nicht. »Wer ist da?« Harry mühte sich nach vorne, seine dicken Beine strampelten auf und ab vor Anstrengung. Plötzlich legte sich eine Schnur aus Draht um seinen Hals, und er wurde heftig nach hinten gezogen. Ein Stechen vermittelte ihm, daß der Draht ins Fleisch schnitt.

»Sitz ruhig.« Eine Kinderstimme, dachte er verwundert. Ein kleines Mädchen, das einen Draht um seinen Hals festhielt. Er berührte den Draht. Wenn diese eine Halluzination war, war sie verdammt realistisch. »Weißt du, wer ich bin?«

»Nein«, krächzte Harry. Der Raum verschwamm. Wenn ihm nur nicht so verdammt übel und komisch wäre, dann würde er aus dem Stuhl aufstehen können und von dem Draht loskommen.

»Erinnerst du dich nicht an Hayley Corday?«

»Was soll das? Ein Scherz?«

Der Draht wurde fester und ruckte. »Kein Scherz.«

Harry fühlte, wie seine Gedanken hin und her rasten und zu einer logischen Folgerung kommen wollten. Einen Augenblick später sagte er: »Das ist ein Trick! Einer von Tom Jeromes blöden Scheißtricks.«

»Du sollst keine schlimmen Worte sagen.«

»Wer zum Teufel bis *du*?«

»Ich wußte überhaupt nichts von dir, bis ich Miss Longworth tötete, aber sie hat mir erzählt, wie du alle Beweise verwischt hast, es geheimgehalten hast. Warum hast du das getan? Wegen Geld?«

Harry versuchte vergeblich, sich nach vorne abzudrücken, doch der Draht schnitt noch tiefer in seine Haut. Blut tropfte bereits vorne über sein T-Shirt. Er blickte verwundert hinunter, fast, als habe er mit dem Blut nichts zu tun. »Du hast Millicent getötet?«

»O ja. Und Pamela. Ich wußte nicht, daß ich dich auch töten muß.« Sie machte ein schnalzendes, mißbilligendes Geräusch. »Aber du warst genauso böse wie sie, also mußt du auch sterben.«

Harry fühlte, daß Urin seine Hose näßte und in die Sesselpolster eindrang. Betrunken wie er war, wußte er doch, dies war kein Trick. Zum Teufel, er blutete. Und diese Stimme! Kindlich, aber tödlich. Er fing an zu blubbern: »Millicent Longworth war verrückt. Sie ist immer verrückt gewesen. Man konnte ihr den Corday-Mord nicht nachweisen, aber sie hat es getan. Man kann ihr überhaupt nichts glauben, was sie sagt!«

»O doch, ich habe ihr geglaubt. Es macht jetzt Sinn. Es macht jetzt alles Sinn.«

Betrunken, in plötzlicher Panik, klammerte sich Harry an die Armlehnen seines Sessels. »Du bist verrückt. Du kannst nicht.«

Seine Stimme brach ab, als das Messer sauber durch seine Kehle schnitt und seine Stimmbänder trennte. Blut spritzte nach vorne, über seine Hosen, auf den echten Teppich.

»Ich muß hinter dir stehen, damit ich mich nicht mit Blut bespritze«, erklärte die Stimme freundlich. »Aber keine Angst.

Ich weiß, wie man schneiden muß. Es wird nicht lange dauern, bis du stirbst.« Der Draht wurde losgelassen, und Harry sackte nach vorne. Dann schob ihn eine kräftige Hand vom Sessel.

Er landete auf den Knien und auf der rechten Schulter, auf dem blutgetränkten Teppich. Er konnte seinen Kopf leicht zur Seite drehen. Im Mondlicht, das durch ein Fenster hereinströmte, zeichnete sich eine undeutliche Gestalt neben ihm ab. Gurgelnd griff er nach ihr, aber da trat sie aus seiner Reichweite. Widerstandslos rollte er zur Seite.

Er würde es nicht schaffen, und plötzlich kümmerte es ihn nicht mehr. Hat so sich Teresa gefühlt, bevor der Einbrecher seinen letzten, tödlichen Stich in ihr Herz landete? überlegte er träumerisch. Hat sich so das Kind gefühlt, als die Axt erhoben wurde? Jetzt würden sie ihm nicht mehr leid tun, denn eigentlich war es gar nicht so übel. Ja, richtig friedlich. Friedlich und endgültig. In mancher Hinsicht besser als das Leben.

2

»Wohin gehst du?« fragte David, als Caroline ein schwarzes Wollkleid über ihren Kopf zog und es über die Hüften glattstrich.

Sie zögerte, dann sagte sie beherzt: »Zu Millicent Longworth' Beerdigung.«

»Warum bloß?«

»Sie war eine Bekannte. Ich habe einmal neben ihr gewohnt, wie du weißt.«

»Ich weiß das sehr gut. Aber ich weiß auch, daß du in all den Jahren keine zehn Worte mit ihr gesprochen hast.«

»Doch, das habe ich.«

»Laß uns keine Haarspaltereien veranstalten. Warum kannst du nicht einfach ehrlich mit mir sein?«

»Ich glaube, es gibt eine Verbindung zwischen Millicents Tod und allem, was uns seit ein paar Wochen passiert ist.«

»Und was soll es bringen, daß du zu der Beerdigung gehst?«

»Wenn dort ein Bouquet von schwarzen Seidenorchideen auftauchen sollte, *weiß* ich, daß es eine Verbindung gibt.«

Caroline stand ruhig da und wartete darauf, daß David protestieren würde. Statt dessen zog er seine blaue Strickjacke aus und ging zum Schrank. »Ich komme mit. Ist mein grauer Seidenanzug aus der Reinigung zurück?«

Caroline sah ihn voller Erstaunen an. »Ich dachte, du würdest einen Tobsuchtsanfall bekommen.«

David wandte sich ihr zu und grinste. »Liebling, ich bin nicht ganz der alte Miesepeter, für den du mich immer hältst.« Dann wurde er ernster. »Ich bin immer noch der Meinung, wir sollten die Untersuchungen der Polizei überlassen, aber ich glaube nicht, daß die Polizei, mit Ausnahme von Tom, unser Problem sehr ernst nimmt.«

»Ich dachte, du auch nicht.«

»Ich weiß. Du fühlst dich verletzt, weil du denkst, ich nähme dir das mit den Blumen nicht ab. Ich will dir beweisen, daß ich dir glaube.«

Oder du versuchst zu beweisen, daß sie gar nicht existieren und ich mir Sachen einbilde, dachte Caroline. Aber was auch immer Davids wirkliche Beweggründe waren, sie war froh, daß er angeboten hatte, mitzugehen.

Caroline ging zu ihm und umarmte ihn. »David, ich danke dir, daß du nicht versucht hast, mich aufzuhalten. Aber eigentlich möchte ich nicht, daß die Kinder allein bleiben.«

»Ruf doch Lucy an.« David riß die Plastikumhüllung von seinem gereinigten Anzug. »Sie würde sicherlich für ein paar Stunden babysitten.«

»Nein!« David schaute erschrocken zu ihr hin, und sie sprach leiser: »Ich meine, ihrer Mutter geht es nicht gut, und Lucy wollte sie heute nachmittag besuchen.«

Caroline hatte seit Chris' Enthüllung über ihre frühere Affäre nicht mehr mit Lucy gesprochen. Lucy hatte mehrere Male angerufen. Offensichtlich wußte sie, was Chris ihr erzählt hatte, aber Caroline hatte Greg oder David gebeten, ihr auszurichten, daß sie beschäftigt sei und zurückrufen werde. Sie wußte, daß sie eines Tages Lucy gegenübertreten mußte, aber nicht, solange sie noch so wütend war. »Ich könnte Fidelia anrufen.«

»Nein. Ich will nicht, daß Fidelia mit den Kindern allein ist.«

»Also, was machen wir jetzt? Ich weiß niemanden mehr, den man so kurzfristig anrufen könnte, und nach allem, was passiert ist, überlasse ich Melinda nicht Greg allein.«

»Okay, ich bleibe«, sagte David und hängte seinen Anzug in den Schrank zurück. »Aber ich finde es nicht gut, daß du zu dieser Beerdigung alleine gehst.«

»Was kann mir schon passieren, ich bin doch von einer Menge Leute umgeben. Und warte nur – diesmal bringe ich das Bouquet mit nach Hause.«

Es war Sonntag, und Greg sah ein Football-Spiel an und saß vor dem Fernseher wie festgeklebt. Melinda saß auf dem Boden und schnitt Anziehpuppen aus Papier aus. »Wo gehst du hin, Mami?« fragte sie, als Caroline das Zimmer auf hohen Absätzen durchschritt.

»Zu einer Beerdigung. Ich möchte, daß du hier bei Greg und Daddy bleibst.«

»Wessen Beerdigung, und warum kann ich nicht mit?«

»Laß das, Dummchen, ich kann nichts hören«, sagte Greg abwesend.

Melinda streckte ihm automatisch die Zunge raus und sah bittend zu Caroline hin. »Warum kann ich nicht mitkommen? Ich werde nicht weinen oder so was. Ich weiß noch nicht einmal, wer gestorben ist.«

Caroline ließ einen Kuß auf ihr Haar fallen. »Ich möchte aber, daß du hierbleibst.«

Melinda setzte ihr schmerzlich-leidendes Gesicht auf. »Gut. Zieh los und hab deinen Spaß. Ich bleibe hier bei meinen alten Papierpuppen.«

»Mach nicht so ein Gesicht, Kind«, sagte David, der gerade ins Zimmer gekommen war. »Wenn Mami zurückkommt, gehen wir uns alle ein Eis holen.«

»O Spitze!« quietschte Melinda und klatschte in die Hände. Dies brachte George zur Explosion, was wiederum Greg explodieren ließ: »Es ist unmöglich, sich in diesem Haus irgend etwas anzusehen!« schäumte er. »Überall Krach!«

»Hach, geh doch zu deiner Julie«, rief Melinda zurück. »Großer Angeber!«

»Viel Glück«, murmelte Caroline David zu, als sie sich den Mantel anzog. »Ich glaube, ich gehe lieber zu der Beerdigung, als hier herumzuhängen. Zumindest wird es dort ruhig sein.«

Die Trauerfeier für Millicent wurde in der alten episkopalischen St. John-Kirche im Westen der Stadt abgehalten, in der Kirche, die seit fünfzig Jahren von den meisten Blaublütern der Stadt besucht wurde. Anders als bei Pamelas Beerdigung waren nur wenige Leute gekommen. Caroline hatte keine Probleme, einen Parkpaltz zu finden. Ja, hätte sie nicht heute morgen noch die Beerdigungsanzeigen in der Zeitung kontrolliert, hätte sie geglaubt, sich geirrt zu haben. Nur wenige Wagen waren vor der Kirche geparkt. Caroline bemerkte einen Mann, der herumging und die Nummernschilder aufschrieb.

Sie erinnerte sich daran, daß Tom ihr erzählt hatte, die Polizei kontrolliere bei der Beerdigung von Mordopfern die Autonummern in der Annahme, der Mörder könnte der Feier beiwohnen. Wahrscheinlich waren auch bei Pamelas Beerdigung mehrere Polizisten in Zivil in der Menge gewesen, sie hatte sie nicht bemerkt. Als sie die Stufen zur Kirchentür hinaufstieg, sah sie, daß einige jeden musterten, der vorbeiging, als könnten sie Millicents Mörder entdecken.

Sie trat in die kühle Dunkelheit der Kirche und setzte sich nach hinten. Plötzlich schlug Carolines Herz lauter. Obwohl sie nie besonders religiös gewesen war, lag etwas in der sanften Orgelmusik, dem glänzenden goldenen Kreuz über dem Altar, dem Strahlen der Wintersonne in den juwelenfarbenen, bunten Glasfenstern, das sie mit einem Gefühl von etwas Höherem erfüllte, etwas Mächtigerem als dem Menschen. Ist diese Macht wohlgesonnen? überlegte sie. Das schien unmöglich zu sein, wenn man an den brutalen Mord an ihrem kleinen Mädchen dachte. Aber hier, an diesem stillen Ort, konnte sie fast an einen Gott glauben, der über die irrenden Menschen wachte, die seine Kinder waren, und der seine Gründe hatte, Unschuldige zu sich zu holen.

Als Millicents Sarg, bedeckt von einem schweren, maronenfarbenen Tuch, hereingerollt wurde, schauten die vereinzelten Besucher mit Interesse zu. Nicht mit Trauer – keine einzige Träne war in der ganzen Kirche zu sehen –, mit Interesse. Aber das ist nur verständlich, dachte Caroline. Millicent hatte ihre Jahre um die Zwanzig, Dreißig auf Reisen verbracht, und nach ihrer Rückkehr wurde sie zur Einsiedlerin. Sogar Garrison, der nach seinem Herzanfall bettlägerig war, konnte nicht teilnehmen. David hatte für sie herausgefunden, daß der alte Mann direkt vom Krankenhaus in ein Pflegeheim gebracht worden war. Nein, wer an dieser Feier teilnahm, war entweder alt – wahrscheinlich Freunde von Millicents Vater – oder einfach nur neugierig. Caroline hatte ihre Erfahrungen mit den berufsmäßigen Beerdigungsteilnehmern, die einen Kitzel empfanden, wenn sie anderen bei ihrem Schmerz zusehen konnten. An Hayleys Beerdigung hatten fast zweihundert solcher Leute teilgenommen.

Was sie zum Anlaß ihrer Teilnahme zurückbrachte. Es schienen nicht viele Blumen dazusein – wenige Gebinde, die ziemlich ungeschickt um den Altar arrangiert lagen. Sie blinzelte durch das Dämmerlicht und wünschte, sie säße weiter vorn. Aber jetzt sprach der Geistliche, und sie konnte nicht aufstehen. Ungeduldig hörte sie ihn weiterdröhnen, seine Predigt war langweilig, die Trauergäste unruhig. Schließlich wurde die letzte Hymne gesungen. Caroline stand auf und tat so, als sänge sie, und schaute auf die Uhr, während Millicents Sarg hinausgerollt wurde. Das Ganze hatte zwanzig Minuten gedauert, und es war ihr wie zwei Stunden vorgekommen.

Caroline hatte absichtlich ihre Handtasche offengelassen und verschüttete alles auf den Boden, als sie aufstand, um zu gehen. Während die anderen Trauergäste aus der Kirche defilierten, war sie auf Händen und Füßen und klaubte ihre Schlüssel, Lippenstift, Kamm, Brieftasche und ein Dutzend andere Dinge zusammen, die sie mit sich trug. Als sie einen Hundekuchen fand, lachte sie beinahe. Inzwischen hatte sich die Kirche geleert, und der Geistliche war hinter den Mahagonitüren rechts neben dem Altar verschwunden.

Wie ein Dieb stahl sie sich nach vorne. Die arme Millicent hatte es nur auf etwa zwanzig Blumengrüße gebracht, und keiner war besonders üppig. Caroline ging an den Blumen in Rosa, Weiß und Gelb entlang, bis sie zu einem kleinen Bouquet in Schwarz kam. Wieso hatte sie es nicht von hinten gesehen? Es hob sich ab wie ein Furunkel an einer Porzellanwange.

Mit einem Blick nach rechts und nach links, um sicher zu sein, daß sie allein war, bückte sie sich, um das Bouquet aufzuheben. Als sie sich aufrichtete, fiel eine Karte auf den Boden, aber sogar aus dieser Entfernung konnte Caroline die große, kindliche Schreibschrift lesen:

Für Millicent Schwarz zur Erinnerung

13

1

»Ich gehe hin«, rief Caroline Fidelia zu, als die Türglocke läutete. Fidelia nickte, ohne das Hin und Her des Staubsaugers zu unterbrechen.

Als Caroline die Tür öffnete, war sie überrascht, Tom auf der Eingangstreppe zu sehen, sein grauer Mantelkragen war hochgeschlagen gegen die Novemberkälte.

»Hallo, Caroline«, sagte er fröhlich, aber sie konnte Unbehagen in seinem Blick entdecken. Er sah auf ihren Wollrock und die niedrigen Pumps. »Du siehst aus, als ob du gerade ausgehen wolltest.«

»Ja. Ich war auf dem Elternabend, als sie Leute gesucht haben, die bei den Kostümen für das Erntedankfest-Theaterstück helfen. Jeder weiß, daß ich nähe, also haben alle auf mich geschaut, als Freiwillige gesucht wurden. Und da hab ich die Hand gehoben.« Sie lächelte. »Keine Traute.«

»Betrachte es einfach als deine gute Tat des Jahres.«

»Muß ich wohl. Eigentlich habe ich nämlich heute gar keine Lust, in die Schule zu gehen und mich mit dem Regisseur des Stücks zu treffen.«

»Also, bevor du gehst, könntest du vielleicht ein, zwei Minuten mit mir über die Blumen reden, die du auf Millicents Beerdigung gefunden hast.«

»Natürlich, Tom. Ich bin zur Zeit eine furchtbare Gastgeberin – ich habe dich noch nicht einmal hereingebeten.«

»Du mußt dich nicht rechtfertigen.« Tom trat ein und sah Fidelia an, die gerade das Wohnzimmer fertig machte. »Können wir irgendwo allein sprechen?«

»In der Küche. Ich hol dir einen Kaffee.«

Tom setzte sich an den großen Ahorntisch, und Caroline brachte Kaffeebecher. »Milch? Zucker?«

»Schwarz.«

Sie versuchte, das Zittern ihrer Hände zu ignorieren, als sie den Kaffee einschenkte, und überlegte, was um alles in der Welt Tom wohl über die Blumen herausgefunden hatte, die er am Nachmittag von Millicents Beerdigung abgeholt hatte. Das war erst gestern gewesen. Wußte er bereits etwas über ihre Herkunft?

Sie stellte den Kaffee vor ihn hin, setzte sich und schaute ihn erwartungsvoll an. »Okay. Was ist los?«

»Zu allererst möchte ich dich nochmals fragen, ob du jemanden auf Millicents Beerdigung erkannt hast. Denk genau nach.«

»Darüber habe ich schon nachgedacht, Tom. Ich kannte *niemanden*.«

»Offensichtlich eine vergebliche Hoffnung. Ich dachte, dir wäre noch etwas eingefallen.«

»Nein. Ich denke dauernd, vielleicht hätte ich jemanden bemerkt, wenn ich nicht so sehr auf die Blumen geachtet hätte.«

Tom lächelte. »Verdächtig aussehende Personen kommen höchstens in Romanen vor. Serienmörder neigen eher dazu, ganz normal auszusehen. Denk an Ted Bundy oder Alber DeSalvo, den Würger von Boston. Sähen sie nicht so normal aus, wären sie nicht so nahe an all die Frauen rangekommen, um sie zu töten.«

Caroline nahm einen Schluck Kaffee. »Also bist du der Meinung, wir haben es mit einem Serienmörder zu tun?«

»Zweifellos. Trotzdem, als erstes: Über das Bouquet habe ich nichts herausfinden können. Wie schon gesagt, Seidenorchideen gibt es in jedem Kaufhaus, das Seidenblumen anbietet, nicht nur in Blumenläden.«

»Obwohl ich daran zweifle, daß viele Läden *schwarze* Orchideen verkaufen, Tom.«

»Weiß ich, und wir verfolgen das auch. Zur Handschrift läßt sich nicht viel sagen. Es gibt einen Graphologen, den wir häufig hinzuziehen. Ein Fachmann auf seinem Gebiet. Das Problem ist, es sind die Druckbuchstaben eines Kindes. Er sagt, sie seien zu ungelenk, um etwas Bedeutungsvolles zu enthüllen.«

»Die Druckbuchstaben eines Kindes«, wiederholte Caroline. »Nicht eines Erwachsenen, die wie die eines Kindes aussehen sollen?«

Tom nickte zögernd. »Nein.«

»O Gott.«

»Vergiß nicht, ein Erwachsener hätte die Botschaft von einem Kind schreiben lassen können. Aber eigentlich bin ich nicht hergekommen, um über die Handschrift zu reden. Kannst du dich noch an Harry Vinton erinnern?«

Caroline überlegte. »Natürlich. Er war der zuständige Detective in Hayleys Fall.«

»Richtig. Heute morgen fand seine Schwester Vintons Leiche in seinem Haus. Es ist noch zu früh für den Autopsiebericht, aber es scheint so, als sei er schon mindestens sechsunddreißig Stunden tot.« Seine Stimme wurde leiser. »Caroline, seine Kehle wurde wie bei Pamela aufgeschlitzt und das Haus in Brand gesetzt.« Einen Moment lang wurde es schwarz vor Carolines Augen. Sie hielt sich krampfhaft an der Tischplatte fest, bis ihr Blick wieder klar wurde. »Wenn es ein Feuer gegeben hat, warum hat man ihn nicht früher entdeckt?«

»Das Feuer hat sich nicht richtig entzündet. Diesmal wurde kein Kerosin benutzt. Nur der Körper wurde angesengt.«

»Und wenn die Beerdigung stattfindet, wird es ein schwarzes Bouquet geben mit der Botschaft: Für Harry. Schwarz zur Erinnerung.«

»Darauf verwette ich meinen letzten Dollar.«

Caroline stand auf und ging zur Küchenzeile hinüber, wo ihr Melindas armseliger Topf Dreck, genannt Aurora, ins Auge fiel: »Pamela, Chris, Millicent, Vinton. Alle Opfer hatten eines gemeinsam – Hayley.«

Tom bildete ein Dach mit seinen Fingern und sah Caroline nicht an: »Ich sehe eine engere Verbindung zu Millicent und Vinton als bei den anderen. Ich habe in dem Fall deiner Tochter ziemlich rumgewühlt. Vinton hat Beweise unterschlagen – Beweise, die Millicent Longworth belasteten. Zudem bin ich mir fast sicher, daß Vinton in der Nacht, bevor Millicent starb, im Longworth-Haus war. Am Abend danach habe ich ihn mit allem konfrontiert, was ich wußte. Ich glaube, Millicent hat ihn vor langer Zeit bezahlt, um ihre Haut zu retten. Und ich glaube, daß er fürchtete, sie würde zusammenbrechen – vielleicht sogar, daß sie für die Anrufe bei dir verantwortlich sei –, und er fuhr hin, um es mit ihr auszutragen. Garrison hatte in jener Nacht einen Herzanfall –.«

»Es war der Schock«, unterbrach ihn Caroline. »Das hat jedenfalls Millicent gesagt. Garrisons Herzanfall wurde durch den Schock verursacht. Ich dachte, sie meinte einen Schock wegen der Schießerei bei Chris. Aber vielleicht meinte sie, daß er herausgefunden hat, was sie Hayley angetan hatte.«

»Das klingt logisch.«

»Aber, Tom, wenn Millicent Hayley getötet hat und aus irgendeinem Grund Pamela, wer hat dann sie und Vinton getötet?«

»Hier fällt meine Theorie in sich zusammen, obwohl ich genau weiß, daß Vinton etwas mit Hayleys Entführung zu tun hatte.«

»Aber *wer*? Wer könnte die drei getötet haben und Chris angeschossen?«

»Es gibt natürlich immer die Möglichkeit, daß es ein eifersüchtiger Ehemann war.«

»Aber die Puppe. Er sagt, es lag eine Puppe auf dem Bett, und ich 'glaube ihm. Wer auch immer ihn angeschossen hat, hat Twinkle.«

»Caroline, du mußt in Betracht ziehen, daß die Puppe, die ihr gesehen habt, du und Chris, nicht Twinkle war.« Er hob seine Hand, als sie widersprechen wollte. »Ich weiß, daß du das nicht glauben willst, aber du hast andere Puppen gemacht, die genau wie Twinkle aussehen. Wir müssen in Betracht ziehen, daß es eine Verbindung gibt zwischen dem Einbruch bei dir und der Schießerei bei Chris – ihr wart Hayleys Eltern. Aber diese beiden Ereignisse müssen nicht im Zusammenhang stehen mit dem Tod von Millicent, Pamela und Vinton. Schließlich, welche Verbindung zwischen Hayley und Pamela – außer daß sie zusammen im Kindergarten waren?«

»Es muß eine Verbindung geben.« Sie musterte ihn genau. »Und du denkst das auch, nicht wahr?«

»Ich weiß es nicht. Ich habe nur so ein Gefühl.« Er starrte aus dem Fenster. »Trotzdem muß ich objektiv bleiben, Caroline. Dafür werde ich bezahlt.«

Fidelia kam an die Küchentür. »Ich unterbreche nicht gerne, aber ich wollte fragen, ob ich hierbleiben soll, bis Sie heut nachmittag nach Hause kommen.«

Caroline schüttelte den Kopf. »Ich werde wahrscheinlich

nicht vor vier zurück sein, und Sie sind um zwei fertig, es gibt keinen Grund, warum Sie solange hier herumsitzen sollten.«

»Ich könnte Melinda um drei abholen.«

»Danke, nein. Sie soll ruhig warten und dann mit mir fahren.«

»Das wird ihr nicht gefallen«, lachte Fidelia. »Sie verpaßt ›Dallas‹.«

Caroline gelang ein Lächeln: »Das eine Mal wird sie es verkraften.«

»Okay, ich wollte nur Bescheid wissen«, sagte Fidelia und verschwand wieder im Wohnzimmer.

»Ich bin überrascht, daß sie immer noch für dich arbeitet«, sagte Tom leise.

Caroline zuckte mit den Schultern. »Ich habe meine Gründe. Und bitte fang nicht auch noch so an wie David.«

»Schon gut. Ich will dir doch keine Vorschriften machen. Und ich will dich auch nicht weiter von deiner Verabredung abhalten.« Tom stand auf. Er scharrte etwas unbehaglich mit den Füßen, ohne sie direkt anzusehen. »Caroline, ich weiß, Chris hat dir von sich und Lucy erzählt.«

»Du wußtest es?«

Tom nickte. »Lucy hat mir damals alles erzählt, als wir uns näher kennenlernten.« Er sah Caroline schließlich an und hielt ihrem Blick stand. »Du weißt, was passiert ist, war ein Zufall. Sie war bekifft, deprimiert. Und sie hat abgetrieben, weil sie nicht wollte, daß du es erfährst.«

»Und jetzt ist sie steril«, sagte Caroline bitter. »Deshalb soll sie mir wohl leid tun, und ich soll vergessen, daß sie meinen Mann verführt hat.«

»Sie will nicht dein Mitleid. Sie erwartet nicht, daß du vergißt. Sie will nur, daß du ihr vergibst.«

»Das ist ziemlich viel verlangt, Tom. Ich habe ihr absolut vertraut.«

»Ist das zuviel verlangt von jemandem, der seit über zwanzig Jahren deine beste Freundin ist?« Tom lächelte schief, rechts und links des Mundes erschienen kleine Kommas. »Ich verstehe doch euch beide. Es ist nur, daß ich Lucille liebe und nicht mit ansehen kann, wie sie so leidet.«

»Ich leide auch«, seufzte Caroline. »Tom, es ist lieb von dir,

Lucys Sache zu vertreten, besonders unter diesen Umständen. Aber im Moment weiß ich nicht, wie ich mich fühle. Ich hasse sie nicht, falls sie sich deswegen Sorgen macht. Ich weiß selbst am besten, welche Macht Chris über eine Frau haben kann. Aber ob es je wieder so sein wird wie zuvor zwischen uns« – sie schüttelte den Kopf – »ich weiß es nicht.«

»Zumindest hast du nicht gesagt, daß es überhaupt nicht mehr geht.« Er nahm seine Schlüssel aus der Tasche und klapperte nervös mit ihnen. »Ich bewundere dich sehr, Caroline. Und ich werfe dir nicht vor, daß du dich in dieser Situation erst einmal zurückhältst. Als allererstes müssen wir uns sicher sein, daß deine Familie nicht in Gefahr ist.«

Ob Lucy wohl weiß, wieviel Glück sie mit Tom hat? dachte Caroline, als sie ihn zum Wagen zurückgehen sah. Genauso viel Glück wie ich mit David.

2

Der Nachmittag war endlos gewesen. Wegen der Neuigkeit, daß Harry Vinton bei der Suche nach Hayley Beweise unterdrückt hatte und nun fast zwanzig Jahre später genau wie Pamela ermordet worden war, konnte sie sich kaum darauf konzentrieren, was Miss Cummings, Melindas Lehrerin und Regisseurin des Stücks, über Kostüme und Bühnenbilder zu sagen hatte und welches bedauernswerte Kind den Kürbis spielen mußte. Einige Male spürte sie, wie Miss Cummings sie mit einer Mischung aus Verwirrung und Ungeduld ansah. Um alles noch schlimmer zu machen, verfiel Melinda bei der Nachricht, sie müsse bis um vier in der Schule bleiben, in eine ihrer seltenen Maulereien und weinte und jammerte, bis Caroline ihr gedroht hatte, sie zu ohrfeigen. Jetzt saß sie wütend und beleidigt auf dem Rücksitz und maulte weiter, was das Zeug hielt.

»Melinda, ich hasse es, wenn du dich so benimmst«, sagte Caroline.

»Du hast mich vor Miss Cummings *bloßgestellt*.«

»Du hast dich selbst bloßgestellt, indem du dich wie eine schlechtgelaunte Dreijährige aufgeführt hast. Was ist los mit dir?«

»Ich bin nicht drei, sondern acht, und ich bin alt genug, um allein nach Hause zu gehen. Du hättest mich nicht zwingen sollen, auf dich zu warten.«

»Ich möchte nicht, daß du allein zur Schule und wieder zurück gehst.«

»Andere Kinder dürfen das auch.«

»Du bist aber kein anderes Kind. Nebenbei, du bist ja nur sauer, weil du deine doofe Serie nicht sehen konntest.«

»›Dallas‹ ist nicht doof! Und du hättest ja wohl den Videorecorder einstellen können.«

»Habe ich vergessen, okay?« Caroline holte tief Luft. »Jetzt laß uns beide versuchen, uns wieder abzuregen.«

»Von mir aus.« Melinda starrte aus dem Fenster. »Aber ich bin keine Dreijährige.«

Caroline biß die Zähne zusammen und bog in ihre Straße ein. Sie hatte versucht, bis zehn zu zählen, aber das reichte nicht, und sie war jetzt fast bei einhundert, ohne Erfolg.

Nachdem sie in die Garage gefahren waren, kletterte Melinda aus dem Wagen und blieb mit betonter Geduld an der Tür stehen, während Caroline in ihrer Handtasche den Hausschlüssel suchte. Als sie eintraten, ging Melinda direkt zur Hintertür, um George hereinzulassen, der wie immer von Fidelia angebunden worden war, als sie wegging. Er rannte bellend ins Haus und stieß Caroline fast um. »Hör auf!« fauchte sie. »Augenblicklich bist du ruhig.«

Der Hund sah sie überrascht und verletzt an, und Melinda beugte sich zu ihm, streichelte seinen Kopf und murmelte: »Sie ist ganz fies heute. Hör nicht auf sie.«

»Ihr zwei setzt euch jetzt vor den Fernseher, ja?« schlug Caroline vor und versuchte, die Schrillheit aus ihrer Stimme zu verbannen.

»›Dallas‹ ist vorbei, und ›Die Zwei‹ kann ich nicht ausstehen. Ich gehe auf mein Zimmer.«

»Gut. Bleib da, bis sich deine Laune gebessert hat.«

Melinda trollte sich davon, George hinter ihr her. Plötzlich wurde die Tür mit viel Schwung aufgestoßen, Greg schoß ins Zimmer: »Hallo, Mom! Rat mal, was heute passiert ist!«

»Greg, mußt du immer so in ein Zimmer hereinplatzen? Kannst du nicht normal hereinkommen?«

»Ach ja, kann ich schon«, sagte er ganz ohne beleidigt zu sein. »Aber willst du nicht wissen, was passiert ist?«

In diesem Augenblick schrie oben Melinda. Caroline sprang auf, und Gregs Kinn fiel herab. Dann rannte er aus der Küche, durch das Wohnzimmer und die Treppe hoch, Caroline immer dicht hinter ihm. Als sie Melindas Zimmer erreicht hatten, fanden sie sie in der Tür stehend, ihr kleines Gesicht weiß, Tränen rannen über ihre Wangen. »M-mein Zimmer«, schluchzte sie. »Jemand war in meinem Zimmer.«

Hinter ihr lag das totale Chaos. Die getupfelten Musselingardinen waren von den Stangen gerissen und zerfetzt worden, die mit Volants besetzte Bettdecke zerrissen, der kleine, weiße Schaukelstuhl lag zertrümmert an der Wand. Ihre einst hübschen Puppen starrten sie mit Gesichtern ohne Augen oder Nasen an, und die Arme und Beine ihrer Plüschtiere lagen von den Körpern abgerissen da. George winselte und ging an ihnen vorbei ins Zimmer zu der zerbrochenen Frisierkommode. Greg folgte dem Hund, während er sich verwundert umsah. Als er Melindas Spiegel erreicht hatte, wurde er bleich.

»Mom, komm lieber mal und sieh dir das an.«

Wie im Traum suchte Caroline sich den Weg durch die Trümmer und stellte sich neben Greg. Und da sah sie, was ihn hatte erbleichen lassen. Auf dem Spiegel stand mit etwas geschrieben, das wie Blut aussah, eine Botschaft:

Hilf mir Mami!

14

1

David starrte mit unbewegtem Gesicht auf die Trümmer im Kinderzimmer. »Fidelia«, murmelte er.

Caroline sah ihn verständnislos an: »Fidelia?«

»Während du in der Schule warst.«

»David, das ist absurd.«

Melinda, die die Hand ihres Bruders nicht mehr losgelassen hatte, seit sie die Botschaft auf dem Spiegel gefunden hatten, schüttelte heftig den Kopf: »Fidelia würde das nie tun, Daddy. Sie liebt mich.«

»Das sagt sie.«

»Aber es stimmt«, beharrte Melinda. »Ein Kind weiß, wer es lieb hat.«

»Sie hat recht«, mischte Greg sich ein. »Fidelia ist okay. Woher sollte sie außerdem das Blut gehabt haben, um die Botschaft zu schreiben?«

Aber David hatte sich seine Meinung bereits gemacht: »Wir wissen nicht, ob das Blut ist. Außerdem hätte George jeden fremden Einbrecher angegriffen.«

»George war draußen«, sagte Melinda ihm. »Ich habe ihn losgebunden, als wir heimkamen.«

David nickte: »Seht ihr nicht das Muster? Jedesmal, wenn etwas Seltsames in Melindas Zimmer passiert, war Fidelia da, und George ist hinten angebunden.«

»Fidelia braucht George doch nicht festzumachen«, sagte Caroline. »Sie ist keine Fremde. Er würde sie nicht angreifen.«

»Aber vielleicht hast du damit recht«, sagte Greg. »Vielleicht kommt die Person nur, wenn George wirklich angebunden ist.«

»Oder vielleicht war es gar keine Person«, warf Melinda mit wackeliger Stimme ein. »Vielleicht war es ein Geist.« Alle drei sahen sie entsetzt an. »Ein Geist braucht doch keinen Schlüssel.«

»Wer hat dir das Geisterzeug in den Kopf gesetzt?« verlangte David zu wissen. »Fidelia?«

»Nein, Daddy, sie hat nie etwas von Geistern erzählt. Ich habe nur gedacht... weil auf dem Spiegel steht ›Hilf mir, Mami‹, ist es vielleicht der Geist von Mamis kleinem Mädchen, das ermordet wurde.«

David und Caroline tauschten einen Blick aus. Sie hatte ihm berichtet, daß Jennys Mutter ihrer Tochter von Hayleys Ermordung erzählt und daß Jenny die Information an Melinda weitergegeben hatte. David war wütend gewesen. »Vielleicht hätttenwir es ihr selbst erzählen sollen«, hatte Caroline gesagt. »Wir hätten es irgendwie abmildern können, wir hätten ihr ja nicht die ganzen schrecklichen Details aufgetischt.« Aber es war zu spät. David beugte sich zu Melinda und umarmte sie fest: »Schatz, Hayley war deine Schwester, und sie war ein sehr süßes Mädchen. Du kannst mein Wort darauf haben – ich habe sie gekannt. Also, auch wenn sie als Geist zurückgekommen wäre – wo wir doch beide wissen, daß das dumm ist zu glauben –, sie würde nie etwas machen, was dir weh tut. Sie hätte dich sehr lieb gehabt.«

»Vielleicht hätte sie mich nicht gemocht, denn ich habe ihren Platz eingenommen«, sagte Melinda mit tränenerstickter Stimme. »Sie hätte vielleicht die Puppen und Plüschtiere gemocht, aber die sind meine.«

»Sie hätte ihnen ebensowenig weh getan wie dir. Sie liebte Puppen und Tiere.« Caroline sagte den letzten Satz mit Blick auf George, der außerhalb des Zimmers zusammengekauert dasaß. Nach seinem ersten Vorstoß in das Zimmer mit Greg war er in den Flur geflohen.

»Wenn es kein Geist gewesen wäre, wäre George nicht so verschreckt. Und der Geist mag mich nicht. Ich bin die einzige, deren Zimmer er verwüstet hat«, insistierte Melinda und preßte das, was von einem Teddybär übriggeblieben war, an ihre Brust.

»David, ich glaube, wir sollten Tom anrufen.« Caroline zwang sich, ihre Stimme fest klingen zu lassen. »Ich weiß zwar, daß Einbruchsdelikte nicht in sein Ressort fallen, aber er war von Anfang an dabei.«

David nickte. »Greg, könntest du bitte Tom für uns anrufen?

Ich glaube, deine Mutter braucht ein paar Minunten, um Luft zu holen.«

Eine Stunde später, als der Mann von der Spurensicherung das obere Stockwerk nach Spuren durchkämmte, die der Eindringling zurückgelassen haben könnte, setzte sich Tom mit David und Caroline ins Wohnzimmer. »Ihr wißt, es gibt keine Hinweise, daß an den Schlössern herumgemacht worden ist«, sagte er.

»Ich habe sie als allererstes überprüft«, antwortete David. »Ich glaube, es ist ziemlich offensichtlich, wer dahintersteckt.«

»Vielleicht zu offensichtlich. Wenn die Putzfrau nicht eine völlige Idiotin ist, hätte sie es wie einen Einbruch aussehen lassen.« Tom lehnte sich nach vorne. »David, ich bin der Meinung, ihr solltet die Stadt für eine Weile verlassen, bis wir wissen, wer hinter all dem steckt.«

»Die Stadt verlassen!« stieß David hervor. »Ich muß eine Praxis am Laufen halten. Ich müßte jetzt eigentlich dort sein. Ich kann nicht einfach wegfahren.«

»Ich verstehe, wie wichtig dir die Praxis ist, David, aber ist dir die Familie nicht wichtiger? Ich kann jemanden vor dem Haus postieren, aber ich habe nicht so viele Leute, um euch allen Schutz zu bieten.« Tom sah David unverwandt an. »Willst du die Kinder dem Risiko aussetzen?«

»Was für eine Frage.«

»Ich will nicht unverschämt sein. Ich sage dir nur meine professionelle Meinung. Deine Familie wird von jemandem verfolgt, der möglicherweise schon drei Menschen getötet hat. Also, wenn ich in deinen Schuhen steckte, würde ich nicht zögern, die Patienten eine Weile jemand anderem zu überlassen. Oder ich würde zumindest Caroline und die Kinder von hier fortschicken.«

David sah ihn entsetzt an: »Du meinst, die Morde haben mit uns zu tun?«

O David, dachte Caroline verärgert. Du denkst immer noch, ich drehe durch, Fidelia spielt uns bloß dumme Streiche.

Tom fuhr gelassen fort. »Deine Frau bildet sich nichts ein. Du mußt dir nur Melindas Zimmer anschauen, um das zu kapieren.«

»Und die Putzfrau? Könnte sie nicht die schwarzen Orchideen zu den Begräbnissen geschickt haben?«

»Warum?« fragte Caroline.

»Zum Teufel, ich weiß nicht. Ich habe dir schon gesagt, ich halte sie für verrückt.«

»Vielleicht ist sie das, und wir werden sie sicherlich befragen«, sagte Tom. »Aber, David, *wenn* sie für das Durcheinander da oben verantwortlich wäre, dann könnte sie auch für die Morde verantwortlich sein. Dann wäre sie sehr gefährlich, und es könnte noch eine Menge passieren, bis wir einen hinreichenden Beweis finden, um sie festnehmen zu können.«

David sah auf seine Hände hinunter. »Okay, Tom. Du hast recht – meine Familie kommt an erster Stelle, und wenn ich sie wegschicken muß, um sie zu schützen, dann werde ich das tun.« Er sah Caroline an, mit zärtlichem Blick: »Wir waren noch nie in Miami. Würdest du gerne eine Woche dorthin fahren?«

»Sehr gerne«, sagte Caroline.

»David, ihr müßt länger als ein paar Tage wegbleiben«, unterbrach ihn Tom. »Wenn du es dir so lange nicht leisten kannst, dann organisiere wenigstens, daß Caroline und die Kinder fort sind, bis das hier geklärt ist. Ich bitte dich dringendst.«

David holte tief Luft, dann nickte er. »Sie können so lange bleiben, wie es sein muß. Ich kann ab übermorgen weg.«

Spät in der Nacht, als David in ein Schnarchen verfallen war, das unruhigen Schlaf anzeigte, und Melinda ihr zum fünften Mal einen Tritt gegeben hatte, kroch Caroline aus dem Bett, schlüpfte in ihren seidenen Kimono und ging hinunter. Nach einigen Augenblicken des Zögerns, in denen George überlegte, wo seine Bewachungspflichten lagen, ließ er Melinda allein in dem großen Bett mit ihrem Vater und tappte Caroline hinterher.

Der Mond war hell, deshalb machte Caroline kein Licht an. Sie goß sich einen Fingerbreit Brandy ein und rollte sich auf dem großen Sessel im Wohnzimmer zusammen. George legte sich neben sie hin, aber auch er war unruhig und hob dauernd den Kopf, um zu lauschen.

Der Mörder könnte jetzt da draußen sein, dachte Caroline. Er mußte schließlich das Haus ausgekundschaftet haben, sonst hätte er nicht wissen können, wann niemand da war, und sonst hätte er auch nicht Twinkle auf dem Mülleimer finden können.

Armer Twinkle, einst das geliebte Spielzeug eines hübschen,

kleinen Mädchens, jetzt eine Requisite in einem bizarren Drehbuch des Terrors. Es schien zu unglaublich, um wahr zu sein, aber es passierte trotzdem.

Caroline nahm einen Schluck Brandy, ihr Blick fiel auf den Strauß Nelken, den David gestern geschickt hatte, um sie aufzumuntern. Es waren zwölf Nelken, gelb und weiß, vermischt mit Schleierkraut, und der Strauß stand auf der Platte des dunklen Kirschholztisches, den Fidelia heute morgen erst poliert hatte, in einer Kristallvase, die im Mondlicht funkelte.

Der würzige Geruch der Blumen zog zu ihr herüber. Sie liebte Nelken. Jedes Jahr legte sie einen Strauß auf Hayleys Grab. Aber da war noch etwas mit den Blumen. Es gab da eine Assoziation mit Nelken, die sie einfach nicht zusammenbekam. Was war es nur? Sie überlegte müde, trank den Brandy aus und lehnte den Kopf zurück. Etwas, an das ich mich erinnern sollte, besonders jetzt.

Und dann fiel es ihr ein. Die Rosette, die in so viele alte Grabsteine eingemeißelt war, stellte eine Nelke dar, und die Nelke war ein Symbol der Wiedergeburt. Sie setzte sich auf. Seit neunzehn Jahren hatte sie Nelken auf Hayleys Grab gelegt und hatte niemals die Verbindung gezogen. Oder etwa doch, unbewußt? Hatte sie sich Hayley zurückgewünscht, egal, wie die Konsequenzen aussahen? Und hatte sie, wie der trauernde Vater in der unheimlichen Geschichte ›Die Pfote des Affen‹, ihren Wunsch in einer entstellten und grotesken Form erfüllt bekommen? War Hayley als Mörderin zurückgekommen?

»Nein!« George sprang hoch und bellte. »Hayley ist nicht zurückgekommen«, sagte Caroline heftig. »Das kann nicht sein!«

Aber ihre Worte klangen hohl im Zwielicht einer kalten Novembernacht.

2

Melinda und Greg waren unglücklich. »Wochenlang nicht zur Schule!« jammerte Melinda. »Ich sollte doch Pocahontas in dem Theaterstück spielen.«

»Und ich verpasse das Basketball-Training. Die schmeißen mich aus dem Team.«

»Lin, du kannst noch viele Jahre Theater spielen«, sagte Caroline. »Und dasselbe gilt für dich, Greg. Die Schule wird auch nächstes Jahr noch ein Basketballteam haben.«

»Aber dann bin ich zu weit zurückgefallen«, maulte Greg. »Abgehalftert. Vergessen.«

»Hört mal, Kinder, es tut mir leid«, sagte Caroline ruhig. »Aber die Polizei ist der Meinung, wir sollten die Stadt für eine Weile verlassen.«

»Warum können wir nicht einfach in ein Motel ziehen, und ein Priester kommt her und verspritzt hier geweihtes Wasser?« fragte Melinda. »Geister hassen das.«

David war bereits zur Arbeit gegangen, überließ wie immer die Auseinandersetzungen mit den Kindern ihr. Sogar in einem solchen Notfall war er nicht da, dachte sie wütend. Sie nahm die Frühstücksteller und steuerte zur Spüle: »Es steckt mehr dahinter als die Zerstörung deines Zimmers, Melinda, aber das ist nicht der Punkt. Der Punkt ist, daß dein Vater und ich beschlossen haben, daß wir für einige Zeit von zu Hause fernbleiben werden, und damit Schluß. Ich möchte nichts mehr darüber hören.«

»Was ist mit George?« verlangte Melinda zu wissen. »Werdet ihr ihn hier bei den Geistern lassen?«

George, der die ganze Zeit friedlich unterhalb des Fensters im Sonnenschein gelegen hatte, hob seinen Kopf und sah sie mit einem Ausdruck an, von dem Caroline hätte schwören können, daß er beginnendes Unbehagen ausdrückte.

»Es gibt *keine* Geister, aber George fährt auch mit. Daddy wird für einen Monat eine Wohnung mieten, wohin wir ihn mitnehmen können.«

»Er wird's nicht mögen«, sagte Melinda düster. »Er wird weglaufen.«

»Nein, das wird er nicht tun. Er wird gerne im Meer schwimmen.«

»In ›*Der weiße Hai*‹ wurde ein Hund von einem Haifisch gefressen.«

»Melinda, jetzt ist es genug! Wir fahren, und wir werden eine wunderbare Zeit haben, und damit Schluß.«

Maulend gingen die beiden zur Schule. Caroline wollte sie eigentlich zu Hause behalten, aber Melinda mußte an dem

Buchstabier-Wettbewerb der dritten Klasse teilnehmen, und Greg wollte mit dem Basketball-Trainer über seine kommende Abwesenheit sprechen. Zu erschöpft, um mit ihnen weiterzudiskutieren, gab sie nach in dem Wissen, daß sie morgen alle sicher auf dem Weg nach Miami waren.

Greg hatte versprochen, Melinda an der Tür der Grundschule abzuliefern, bevor er weiter zur Oberschule ging, und als sie weg waren, setzte sich Caroline am Küchentisch mit dem Gefühl äußerster Verzweiflung nieder. Würde von ihrem Leben noch etwas übrigbleiben, wenn dieser Alptraum vorüber war? Er hatte bereits ihre Freundschaft mit Lucy beschädigt, hatte verborgene Probleme zwischen ihr und David zur vollsten Blüte gebracht, und jetzt wurden die Kinder, besonders Melinda, zunehmend aufsässiger. Caroline hatte das unbestimmte Gefühl, daß der Ursprung ihrer Empfindlichkeiten in einer Angst lag, die sie nie zugeben würde. Aber wie sie sich auch fühlte, sie mußte sie beschützen, vor jeder Gefahr, die über ihren Köpfen schwebte.

Sie verbrachte den Morgen mit Packen. Sie fing als erstes mit Melindas Kleidern an, einfach, weil es ihr angst machte, das Zimmer zu sehen, und sie wollte so schnell wie möglich mit dem Packen fertig sein. Während sie kleine Baumwollhosen und Pullover zusammenfaltete, dachte sie über ihre nächtlichen Grübeleien nach. Wiedergeburt. In der hellen Wintersonne, die durch Melindas vorhanglose Fenster strömte, erschien der Gedanke lächerlich. Ihre Tochter wiederauferstehen lassen, indem sie ihr jedes Jahr Nelken aufs Grab legte! Vielleicht wurde sie wirklich verrückt. Falls ja, es war kein Wunder, wenn sie überlegte, was alles passiert war, seit sie die Kinderstimme in Lucys Lager gehört hatte. Aber der Gang ihrer Gedanken bewies, daß sie dringend Abstand brauchte. Sie alle brauchten Abstand.

Nachdem sie beschlossen hatte, daß David und Greg selbst packen konnten, holte sie als nächstes ihren eigenen großen, braunen Koffer herunter und stand vor der offenen Schranktür und überlegte, was sie alles mitnehmen sollte. Wie heiß war es zu dieser Jahreszeit in Miami?

Die Türklingel unterbrach ihre Gedanken. Sie erwartete niemanden. Vielleicht war es Tom, der sich nochmals Melindas Zimmer anschauen wollte.

Aber es war Chris. Er stand etwas unsicher in der Tür und zeigte sein verwegenes Grinsen: »Hallo, Caro. Hoffentlich störe ich nicht.«

»Eigentlich schon«, sagte sie kurzangebunden. »Wir fahren morgen weg, und ich packe.«

»Was ich zu sagen habe, dauert nicht lang.«

»Wolltest du mir von noch jemandem erzählen, mit dem du während unserer Ehe geschlafen hast? Jemand, den du vergessen hattest?«

Chris' Grinsen verschwand. »Gemeinheiten stehen dir nicht. Warum kommst du nicht von deinem hohen Roß runter und redest mit mir? Zehn Minuten. Das ist alles, was ich will.«

Caroline wollte ihm am liebsten die Tür ins Gesicht schlagen, aber etwas hielt sie davon ab. Vielleicht zu viele Jahre guten Benehmens. Oder zu viele Jahre, in denen sie ihn geliebt hatte. Es war schwer, sich über Nacht total zu verändern.

Sie trat zur Seite. »Gut, du kannst reinkommen, aber nur für ein paar Minuten. Ich habe wirklich zu tun.«

George war ihr zur Tür gefolgt und entblößte seine Zähne, ein tiefes, bedrohliches Knurren vibrierte in seiner Kehle.

»George, hör auf!« verlangte Caroline. »Das ist ein Freund. Es ist alles in Ordnung.«

Der Hund sah weiter angespannt auf den Fremden, mit gesträubten Nackenhaaren, als Chris ins Haus trat. »Er ist ein guter Hund, Caro«, sagte Chris und hielt seine halbgeschlossene Faust dem Hund zum Schnüffeln hin. »Schimpf ihn nicht aus, weil er dich zu beschützen versucht.«

George sah auf ihr ruhiges Gesicht, um sicherzugehen, daß der Eindringling wirklich ein Freund war. Dann entspannte er sich und ließ sich von Chris den Kopf streicheln, wenn auch seine Hinterbeine noch immer angespannt waren, bereit zum Sprung.

»Du sagst, du packst?« fragte Chris und fuhr fort, den Hund zu streicheln.

»Ja. Tom hält es für das beste, wenn wir eine Weile wegfahren, bis die Polizei herausgefunden hat, wer hinter all den Vorfällen steckt.« Sie machte eine Pause. »Hat dir Tom von Harry Vinton und seinem Verdacht wegen Millicents Tod erzählt?«

»Ja. Und er hat mir noch mal geraten, die Stadt zu verlassen.«

»Ich dachte, du wärst schon vor ein paar Tagen nach Taos abgereist.«

»Ich habe die Abfahrt verschoben, um noch mit dir reden zu können. Ich möchte einiges klären, bevor ich abreise.«

»Ich glaube kaum, daß das möglich ist«, sagte Caroline kurz. »Ein paar oberflächliche Entschuldigungen werden nicht reichen.«

»O Caro.«

»Hat dir Tom von Melindas Zimmer erzählt?« fragte Caroline, um das Thema zu wechseln.

»Nein.«

Caroline wußte, daß sie ablenkte, um nicht mit Chris über Lucy reden zu müssen, aber sie konnte nicht anders. »Komm mit rauf. Die Polizei hat mich gebeten, das Zimmer heute noch nicht aufzuräumen, falls sie etwas nachprüfen müssen, also kann ich es dir noch zeigen.«

George trottete hinter ihnen her zu Melindas Zimmer, betrat es aber nicht. Chris ging vorsichtig hinein und pfiff dann laut. »Wie ist der Irre hier hereingekommen?«

»Wissen wir nicht. Es gab keine Anzeichen gewaltsamen Eindringens.«

Chris' Augenbrauen zogen sich zusammen. »Dann hatte jemand einen Schlüssel?«

»So scheint es, aber ich hatte gerade die Schlösser auswechseln lassen. Die einzigen, die Schlüssel haben, sind David, Greg und ich.«

»Lucy hat mir von eurer Putzfrau erzählt. Du glaubst nicht –«

Bei der Nennung von Lucys Namen drehte Caroline sich weg. »Mußt du jedesmal wie ein geprügelter Hund gucken, wenn ich ihren Namen erwähne?«

Caroline wirbelte herum und sah ihn an. »Tut mir leid, wenn dir meine Gefühle Unbehagen bereiten.«

»Es ist so lange her.«

»Ja, und ich habe es gerade herausgefunden.«

»Und das ist es wohl vor allem, was in dir nagt. Daß deine beste Freundin ein Geheimnis so lange für sich behalten konnte.«

»Es ist nicht gerade förderlich für das Vertrauen.«

»Und es ist wohl auch nicht förderlich für deinen Geisteszustand. Ich hätte keine schlimmere Zeit aussuchen können, um es dir zu erzählen. Unter normalen Umständen hättest du nicht so heftig reagiert.«

»Sei dir da nicht so sicher.«

Chris seufzte. »Caro, es war ein Fehler. Wir haben versucht, es wieder gutzumachen –.«

»Und statt dessen habt ihr alles nur schlimmer gemacht.«

Chris fing an, unruhig im Zimmer herumzulaufen. »Ja, wir haben alles schlimmer gemacht. Aber wie hättest du reagiert, wenn wir es dir gesagt hätten? Wir hätten dich beide verloren.«

»Du meinst, *du* hättest Hayley verloren. Ich war ja offensichtlich sehr schnell zu ersetzen.«

»Sicher«, sagte Chris wütend. »Ich bin schnurstracks losgelaufen und habe wieder geheiratet. Habe kein einziges Mal darüber nachgedacht.« Plötzlich hielt er mit dem Herumlaufen inne und starrte auf den Spiegel. »Was um alles in der Welt ist das?«

»Es steht doch da: ›Hilf mir, Mami.‹«

»Das kann ich auch lesen. Aber es sieht aus, als sei es –«

»...mit Blut geschrieben.« Caroline stand jetzt neben ihm. »Das hat unser Besucher hinterlassen. Klingt wie eine Botschaft von Hayley, nicht?«

Chris sah sie aufmerksam an. »Das ist unmöglich.«

»Ich weiß. Zumindest ein Teil von mir weiß das. Ein anderer Teil sagt –«

»...daß Hayleys Geist wiedergekommen ist und das Zimmer deiner Tochter zerstört und eine Botschaft in Blut hinterlassen hat?«

Chris legte seine unverbundene Hand auf ihre Schulter. »Klingt das wie Hayley?«

»Nein, aber es gibt keine Spuren eines gewaltsamen Einbruchs. Und da ist George. Schau ihn an. Er kommt einfach nicht herein. Hunde haben angeblich ein besonderes Gespür für das Übernatürliche.«

Wie zur Bestätigung sah Chris hinüber zu George, der an der Tür zusammengekauert dalag, den Schwanz fest zwischen die Hinterbeine gesteckt.

In diesem Augenblick läutete das Telefon, und Caroline nahm Melindas weißen Hörer ab. Sie konnte kaum Hallo sagen, da redete Tom schon in seiner tiefen Stimme los: »Ich möchte dich nicht aufregen, aber du solltest wissen, daß zu einigen Spuren aus Melindas Zimmer die Laboruntersuchungen fertig sind.«

»Und?«

»Es gab nur einen Satz Fingerabdrücke außer denen, die wir gestern abend von euch abgenommen haben. Wahrscheinlich Fidelias. Keine Haare, außer von der Familie. Aber wir haben herausbekommen, daß die Botschaft auf dem Spiegel tatsächlich mit menschlichem Blut geschrieben wurde. Blutgruppe Null positiv.«

»Null positiv. Das war Hayleys Blutgruppe.«

»Es ist die häufigste Blutgruppe, Caroline. Ich wollte dich das nur wissen lassen, um zu betonen, daß wir es hier mit einem echt Verrückten zu tun haben und daß es unbedingt erforderlich für dich und deine Familie ist, morgen die Stadt zu verlassen und *niemandem* zu erzählen, wo ihr hinfahrt, besonders nicht Fidelia Barnabas.«

»Fidelia! Du glaubst doch nicht wirklich...«

»Aber das ändert nichts an der Tatsache, daß sie beide Male, wo etwas in eurem Haus passiert ist, dagewesen war. So, versprichst du mir, euren Aufenthaltsort geheimzuhalten?«

»Ich verspreche es.«

Tom legte auf, ohne sich zu verabschieden, und Caroline wandte sich an Chris: »Tom sagt, die Botschaft auf dem Spiegel ist mit menschlichem Blut geschrieben. Blutgruppe Null positiv. Das war Hayleys Blutgruppe.«

Chris' Gesicht wurde kreidebleich: »Caroline, es muß eine Erklärung für alles geben.« Er lächelte schwach. »Außerdem glaube ich nicht, daß *Geister* Blut in ihren Adern haben.«

Caroline kicherte trotz all ihrer Angst und Wut und obwohl sie am ganzen Körper zitterte. »Ich weiß nicht. Vermutlich habe ich nicht genug von diesen Horrorfilmen behalten, die ich mir immer Freitag nachts angesehen habe, als Teenager.« Und dann brach sie in Tränen aus.

Chris legte seinen gesunden Arm um sie und preßte sie an seine Brust, als sie weinte. »Caro, alles wird besser, wenn ihr ein paar Wochen weggefahren seid. Sie werden denjenigen fassen, der hinter allem steckt, und dein Leben wird wieder so glatt verlaufen wie zuvor.«

Aber mein Leben wird nie wieder so sein wie zuvor, dachte sie, als Chris gegangen war. Sie würde niemals vergessen, daß Harry Vinton Beweismaterial unterdrückt hatte, das vielleicht Hayley hätte retten können. Sie würde nie die Sache mit Chris und Lucy vergessen. Es gab keinen Weg mehr in ihr altes Leben zurück. Die Erfahrung der letzten Wochen hatte ihr Vertrauen in die Menschen erschüttert, das sie nach Hayleys Tod so mühsam versucht hatte wiederzugewinnen. Sie wußte nicht, ob es ihr ein zweites Mal gelingen würde.

Trotz der morgigen Abreise hatte David darauf bestanden, die Abendsprechstunde heute noch wie gewöhnlich abzuhalten. Caroline war verärgert, aber nicht erstaunt. In Armut aufgewachsen, hatte David kämpfen müssen, um Medizin zu studieren und sich eine Praxis einzurichten. Er hing an seiner Praxis mit einer fast paranoiden Starrköpfigkeit, als glaubte er, wenn er sie nur für eine Woche verlasse, würde sein Lebenswerk im Handumdrehen verschwinden und er würde wieder in den Minen Kentuckys Kohle hauen müssen, so wie sein Vater vor ihm bis zu seinem frühen Tod. Caroline verstand David, aber das machte es nicht leichter, seine fast ständige Abwesenheit zu ertragen.

Und heute abend, wo wieder in ihr Haus eingebrochen werden konnte, nahm sie es ihm besonders übel.

Sie und die Kinder gingen zum Abendessen zum nächsten Pizza Hut und stritten sich gutgelaunt darüber, wer was bestellen sollte. Caroline war erleichtert, daß Greg und Melinda sich mit der bevorstehenden Reise abgefunden hatten, obwohl sie immer noch etwas sauer waren, weil sie ihnen nicht sagte, wohin sie fahren würden, außer daß es an einem Strand lag. Gott sei Dank hatte sie Miami heute morgen nicht erwähnt, dachte sie. Tom hatte gesagt, es sei ungeheuer wichtig, daß sie ihren Aufenthaltsort geheimhielten, bis der Killer gefunden war.

Sie kamen um sieben nach Hause. Caroline schickte Greg zum Packen nach oben, während sie Georges Reiseutensilien zusammensuchte, seine Vitaminpillen, die Bandwurm-Medizin und sein liebstes Quiek-Spielzeug. Melinda saß am Küchentresen und malte, und als das Telefon klingelte, nahm sie ab.

»Für dich, Mami«, sagte sie. »Es ist nicht der Geist – es ist ein Mann.«

Caroline nahm den Hörer und hoffte, daß wer immer es war nicht die Bemerkung über den Geist gehört hatte. Einen Augenblick später jedoch war es ihr egal. Es war ein Polizist, der ihr mitteilte, daß David auf dem Parkplatz hinter seiner Praxis angeschossen worden war.

15

»Mami? Was ist los? Mami? Greg! Komm schnell! Mit Mami stimmt was nicht!«

Caroline wurde gewahr, daß jemand ihr den Hörer aus der Hand nahm, und Gregs Stimme schien aus weiter Ferne zu kommen. Dann legte er den Hörer auf.

»Was ist denn los?« jammerte Melinda.

»Dad wurde angeschossen, Kleines, aber er ist nicht tot.« Inzwischen hatte das Zimmer aufgehört sich zu drehen, und Caroline blickte in Gregs verschrecktes Gesicht. »Mom, wir müssen ins Krankenhaus. Ich fahre.«

»Du hast keinen Führerschein«, sagte Caroline. »Wir fragen den Polizisten, den Tom draußen postiert hat.«

»Scheint so, daß er die Falschen bewacht hat«, sagte Greg bedrückt. »Lin, zieh dir den Mantel an. Wird es gehen, Mom?«

»Ja, mir geht's wieder gut.« Caroline versuchte zu lächeln. »Hol den Polizisten.«

Melinda saß schnüffelnd auf dem Rücksitz, als der junge Polizist mit ziemlicher Geschwindigkeit losfuhr. Niemand sagte etwas.

Ein anderer Officer wartete außerhalb der Notaufnahme. Er war mittleren Alters und sah aus, als habe er seit Jahren nicht mehr gelächelt, aber seine Stimme war freundlich. »Mrs. Webb?« fragte er, als die drei auf ihn zukamen.

»Ja. Was ist mit meinem Mann?«

»Setzen Sie sich doch erst einmal.«

Das Wartezimmer war fast leer, stellte Caroline erleichtert fest. Ein Fernseher, der hoch oben an einer Wand angebracht war, lief für eine einzige Zuschauerin. Caroline setzte sich auf einen Stuhl mit schwarzem Kunstlederbezug, während Melinda und Greg sich nahe neben sie stellten.

»Nach der Aussage der Sprechstundenhilfe Ihres Mannes«, begann der Polizist, »sagte Dr. Webb, er sei über etwas zu

Hause beunruhigt, und er hat gebeten, seine beiden letzten Termine telefonisch abzusagen. Er verließ das Gebäude durch die Hintertür und ging direkt auf den Parkplatz für die Angestellten. Nach etwa zwanzig Minuten, nachdem sie die Telefonate erledigt hatte, ging die Schwester denselben Weg. Da hat sie ihn gefunden, ungefähr zwanzig Meter vom Wagen entfernt.«

Melinda hatte zu wimmern begonnen. »Laß uns 'ne Cola ziehen«, sagte Greg. »Ich stecke das Geld rein, und du drückst den Knopf.« Er nahm Melindas Hand, und sie stolperte hinter ihm her.

»Wie schwer ist mein Mann verletzt?«

»Es ist eine Oberschenkelverletzung. Er muß gefallen und mit dem Kopf aufgeschlagen sein, denn er war bewußtlos. Ich bin kein Arzt, aber er sah mir nicht sehr ramponiert aus. Ich würde sagen, er ist bald wieder gesund.«

Es wurde Caroline bewußt, daß sie keinen tiefen Atemzug mehr gemacht hatte, seit der Telefonanruf die Nachricht übermittelt hatte, David sei angeschossen worden. Also hatte er doch nicht wie der Friedhofswächter mit einem Loch in der Brust auf dem Parkplatz gelegen, wie sie es sich ausgemalt hatte.

»Hat man eine Ahnung, wer es war?«

Der Polizist sah sie ernst an: »Wer es auch gewesen sein mag, er war schon lange weg, als wir kamen.«

»Und es gab keine Zeugen?«

»Es war nur noch ein Büro in dem Gebäude besetzt – eine Zahnarztpraxis an der Vorderseite. Der Angestelltenparkplatz liegt hinten und ist von drei Seiten von Bäumen umgeben, deshalb ist es unwahrscheinlich, daß jemand etwas beobachtet hat.«

»Aber jemand hat ihm aufgelauert.« Genau wie man Chris aufgelauert hatte, dachte Caroline. Jemand, der seine Gewohnheiten kannte, jemand, der ihn beobachtet hatte.

Greg und Melinda kamen zurück, mit Cokebüchsen in der Hand. Melinda sah ein wenig besser aus, aber sie wollte gleich wissen, wie es Daddy ging.

»Ich weiß es noch nicht, Schatz«, sagte Caroline und nahm die Coladose, die Greg ihr hinhielt. Sie wollte eigentlich keine haben, aber es war nett von ihm, daß er an sie gedacht hatte.

»Werden sie operieren?« fragte Melinda.

»Wir müssen warten, bis der Arzt mit uns redet. Dann wissen wir es.«

Melinda kletterte auf einen Stuhl. »Bin *ich* mit den Nerven fertig«, seufzte sie.

Greg und der Polizist lachten, und auch Caroline konnte ein Lächeln nicht unterdrücken. »Tut mir leid, daß alles so durcheinandergeht, Schatz.«

»Es ist ja nicht deine Schuld.« Melinda sah den Polizisten an. »Wir haben einen Geist. Er muß Daddy angeschossen haben.«

Das Lächeln des Polizisten verschwand, und Caroline war erleichtert, als sie in dem Augenblick Davids Freund Lew Ramsey sah, der aus dem OP kam. Sein müdes Gesicht verzog sich zu einem Lächeln. »Caroline, es ist schon so lange her. Tut mir nur so leid, daß wir uns unter solchen Umständen wiedersehen.«

»Schon gut, Lew. Wie geht es ihm?«

»Er hat Glück gehabt. Eine häßliche Wunde am rechten Oberschenkel, aber Gott sei Dank wurde der Knochen nicht getroffen. Auch keine Arterien. Wenn das passiert wäre, hätte er auf dem Parkplatz verbluten können, bis man ihn gefunden hat. Der meiste Schaden ist am Quadrizeps. Wir werden ihn für drei, vier Tage hierbehalten, dann kann er auf Krücken raus.«

»Ist er bei Bewußtsein?« fragte der Polizist.

»Ja. Vermutlich wollen Sie ihn befragen?«

»Wenn es geht.«

Lew nickte. »Ich denke, er packt's, aber er hat ziemliches Kopfweh, weil er mit der Stirn aufgeschlagen ist. Gehen Sie nur rein.«

»Wann können wir ihn sehen?« fragte Caroline.

»Laßt erst die Polizei mit ihm fertig sein, bevor das Beruhigungsmittel richtig Wirkung zeigt, dann werden wir ihn in sein Zimmer bringen.« Er sah auf Melinda. »Wenn ihr ihn in einem normalen Krankenhauszimmer seht, ist der Schock nicht so groß.«

»Natürlich. Wir wollen nur ›Gute Nacht‹ sagen.«

»Dauert nur noch ein paar Minuten.« Lew legte die Hand auf ihre Schulter. »Du solltest wieder ein bißchen Farbe ins Gesicht kriegen. Er wird wieder. Er wurde aus der Nähe getroffen, aber nur von einer 22er.«

»Bestimmt eine Beretta«, sagte Caroline leise.
»Warum denkst du das?«
»Nur eine Vermutung.«
Lew sah sie verwundert an. »Tja, ich könnte das nicht sagen. Die Polizei wird feststellen, welche Waffe es war.«

Als er wieder im OP verschwand, drehte Caroline sich um und sah Lucy dastehen: »Hallo, Caro.«
»Woher weißt du?«
»Greg hat mich angerufen.« Caroline sah zu Greg hin, der gerade seine Cola leerte. Also wußte er die ganze Zeit, daß sie mit Lucy Krach hatte. Sie mußte sich daran gewöhnen, daß er nicht länger ein Kind war, sondern immer mehr zu einem verständigen Erwachsenen wurde.

Melinda rannte auf Lucy zu. »Daddy wurde angeschossen. Sein Quadruped wurde verletzt.«

»Sein Quadrizeps«, sagte Caroline. »Ein Muskel im Oberschenkel. Aber es wird ihm bald wieder gutgehen.«

»Gott sei Dank«, sagte Lucy erleichtert und hob Melinda hoch. Caroline bemerkte, daß ihre Jeans locker saßen, und mit nur wenig Make-up sah ihr Gesicht fast reizlos aus. »Tom ist zum Parkplatz gefahren.«

»Er wird wahrscheinlich nichts finden.«
»Er könnte dich überraschen.« Sie umarmte Melinda und setzte sie ab. »Ich möchte, daß ihr drei heute mit zu mir kommt.«

Caroline schüttelte den Kopf und war sich unangenehm bewußt, wie seltsam es war, Lucy unter solchen Umständen zu treffen. Ihre Stimmen klangen vorsichtig, ihre Augen wichen sich ständig aus.

»Ich bin wirklich der Meinung, wir sollten zu Hause sein«, sagte Caroline. »George...«

»Er kann auch kommen.«
»Nein, Lucy, aber trotzdem vielen Dank.«
»Ihr solltet nicht alleine zurückgehen.«
Caroline steckte sich das Haar hinter die Ohren: »Lucy, wenn diese Person uns kriegen will, dann wird sie uns auch finden, egal, wo wir sind. Außerdem hat Tom jemanden abgestellt, der das Haus bewacht.«

»Das wird aber nicht helfen«, warf Melinda ein. »Man kann einen Geist nämlich nicht sehen, wenn er nicht will.«

Lucy sah sie vorsichtig an: »Und du glaubst, ein Geist hat deinen Daddy angeschossen?«

»O ja. Der Geist von Hayley.«

Lucys Mund klappte auf und zu, als sie eine Antwort versuchte. Greg ersparte ihr weitere Mühe: »Komm schon, Lin, laß uns mal den Geschenkladen ansehen, vielleicht finden wir etwas für Daddy.«

»Ein Plüschhund, der genau wie George aussieht! Das wird ihn freuen.«

Als sie weg waren, setzte sich Lucy neben Caroline: »Ich wollte während der letzten Tage unbedingt mit dir reden.«

»Um zu sagen, daß es dir leid tut? Das mußt du nicht. Ich weiß es auch so.«

»Es ist nur einmal passiert, Caro. Es war nicht geplant –«

Caroline stand auf. »Ich möchte keine Details wissen.«

Die Frau, die auf den Fernseher gestarrt hatte, sah sie nur ganz kurz an, dann wandte sie sich wieder ihrer Komödie zu, deren Tonband-Gelächter in dem kleinen Raum entnervend quäkte.

Lucy streckte ihren Arm aus und berührte Caroline. »Ich wollte nicht ins Detail gehen. Ich wollte nur, daß du weißt, es war keine Affäre. Es war eine dumme Nacht.«

Caroline wandte sich ihr zu: »Als du herausgefunden hast, daß ich mit Chris über all die Ereignisse der letzten Zeit gesprochen habe, warst du so wütend. Warst du eifersüchtig?«

Lucys Augen weiteten sich. »*Eifersüchtig*? Gott, nein. Ich wußte nur, wenn du und Chris anfangen würdet, mehr als Guten Tag, Auf Wiedersehen zu sagen, dann würde es Ärger geben. Entweder würde er versuchen, sich wieder in dein Leben zu schleichen, oder er würde von uns erzählen. Offensichtlich hat er beides getan.«

Caroline setzte sich wieder hin. »Es gibt tatsächlich etwas, was ich dich in den letzten Tagen fragen wollte. Du bist die ganze Zeit mit Chris befreundet gewesen. Wie?«

Lucy spielte mit ihrem baumelnden Goldohrring. »Die Schuld lag bei uns beiden, Caro. Er hat mich nicht vergewaltigt, und er hat mich nicht zur Abtreibung gezwungen.«

»Aber er war doch dafür.«

»Ja, aber die letzte Entscheidung lag bei mir.«

»Meinetwegen.« Sie betrachtete Lucy genau. »Wie sehr mußtest du mir das in all den Jahren übelgenommen haben.«

Lucy zog endlich den Ohrring ab und betrachtete ihn in ihrer Hand. »Ich habe es dir nicht übelgenommen. Es war nicht deine Schuld. Aber laß uns jetzt nicht mehr darüber reden.«

Caroline zog ihre Colabüchse auf, nahm einen Schluck und betrachtete dabei den Fernseher: »Ich bin froh, daß du da bist.«

»Wirklich?«

»Ja. Tom hat mich daran erinnert, daß man eine Freundschaft von über zwanzig Jahren nicht einfach vergißt.«

»Tom hat mit dir darüber gesprochen?«

»Ja. Er liebt dich sehr, Lucy.«

»Ich weiß.«

»Hast du ihn deshalb nie geheiratet, weil du Chris immer noch liebst?«

Lucy schüttelte den Kopf: »Nein, ich liebe ihn nicht mehr. Ich glaube auch nicht, daß ich ihn je liebte. Es war mehr eine verspätete Schulmädchenschwärmerei. Vermutlich habe ich Tom nie geheiratet, weil ich Angst hatte, mich völlig auf jemanden einzulassen und ihn dann zu verlieren, wie es dir mit Chris passiert ist.«

Caroline zuckte mit der Schulter. »Ich kann dir nicht garantieren, daß dir das nicht auch passiert – das Leben ist zu ungewiß –, aber Tom ist nicht Chris. Er ist viel stabiler, weniger mit sich selbst beschäftigt. Ich glaube, du kannst es riskieren.«

»Ich kann nicht glauben, daß du immer noch eine so gute Freundin bist, nachdem ich dich so getäuscht habe.«

Caroline seufzte: »Zugegeben, es hat mich umgehauen, aber ich habe überreagiert. Ich habe bereits eine Tochter verloren, und ich hätte heute abend einen Ehemann verlieren können. Vielleicht erkennt man durch Schocks wie diese, daß man die schätzen soll, die einem nahestehen, und sie nicht verdammen, weil sie menschlich sind. Als ich eben dein Gesicht im Wartezimmer sah, habe ich mehr Freude als Schmerz gespürt. Ich habe plötzlich gewußt, daß ich mich nicht von dir abwenden kann wegen eines Fehlers, den du vor zwanzig Jahren gemacht hast. Außerdem hast du bereits einen schrecklichen Preis gezahlt.«

Sie blickte in Lucys Augen. »Du hättest das Baby kriegen

sollen, wenn du es haben wolltest, und mich mit der Situation fertigwerden lassen, so gut wie ich damals gekonnt hätte.«

»Aber ich habe dich immer für so zart, so empfindlich gehalten. Chris und ich haben gedacht, daß du zusammenbrechen würdest.«

»Das bin ich sowieso, also war alles umsonst.«

»Ja«, sagte Lucy leise. »Alles umsonst.«

Greg und Melinda tauchten plötzlich wieder auf. Sie trugen eine Vase aus Milchglas mit roten Rosen und Schleierkraut und eine kleine goldene Schachtel Godiva-Pralinen. »Ich hätte ein rosa Sparschwein ausgesucht, aber Greg sagte, so was hier schenkt man kranken Leuten«, verkündete Melinda. »Und er hat es auf Daddys Konto anschreiben lassen.«

»Ich hatte nur einsfünfzig bei mir«, verteidigte sich Greg.

»Ist schon in Ordnung. Ich kümmere mich später um die Rechnung«, sagte Caroline.

Melinda sah hoffnungsvoll aus: »Dann könntest du vielleicht zurückgehen und das Sparschwein holen. Es ist so *süß*. Das Schwein lacht.«

Eine Krankenschwester erschien an der Tür des Wartezimmers: »Mrs. Webb, Sie können jetzt Ihren Mann sehen. Ich zeige Ihnen den Weg.«

Offiziell durften Kinder nicht die Patienten besuchen, aber da David zum Ärzteteam des Krankenhauses gehörte, schritt Melinda mit ihrer Mutter und Greg den Flur entlang, stolz die Blumen im Arm. Sobald sie aber im Zimmer waren, wurde sie still und schüchtern. Caroline konnte verstehen, warum. David sah furchtbar aus, totenbleich mit tiefen Ringen um die Augen und einer Wunde an der Stirn. Er hob schwach den Kopf, als sie eintraten, dann ließ er ihn mit einem Bums zurückfallen. Melinda war offensichtlich verschreckt, und Greg sah auch nicht so sicher aus, deshalb beschloß Caroline, so unbekümmert wie möglich zu sein.

»David Webb, du läßt auch nichts unversucht, um nicht wegfahren zu müssen!« Er lächelte schwach, und sie ging zu ihm hin, um ihm einen Kuß zu geben. »Jetzt habe ich ganz umsonst gepackt.«

»Nicht umsonst«, sagte er rauh. »Ich will, daß ihr drei schon vorausfahrt.«

»Nicht morgen früh, wie geplant. Vielleicht in ein, zwei Tagen.«

»Störrisch wie immer«, murmelte David und lächelte. Er blinzelte zu den Kindern: »Sind das Geschenke, was ich da sehe?«

»Süßigkeiten und Blumen«, sagte Greg. »Aber du siehst nicht aus, als hättest du Lust auf Süßigkeiten.«

»Aber morgen.«

Caroline nahm den Kindern die Geschenke ab und stellte sie auf den Nachttisch. Dann fing Melinda zu weinen an.

»Was haben wir denn hier?« sagte David und bemühte sich um Lebhaftigkeit in seiner Stimme.

»Dieser Geist hat dich angeschossen«, weinte Melinda. »Du bist fast getötet worden.«

David streckte seine Hand aus, und sie nahm sie zögernd: »Lin, ein Geist hat mich nicht angeschossen. Ich glaube, es war einfach nur jemand, der auf streunende Katzen schoß. Der Schuß ist danebengegangen und hat mich getroffen.«

»Du nimmst mich auf den Arm. Große Leute denken immer, Kinder wüßten nichts.«

David lächelte. »Du hast recht. Es war eine dumme Antwort. Aber ein Geist hat mich nicht beschossen, Süße. Eine richtige, wirkliche Person war das, und Tom wird sie kriegen und ins Gefängnis werfen.«

»Hast du was gesehen, Dad?« fragte Greg.

»Ich habe etwas gehört. Ein Rascheln in den Bäumen. Und ich könnte schwören, ich hätte jemanden sagen hören: ›Da ist er.‹ Dann sackten meine Beine weg, und ich bin zu Boden gefallen. Aber ich kann euch was sagen: Wer auch immer es war, er wollte mich nicht umbringen. Er hätte mich sonst leicht erledigen können, als ich bewußtlos war.«

Man wollte dir nur einen Schreck einjagen, dachte Caroline. Jemand wollte dich erschrecken, wie er Chris erschrecken wollte. Dann fiel ihr etwas ein. Chris' linke Schulter war verwundet worden, nicht seine rechte, was das Malen behindert hätte. Und David hat man ins Bein geschossen. Wäre er an der Schulter getroffen worden, wäre er für längere Zeit arbeitsunfähig gewesen.

Die Schwester steckte den Kopf durch die Tür. »Ich fürchte,

ich muß Sie bis morgen verscheuchen. Dr. Webb hat ein Beruhigungsmittel bekommen und braucht nun Schlaf.«

»Natürlich«, sagte Caroline. »Kinder, verabschiedet euch von Daddy.«

Melindas Tränen waren inzwischen getrocknet, und sie gab ihm einen schmatzenden Kuß auf die Wange. Greg schüttelte ihm ernst die Hand, dann fuhr er mit den Lippen ganz schnell gegen seines Vaters Wange, bevor er hinausging.

»Er hat mich nicht mehr geküßt, seit er sieben war«, sagte David. Dann: »Melinda, könntest du bitte bei Greg draußen ein paar Minuten warten, ich will Mami noch etwas sagen?«

»Okay. Ich habe dich ganz toll lieb.«

»Ich habe dich auch ganz lieb, Schatz.«

Als sie gegangen waren, ergriff David plötzlich Carolines Hand und hielt sie mit erstaunlicher Kraft fest: »Es gibt etwas, was ich dir nicht vor den Kindern erzählen wollte.«

Caroline wappnete sich und versuchte, nicht zusammenzuzucken, als er ihre Hand preßte. »Was ist es, Liebling?«

»Die Stimme, die ich sagen hörte: ›Da ist er‹, sie schien zu sich selbst zu sprechen, und es war eine Kinderstimme. Die eines kleinen Mädchens.«

16

1

»Sie sind schwer zu finden, Lady«, sagte Tom, als Fidelia Barnabas in der offenen Tür stand, ihr grobgewebter, beigefarbener Kaftan schwang in der kalten Luft um ihren schmalen Körper.

»Ich war verreist«, sagte sie. »Ist bei den Webbs etwas passiert?«

»Woher wissen Sie das?«

»Ich kann mir nicht denken, was sonst die Polizei zu mir führt.«

»In der Tat sind in den letzten zwei Tagen einige Dinge passiert. Kann ich hereinkommen, um mit Ihnen darüber zu reden?«

Fidelia trat zur Seite. »Bitte.«

Tom trat in ein kleines Zimmer mit Holzboden, auf dem leuchtende, gemusterte Teppiche lagen. Verschiedene naiv gemalte Bilder hingen an weißen Wänden, und die Möbel waren einfach und billig, von jener Sorte, die man kauft und selbst zusammenbaut. Auf einem runden Tisch an einem Fenster lagen zehn rosafarbene, glänzend polierte Kaurischnecken.

»Wollen Sie Kräutertee?« fragte Fidelia höflich. »Oder vielleicht Stärkeres?«

»Nichts, danke.« Tom setzte sich in einen Rohrstuhl, und Fidelia sank geschmeidig zu Boden, ihre glänzenden, schwarzen Haare fielen über die rechte Schulter und hingen ihr bis zur Taille, ihre schmalen, bloßen Füße schauten unter dem Kaftan hervor.

Sie blickte ihn mit unheimlich hellen blauen Augen an: »Was ist passiert?«

»Sie haben bei Webbs vorgestern geputzt, richtig?«

»Ja.«

»Wann haben Sie das Haus verlassen?«

»Um zwei Uhr. Ich hatte angeboten, länger zu bleiben, aber Mrs. Webb sagte, gehen Sie um zwei. Sie haben es gehört.«

»Irgendwann vor vier Uhr fünfzehn wurde Melindas Zimmer verwüstet, ihre Puppen zerfetzt, einige Möbel zerbrochen. Auf dem Spiegel wurde eine Botschaft hinterlassen: ›Hilf mir, Mami.‹ Mit menschlichem Blut geschrieben.«

Fidelia sah ihn fest an. »*Menschliches* Blut. Und Sie denken, ich war es?«

»Sie waren da an dem Tag.«

»Verstehe.« Fidelia sah einen Moment lang weg, ihre baumelnden Silberohrringe fingen das Licht des kleinen Feuers auf, das im weißgefaßten Kamin brannte. »Denkt Caroline, ich war es?«

»Nein, aber Sie können sicher verstehen, warum ich Sie befragen muß. Wo sind Sie die letzten zwei Tage gewesen?«

»Ich habe Verwandte besucht in Cincinnati. Familie von Papa.« Sie betonte *Papa* auf der zweiten Silbe.

»Wann sind Sie hier weggefahren?«

»Ungefähr fünf Uhr vorgestern. Zurück heute morgen.«

»Können Sie mir den Namen von jemandem sagen, der das bestätigen kann?«

»Sicher. Meine Cousine.« Fidelia ging zum Telefon, nahm ein kleines Adreßbuch und fing an, Informationen auf eine Karteikarte abzuschreiben. Sie gab sie Tom. »Name, Adresse, Telefonnummer.«

»Danke.«

»Wissen Sie, außer Caroline und mir glaubt niemand, daß hinter all den schrecklichen Dingen etwas anderes steckt als ein Mensch.«

Tom verstaute die Adresse in seiner Tasche und musterte Fidelia: »Etwas anderes als ein Mensch? Meinen Sie, ein Geist?« Fidelia zuckte mit der Schulter und sagte nichts. »Ich glaube kaum, daß Caroline einen Geist dafür verantwortlich macht.«

»Vielleicht gibt sie es nicht zu, aber sie glaubt es.«

»Haben Sie sie dazu ermutigt?«

Fidelia lächelte. »Sie meinen, ob ich versuche, sie zum Voodoo zu bekehren? Nein. Aber sie hat gefragt, ob ich an Geister glaube, und ich habe gesagt, ja.«

»Sie glauben, daß die Geister der Toten zurückkommen?«

»Ja.«

Tom sah sie kühl an. »Meinen Sie nicht, an Geister zu glauben oder daran, daß die Toten zurückkommen, ist ein wenig ungewöhnlich?«

»Wo ich herkomme, nein. Aber für Sie vermutlich.«

»Ich habe noch nie einen Geist gesehen, Miss Barnabas.«

»Können Sie Ideen sehen?«

Toms Mund zuckte. »Touché. Aber ich bin eigentlich nicht hergekommen, um über Geister zu diskutieren. Können Sie beweisen, daß Sie Melindas Zimmer nicht verwüstet haben?«

»Nein. Ich habe kein Alibi. Ich war allein zu Hause. Packen für die Reise. Aber suchen Sie nach Schnittwunden.«

»Schnittwunden?«

»Das Blut auf dem Spiegel. Was für eine Gruppe ist es?«

»Null-positiv.«

»Ich bin A-negativ. Aber prüfen Sie das nach, wenn Sie mir nicht glauben. Natürlich hätte ich einen Behälter mit anderem Blut in meiner Tasche mitbringen können, in der Hoffnung, daß Caroline vielleicht einmal weggeht – aber sie kann es bezeugen, ich wußte vorher nichts davon, daß sie noch einen Termin in Melindas Schule hatte. Und ich hätte nie gedacht, daß jemand mich verdächtigt, nur weil ich allein im Haus war.«

»Okay, okay«, sagte Tom. »Ein bißchen weit hergeholt, gebe ich zu. Trotzdem, wenn Ihr Alibi nicht hält, möchte ich Ihre Blutgruppe testen lassen. Und ich brauche auch Ihre Fingerabdrücke, um sie zu vergleichen mit denen, die wir in Melindas Zimmer gefunden haben. Es sind fünf verschiedene. Vier von der Familie.«

»Und der fünfte ist meiner. Aber bitte, ich mache alle Tests, die Sie wollen. Ich habe nichts zu fürchten.« Fidelia, die immer noch stand, sah ihn ruhig an. »Sie sagten, in den letzten zwei Tagen seien einige Dinge passiert bei den Webbs. Etwas muß *gestern* passiert sein, sonst brauchten Sie meine Cousine nicht zu fragen. Was?«

»Gestern abend wurde David Webb angeschossen.«

Fidelias hellbraune Haut färbte sich erst dunkel und dann sehr hell. »Bon Dieu! Ist er tot?«

»Nein. Er wurde ins Bein getroffen, es ist nur eine Fleischwunde. Er wird wieder.«

»Welch ein Glück!« Fidelia atmete auf.

»Er wurde auf dem Parkplatz hinter seiner Praxis angeschossen. Die Kugel stammt aus einer 22er Beretta. Die Ballistikbefunde zeigen, daß es dieselbe Waffe war, mit der auch Carolines Exmann Chris Corday angeschossen wurde. Vor dem Schuß hat David angeblich jemanden sagen hören: ›Da ist er‹ – mit der Stimme eines kleinen Mädchens.«

Fidelia schloß die Augen. »Ich habe mich geirrt. Ich dachte, Melinda ist die Zielscheibe des Bösen, aber es ist die ganze Familie.« Sie rang ihre Hände im Schoß. »Die Familie ist in großer Gefahr. Wir müssen ihnen helfen.«

»Ich habe ihnen geraten, wegzufahren, und sie wollten auch verreisen, aber dann wurde David verletzt. Jetzt will Caroline nicht mehr weg, bis sie sicher ist, daß es ihm gutgeht, und David kann nun natürlich nicht reisen. Er hat viel Blut verloren.«

»Sie werden dem Bösen nicht entkommen, wenn sie wegfahren.«

»Was soll das heißen?«

Fidelia senkte den Kopf, rieb sich leicht über die Stirn, als wollte sie so ihre Gedanken klären. »Ich bin nicht sicher. Ich habe nicht das Zweite Gesicht, Mr. Jerome. Meine Mama hatte es. Sie war, was man in der Voodooreligion eine *Mambo* nennt, eine Priesterin, Heilerin und Helferin gegen Zauberei. Sie verstand von diesen Dingen viel mehr als ich, und sie versuchte, sie mich zu lehren. Aber mein Papa ist als Baptist erzogen worden und wollte es nicht. Vielleicht habe ich es deshalb nicht so richtig gelernt. Aber ich habe ein Gefühl für die Gegenwart des Bösen, ich fühle, wie das Böse arbeitet.«

Tom war sich nicht sicher, ob er ihr glaubte, aber etwas in ihm sehnte sich danach. Beschrieb sie nicht etwas, was er auch so oft in seinen Morduntersuchungen erlebte und »Ahnungen« nannte?

»Was sagen Ihre Gefühle jetzt?« fragte er leicht geniert.

»Sie sagen, was immer oder wer immer die Webbs verfolgt, ist nicht zufrieden.«

»Und was will er – oder es?«

Fidelia holte tief Luft. »Rache. Und Melinda.«

2

Tina zog ihre Strickjacke enger um sich, als sie an der offenen Lagertür stand und die Möbelpacker beim Abladen eines riesigen, antiken Himmelbetts beobachtete. Einer der Männer stolperte auf der Laderampe, und Tina hielt die Luft an, leicht beschämt, weil sie sich mehr Sorgen wegen des Betts machte als wegen des Mannes.

»Machen Sie langsam und vorsichtig«, sagte sie.

»Wir wissen, wie wir unsere Arbeit zu tun haben«, fauchte der Mann, der sich den Fuß verstaucht hatte.

»Tut mir leid. Aber dieses Stück ist sehr wertvoll.«

»Ja, ja. Wahrscheinlich kann man ein Kind mit dem durchfüttern, was dieses alte Bett kostet. Teufel, zwei Kinder. *Meine* zwei Kinder.« Sie hatten die Rampe verlassen und betraten nun das Lager. »Also, wo wollen Sie dieses *wertvolle* Stück hinhaben?« Er sah seinen Kumpel an, der über seine Witzchen kicherte.

»Dort hinüber an die Wand.«

»Genau da drüben *hin*?«

»Ja. Genau da hin. Bitte.«

»Zum Teufel.«

Sie wankten durch den Lagerraum und krachten zweimal gegen andere Möbelstücke. »Bitte seien Sie *vorsichtig*«, flehte Tina.

»Wollen Sie es lieber selbst machen, oder was?«

»Nein. Ich möchte nur, daß Sie hinschauen, wo Sie hintreten.«

»Ja. Ja. Wir wissen, was wir tun müssen.«

Aber als sie sich der Wand näherten, kippte das Bett gefährlich zur Seite. Beim Versuch, es wieder zu richten, verloren sie völlig die Gewalt darüber. Die Männer grunzten, der mit der lauten Stimme fluchte wütend, und sowohl Männer wie Bett schwankten gegen das äußerste Ende der Wand und stießen gegen zwei hohe Stapel Kisten. Tina schrie auf, als mit einem ungeheuren hölzernen Krachen das Bett auf dem Zementboden aufschlug. Die Männer fielen hin, und die aufgestapelten Kisten purzelten auf sie herab und sprangen auf.

Tina rannte zu ihnen. »Sind Sie okay?«

Der Ruhige war bereits wieder auf den Füßen, aber der andere zappelte in den Trümmern wie jemand, der von Treibsand eingeschlossen war. »Ich verklage Sie!« rief er.

Tina ergriff seinen Arm und zog ihn hoch. »Ich habe doch gesagt, seien Sie vorsichtig.«

»Scheißding. Ich habe eine Gehirnerschütterung. Zum Teufel, ich habe einen Gehirnschaden.«

»Den hatten Sie schon vorher.«

Der Mann schäumte, und Tina wußte, daß sie einen Fehler gemacht hatte. Jetzt war nicht die Zeit für Sarkasmus. Und er hatte tatsächlich eine riesige Beule auf seiner hohen Stirn. »Tut mir wirklich leid. Ist etwas gebrochen?«

Die Türen zum Ausstellungsraum schwangen auf, und Lucy rannte herein. »Was in Gottes Namen...«

»Sie haben das Bett fallen lassen.«

»Das *Bett*. Sie haben das *Bett* fallen lassen?«

Der Widerborstige richtete sich seine lockigen Haare, die aussahen, als seien sie seit mindestens einer Woche nicht mit Haarwaschmittel in Berührung gekommen. »Was ist mit mir? He, Lady? Was ist mit mir und Hal hier? Kein Interesse an uns? Zum Teufel, nein, alles was Sie interessiert, ist das alte Ding.«

Lucy schritt auf sie zu. »Wie konnte es dazu kommen?«

»Ganz ruhig.« Er sah seinen Kumpel an. »Komm, Hal. Wir gehen zum Krankenhaus.« Er schenkte Lucy einen mörderischen Blick. »Und *Sie* werden von meinem Anwalt hören.«

»Und Sie von meinem!« rief Lucy ihnen hinterher, als sie sich aus dem Lager machten.

Tina blickte verzweifelt auf das Bett, das auf der Seite lag, inmitten eines Haufens aufgegangener Kisten, die lauter persönliche Dinge und alte Bilder von Lucy enthielten, für die sie in ihrer Wohnung keinen Platz hatte. Es ließ sich kaum ermitteln, wieviel Schaden am Bett angerichtet worden war, bevor nicht alles andere aus dem Weg geräumt wäre.

»Wissen Sie, wieviel dieses Bett kostet?« schrie Lucy.

»Ja. Und ich weiß auch, daß es versichert ist. Nun machen Sie sich nicht verrückt.«

»Mit Geld ist das Bett überhaupt nicht zu ersetzen. Die handwerkliche Kunst des Schreiners. Das schiere Alter.« Sie sah aus, als würde sie gleich zu weinen anfangen.

»Lucy, vielleicht ist es gar nicht so schlimm, wie es aussieht.« Tina beugte sich zu einem Fotoalbum hinunter. »Lassen Sie uns doch erst mal das ganze Zeug hier wegräumen.«

»Ich mach das schon.«

»Allein brauchen Sie ewig.«

»Tina. Sie gehen nach vorne in den Laden«, sagte Lucy heftig. »Ich mache das hier —«

Tina ging in die Knie, schob ein Tuch zur Seite und hob eine abgegriffene Clownpuppe hoch. Sie starrte einen langen, ruhigen Augenblick darauf. Dann drehte sie sich langsam zu Lucy um.

3

Es war Mitternacht. Der Abend war ruhig gewesen im Sunnyhill-Pflegeheim, aber die Ruhe währte immer nur kurz. Garrison Longworth legte das abgenutzte Exemplar von ›Porträt einer Dame‹ weg, nahm die Lesebrille ab und seufzte, als er die Frau einige Zimmer weiter hörte, Blanche hieß sie, wie sie mit ihren nächtlichen Tiraden begann. Es begann immer damit, daß sie ihre Tochter Rose fernmündlich drängte, ihr vorzulesen. Eine Schwester hatte Garrison erzählt, daß Rose vor über fünfzig Jahren bei einem Autounfall gestorben war, aber wie bei so vielen senilen Menschen war die entfernte Vergangenheit realer für Blanche als die Gegenwart, und in ihrem Gedächtnis lebte Rose noch. Bald wurde das Betteln heftiger. Dann fing Blanche an zu fluchen, zu schreien, und schließlich mußte sie beruhigt und sediert werden. Immer dasselbe, dachte Garrison. So beunruhigend. Und so *laut*. Mußte er der Qual dieser Frau bis zum Ende seiner Tage zuhören?

Resigniert warf er die Decke zurück und wankte auf dünnen Beinen in sein Badezimmer. Das Badezimmer war eine echte Freude für ihn, modern und sauber, nicht wie zu Hause, wo alles hoffnungslos veraltet war. *Zu Hause*. Seine Augen wurden feucht. Zu Hause war nur noch ein Haufen Trümmer. Und Millicent war mit in den Flammen aufgegangen.

Er zog an der Spülung, bleckte die Zähne im Spiegel, um sicherzugehen, daß sie nicht noch einmal mit Zahnseide bearbeitet werden mußten, knipste das Licht aus und kroch ins Zimmer zurück. Der Mond war nicht sehr hell heute nacht, und er war froh, daß das Nachtlicht ständig am Bett brannte. Er hatte Angst vor der Dunkelheit, aber die Schwestern verboten ihm, das Deckenlicht anzulassen. Immer wenn sie ihn schlafend vorfanden, schalteten sie es aus, und er wachte voller Entsetzen auf.

Am anderen Ende des Flurs schrie Blanche jetzt: »Gott verdammt, Rose, ich habe gesagt, ich will eine Geschichte! ›*Mildred Pierce*‹. Ich will ›*Mildred Pierce*‹ hören, und du wirst sie mir vorlesen und nicht mit diesem Jungen da losziehen, um hinter den Büschen zu vögeln!« Guter Gott, dachte Garrsion. Diese Frau hatte nicht nur ein schlimmes Mundwerk, sondern auch noch einen gewöhnlichen Geschmack. ›*Mildred Pierce*‹! Was für eine schreckliche Lektürewahl.

»Hallo, Garrison.«

Garrison fühlte sich, als fiele er durch einen Tunnel in die Tiefen der Hölle. Wind rauschte in seinen Ohren. Etwas schien zu knurren in der Nähe. Er stand wie angewurzelt da.

»Willst du mir nicht guten Abend sagen?«

Er konnte sich nicht umdrehen, das Grauen hinter sich nicht ansehen. Er stieß einen schwachen Schrei aus; aber seine Tür war verschlossen, und Blanche hatte schon zu kreischen begonnen. Niemand konnte ihn hören.

»Du wußtest, daß ich dich besuchen komme, nicht wahr?«

Wie süß ihre Stimme war. Wie süß und unbarmherzig. Und ja, er hatte gewußt, daß sie kommen würde, seit Harry Vinton ihm erzählt hatte, daß Caroline Corday von einem Kind namens Hayley angerufen wurde. Da hatte er den Herzanfall bekommen. Und dann wurde Millicent ermordet. Ja, er hatte gewußt, daß sie kommen würde.

Ein Strick schlang sich um seinen Hals und zog sich zusammen, ließ ihm gerade Luft genug zum Atmen. »Du solltest ein guter Mann sein, Garrsion. Du hast gesagt, du seist ein guter Mann. Aber gute Menschen tun nicht, was du getan hast.«

Garrison kämpfte um Luft. Plötzlich konnte er seinen Vater hören, der Bibelverse rezitierte, so wie er es vor jedem Essen getan hatte, und dann erkannte er, daß er es war, der sprach, nicht Vater: »*Und ich sah, und siehe, ein fahles Pferd. Und der darauf saß, dessen Name war: Der Tod, und die Hölle folgte ihm nach. Und ihnen wurde Macht gegeben über den vierten Teil der Erde, zu töten mit Schwert und Hunger und Pest und durch die wilden Tiere auf Erden.«*

»Hayley ist jetzt ein wildes Tier auf Erden. Das hast du aus ihr gemacht. Es mußte nicht sein. Sie hatte eine Mami und einen Daddy, die sie geliebt haben. Sie ging in die erste Klasse. Aber du hast sie versteckt. Und du hast Sachen mit ihr gemacht. Böse Sachen. Sachen, die ein alter Mann nicht mit einem kleinen Mädchen machen sollte. Schämst du dich nicht?«

Schämen? Schämte er sich? Es schien ihm nicht, als müsse er sich schämen. Aber andere Leute, die so etwas nicht verstanden, würden vielleicht so denken. Und Vater vielleicht auch. Vater.

»Und der Teufel, der sie verführte, wurde geworfen in den Pfuhl von Feuer und Schwefel, wo auch das Tier und der falsche Prophet waren; und sie werden gequält werden Tag und Nacht, von Ewigkeit zu Ewigkeit.«

»Du wirst gequält werden. Auch wenn ich mit dir fertig bin, wirst du gequält werden. Niemand wußte etwas die ganzen Jahre über. Alle dachten, du wärst in Italien mit deiner Frau. Niemand wußte, daß du nach Hause gekommen bist, weil du verrückt warst und sie dich verlassen hat. Millicent hat dich versteckt, und niemand wußte etwas, niemand außer Harry Vinton. Er hat es herausgefunden, nicht wahr? Aber er hat niemandem davon erzählt außer Millicent, damit sie ihm Geld gab. Stimmt das nicht? Und Millicent hat dich nie verraten.« Der Strick zuckte heftig und riß Garrison beinahe um. »Und *ich* habe dich niemals verraten.«

Weit weg kreischte Blanche: »Gott verdammt, zur Hölle, ich möchte eine Geschichte! Keine Spritze! Ich will keine verdammte Spritze!«

Garrsion schloß die Augen. Nur Gott konnte ihn noch retten. Nur Gott konnte diese Irregeführte noch aufhalten, die ihn nicht verstand.

»Und der dritte Engel goß aus seine Schale in die Wasserströme und in die Wasserquellen; und sie wurden zu Blut.«

»Hör auf!« zischte die Stimme. »Hör mit dem Zeug auf! Ich kann es nicht mehr aushalten. Sag, daß es dir leid tut. Sag es!«

»Du verstehst es nicht«, jammerte Garrison. »Du hast niemals versucht, es zu verstehen.« Er begann zu weinen.

»Du bist ein Mörder. Du hast Hayley ermordet.«

»Nein, das stimmt nicht.«

»*Mörder!*«

»*Ich bin... der Lebendige. Ich war tot* –«

»Genau wie Hayley, Garrison. *Sie* war die Lebendige und war tot.«

»*...und siehe, ich bin lebendig von Ewigkeit zu Ewigkeit* –«

Ein Schmerz durchschoß Garrisons Arm. Ein feuriger, lähmender Schmerz. Er keuchte, dann flatterten seine Augen, und er sackte zusammen, nur noch von dem Strick um seinen Hals hochgehalten.

Unten im Flur wurde Blanche ruhiger und sang: »Liebe kleine Rosie. Mein liebes kleines Mädchen. Mein gutes kleines Mädchen.«

»Garrsion. *Garrison!*« Der Strick wurde losgelassen, und Garrison fiel nach vorne auf sein Gesicht. Ein Schrei voll kindischer Wut erfüllte das Zimmer.

Eine erschöpfte Schwester, die gerade aus Blanches Zimmer zurückkam, hörte die unbekannte Stimme und drückte an Mr. Longworth' Tür, aber sie war nicht zu öffnen. Keine der Türen hatte Schlösser. Sie war zugekeilt. »Mr. Longworth«, rief sie. »Mr. Longworth!« Nichts. Sie rannte den Gang hinunter und rief: »Joe!«, bis ein riesiger Pfleger erschien. »Longworth hat seine Tür verkeilt. Wenn du sie nicht aufdrücken kannst, müssen wir durch das Fenster.«

Aber als sie das Zimmer erreichten, ließ sich die Tür ganz leicht öffnen. Die Schwester trat ein und schaltete das Deckenlicht an. Einen Moment lang blieb sie bewegungslos stehen, dann sank sie wie in Zeitlupe ohnmächtig zu Boden. Der Pfleger achtete nicht auf sie, wie hypnotisiert starrte er auf den zarten Körper von Garrison Longworth, der mit einem Strick um den Hals auf dem Boden lag. Neben ihm ein Bouquet schwarzer Orchideen; die Blütenblätter flatterten in dem kalten Wind, der durch das offene Fenster hereinwehte.

17

1

»Aber, Mami, wir *wollen* zur Schule gehen.«

Caroline sah Melinda und Greg ungläubig an. »Ich hätte nie gedacht, daß ich den Tag erleben würde, an dem ich euch überreden muß, zu Hause zu bleiben.«

»Aber in diesem Haus spukt es«, erklärte Melinda. »Wir haben Angst hier.«

Greg warf einen Apfel von einer Hand in die andere. »Ich habe keine Angst. Ich denke nur, ich sollte heute zur Schule gehen.«

Caroline betrachtete sie beide aufmerksam. Jemand war zweimal in das Haus eingebrochen, und sie wußten jetzt, daß die Familie verfolgt wurde. Es war nicht überraschend, daß sie Angst hatten vor einem Ort, wo jemand Botschaften mit Blut auf Spiegel schrieb.

»Ich sage euch was«, antwortete Caroline. »Ihr zwei geht zur Schule – ihr seid wahrscheinlich dort, wo ihr von vielen Leuten umgeben seid, sicherer als hier. Am Abend ziehen wir in ein Hotel.«

»In das große in der Innenstadt mit dem Hallenbad?« fragte Melinda aufgeregt.

»Wahrscheinlich.«

»Aber was ist mit George?«

»Wir werden ihn wohl für ein paar Tage beim Tierarzt unterbringen müssen. Aber da ist man sehr nett zu ihm. Ihm wird es nichts ausmachen.«

Die Kinder sahen etwas fröhlicher aus, als sie zur Schule gingen, und Caroline gestand sich ein, daß sie sich erleichtert fühlte, weil sie aus dem Haus waren, auch wenn es nur wenige Meilen waren.

Sie erledigte drei Telefonate, eines mit dem Carlyle Hotel, um die Zimmer zu reservieren, eines mit dem Tierarzt, um einen

Platz für George zu reservieren, und eines mit Fidelia. Dann ging sie hoch, um zu packen, diesmal für einen kurzen Aufenthalt im Carlyle. Um zehn Uhr machte sie sich fertig, um David zu besuchen.

Sie mußte den Polizisten, der das Haus beobachtete, informieren, wohin sie ging, und er bestand darauf, sie ins Krankenhaus zu fahren. »Ich bin hier, um Sie zu beschützen, nicht das Haus«, sagte er. »Wir wollen nicht, daß man auf Sie schießt wie auf Ihren Mann.«

David saß aufrecht im Bett und sah sich eine Vormittags-Talkshow an, als sie eintrat. »Wie fühlst du dich, Schatz?« fragte sie und dachte, daß er nicht mehr so schrecklich bleich aussah wie am Abend zuvor.

»Langsam besser.« Er schaltete den Fernseher aus. »Haben die immer so bizarre Themen in diesen Talkshows?«

Caroline lächelte. »Ja. Das ist manchmal ganz lehrreich.«

»Tom hat heute morgen angerufen und von der Kugel erzählt, die man in meinem Bein gefunden hat. Sieht aus, als seien Chris und ich von demselben Verrückten festgenagelt worden.«

»Scheint so. Du kannst dich immer noch nicht an mehr erinnern?«

David schüttelte den Kopf. »Nein. Wer es auch war – er hat sich hinter den Bäumen versteckt. Wenn der Wind nicht gerade aus der richtigen Richtung geweht hätte, hätte ich wahrscheinlich nicht einmal die Stimme gehört.«

»Du bist sicher, es war die Stimme eines Kindes?«

»Sie klang wie die eines Kindes. Aber es kann kein Kind gewesen sein. Zumindest kein kleines.«

Sie betrachtete die Rosen, die die Kinder ihm gestern geschenkt hatten. »Melinda wird dich anrufen, wenn sie von der Schule heimkommt«, sagte sie.

»Du meinst, nach ›*Dallas*‹?«

»Ich wußte gar nicht, daß du ihre Lieblingsserie kennst.«

»Caroline, ich lebe nicht in einem Stadium geistiger Abwesenheit. Sie spricht doch ständig davon.« Er berührte ihre Hand. »Aber wenn man bedenkt, wie oft ich nicht bei dir und den Kindern bin, überrascht es mich nicht, daß du meinst, ich wüßte nichts über unser Familienleben.«

»Du hattest die letzten Jahre viel zu tun«, sagte sie vorsichtig.

»Ich bin ein Narr gewesen. Vermutlich hält man durch ein Ereignis wie dieses inne und denkt neu nach. Alles, was ich letzte Nacht denken konnte, war: was, wenn die Kugel mich getötet hätte? Was, wenn ich Caroline und die Kinder nie wieder sehen würde? Und glaube mir, die Vorstellung hat mich zu Tode erschreckt, daß alles hätte vorbei sein können, und ich habe euch drei in der letzten Zeit kaum mehr beachtet.«

Carolines Hand schloß sich fester um seine. »Ich verstehe, warum du so hart gearbeitet hast. Ich verstehe, daß du dir etwas beweisen wolltest.«

»Und dir. Du hättest mit einem berühmten Künstler verheiratet sein können, aber du bist bei mir gelandet. Ich wollte dir zeigen, daß ich deiner würdig bin.«

Carolines Augen füllten sich mit Tränen. »O David, du mußtest mir nichts beweisen. Ja, Chris war einmal faszinierend, und er hatte das Zeug, ein berühmter Maler zu werden. Aber du bist der Mann, auf den ich mich immer verlassen konnte. Du hast mich nach dem Verlust von Hayley aus dem Loch geholt, nicht Chris. Und wenn du glaubst, die Kinder oder ich würden sich darum scheren, ob du ein paar tausend Dollar weniger machst oder ob du mehr Babys entbindest als jeder andere Doktor in der westlichen Welt, dann irrst du dich gewaltig. Wir lieben dich. Alles, was wir je wollten, ist etwas von deiner Zeit und Aufmerksamkeit.«

»Von jetzt an habt ihr die.« Davids Augen zwinkerten ihr zu. »Du wirst mich wahrscheinlich noch bitten, ins Krankenhaus zu fahren, damit ich dir aus dem Weg bin.«

»Darauf solltest du aber nicht bauen.« Caroline beugte sich vor und küßte ihn. »Ich liebe dich, David.«

»Ich liebe dich auch, Schatz.«

»Und Melinda wird bald anrufen.«

»Darauf freue ich mich. Und apropos Anrufe, gab es wieder welche?«

»Nein.«

»Und bewacht noch immer ein Polizist unser Haus?«

»Ja. Die Kinder sind sehr aufgeregt deswegen. Der heute Dienst hat, heißt Mercer. Melinda hätte am liebsten, daß er die ganze Zeit die Sirene anstellt.«

»Das würde uns bei den Nachbarn sehr beliebt machen. Lucy

hat vor ungefähr einer halben Stunde angerufen und gesagt, sie wäre heute nachmittag gerne vorbeigekommen, aber Tina liegt mit Grippe zu Hause. Sie will aber unbedingt bei euch übernachten. Ich denke, das ist eine gute Idee. Ich mag die Vorstellung nicht, daß ihr allein seid.«

»Wir ziehen ins Carlyle Hotel. Uns wird es gutgehen. Du solltest dich darauf konzentrieren, daß du wieder gesund wirst.«

Als sie das Krankenhaus verließ, bat sie Mercer, sie direkt nach Hause zu fahren. Es war komisch, sich in einem Streifenwagen von einem Polizisten wie von einem Chauffeur herumkutschieren zu lassen. Wenn sie an einer Ampel hielten, sahen die Insassen anderer Wagen sie mißtrauisch an, als wäre sie gerade verhaftet worden.

Zu Hause lud Caroline Mercer zu einem Sandwich und Kaffee ein, aber er wollte lieber im Wagen essen, »wo ich alles unter Kontrolle habe«. Caroline hatte das Gefühl, er wollte sich ihr einfach nicht aufdrängen und im Haus herumsitzen, aber sie versuchte nicht, ihn zu überreden. Sie brachte ihm ein Roastbeef-Sandwich und eine Thermoskanne voll Kaffee zum Wagen und überlegte dann, ob er wohl hereinkommen würde, um die Toilette zu benutzen, oder elendig den ganzen Nachmittag draußen sitzen bliebe.

Um ein Uhr kam Fidelia. Caroline hatte bereits ihr Sandwich gegessen und setzte gerade frischen Kaffee auf, als sie das vertraute, energische Klopfen an der Tür hörte.

»Fidelia, danke, daß Sie gekommen sind. Ich habe Ihren Wagen gar nicht in der Auffahrt gehört.«

Fidelia rollte mit den Augen. »Ich weiß – die alte Schüssel hört man meilenweit. Aber heute morgen wollte sie nicht anspringen, ich hab ein Taxi genommen.« Fidelia sah sie aufmerksam an und schloß sie dann in ihre starken, dünnen Arme. »Es gut mir so leid wegen Ihres Mannes. Lieutenant Jerome hat es mir erzählt.«

»Hat er auch die Kinderstimme erwähnt, die mein Mann gehört hat, bevor er angeschossen wurde?« Fidelia nickte. »Es war Hayley.«

»Oder jemand, der *für* sie arbeitet.«

Caroline blickte sie verständnislos an. »Das verstehe ich nicht.«

»Manche Geister lassen Menschen die schmutzige Arbeit für sich tun.«

»Sie meinen – töten?«

»Ist schon vorgekommen.«

»Sie glauben wirklich, es gibt ein kleines Mädchen, das von Hayley *geführt* wird?«

»Ich würde sagen, es könnte sein.«

»Aber warum?«

»Hayley ist ermordet worden, und ihr Mörder wurde nie gefangen. Die Seelen der Nichtgerächten kommen oft zurück, um Vergeltung zu üben.«

»Aber David hatte mit ihrer Ermordung doch gar nichts zu tun. Und Melinda auch nicht, aber sie wird von dem Kind angerufen.«

»Sie haben wieder geheiratet, Caroline. Sie haben ein neues Leben begonnen, haben wieder Kinder bekommen, die Sie lieben. Vielleicht gefällt Hayley das nicht.«

»Melinda hat so etwas Ähnliches gesagt. Aber warum sollte Hayley nach so langer Zeit zurückkommen?«

»Sie haben erzählt, sie ist immer in Ihrem Kopf. Sie konnten sie nie vergessen. Nach allem, was ich weiß, hat auch Ihr erster Mann sie nie vergessen. Vielleicht hat all die Energie, mit der Sie beide an sie gedacht haben, ihrem Geist die Kraft gegeben, zurückzukommen.«

»Fidelia, das klingt alles so phantastisch.«

»Nur weil Sie nicht gewohnt sind, so zu denken. Ich bin damit aufgewachsen. Deshalb wollten Sie mich heute doch sehen, nicht wahr?«

»Ja.« Caroline ging hinüber zum Küchentisch und fuhr mit den Fingern über das glatte Holz. »Ich bin die ganze Nacht aufgewesen und habe schon den ganzen Morgen darüber nachgedacht. Die Polizei war keine große Hilfe. Sagen Sie mir: Was muß ich tun, damit das aufhört?«

Fidelia verschränkte die Arme vor ihrem schmächtigen Brustkorb. »Voodoo lehrt den Glauben an *Loa*«, sagte sie langsam. »*Loa* sind Götter, die gegen das Böse schützen, wie Schutzengel. Wenn der *Loa* Sie und Ihre Familie beschützen soll, müssen Sie an einem Ritual teilnehmen, dann nimmt der *Loa* in Trance Besitz von Ihnen.«

Bei dem Gedanken an Voodoo-Rituale, die sie im Kino gesehen hatte, wurde Caroline steif vor Abwehr – Menschen mit glasigen Augen, die sangen und tanzten, einer biß einem Huhn den Kopf ab. »Fidelia, ich weiß nicht, ob ich an einer solchen Zeremonie teilnehmen will«, sagte sie zögernd.

Fidelia trat näher. »Ich verstehe Ihre Angst, weil es etwas Neues ist für Sie. Aber es ist notwendig.« Ihre wasserhellen Augen blickten Caroline fast hypnotisierend an. »Wenn der *Loa* Ihnen helfen soll, müssen Sie an der Zeremonie teilnehmen. Sie müssen den Kult kennenlernen – mit einem Houngan, einem männlichen, oder einer Mambo, einem weiblichen Führer.«

Carolines Handflächen wurden feucht. Sie hatte das Gefühl, in einen Abgrund von Magie und Zauberei zu stürzen. »Kennen Sie eine Voodoo-Gruppe?«

»O ja.« Fidelia lächelte. »Überrascht Sie das?«

»Ehrlich gesagt, ja. David hat immer behauptet, Sie würden Voodoo praktizieren, aber ich habe es nicht geglaubt.«

»Ich rede nicht darüber, weil es viele Leute nervös macht. Aber man braucht keine Angst davor zu haben. Werden Sie an dem Ritual teilnehmen?«

Caroline fühlte sich plötzlich unbehaglich. Sie hatte Fidelia zwar zu sich gebeten, um mit ihr über die Möglichkeit zu sprechen, daß übernatürliche Kräfte am Werk waren, aber ihr Drängen und das Wissen, daß diese Frau nicht nur selbst Voodoo praktizierte, sondern auch sie aufforderte, an einem solchen Kultritual teilzunehmen, machten sie nervös. »Ich glaube nicht, daß ich dazu bereit bin. Tut mir leid.«

»Haben Sie mehr Angst vor Voodoo als vor der Gefahr, in der Ihre Familie schwebt?«

»Nein. Aber diese Zeremonie, von der Sie sprechen – das klingt so –«

»...heidnisch?«

»Vermutlich.«

»Lehrt Ihre Religion, an Geister zu glauben?«

»Nein, natürlich nicht.«

»Aber Sie glauben trotzdem an Geister.«

»Ich weiß nicht.«

»Wäre es nicht gut, solange Sie noch zweifeln, alles zu tun, was den Wahnsinn stoppen könnte? Wem kann es schaden?«

»Niemandem vermutlich.«

»Dann werde ich es organisieren.« Einige Minuten lang hatte Caroline sich in einer fremden, exotischen Welt gefühlt. Die Realität der freundlichen Küche und der Geruch des frischgebrühten Kaffees waren wie ausgeblendet bei ihrem Gespräch über *Loas*, Zeremonien und Trance. Aber plötzlich lächelte Fidelia und sagte in ihrem praktischen Ton: »Wenn ich schon mal da bin, kann ich doch auch gleich ein bißchen putzen. Ist Ihnen das recht?«

Caroline blinzelte. »Sicher«, sagte sie schwach. »Wenn Sie wollen.«

»Die Schlafzimmerfenster sind sehr schmutzig. Ich fang da an.«

Zehn Minuten später klingelte das Telefon. Es war Tom.

»Caroline, ich habe heute morgen jemanden zu Harry Vintons Beerdigung geschickt.«

Sie holte zitternd Luft: »Und – war es wieder da?«

»Darauf kannst du wetten. Ein großes Bouquet schwarzer Seidenorchideen mit einer Karte: ›Für Harry. Schwarz zur Erinnerung‹.«

»Also gibt es keinen Zweifel, daß die Morde zusammenhängen.«

»Ich würde sagen, es gibt keine absolute Gewißheit. Aber da ist noch was.«

»Was?«

Tom war einen Moment lang ruhig, dann sagte er: »Ich bin nicht zur Beerdigung gefahren, weil ich ins Sunnyhill-Pflegeheim gerufen wurde.«

»Ins Pflegeheim? Warum denn dahin?«

»Garrison Longworth ist letzte Nacht gestorben.«

»Ein Herzanfall?«

»Ja. Aber er hatte einen Strick um den Hals und neben ihm lag das bekannte Bouquet mit der Botschaft.«

»O mein Gott«, stöhnte Caroline. »Aber wie konnte jemand an ihn herankommen, bei so vielen Leuten drumherum.«

»Offensichtlich ist jemand am frühen Abend hereingekommen, hat sich bis Mitternacht versteckt und ihn dann getötet. Oder es zumindest versucht. Er erlag einem Herzanfall.«

»Hat man Haare gefunden?«

»Das weiß ich noch nicht. Aber die Laboruntersuchungen sind noch nicht fertig.«

»Wenn man Haare findet, dann sind es bestimmt orangefarbene, synthetische. Und es wird keine Fingerabdrücke geben. Keine Spuren.«

»Caroline, der Mörder entwischte um Minuten, fast nur Sekunden. Diesmal hat er nicht so saubere Arbeit geleistet wie bei den anderen. Eine Schwester hat einen Schrei gehört und schwört, daß er nicht von Longworth kam. Sie sagt, er hätte wütend geklungen. Wahrscheinlich vor Zorn, weil Garrison gestorben ist, bevor er umgebracht werden konnte.«

»Was für ein Schrei?«

»Sie sagt, es habe sich angehört wie der Schrei eines Kindes.«

Tom schwieg einen Moment. »Caroline, geht es dir gut?«

»Ganz toll.«

»Hör mal, ich weiß, was für ein Schock das war. Ich erzähle es dir auch deshalb, damit du verstehst, wie wichtig es für dich ist, die Stadt zu verlassen. Und erzähl mir nicht, du könntest nicht, bevor David nicht das Krankenhaus verlassen hat. Ich möchte, daß du heute abend mit den Kindern wegfährst.«

»Wir wollten Hotelzimmer in der Stadt nehmen.«

»Das ist nicht sicher genug.«

»Nein, vermutlich nicht.« Caroline seufzte. »Gut, Tom. Ich verspreche, daß wir wegfahren, sobald die Kinder von der Schule kommen.«

Caroline hängte auf. Sofort klingelte wieder das Telefon. Wieder Tom? Sie nahm den Hörer mit zitternder Hand.

Eine Frau mit einer tiefen Stimme fragte: »Mrs. Webb?«

»Ja.«

»Hier ist Donna Bell, ich bin die Krankenschwester an Melindas Schule. Ihre Tochter ist ziemlich krank.«

»Sie ist krank?« wiederholte Caroline dumpf. »Aber es ging ihr doch heute morgen gut.«

»Sie erbricht sich heftig. Sie sagt, sie hätte irgend etwas gegessen, was ein kleines Mächen ihr heute morgen gegeben hat. Ich überlege, ob sie eine Lebensmittelvergiftung –«

Caroline warf den Hörer hin. Ein kleines Mädchen hat Melinda etwas zu essen gegeben? Sah Arsenvergiftung nicht einer Lebensmittelvergiftung täuschend ähnlich?

Ohne ihren Mantel anzuziehen, rannte Caroline hinaus zu Mercer: »Wir müssen zur Schule fahren. Melinda ist krank. Vielleicht ist sie vergiftet worden.«

Die Meile zur Schule erschien ihr endlos. Als der Wagen hielt, rannte Caroline hinein, ohne auf Mercer zu warten. Ein deutlicher Wegweiser in der Eingangshalle führte sie zur Schulschwester. Caroline trat in ein kleines Büro und sah eine rundliche, ältere Frau, die an einem abgeschabten Schreibtisch saß und Formulare ausfüllte.

»Mrs. Bell?«

Die Schwester blickte lächelnd auf: »Nein, Mrs. Porter.« Sie sprach mit flötender, hoher Stimme. »Kann ich Ihnen helfen?«

»Ich bin Caroline Webb, Melindas Mutter. Donna Bell hat mich vor ein paar Minuten angerufen und gesagt, Melinda sei ziemlich krank.«

Die Schwester blickte sie zweifelnd an: »Donna Bell? Eine Aushilfskraft?«

»Nein. Sie sagte, sie sei die Schwester.«

»Ich bin die einzige Schulschwester, und Ihre Tochter wurde nicht zu mir gebracht.«

Caroline wurde von Panik erfüllt. »Aber wo ist Melinda?« fragte sie mit hoher, verschreckter Stimme. »Wo ist mein kleines Mädchen?«

Mrs. Porter stand auf. »Beruhigen Sie sich, meine Liebe. Ich bin sicher, es war eine Verwechslung. In welcher Klasse ist sie denn?«

Caroline wurde vor Angst fast ohnmächtig. Ihre Hände zitterten. »Sie ist in der dritten Klasse«, brachte sie heraus.

Die Schwester sah sie mißbilligend an und sagte in einem Ton, den sie wohl für geistig verwirrte Personen reserviert hatte: »Dann kann sie in Mrs. Mailers Klasse, Mr. Stewarts Klasse oder Miss Cummings Klasse sein.«

»Cummings! Sie ist in Miss Cummings Klasse.«

»Sehr gut.« Die Schwester strahlte. »Jetzt wollen wir doch mal sehen, ob wir sie finden können.«

Caroline folgte der stämmigen Frau den Flur hinunter. O Melinda, bitte sei im Klassenzimmer, betete sie leise. Bitte sei nicht verschwunden, in den Händen von –

»Schauen Sie doch einmal hier durch das Fenster, ob Sie Ihr

kleines Mädchen entdecken können«, sagte Mrs. Porter. »So stören wir die Klasse nicht.«

Caroline ging zum Fenster, ihre Augen hetzten die Reihen der kleinen Bänke hinauf und hinunter. Und da saß Melinda, mit der Zunge zwischen den Zähnen, wie immer, wenn sie mathematische Probleme zu lösen hatte. »Sie ist da«, atmete Caroline auf.

»Na also«, sagte Mrs. Porter spitz. »Alles in Ordnung, das habe ich mir doch gedacht.«

»Ich möchte sie trotzdem nach Hause mitnehmen.«

Mrs. Porter runzelte die Stirn. »Aber meinen Sie nicht, Sie würden das Kind für nichts und wieder nichts beunruhigen?«

Melinda würde wissen wollen, warum man sie aus der Klasse riß, dachte Caroline. Es würde Aufsehen verursachen und denjenigen, der sie beobachtete, alarmieren, daß Caroline verängstigt war, vielleicht sogar die Stadt verlassen wollte. Nein, es wäre besser, sie für die eine Stunde hierzulassen, bis die Schule aus war. Dann, morgen, würden sie außerhalb der Stadt sein und hoffentlich auch außer jeder Gefahr.

»Gut, ich lasse sie hier«, sagte sie zögernd.

Mrs. Porter strahlte noch mehr: »Na, wunderbar. Und, meine Liebe, Sie sollten sich nicht so sehr über jede Kleinigkeit aufregen. Sehr schlecht für die Verdauung.«

Caroline blickte die gönnerhafte Frau lang und kalt an: »Meine Verdauung ist im Moment mein geringstes Problem, Mrs. Porter. Vielen Dank für Ihre Hilfe.«

2

Fidelia besprühte die Eckfenster des Elternschlafzimmers mit Fensterputzmittel und griff nach den Papiertüchern. Es war erstaunlich, wie schmutzig diese Fenster schon wieder geworden waren, seit sie sie vor einem Monat geputzt hatte. Angeblich soll elektrisches Heizen sauberer sein als Gas, aber wenn die Heizung in diesem Haus dabei überhaupt eine Rolle spielte...

Sie hörte einen leisen Schritt im Flur und hielt ein. Langsam und verstohlen, dachte sie plötzlich. Das war nicht Caroline. George? Er hatte in der Eingangshalle gelegen, als sie hochging.

Sie blickte wieder aus dem Fenster und sah ihn im Garten stehen.

Sie legte die Papiertücher hin. »Wer ist da?«

Schweigen.

»Mrs. Webb? Greg?«

Nichts.

Fidelias Mund wurde trocken. Etwas Böses war im Haus – man konnte es wie einen starken, kalten Wind spüren.

»Hayley?«

Die Standuhr im Flur tickte voller Trauer, als würde sie die letzten Sekunden ihres Lebens abmessen. Komisch, daß sie ihr noch nie so laut erschienen war.

»Hayley, du hast nichts zu fürchten von mir«, rief sie und versuchte so furchtlos zu klingen, wie ihre Mutter in dieser Situation geklungen hätte.

Sie sah wieder aus dem Fenster und sah George, der seinen Kopf neugierig zum Schlafzimmerfenster hob. »Ich will dir nur helfen, *pauvre cherie*, ich will dir nichts tun. Willst du nicht Hilfe? Willst du nicht Frieden?«

»Du kannst nicht helfen.«

Eine Kinderstimme, aber ruhig, sicher. Ängstigend.

»Ich kann es. Ich habe Freunde, die es können.«

Kindliches Lachen mit der Schärfe einer Rasierklinge.

Fidelia wußte, daß sie eine unheimliche Fähigkeit besaß, das Böse zu spüren; was sie nicht besaß, war die Fähigkeit, es zu bekämpfen, und jetzt starrte es ihr geradezu ins Gesicht. Sie hatte die Situation nicht mehr unter Kontrolle, und sie hatte mehr Angst als je zuvor im Leben. Sie wußte, sie mußte augenblicklich aus dem Haus. Aber als erstes mußte sie in den Flur zur Treppe.

Sie schlich sich durchs Schlafzimmer und hielt nach jedem Schritt an, um zu lauschen. Jemand oder etwas, war ganz nahe. Sie wußte nur nicht, wo. Ihre ledrige Haut war fahl geworden, und sie fühlte sich so wachsam wie ein hilfloses Zebra, das von einem Löwen verfolgt wurde, alle Sinne waren angespannt, während sie der Gefahr zu entrinnen versuchte. Als sie die Tür des Schlafzimmers erreichte, zögerte sie. War es nicht besser, sich im Zimmer einzuschließen? Nein. Für Geister gab es keine verschlossenen Türen. Sie mußte ans Sonnenlicht. Frische Luft und Sonnenlicht, dahin konnte das Böse ihr nicht folgen.

Sie holte tief Luft und stürzte aus dem Zimmer. Ihre Sandalen klapperten auf dem glänzenden Holzboden, den sie erst letzte Woche gewachst hatte. Als sie auf den rechteckigen Perserteppich trat, flog er unter ihren Füßen weg. Sie wurde heftig zu Boden gerissen. Sie konnte nur einen kurzen, verwirrten Blick auf den Angreifer werfen, dann blitzte der Schmerz hinter ihren Augen auf. Sie wurde zur Wendeltreppe gezerrt und in die marmorne Eingangshalle hinuntergeworfen.

18

1

»*Aber wer hätte gedacht, daß der alte Mann noch so viel Blut in sich hätte?*«

Lady Macbeth' Worte kreisten ständig in Carolines Kopf. Wer hätte gedacht, daß die dünne, ledrige Fidelia noch so viel Blut in sich hatte? Und wer hätte gedacht, sie könnte so viel verlieren und immer noch am Leben sein?

Innerhalb kürzester Zeit – Caroline erschien es wie Sekunden –, nachdem sie mit Mercer ins Haus gekommen war und Fidelia leblos am Fuß der Treppe vorgefunden hatte, platzten Männer mit Tragbahre, Transfusionsflaschen und Blutdruckmesser durch die Vordertür. Dann kam Tom.

»Es gab einen Stau auf der Autobahn. Ich konnte nicht so schnell hier sein, wie ich wollte. Was ist passiert?«

Mercer erzählte von dem Telefonanruf aus der Schule und ihrer Rückkehr nach Hause, wo sie Fidelia entdeckten. Caroline hörte ihn sprechen, aber sie brachte kein Wort heraus. Sie saß auf der Couch und betrachtete ihre rechte Hand, die ganz blutig geworden war, als sie Fidelias flatternden Puls hinterm Ohr gesucht hatte. Benommen ging sie in die Küche, schüttete Spülmittel über ihre Hände und drehte den Wasserhahn auf. Sie rieb sich die Hände, bis die Flecken verschwunden waren. Sie war gerade damit fertig, als Tom hereinkam.

»Geht es wieder?«

»Ich glaube, ich halte es nicht länger aus, Tom.«

»Ich weiß. Ich habe Lucy angerufen, aber es antwortet niemand im Laden. Ich versuche es gleich wieder, und dann kann sie bei dir bleiben.«

»Gut.« Caroline setzte sich an den Tisch. »Was habt ihr herausgefunden?«

Tom setzte sich neben sie. »Fidelia wurde oben im Flur überfallen. Da ist überall Blut auf dem Boden.«

»Aber sie lebt.«

»Und wie. Der Sanitäter sagt, das ganze Blut stammt von einer Kopfwunde. Die bluten wie verrückt. Es ist nicht so schlimm, wie es aussah.«

»Gott sei Dank.«

»Dir wird sicher nicht entgangen sein, daß ihre Kehle nicht aufgeschlitzt worden ist, daß es nirgends gebrannt hat, daß sie auch keine Schußwunde hat. Ich vermute, es war nicht die Absicht des Eindringlings, ihr weh zu tun. Vielleicht hat Fidelia ihn nur überrascht.«

»Aber warum hat er sie dann die Treppe hinuntergestürzt?«

»Vielleicht ist sie einfach gefallen. Oder vielleicht hat sie etwas gesehen, und er wollte sie deshalb loswerden. Jedenfalls hat er nicht abgewartet, um sich zu vergewissern, daß sie tot war.«

»Es war nicht ihr normaler Putztag«, sagte Caroline. »Ich hatte sie gebeten, heute zu kommen, weil ich mit ihr reden wollte. Danach meinte sie, sie könne genausogut noch etwas oben putzen, wenn sie schon hier sei. Wenn sie das nicht...«

»Wo ist ihr Wagen?« fragte Tom schnell, als Caroline die Stimme versagte.

»Zu Hause vermutlich. Sie sagte, es sei etwas daran kaputt. Sie hatte ein Taxi genommen.«

»Es war also nicht ihr normaler Arbeitstag, und ihr Wagen stand nicht draußen. Da sie oben war, muß sie auch nicht gehört haben, wenn unten jemand hereinkam.«

»George hätte es aber bemerkt. Er war drinnen, als ich zur Schule fuhr, aber als wir zurückkamen, war er draußen.«

»Hätte Fidelia ihn hinausgelassen?«

»Nicht ohne ihn anzubinden. Sie war da sehr gewissenhaft.«

»Was bedeutet, daß jemand George hinausgelassen hat, den er kannte. Andernfalls hätte er den Eindringling angegriffen.«

»Glaube ich auch, ja.«

Tom trommelte mit den Fingern auf der Tischplatte. »Also, ganz offensichtlich war der falsche Anruf von der Schule ein Trick, um dich und Mercer vom Haus wegzulocken.«

»Die Schule!« schrie Caroline und sah auf die Uhr über der Küchenzeile. »Es ist zwanzig nach drei. Melinda hatte vor zwanzig Minuten Schluß, und niemand hat sie abgeholt!«

»Ich schicke Mercer. Wenn sie die Schule verlassen hat, welchen Weg könnte sie genommen haben?«

»Elmwood zur Parkhurst, dann links in unsere Straße. Aber eigentlich sollte *ich* gehen.«

»Du bleibst hier bei mir und beruhigst dich«, befahl Tom. »Mercer kann das erledigen.«

Nachdem Mercer weggefahren war, fragte Tom nach weiteren Details des Anrufs der angeblichen Schulschwester. »Sie sagte, ihr Name sei Donna Bell«, erklärte Caroline. »Sie hatte eine tiefe, irgendwie rauhe Stimme, wie eine starke Raucherin. Vielleicht mittleren Alters.«

»Hast du die Stimme schon vorher gehört?«

»Nicht daß ich wüßte.«

»Und dann bist du sofort zur Schule gefahren. Um wieviel Uhr war das?«

»Etwa um Viertel vor zwei.«

»Hast du die Tür abgeschlossen, als du weggingst?«

»Nein. Ich glaube nicht. Ich hatte zuviel Angst. Ich dachte, Melinda wäre vergiftet worden.«

»Von einem kleinen Mädchen.« Tom schüttelte den Kopf. »Ich gehe noch mal hoch und höre, was die Spurensicherung sagt. Du bleibst hier. Ich möchte nicht, daß du noch einmal das ganze Blut siehst.«

Caroline nickte, und ein Schmerz schnitt durch sie hindurch bei dem Gedanken an Fidelias spindeldürren Körper, wie er die Treppe heruntergefallen war. Fidelia mit ihren seltsamen, wasserblauen Augen, ihren kräftigen, braunen Händen, ihren baumelnden Silberohrringen. Fidelia, die mit ihren Voodoo-Ritualen helfen wollte, die gewollt hatte, daß sie an einer solchen Zeremonie teilnahm.

Einige Minuten später kam Tom zurück, setzte sich hin und sah sie ernst an.

»Caroline, du warst wohl nicht in deinem Schlafzimmer, seit du zurück bist?«

»Ich war überhaupt nicht oben. Warum?«

»Auf dem Spiegel steht eine Botschaft.«

»Mit Blut geschrieben«, sagte Caroline tonlos. »Und sie lautet: ›Hilf mir, Mami.‹«

»Das stimmt.«

»Um das zu schreiben, ist sie hierhergekommen.«
»*Wer* ist hierhergekommen?«
»Hayley. Sie kam her, um diese Botschaft zu schreiben, und Fidelia hat sie erwischt, also hat Hayley sie angegriffen.«

Tom sah sie ruhig an. »Caroline, wenn Hayley hiergewesen wäre, müßte sie ein Geist sein, und Geister müssen nicht Menschen angreifen, um zu entkommen. Fidelia wurde von einem *Menschen* attackiert.«

»Du glaubst nicht an Geister, oder?«
»Das tut jetzt nichts zur Sache.«
»Doch, doch. Das tut es. Ich denke, deshalb hast du auch soviel Schwierigkeiten. Du willst nicht zugeben, daß Hayley zurückgekommen ist. Das erklärt alles.«

»Es erklärt mir nur sehr wenig. Warum hat sie dann Pamela Burke getötet?« Er lehnte sich nach vorne und sah sie ernsthaft an. »Caroline, du hattest einen schweren Schock. Viele schwere Schocks. Du denkst nicht vernünftig.«

»Jetzt klingst du wie Lucy und David. Aber Fidelia wußte Bescheid. Sie wollte mir helfen. Hayley hat das nicht zugelassen.«

Tom seufzte. »Ich will nicht mir dir streiten. Aber —«

Mercer kam herein, mit starrem Gesicht. »Ich kann sie nicht finden.«

Tom sprang auf: »Sie können Melinda nicht finden?«

»Ich bin jede Strecke abgefahren, die sie hätte nehmen können, aber es gibt keine Spur von ihr.«

»Vielleicht ist sie mit einer Freundin nach Hause gegangen.« Tom drehte sich schnell zu Caroline um, die sich fühlte, als wäre sie zu Stein erstarrt. »Hat sie eine Freundin, mit der sie nach Hause gegangen sein kann?«

»Jenny. Sie geht manchmal mit Jenny mit.«
»Die Nummer.«

Caroline hatte sie auf einen Block aufgeschrieben, den sie herauskramte. Er rief an und sprach mit Jennys Mutter, dann mit veränderter Stimme wohl mit Jenny. Als er auflegte, sah er sie bedrückt an.

»Jenny sagt, Melinda habe den Schulhof mit einem kleinen, blonden Mädchen verlassen, das sie noch nie vorher gesehen habe.«

2

In jenen ersten, lähmenden Sekunden, nachdem Tom ihr dies erzählt hatte, schossen ihr hundert verschiedene Szenen durch den Kopf. Melinda, die mit kastanienbraunen Locken geboren wurde; Melinda, die hinter Greg herwankte, wenn er zum Baseballtraining davonging, und verzweifelt schluchzte, wenn Caroline sie einfing und zurückhielt; Melinda, die an Halloween in ihrem Häschenkostüm mit den großen, flapsenden Ohren die Treppe hinunterhopste; Melinda, wie sie hingebungsvoll mit ihrer schlafenden Bohnensprosse Aurora sprach und sie bat, zu wachsen. Und jetzt war sie fort, entführt von dem Horror, zu dem Hayley geworden war.

»Welche kleinen, blonden Freundinnen hat Melinda?« Caroline sah Tom verständnislos an. »Caroline, hör mir zu. Mit welcher kleinen, blonden Freundin könnte Melinda nach Hause gegangen sein?«

»Mit keiner.«

»Kleine, blonde Mädchen gibt es zwölf auf ein Dutzend. Es muß jemanden geben.«

»Hayley.«

Tom kam herüber und ergriff Carolines Schulter. »Komm da heraus. Es gibt keinen Grund zur Panik. Die meisten verschwundenen Kinder werden in kurzer Zeit gefunden.«

»Ich glaube, das hat man mir auch erzählt, als Hayley verschwunden war.«

»Diesmal ist es anders. Ich brauche ein Bild von ihr.«

Caroline ging zu ihrer Tasche und durchsuchte die durchsichtige Fotohülle ihrer Brieftasche. »Hier ist das Schulfoto vom letzten Jahr und hier ein Schnappschuß von ihr vom vierten Juli, als wir im Garten ein Picknick gemacht haben.«

»Gut. Jetzt, Caroline, muß ich wissen, was sie anhatte.«

Caroline war erstaunt, wie genau sie sich Melinda vorstellen konnte, als sie am Morgen in der Küche gestanden hatte und bettelte, in die Schule zu dürfen, weil sie Angst hatte, im Haus zu bleiben. »Ein Rock. Rot-dunkelblaues Schottenmuster, Untergrund weiß«, sagte Caroline, während Mercer sich Notizen machte. »Ein dunkelblauer Rollkragenpullover. Dunkelblaue Strumpfhosen. Ein kamelhaarfarbener Mantel.«

»Trug sie eine Tasche?«

»Eine Pausentasche. Eine Barbie-Pausentasche. Und einen Bücherbeutel. Er war rot.«

»Du meinst, so wie ein Rucksack.«

»Nein, eher wie eine kleine Aktentasche. Sie hat sie geliebt, weil sie fand, sie sähe dem Arztkoffer ihres Vaters ähnlich.«

Tom wandte sich an Mercer. »Rufen Sie bitte die Jugendabteilung an, sie sollen Patrouillen losschicken.«

Als er zum Telefon ging, zwang Tom sie, ihn anzuschauen: »Caroline, Hayley Corday ist tot. Melinda *kann* nicht bei ihr sein. Du mußt dir diesen Gedanken aus dem Kopf schlagen, damit du uns helfen kannst. Jetzt sag, welche kleinen, blonden Mädchen kennt Melinda.«

Caroline fuhr sich mit der Hand durchs Haar. »Tom, es hat keinen Zweck. Sie ist mit keiner Freundin nach Hause gegangen. Sie hätte angerufen.«

»Sie ist acht. Achtjährige sind nicht besonders zuverlässig. Jetzt denk endlich nach!«

»Na gut. Mal sehen. Da wäre Beth Madison. Sie ist blond, aber Melinda hat sie nie gemocht. Dann Cookie Stevens... nein, Cookie ist letztes Jahr weggezogen.« Weit weg im Haus hörte sie die Türglocke läuten. Mercer, der gerade den Hörer aufgelegt hatte, verließ den Raum. »Stephanie Crane. Sie ist dieses Jahr neu in der Klasse. Sie spielt in dem Theaterstück mit, aber ich bezweifle, daß Melinda sie sehr gut kennt – nicht gut genug, um mit ihr nach Hause zu gehen. Weiter, vielleicht Carol Braxton. Sie ist in Melindas Klasse...«

Mercer erschien in der Küchentür. Er hielt einen etwa fünfzehnjährigen Jungen fest am Arm.

»Was ist los?« fragte Tom.

»Dieser Junge hat gerade etwas abgeliefert. Zeig's ihnen, Junge.«

Der Junge hielt, bleich vor Schreck, ein Bouquet mit schwarzen Seidenorchideen und einer schwarzen Schleife vor sich hoch. Tom war sofort bei ihm und entriß ihm die Karte, die an die Schleife geklammert war. »Für Melinda«, las er, »Schwarz zur Erinnerung.«

Zum ersten Mal in ihrem Leben fiel Caroline in Ohnmacht.

19

1

Sie erwachte auf der Couch im Wohnzimmer. Etwas Feuchtes lag auf ihrer Stirn, und Chris saß auf dem Boden neben ihr, seine blauen Augen sahen sie gequält an.

»Ist Melinda...«

»Sie ist noch nicht zurück.«

»Was machst du hier?« stammelte Caroline und wischte sich das Tuch von ihrer Stirn.

»Ich bin vorbeigekommen, um ›Auf Wiedersehen‹ zu sagen, bevor ich nach Taos abfahre, und um zu schauen, wie es dir geht. Tom öffnete mir. Er hat erzählt, was passiert ist.«

»Wie spät ist es?«

»Nach sechs. Als du ohnmächtig wurdest, haben sie den Arzt gerufen. Du bist für ein paar Minuten zu dir gekommen, völlig hysterisch, und er hat dir was zur Beruhigung gegeben.«

»Ich kann mich an nichts erinnern. Ist Tom noch da?«

»Nein, er ist weg, um Leute zu befragen, die vielleicht Melinda gesehen haben. Greg auch. Als er nach Hause kam, hat er den Hund genommen. Er sagte, wenn jemand Melinda finden könne, dann George.«

»Wahrscheinlich hat er recht.«

»Es ist ein anderer Detective da – eine Frau von der Jugendabteilung mit Namen Ames. Sie scheint nett zu sein.«

Caroline lächelte dünn. »Sie stellen normalerweise niemanden in den ersten vierundzwanzig Stunden ab, wenn ein Kind verschwunden ist. Nur wenn sie ein Verbrechen vermuten.«

»Denk jetzt nicht daran, Caro. Sie taucht wieder auf.«

»Ja, sicher.«

»Tom hat endlich Lucy erwischt. Sie ist zum Krankenhaus gefahren, um David Bescheid zu sagen.«

Caroline kämpfte sich mühsam hoch. »Ich will nicht, daß David was erfährt! Er liegt hilflos da und kann nichts tun.«

»Melindas Bild wird in den Sechs-Uhr-Nachrichten sein. Du willst doch sicher nicht, daß er es so erfährt?«
»Nein, das nicht.«
Das Telefon läutete einmal. Dann hörte Caroline eine Frau im anderen Zimmer sprechen. Die Polizistin, die einen der vielen Anrufe beantwortete, die nach Melindas Geschichte in den Abendnachrichten kamen. »Wird das Telefon abgehört?« Chris nickte. »Aber der Kidnapper hat noch nicht angerufen.«
»Noch nicht.«
»Vielleicht nie.« Caroline rieb sich die Stirn. Sie hatte das Gefühl, als kämen alle Geräusche von weit, weit her. Es war kein unangenehmes Gefühl – nur seltsam. »Hayley hat sie getötet, weiß du.«
»Ich weiß nichts, außer daß ich nicht an übernatürliche Dinge glaube.«
»O Chris, du versuchst, ganz vernünftig und realistisch zu klingen, aber so klappt es nicht. Das schwarze Bouquet sollte dich doch überzeugen.«
»Das einzige, was mir das Bouquet beweist, ist, daß sich etwas verändert hat. Zuvor sind die Blumen immer bei Beerdigungen aufgetaucht.«
»Nicht in Garrison Longworth' Fall.«
»Aber es gab eine Leiche. Diesmal nicht. Ich denke, die Blumen dienten zur Warnung.«
»Zur Warnung, daß meine Tochter getötet werden könnte!«
»Nein. Ich weiß, es klingt verrückt, aber ich überlege mir, ob der Killer vielleicht nicht weitermachen kann, ob er gefaßt werden möchte.«
»Chris, das ist ein banales Klischee.«
»Klischees werden zu Klischees, weil sie so oft stimmen.«
Caroline schloß die Augen. »Warum hat man dann aber Melinda entführt?«
»Vielleicht ist alles Teil eines Planes. Aber der Mörder kann den letzten Schritt nicht tun. Er kann kein kleines Mädchen umbringen.«
»Ich wünschte, ich könnte das glauben, Chris. Wer war der Junge, der das Bouquet brachte?«
»Irgendein Vierzehnjähriger, der keine Ahnung hat, was zum Teufel hier vor sich geht. Er sagt, er sei auf dem Heimweg von

der Schule gewesen, als ein kleines, blondes Mädchen es ihm zusammen mit fünf Dollar und dieser Adresse auf einem Stück Papier in die Hand gedrückt hat. Er fand die schwarzen Blumen schon etwas seltsam, aber das Mädchen war so klein, und vielleicht dachte es, sie wären hübsch. Er hat nicht gesehen, ob sie aus einem Wagen ausgestiegen war oder in einen hineinstieg – sie ging einfach nur die Straße hinunter.«

»Ich bin überrascht, daß sie nicht Twinkle mit den Blumen geschickt hat.«

»Caroline.«

»Wenn es nicht Hayley sein kann, dann muß es Hayleys Mörder sein. Das ist der einzige, der Twinkle haben könnte.«

»Falls es Twinkle war, die wir gefunden haben. Wir sind uns da nicht ganz sicher.«

»*Ich* schon.«

Caroline hatte gehört, wie ein Wagen draußen vorfuhr, hatte dem aber keine Aufmerksamkeit geschenkt, bis die Küchentür sich öffnete und sie David rufen hörte: »Caroline!«

Sie schwang ihre Beine von der Couch und erhob sich, noch immer schwindelig von dem Sedativ, das ihr der Arzt gegeben hatte. Sie schwankte, und Chris stützte sie. »David, ich bin hier im Wohnzimmer.«

David hinkte herein, gestützt auf die schwankende Lucy. »Er weigerte sich, im Krankenhaus zu bleiben, Caro«, sagte sie außer Atem. »Die Schwestern schreien Zeter und Mordio, aber hier ist er nun.«

Davids Blick streifte Chris. Lucy hatte ihm gesagt, daß Chris da war. »Wo sollte ich sonst sein, wenn mein kleines Mädchen verschwunden ist?« fragte er mit brüchiger Stimme.

Caroline lief zu ihm hin. »David, ich bin so froh, daß du da bist, auch wenn du eigentlich im Bett bleiben solltest.« Sie half ihm zur Couch, wo er sich schwerfällig niederließ. »Hast du sehr große Schmerzen?«

»Nein.« Sie konnte an dem Schweiß auf seiner Stirn sehen, daß er log. »Gibt es was Neues?«

»Nichts.«

»Wo ist Tom?«

»Befragt die Leute, die etwas gesehen haben könnten, als Melinda aus der Schule kam.«

»Die Schule«, sagte David voller Verachtung. »Die haben ja großartig auf sie aufgepaßt.«

»Ich hätte sie heute nicht gehen lassen sollen. Ich hätte sie nach Hause holen sollen, als ich den Anruf bekam, sie wäre krank. Ich hätte da sein sollen, um sie abzuholen.«

»Caroline, hör auf«, sagte Chris. »Es ist nicht dein Fehler.«

David blickte ihn eisig an: »Was machen Sie denn hier?«

»Ich versuche, Caroline zu helfen.«

»Caroline braucht Ihre Hilfe nicht. Ich möchte, daß Sie gehen.«

»Aber wir nicht.« Caroline blickte auf und sah eine große Frau von ungefähr dreißig Jahren, die in der Tür stand. Ihr braunes Haar war zu einem dicken Zopf geknotet, und ihre dunkelbraunen Augen blickten ruhig auf Chris. Offensichtlich war sie Detective Ames von der Jugendabteilung. »Lieutenant Jerome und ich möchten gerne, daß Sie dableiben, Mr. Corday.«

Chris sah sie überrascht an. »Mir macht es nichts aus, aber warum braucht die Polizei mich?«

»Zu Ihrer eigenen Sicherheit. Sie wurden schon einmal von der Person angegriffen, die wahrscheinlich Melinda entführt hat. Wir wollen keine zweite Attacke riskieren, und es wäre einfacher für uns, Sie hier zu bewachen, als jemanden bei Ihnen zu Hause abzustellen.«

»Verstehe«, sagte Chris. Er wandte sich an David. »Schauen Sie, ich weiß, Sie mögen mich nicht, und an Ihrer Stelle ginge es mir wohl ebenso. Aber wenn die Polizei verlangt, daß ich hierbleibe...«

David sah weg. »Dann bleiben Sie. Vermutlich ist es unter diesen Umständen auch egal.«

Das Telefon klingelte wieder, und Detective Ames nahm den Hörer ab. Sie erstarrten alle, bis sie sie sagen hörten: »Dr. Webb und seine Frau wollen kein Interview für die Abendnachrichten geben. Bitte rufen Sie nicht wieder an – wir wollen die Leitung offenhalten.«

Die Leitung offenhalten, dachte Caroline. Die Leitung offenhalten für Hayley.

2

Fast zwei Stunden lang verhörte Tom die Leute, die in der Nähe der Schule wohnten, ohne Ergebnis. Er fuhr in sein Büro, um seine Notizen zum Webb-Fall zusammenzusuchen und die Nachricht, die mit den Blumen gekommen war, dem Graphologen zu geben. Sobald er eintrat, sagte ihm Al McRoberts, daß eine Frau ihn unbedingt sprechen wolle. »Ich habe keine Zeit«, teilte Tom ihm kurz mit. »Das muß jemand anderes machen.«

»Sie will aber nur mit dir sprechen«, sagte Al. »Sie will mit niemandem sonst reden. Vielleicht ist es ja wichtig, man weiß nie.«

»Verdammt«, murmelte Tom. Als er durch die Glastrennwand in sein winziges Büro schaute, sah er eine verhärmt wirkende Frau von ungefähr Vierzig, die dauernd ihre Hände rang und so aussah, als bräche sie jeden Moment in Tränen aus. »Na gut, ich kümmere mich darum. Gibt es was Neues im Fall Melinda Webb?«

»Nichts.«

»Okay. Ich mach schnell.«

Tom biß die Zähne zusammen, verbarg aber seine Ungeduld, als er ins Büro ging. Die Frau schaute ihn mit Augen an, die einmal die Farbe blauen Enzians gehabt haben mußten, aber jetzt den gewohnheitsmäßigen roten Schimmer einer Alkoholikerin aufwiesen. »Hallo, Mrs. ...«

»Stanton. Annalee Stanton.«

»Mrs. Stanton, ich hörte, Sie hätten mir etwas Wichtiges zu sagen.«

Sie lehnte sich vor und legte ihre groben Hände auf die Knie, die von einem verblichenen blauen Wollrock bedeckt waren. »Es ist wegen meines kleinen Mädchens, Detective. Mein kleines Mädchen Joy.«

»Gut. Wie alt ist Joy?«

»Sechs. Und sie wird vermißt.«

»Dann sollten Sie mit jemandem von der Jugendabteilung reden.«

Annalee Stanton schüttelte ihren Kopf und ließ ihren verwaschenen blonden Pony auf ihrer Stirn tanzen. »Nein. Ich muß es Ihnen erzählen.«

»Warum gerade mir?«
»Weil Sie Lucille Elders Freund sind. Ich habe ein Foto von Ihnen beiden bei einer Party in der Zeitung gesehen.«
Tom sah sie mißtrauisch an. »Und was hat Lucille damit zu tun?«
»Ich muß am Anfang anfangen. Wenn ich da nicht anfange, verstehen Sie nichts. Und ich komme ganz durcheinander. Das passiert mir oft zur Zeit.« Ihre Hände fingen zu zittern an, und sie sah im Zimmer umher, dann lehnte sie sich verschwörerisch vor: »Sie haben hier nix zu trinken da, oder? Mir ist es um die Mittagszeit ausgegangen, und ich hab nicht das Geld gekriegt, das ich erwartet hab, deshalb konnte ich nix mehr kaufen.« Tom sah sie kühl an. »He, ein Drink würde mich beruhigen, könnte dann meine Geschichte besser erzählen. Ist das so schlimm?«

Inzwischen knirschte Tom fast mit den Zähnen, statt sie nur zusammenzubeißen. Er hatte das Gefühl, die unterschwellige Hysterie der Frau hatte mehr mit Alkoholentzug zu tun als mit ihrer vermißten Tochter, aber er erinnerte sich an eine Flasche Scotch, die ein neuer Kollege ihm zum Geburtstag geschenkt hatte. Es war billiger Scotch, und außerdem haßte Tom Scotch, deshalb lag er nach vier Monaten immer noch in seiner Schublade. Er kramte herum, bis er ihn fand, goß einen Fingerbreit in einen Pappbecher und beobachtete die Frau, wie sie den Becher gierig ergriff und den Inhalt in einem Schluck hinunterschüttete.

»Das tat gut. Ein zweiter wäre noch besser.«
»Mrs. Stanton, ich bin sehr beschäftigt...«
»Nur noch einen, *bitte*. Meine Nerven sind am Ende. Noch einen Schluck, und ich kann meine Geschichte erzählen.«

Der zweite Schluck wurde genauso schnell hinuntergestürzt. Dann preßte die Frau befriedigt ihre Lippen zusammen, setzte sich zurück und sah ihn aus Augen an, die von Hunderten dünner, scharfer Falten und geplatzten Äderchen umrahmt waren.
»Okay, wie ich schon sagte, Joy wird vermißt. Schon seit heute morgen.«
»Und Sie kommen erst jetzt?«
»Ach, manchmal ist sie stundenlang weg. Mit Aufträgen, mein ich.«
»Eine Sechsjährige bekommt Aufträge?«

»Mrs. Stantons Kinn schob sich vor. »Wollen Sie mich jetzt erzählen lassen, oder wollen Sie nur dumme Fragen stellen?«

Tom hob die Hände. »Erzählen Sie. Ich halte den Mund.«

»Okay. Zuallererst müssen Sie wissen, daß Joys Vater vor zwei Jahren gestorben ist und eine Menge Schulden und keine Lebensversicherung hinterlassen hat. Sieht ihm ähnlich, dem Hund. Er hat nie was getaugt.« Ihre Augen schwammen in Selbstmitleid, und sie atmete schneller.

»Ja, Mrs. Stanton?«

»Also, deshalb muß ich Geld nehmen, wo ich es finden kann. Ich möchte nur, daß Sie das schon mal wissen.«

»Verstehe. Weiter.«

Mrs. Stanton räusperte sich, aber ihre Stimme blieb rauh. »Um Halloween herum kam diese Frau zu mir und sagte, sie wolle jemandem einen Streich spielen, und sie brauche Joy dabei. Sie sah klasse aus, die Frau, aber ich war zunächst ziemlich mißtrauisch. Aber, wie ich schon sagte, ich brauche Geld, und sie bot zwanzig Dollar, nur um Joy zu Halloween mitzunehmen. So, Joy hatte seit Tagen herumgejammert, daß sie kein hübsches Halloween-Kostüm hatte – ich hab ihr gesagt, sie soll sich eine Papiertüte über den Kopf stülpen und Löcher für die Augen reinmachen, aber ihr war das nicht gut genug; vermutlich hab ich sie viel zu sehr verwöhnt –, und diese Frau sagte, sie würde außerdem Joy noch ein Kostüm kaufen neben den zwanzig Dollar. Also sagte ich: ›Gut, warum nicht. Gott weiß, daß wir das Geld gebrauchen können.‹ Sie brachte Joy ziemlich früh zurück, und Joy war ganz aufgeregt und glücklich, erzählte dauernd, wie toll es gewesen war. Als die Frau das nächste Mal fragte, ob sie Joy für einen ihrer Streiche haben könnte, sagte ich: ›Ja, na klar. Das heißt, für einen guten Preis.‹«

»Mrs. Stanton, was hat Joy für diese Frau an Halloween gemacht?«

»Sie sagte, sie solle sich nur mit einem kleinen Mädchen unterhalten. Hat dem Kind erzählt, daß sie Hayley heißt – wissen Sie, wie Hayley Mills – und in einer Blockhütte lebt, und ihr Vater sei Maler. So ein Zeug halt. Dann sollte sie an Halloween zu jemandem an die Tür und ›Aß oder Ende‹ sagen, was immer das bedeutet.«

Toms Herz schlug laut. »Mrs. Stanton, wer war diese Frau?«
»Ich muß meine Geschichte erst fertig erzählen. Wenn Sie nicht alles hören, verstehen Sie nichts.«
»Mrs. *Stanton*, hören Sie mit dem Scheiß auf!«
Die Frau wich beleidigt zurück. »Wenn Sie mir so kommen, sage ich kein Wort mehr.«
Ihr macht das Spaß, dachte Tom wütend. Ihre Stunde im Rampenlicht. Er hätte ihr am liebsten den Hals umgedreht, aber er zwang sich zu lächeln. »Tut mir leid. Machen Sie weiter.«
Mrs. Stanton sah sich nervös um. »Wie wär's mit noch 'nem Schluck von dem Scotch? Sie haben mir angst gemacht, und außerdem bin ich sowieso schon so fertig.«
Diesmal gab Tom ihr freiwillig mehr, nur um sie am Reden zu halten. »Tut mir leid, wenn ich Sie erschreckt habe. Was passierte dann, Mrs. Stanton?«
»Also, heute wollte sie Joy den ganzen Tag haben, und sie wollte, daß ich einen Anruf mache. Ich fing an, mich ziemlich unwohl zu fühlen wegen ihr und ihren Streichen, aber ich sollte fünfzig Dollar kriegen am Abend, wenn Joy und ich fertig wären. Ich sollte eine Frau Namens Webb anrufen und sagen, ich wär Donna Bell, die Schulschwester, und ihr kleines Mädchen Melinda wär krank. Wir haben es geübt, und ich war richtig gut, wenn ich das so sagen darf.« Sie lächelte verschwommen. »Aber die Frau hat versprochen, daß Joy um drei zurück sein würde. Als es fünf wurde, fing ich an, mir Sorgen zu machen. Dann habe ich in den Nachrichten gesehen, daß ein Kind namens Melinda Webb vermißt wird. Das ist der Name des Mädchens, wo ich angerufen hab. Sie ist verschwunden. Joy ist verschwunden. Ich habe den Hausmeister – er ist ein sehr guter Freund von mir – dazu gekriegt, daß er mich in die Wohnung von der Frau reinläßt.«
»Sie kennen den Hausmeister des Gebäudes, wo die Frau wohnt?«
»Zum Teufel, ja. Ist dasselbe wie meins. Sie wohnt weiter unten im selben Flur, obwohl sie in der letzten Zeit nicht viel zu Hause war. Sie hat ein paarmal mit mir gesprochen und mir erzählt, wo sie arbeitet. Da hat sie auch Joy gesehen, im Haus. Jedenfalls bin ich in ihre Wohnung rein, und da lagen all diese schwarzen Seidenorchideen herum –«

»In wessen Apartment waren Sie?« brach Tom los, unfähig, noch länger ruhig zu bleiben. Verdammt, wer *ist* diese Frau?«

Mrs. Stanton zuckte zusammen. »Die Assistentin Ihrer Freundin, Tina Morgan.«

20

1

Um acht Uhr stand eine Gruppe störrischer Reporter, mit Videokameras im Anschlag, vor dem Haus herum. Die kurze Mitteilung, die Tom vor drei Stunden herausgegeben hatte, hatte nichts geholfen – sie warteten immer noch auf ein paar saftige Schlagzeilen für die Elf-Uhr-Nachrichten. Das Telefon, das seit Stunden ununterbrochen geläutet hatte, war in ein gnädiges, wenn auch unheimliches Schweigen verfallen, und David saß da mit dem Arm um Carolines Schultern, um ihr Zittern zu bremsen, als ein wütender Greg mit Mercer erschien.

»Warum muß ich hierbleiben?« verlangte er zu wissen. »Warum kann ich nicht Lin suchen?«

»Du hast bereits genug getan«, sagte Tom. »Du hast Melinda bis zum Maple Drive nachgespürt und die Frau gefunden, die sie in einen Volkswagen einsteigen sah.«

»Aber die Frau hat nicht gesehen, wer ihn fuhr. Sie sah nur ein blondes Mädchen mit Lin zusammen. Wenn ihr mich nur weitersuchen lassen würdet.«

»Wir haben genug Leute auf der Straße, die das machen. Außerdem glauben wir zu wissen, wer fuhr.«

»Wirklich? Wer?«

»Tina Morgan.«

Greg sah von Tom zu Caroline. »Tina! Das ist verrückt!«

»Es scheint so«, sagte Caroline. »Aber Tom hat eine Menge Hinweise, die auf Tina deuten.«

»Ich kann es nicht glauben.« Greg setzte sich, ohne seine Lederjacke auszuziehen. »Warum sollte Tina so etwas tun?«

»Wissen wir nicht«, sagte Tom. »Aber es paßt alles. Offensichtlich hat Tina ein sechsjähriges Mädchen mit Namen Joy Stanton dazu benutzt, euch, wie sie es nannte, ›Streiche zu spielen‹. Es war Joy in einem Clownkostüm, die Melinda an Halloween angesprochen hat.«

»Und die Person, die ins Haus gekommen ist, Lins Zimmer zerstört hat und Botschaften in *Blut* hinterlassen hat, war das etwa auch Tina?«

Tom nickte. »Tina hat Lucy bei der Neueinrichtung des Hauses geholfen. Sie hatte Zugang zu den Schlüsseln.«

»Aber die Schlösser wurden ausgewechselt.«

»Irgendwie hat sie einen der neuen Schlüssel bekommen. Und die Tatsache, daß es Tina war, erklärt auch, warum der Hund sie heute morgen nicht angegriffen hat, obwohl er im Haus war. Sie legte großen Wert darauf, sich mit ihm zu befreunden, als sie hier arbeitete.«

»Ich hätte es schon gestern wissen sollen«, sagte Lucy. »Einige Kisten in meinem Lager sind umgeworfen worden, und dabei ist eine Clownpuppe rausgefallen – eine Clownpuppe wie Twinkle, die Caroline mir vor Jahren geschenkt hat. Ich hatte ganz vergessen, daß ich sie noch immer hatte – sie war über zehn Jahre weggepackt, seit ich in die Wohnung gezogen bin. Aber Tina muß sie vor einiger Zeit gefunden haben. Sie wurde ganz weiß, als sie zu Boden fiel. Dann beschuldigte sie *mich*, ich würde sie benutzen, um deiner Mutter Angst einzujagen. Sie denkt blitzschnell, und sie ist eine sehr gute Schauspielerin. Ich stand da und habe mich wie wild verteidigt.«

»Wo wohnt Tina?« wollte Greg wissen.

»Wir haben bereits ihr Apartment durchsucht, Greg, und wir haben jemanden abgestellt, der es beobachtet.«

Greg schüttelte den Kopf. »Sie hat meinen Dad beschossen, und jetzt hat sie meine kleine Schwester geklaut!« Er schlug mit der Faust auf die Armlehne. »Verdammt!«

George nahm Gregs Stimmung auf und fing automatisch an zu bellen. »Beruhige dich, Greg«, sagte Caroline. »Nimm George mit in die Küche und gib ihm was zu trinken. Seine Zunge hängt schon fast am Boden. Und er braucht sein Essen.«

»Wie kannst du nur so ruhig sein?« wollte Greg wissen.

Caroline fing leise an zu weinen, und David sagte: »Greg, sei ruhig und füttere den Hund.«

»Tut mir leid, Mom.« Greg sah die anderen trotzig an. »Okay, ich gebe George sein Abendessen, aber ich werde nicht herumsitzen und Däumchen drehen. Sobald er fertig ist, rufe ich ein paar Kumpels zusammen, und wir suchen weiter.«

»Ich habe dir schon gesagt, daß genug Leute daran arbeiten«, sagte Tom.

Greg funkelte ihn an. »Es war George, der Melinda am Maple Drive aufgespürt hat, nicht Ihre Leute.«

»Aber dann hat er die Fährte verloren, nachdem sie in den Wagen gestiegen ist.« Tom sah Greg geduldig an. »Du und George, ihr habt großartige Arbeit geleistet. Aber du bist erst fünfzehn, und Tina ist immer noch da draußen. Wie du schon sagtest, sie hat deinen Vater angeschossen, und sie hat Melinda entführt. Jetzt tust du niemandem auch nur den geringsten Gefallen, wenn du dich als nächste Zielscheibe anbietest.«

»Er hat recht, Greg«, sagte David. »Bitte, mach es nicht schwerer, als es schon ist.«

Greg blickte grollend alle an, besonders Chris, der im Wohnzimmer immer noch unbehaglich herumhing. »Ach, zum Teufel«, murrte er und stürmte in die Küche, mit George im Gefolge.

Das Telefon klingelte zum ersten Mal seit zwanzig Minuten. Bitte, lieber Gott, laß es Melinda sein. Bitte, laß sie bei einer Freundin sein, und die Blumen waren ein Streich so wie der Anruf aus der Schule.

»Ames wird es beantworten«, sagte Tom, aber Greg, der nicht wußte, daß er das Telefon nicht abheben sollte, war schneller.

»Mom!« schrie er von der Küche. »Mom, nimm's Telefon, schnell!«

»Melinda«, keuchte Caroline und griff nach dem Telefon auf dem Tisch. »Melinda, Liebling, bist du's?« rief sie in den Hörer.

»Hallo, Mami«, sagte das Kind. »Melinda lebt noch, aber nicht mehr lange.«

Eine Serie von Schauern lief Carolines Rücken hinunter, während sie um Selbstbeherrschung kämpfte. »Bist du das, Joy?« brach es aus ihr heraus. »Oder Tina?«

Sie hörte, wie die Luft scharf eingezogen wurde.

»Tina, wir wissen, daß du Melinda hast. Wir *wissen* es. Es ist alles vorbei.«

»Nicht, bis du mich findest«, sagte sie in ihrer normalen Stimme. »Nicht, bist du kommst und mit mir redest. *Allein.*«

»Mit dir über was reden? Ich weiß doch nicht, wo du bist.«

»Doch, das weißt du.«
»Tina, bitte, laß mein kleines Mädchen frei. *Bitte*.«
»*Allein*. Keine Polizei.«
Die Verbindung brach ab.

2

Zwölf Uhr dreißig. Caroline wälzte sich in ihrem Bett herum. Sie lag schon eine Stunde so da und versuchte vergeblich, zur Ruhe zu kommen, während Detective Ames und Tom unten auf weitere Anrufe warteten. David war mit Hilfe der Medizin, die er wegen seiner Schmerzen nehmen mußte, neben ihr in einen unruhigen Schlaf gefallen. Greg hatte sich in bockigem Schweigen in sein Zimmer zurückgezogen, und Tom hatte Lucy nach Hause geschickt, damit sie sich etwas ausruhe für den Fall, daß man Melinda nicht fand und sie morgen früh gebraucht wurde. Chris hatte man gebeten, zu bleiben und noch nicht in seine einsame Blockhütte zurückzufahren.

Jedesmal, wenn Caroline beinahe einschlief, sah sie Fidelia in der Blutlache liegen, und sie schreckte wieder hoch. Lag auch Melinda schon in einer solchen Lache von Blut? Oder hatte ihre Entführerin beschlossen, sie auf ihren Tod warten zu lassen, so wie Hayleys Mörder damals? Hayleys Tod hätte verhindert werden können, dachte Caroline. Ich habe mich zurückgelehnt und alles der Polizei überlassen. Und was ist dabei herausgekommen? »Aber diesmal wird das nicht passieren«, murmelte Caroline und kletterte aus dem Bett. »Diesmal überlasse ich es nicht anderen. Ich muß nur richtig klar denken, dann wird mir was einfallen. Ich muß.«

Sie zog Jeans und ein Sweatshirt an und ging hinunter, George trabte hinter ihr her. Detective Ames saß im Wohnzimmer. »Wo ist Tom?« fragte Caroline.

»Er hat Tinas Freund, Lowell Warren, endlich gefunden. Warren war in Washington bei einer Konferenz. Er hat Tom erzählt, daß er seine Frau verlassen und für Tina und sich ein Haus gekauft hat. Vielleicht ist sie dort.«

»Warum hat mir niemand was davon gesagt?«

»Tom meinte, Sie stehen seit Wochen unter Druck. Sie seien

bereits einmal vor Erschöpfung zusammengebrochen, und wir sollten Sie möglichst in Ruhe lassen. Sie können jetzt doch nichts tun. Er überprüft das Haus.«

»Glauben Sie, daß Tina Melinda dorthin gebracht hat?«

Detective Ames blickte sie nicht an. »Es ist alles möglich.«

Aber du glaubst es nicht, dachte Caroline. Natürlich wußte Tina, daß man sie dort finden würde. Das hieß, wenn sie noch rational denken konnte. Aber vielleicht konnte sie es nicht mehr. »Ich mache Kaffee«, sagte sie entmutigt.

Die junge Frau lächelte, ihre Augen waren vor Müdigkeit leicht umschattet. »Schön. Den kann ich jetzt gebrauchen.«

Wieviel Kannen Kaffee hatten sie in den letzten acht bis neun Stunden getrunken? überlegte Caroline, als sie die Kaffeemaschine einschaltete. Während die Maschine lief, saß Caroline am Küchentisch und zerbrach sich den Kopf über einen Hinweis, der ihr verraten könnte, wohin Tina Melinda gebracht hatte. Sie war gestern morgen nicht zur Arbeit erschienen, und ihr Auto ist nirgendwo in der Gegend gesehen worden. Aber sie mußte am Maple Drive auf Melinda gewartet haben. Caroline konnte einfach nicht verstehen, warum Melinda mitgegangen war. Sie war immer und immer wieder ermahnt worden, nur mit jemandem von der unmittelbaren Familie mitzugehen. Und trotzdem hatte sie offensichtlich den Schulhof mit Joy Stanton verlassen, und beide waren sie mit Tina verschwunden.

Als der Kaffee fertig war, brachte Caroline Detective Ames eine Tasse. Sie war am Telefon, und als sie auflegte, sah sie enttäuscht aus. »Das war Tom«, sagte sie, als Caroline ihr den Kaffee reichte. »Tina ist nicht in dem Haus.«

»Das hätte ich auch nicht erwartet.«

»Tom sagt, es gebe kein Anzeichen, daß sie je dagewesen ist. Mr. Warren hat ihm erzählt, Tina sei noch nicht eingezogen. Es hätte Schwierigkeiten mit der Scheidung geben können. Er habe dort seit ein paar Wochen allein gelebt.

»Wie hat er die Nachricht über Tina aufgenommen?«

»Er bekam Zustände. Hat uns natürlich nicht geglaubt. Er hat uns nur die Adresse von dem Haus gegeben, um zu beweisen, daß Tina sich nicht dort mit einem Kind versteckt hält.« Sie überlegte. »Aber trotzdem, Tom hat auch gesagt, er habe das Gefühl, Mr. Warren sei richtig durcheinander. So, als habe er im Grunde immer geahnt, daß etwas mit Tina nicht stimmte. Vielleicht hat er es sich nur nicht zugeben wollen. Aber das sind natürlich reine Spekulationen.«

»Das ist alles, was wir tun können – spekulieren. Keiner hat eine Ahnung, warum Tina das alles macht.«

»Tina oder wer sie auch sein mag.«

Caroline sah sie verständnislos an. »Ihr Name ist nicht Tina Morgan?«

»Wir sind uns nicht sicher, eine Tina Annette Morgan aus Indianapolis wird seit neunzehn Jahren vermißt. Sie verschwand, als sie sechs war.«

»Neunzehn Jahre? Sechs Jahre alt?« wiederholte Caroline langsam.

»Ich weiß. Der Fall ist dem Ihrer Tochter zu ähnlich, als daß es ein Zufall sein könnte. Wir haben Verbindung aufgenommen mit der Mutter des Morgan-Kindes. Sie sagt, Tina habe dunkle Haare und Augen gehabt. Das hat sehr wenig Beweiskraft, aber trotzdem...«

»Guter Gott!« Chris stand in der Tür, sein blondes Haar fiel ihm über die Stirn. »Sie wollen damit sagen, Tina sei als Kind zur selben Zeit verschwunden wie Hayley? Vielleicht von demselben Perversen entführt?«

»*Vielleicht*, Mr. Corday. Wir haben keine Beweise.«

Das Telefon klingelte wieder, und Detective Ames nahm ab. »Nein, Mrs. Webb möchte morgen ganz bestimmt nicht in Ihrer Talkshow erscheinen«, sagte sie gerade, als Caroline verwirrt in die Küche zurückging. Chris kam ihr nach. Als sie sich an den Tisch setzte, goß er zwei Tassen Kaffee ein und setzte sich dazu.

»Chris, was um alles in der Welt geht hier vor?« stöhnte Caroline und stützte den Kopf in die Hände.

»Ich habe keine Ahnung, Caro. Ich verstehe überhaupt nichts. Vielleicht ist diese Frau nicht dieselbe Tina Morgan. Wo war sie denn die ganzen Jahre über? Und wenn der Kidnapper Hayley getötet hat, warum hat er dann nicht auch Tina getötet?«

»Wer weiß, welcher Logik diese Menschen folgen? Wenn überhaupt einer. Und vielleicht haben die beiden Entführungen überhaupt nichts miteinander zu tun. Wir wissen noch nicht einmal genau, wann Tina Morgan verschwunden ist.«

»Sie haben etwas miteinander zu tun, Caro. Du weißt es. Die Frau hat Blumen auf Hayleys Grab gelegt und hat dieselben Blumen zu den Beerdigungen von Leuten geschickt, die Hayley kannten.«

»Aber *Tina* schien so normal zu sein. So tüchtig. Und sie hat drei Leute umgebracht und vier verletzt. Jetzt hat sie zwei kleine Mädchen gekidnappt und droht, eines umzubringen.«

»Ich habe dir schon einmal gesagt, Caro, diesmal ist ihre Methode anders. Die Blumen kamen zuerst. Dann der Anruf. Vielleicht kann sie nicht noch einmal töten und gibt auf.«

»Ein beruhigender Gedanke. Ich wünschte, ich könnte daran glauben.« Caroline hob den Kopf. »Ich muß dauernd an den Tag von Pamela Fitzgeralds Beerdigung denken, als Tina so nett zu mir war. Oder so nett schien. Offensichtlich hatte sie das schwarze Bouquet untergeschoben und hat meine Reaktion beobachtet. Als ich fast in Ohnmacht fiel, nahm sie mich nach draußen, und wir fuhren auf einen Kaffee herum. Sie hat mir von ihrem kleinen Mädchen erzählt, das im letzten Sommer an Leukämie gestorben ist.«

»Wo ist der Ehemann?«

»Es gab keinen. Sie mußte damit alleine fertig werden.«

»Glaubst du, sie hat sich Melinda als Ersatz geholt?«

»Um sie zu töten?«

Chris verzog das Gesicht. »Nein. Ich versuche nur herauszukriegen, warum sie das alles tut.«

»Wegen Hayley. Es hat etwas mit Hayley zu tun. Ich wünschte nur, wir wüßten mehr über Tinas Vergangenheit.«

»Weiß Lucy nicht mehr? Sie muß doch die Referenzen überprüft haben.«

»Nein, hat sie nicht.«

»Scheiße. Lucys Devise, man muß seinen Instinkten vertrauen! Diese Haltung hätte ihr diesmal eine Menge Ärger bereiten können.«

»Tina gab ihr einen sehr glaubhaften Grund an, warum sie keine Referenzen hatte, und du weißt, wie charmant sie ist. War. Man glaubte ihr einfach gern.« Caroline dachte schweigend nach. »Sie hat erzählt, sie habe in New York City gearbeitet.«

»Wo wir gerade von der Nadel im Heuhaufen sprechen«,

Chris lehnte sich im Stuhl zurück, »wohin hat Tina dich auf eurem Ausflug gefahren?«

»Zu dem Naturschutzgebiet.«

»Dem Gebiet der ehemaligen Waffenfabrik? Habe ich fast vergessen.«

»Ich auch. Ich war nicht sehr glücklich, daß wir dort gelandet waren. Ein schrecklich deprimierender Ort.« Carolines Mund klappte auf. »O mein Gott! Was für ein Beispiel geistiger Blokkade! Dorthin hat sie Melinda gebracht! Ich war damals viel zu verwirrt, um mich zu wundern, warum sie mich dorthin gefahren hat; sie hat gefragt, ob ich noch nie da draußen gewesen sei. Eine merkwürdige Frage an jemanden, der sein ganzes Leben hier verbracht hat. Chris, sie hat mich auf diesen Ort aufmerksam gemacht. Sie muß schon damals gewußt haben, daß sie Melinda dort verstecken würde. Sie hat mich genau zum Versteck geführt. Deshalb sagte sie am Telefon, daß ich wüßte, wo sie zu finden sei!«

»Das müssen wir Detective Ames erzählen.«

Er wollte sich erheben, aber Caroline ergriff seinen Arm. »Nein! Sie hat gesagt: Komm allein.«

»Du kannst da nicht allein hinfahren!«

»Sprich leiser!« Chris sank auf seinen Stuhl zurück. »Chris, sie will mit *mir* reden. Wenn die Polizei da angebraust kommt, tötet sie Melinda womöglich vor Angst, wenn sie es nicht schon getan hat.«

»Sie werden da nicht hin*brausen*, Caro. Die Polizei weiß, wie man sich in solchen Situationen verhält.«

Caroline beugte sich zu ihm: »Chris, das ist mein Kind, über das wir sprechen. Was, wenn es Hayley wäre? Würdest du es riskieren, daß sie getötet wird, nur damit der Dienstweg eingehalten wird? Beim letzten Mal haben wir alles so gemacht, wie die Polizei es wollte, und Hayley ist tot. Chris, bitte laß mich gehen und verrate Detective Ames nichts.«

Chris starrte sie einen Moment lang an. »Okay«, sagte er zögernd. »Aber Tina hat nur gesagt, keine Polizei. Sie hat nichts von mir gesagt.«

»Nein, Chris, ich will nicht –«

»Entweder gehe ich mit dir mit, oder ich sage Ames Bescheid –«

»Verdammt, Chris!« Caroline funkelte ihn an. »Nun gut.«

Das Telefon hatte wieder geläutet, und Caroline hörte, wie Detective Ames im anderen Zimmer sprach. »Aber schnell. Wir müssen hier raus, ohne daß sie was mitkriegt.«

Leise standen sie vom Tisch auf. Chris schlüpfte aus der Küchentür, während Caroline ihre Jacke vom Garderobenständer nahm und George ansah, der zu ihr hingeschlittert war, mit der Leine im Maul. »Nein, du kannst nicht mit«, flüsterte sie, als sie die Jacke über ihr Sweatshirt zog. Der Hund stand auf seinen Hinterbeinen und legte die Pfoten auf ihre Schultern. Er war so stark, so beschützend. »Okay«, sagte sie. »Du hast ja schon einmal bewiesen, daß du Melinda besser finden kannst als sonst jemand.«

»Mrs. Webb, wohin gehen Sie?« fragte Detective Ames, die in die Küche kam, als Caroline gerade aus der Tür rannte. »Mrs. Webb!«

Caroline beachtete sie nicht. Chris startete bereits den Jeep, und sie kletterte mit George hinein.

»Caroline, das ist doch kein Familienpicknick!« brauste Chris auf. »Was soll der Hund?«

»Er hat eine etwas bessere Nase als du oder ich. Jetzt fahr los, bevor uns Ames die Reifen zerschießt oder sonstwas macht, um uns aufzuhalten.«

Sie schossen aus der Ausfahrt und ließen Detective Ames verdutzt hinter sich. Die Straßen waren fast leer so spät in der Nacht, und die Fahrt schien ewig zu dauern. Caroline bat Chris ständig, schneller zu fahren, aber als sie schließlich von der Hauptstraße abbogen in das Naturschutzgebiet, hatte sie plötzlich Zweifel. Tina besaß eine Waffe. Sie war zu allem fähig. Vielleicht hätten sie doch nicht hierherfahren sollen. Vielleicht *hätten* sie es der Polizei überlassen sollen. Dann dachte sie an Melinda, die allein war, möglicherweise gequält wurde, und ihre Zweifel verschwanden.

Die sternlose Nacht war so dunkel, daß sie Probleme hatten, die Umrisse des Kesselhauses mit seinen Ziegelmauern auszumachen, das sich drei Stockwerke hoch gegen den unergründlichen Himmel erhob. Zu ihrer Teenagerzeit war diese verlassene Gegend *der* Ort gewesen, wo man sich heimlich traf, und mehr als eine Gespenstergeschichte rankte sich um die zerfallenen Häuser, wo einmal Dynamit hergestellt wurde. Von besonders gruseligem Interesse war das riesige, hallende Kesselhaus. Nachts schlich da immer einer herum und hielt nach Vampiren, Werwölfen und anderen unbeschreiblichen Monstern Ausschau. Eine Zeitlang war das Gebäude streng überwacht worden, um Eindringlinge fernzuhalten. Aber im Laufe der Zeit wurde die Überwachung nachlässiger, aber Caroline wußte auch, daß der Ort nicht mehr so beliebt war wie einst.

»Laß uns das Kesselhaus zuerst probieren«, sagte sie zu Chris.

»Ist das nicht zu offensichtlich? Du weißt, daß es hier unter dem ganzen Gebiet ein System von Tunneln gibt, ganz zu schweigen von all den kleinen Hütten, wo das Dynamit gelagert wurde.«

»Chris, sie hat gesagt, ich wüßte, wo sie sei. Ich glaube nicht, daß sie erwartet, ich könnte sie in einem Labyrinth von Tunneln finden. Außerdem sind diese Lagerräume alle verschlossen.«

»Schlösser kann man aufbrechen.«

»Chris, ins Kesselhaus, *bitte*.«

Chris hielt den Jeep am Hauptweg an. Sie konnte nicht riskieren, daß Tina den Motor hörte oder das Knirschen der Reifen auf dem Kieselweg neben dem Kesselhaus. Bevor sie ausstiegen, langte Chris unter den Sitz und holte eine Waffe heraus. »Mein alter 38er«, erklärte er, und Caroline erinnerte sich, daß er ein ausgezeichneter Schütze war. Sein Geschick im Umgang mit der tödlichen Waffe war ihr immer wie ein Widerspruch zu seiner künstlerischen Persönlichkeit erschienen – vielleicht hatte sie deswegen den Revolver ganz vergessen.

»Trägst du den immer mit dir herum?«

»Erst seit ich angeschossen wurde. Jetzt los. Und du bleibst *hinter* mir.«

Schnell kletterten Caroline, Chris und George aus dem Jeep und schlichen leise auf das mächtige, alte Gebäude zu. George begann tief unten in seiner Kehle zu knurren. »Bitte, bell nicht«, flüsterte Caroline. Als habe er verstanden, wurde George wieder ruhig, stemmte sich aber kraftvoll gegen die Leine, als sie durch das überwachsene Stück zwischen Straße und Kesselhaus liefen. Er steuerte genau auf ein Fenster zu, während Caroline und Chris sich durch einen Wirrwarr von toten Geißblattreben den Weg bahnten, die unter ihrem Gewicht knackten und an ihren Knöcheln zogen, so daß sie fast das Gleichgewicht verloren.

Als sie nahe am Fenster waren, sahen sie einen schwachen Schein. »Ein Feuer«, murmelte Chris.

»O Gott. Manchmal hat sie ihre Opfer angezündet.«

»Denk nicht daran. Es ist wahrscheinlich nur ein Feuer zum Wärmen.«

Chris zog die Waffe aus der Jackentasche und drückte Caroline hinunter. »Es kann gut sein, daß Tina dasteht und zu uns hersieht«, flüsterte er. »Bleib unten.«

Caroline schloß die Augen, während er vorwärtskroch und durch das niedrige Fenster schaute. Der Atem pfiff durch seine Kehle. »Tina ist da drin.«

»Und Melinda?«

»Ich kann sie nicht sehen, aber fast der ganze Raum liegt im Dunkeln. Ich kann nicht viel mehr sehen als Tina. Sie sitzt vor einem kleinen Feuer und starrt in die Flammen. Aber Melinda ist da, Caro. Sie muß da sein.«

»Was machen wir jetzt?«

»Genau wie im Film. Sie blitzschnell überwältigen.«

Bevor Caroline verstanden hatte, was er tun wollte, hatte Chris einen großen Stein aufgehoben. Mit ganzer Kraft schleuderte er den Stein durch das Fenster. Wild bellend warf sich George in das Gebäude, und als Chris ihm nachfolgte, mit der Waffe im Anschlag, stand Tina auf und schrie. Es war ein schriller, alptraumhafter Schrei, den Caroline niemals vergessen würde.

»Wo ist sie?« rief Chris, und seine Stimme hallte in dem riesigen, höhlenartigen Gebäude nach, während Caroline durch das zerbrochene Fenster kroch. »Wo ist Melinda?«

»Mami!«

Caroline riß den Kopf nach rechts. Irgendwo im Schatten saß ihre Tochter. George strebte in ihre Richtung, aber Tina rief: »Sie ist mit Dynamit verdrahtet.«

Caroline erstarrte. »Du lügst.«

»O nein, keineswegs. Hier draußen gibt es sehr viel Dynamit. Alles, was man braucht, ist ein gewisser Druck, um es zu entzünden, und ich habe einen Zünder. Ich habe ihn von einer Baustelle der Burke Company gestohlen. Pamela hätte das sicher komisch gefunden.«

Melindas Stimme, hoch und voller Tränen, kam aus der Dunkelheit: »Es ist wahr. Ich und Joy haben überall Drähte.« George wollte losspringen, aber Caroline hielt seine Leine fest.

Chris kniff die Augen zusammen. »Binde sie los, Tina!«

Tina sah steinern zurück, ihr wunderschönes Gesicht sah eingefallen aus und irgendwie fremd in dem flackernden Licht des Feuers. »Nein.«

»Wenn du sie nicht losbindest, werde ich dich töten.« Tina starrte ihn an, und Chris richtete die Waffe auf ihre Brust.

»Nein, schieß nicht!« schrie Melinda. »Das ist Hayley, deine kleine Tochter.«

Der Revolver schwankte in Chris' Hand.

»Was ist los, Daddy! Erkennst du mich nicht?« Schwarze Wellen stürmten über Caroline hinweg, als sie die Stimme eines kleinen Mädchens aus Tinas Mund kommen hörte. Hayleys Stimme.

»Hayley ist tot«, sagte Chris bestimmt. »Ihr Leichnam wurde vor neunzehn Jahren gefunden.«

»Du meinst, *ein* Leichnam wurde vor neunzehn Jahren gefunden.« Tina trat nach vorne, näher ans Feuer. »Der Körper eines sechsjährigen Mädchens, verbrannt, ohne Kopf, und neben ihr mein Medaillon mit euren Bildern darin.«

Caroline schloß die Augen. Was für eine Halskette bei dem Leichnam gefunden worden war, war ein Detail, das die Polizei nie veröffentlicht hatte. Sie holte tief Luft und versuchte zu sprechen, aber es kam nichts heraus. Sie dachte, sie würde wieder ohnmächtig werden.

»Du bist Tina Morgan«, sagte Chris mit hohler Stimme. »Du bist Tina Morgan, die aus Indianapolis verschwunden ist, vor fast zwanzig Jahren.«

»Ich kannte Tina. Nur eine kurze Zeit. Nur bis...« Sie schweifte ab, starrte mit leerem Blick auf sie.

»Nur bis was?« fragte Chris.

»Ich halte Tina am Leben. Sie lebt in mir. Vermutlich bin ich auf eine bestimmte Weise Tina. Manchmal vergesse ich, daß ich es nicht bin.« Sie schüttelte den Kopf, als wolle sie ihn wieder klarkriegen. »Aber ich vergesse nicht immer.«

Caroline hatte zu frösteln begonnen. »Du sagst, du seist eigentlich Hayley.«
»Ich bin jetzt beide.«
Sie schluckte. »Ihr wurdet beide von derselben Person verschleppt?«
»Ja.«
»Von wem?« verlangte Chris zu wissen.
»Garrison Longworth.«
»Jetzt weiß ich, daß du lügst«, sagte Chris. »Er war in Italien.«
Tinas Gesicht wurde wieder lebhaft. Sie grinste. »Ach, meinst du? Vermutlich hast du Harry Vinton geglaubt, und es dabei belassen.« Tina sprach jetzt mit erwachsener Stimme. »Er kam in jenem Sommer nach Hause, weil er ausgerastet war. Wahrscheinlich hat er da drüben etwas mit einem kleinen Mädchen gemacht, und seine Frau hat ihn verlassen. Er schämte sich und wollte, daß niemand von seiner Anwesenheit im Haus erfuhr. Mami war den ganzen Tag weg, und du warst mit Malen beschäftigt – keiner von euch hat ihn je gesehen. Aber ich schon. Er spielte mit Twinkle und mit mir, aber er sagte, es sei ein Geheimnis. Es war alles ein Geheimnis.« Ihr kecker Gesichtsausdruck verschwand. »Und dann hat er mich hereingelegt. Er hat sich wie Twinkle verkleidet, und er hat mich mitgenommen und hier in den Tunneln versteckt. Millicent wußte, daß er mich versteckt hielt, aber sie hat nichts gemacht. Auch nicht, als ich darum bettelte. Ich glaube, Harry Vinton hat es herausgekriegt, aber sie haben ihn bezahlt, damit er ruhig ist. Und Pamela hat mich gesehen. Als Garrison die Stadt mit mir verlassen hat, hat sie mich in seinem Wagen gesehen. Aber sie hat nichts gemacht. Sie ist einfach weggegangen.«

Caroline und Chris standen erstarrt da, blickten voller Entsetzen auf die junge Frau vor ihnen. Endlich sagte Chris tonlos: »Du – kannst – nicht – Hayley – sein.«

Sie lächelte. »Warum nicht, Daddy? Weil ich nicht mehr wie euer kleines Mädchen aussehe? Nun, jetzt bin ich doch groß. Mein Haar ist gefärbt, und ich habe farbige Kontaktlinsen getragen. Aber jetzt habe ich sie nicht drin, und wenn das Licht hier nicht so schlecht wäre, könntest du sehen, daß ich blaue Augen habe, genau wie du.«

»Ja!« rief Melinda. »Ich habe es gesehen.«

»Du hältst den Mund!« fauchte Tina.

Ihre plötzliche Wut erschreckte Caroline noch mehr. Sie mußte sie von Melinda ablenken: »Wessen Körper wurde gefunden und als deiner identifiziert?«

»Tina Morgans, vermute ich. Garrison hat sie in Indianapolis aufgelesen. Ich kann mich an den Namen der Stadt erinnern, weil ich dachte, da wohnten Indianer. Also, er hat sie eines Abends mitgenommen und ihr erzählt, er wollte ihr ein Eis spendieren. Aber dann hat er gesagt, sie wär ein häßliches, kleines Mädchen, nicht so hübsch wie ich.« Ihre Stimme bebte. »Aber ich fand sie hübsch. Ich mochte sie.«

Tina schien fast zu ersticken, dann hatte sie sich wieder unter Kontrolle und fuhr fort. »Er hat gesagt, daß er uns beide zurück zu mir nach Hause bringen wollte. Ich war glücklich. Aber er brachte uns nur hier in die Gegend zurück, um sie zu töten. Er hat mich gezwungen, zuzugucken, wie er sie im Wald tötete. Er hat ihr den Kopf abgeschnitten und sie verbrannt, nur weil niemand mir geholfen hatte. Sie starb meinetwegen. Und wegen Pamela, Millicent, Harry Vinton, Garrison.«

In Tinas Gesicht arbeitete es. Tränen glitzerten im Feuerschein. Carolines Magen verkrampfte sich, als sie sich bewußt wurde, daß es Hayley war, die sie ansah. Mit einer Mischung von Freude und Entsetzen dachte sie: Sie ist mein kleines Mädchen. Und sie ist eine Mörderin.

»Garrison hat gesagt, ich sollte Gewalt sehen, denn die Welt sei voller Gewalt«, fuhr Hayley fort. »Er hat auch gesagt, ich sollte sehen, was mir passieren würde, wenn ich zu entkommen versuchte. Es war so schrecklich. Sie schrie und schrie. Und soviel Blut, und ihr Kopf... und das Feuer...« Sie fröstelte, dann lächelte sie. »Wißt ihr, sogar Millicent dachte, ich wäre es, die er getötet hat. Er wollte nicht, daß sie die Wahrheit erfuhr. Aber sie hätte ihn sowieso nicht verraten. Sie war verrückt, wißt ihr.«

»Aber es gab eine Autopsie«, sagte Chris mit leiser Stimme. Hayley zuckte die Schultern. »Sie war ein Kind. Kein Kopf. Keine Zähne. Verbrannt. Keine Fingerabdrücke. Richtiges Alter. Meine Kette.«

»Aber die Blutgruppe war dieselbe«, insistierte Chris.

»Darüber habe ich nachgedacht. Das war der einzige Weg,

wie man hätte feststellen können, daß das andere Mädchen nicht ich war. Entweder hatte sie zufällig die gleiche Blutgruppe, oder Harry Vinton hat einen Pathologen bestochen. Manche Leute tun für Geld alles.«

Wie nüchtern sie klingt, dachte Caroline dumpf. Wie erschreckend nüchtern. »Und nachdem Garrison das kleine Mädchen getötet hatte?« fragte sie, um Zeit zu gewinnen. Wie um alles in der Welt würden sie Melinda retten können und Joy *und* Hayley?

»Garrison hat mich nach Kalifornien mitgenommen. Er hat mir erzählt, meine Eltern wollten mich nicht mehr. Wenn sie mich noch gewollt hätten, sagte er, dann hätten sie mich suchen lassen. Aber das habt ihr nicht getan.«

»Doch, Hayley«, rief Caroline. »Wir haben sogar Privatdetektive angeheuert, um nach dir zu suchen, nachdem dein Leichnam identifiziert wurde. Aber es gab keine Spur.«

»Das sagst *du*. Jedenfalls, nach und nach hatte ich alles von hier vergessen, auch wenn ich dich und Daddy nicht ganz vergessen konnte. Manchmal dachte ich, ich hätte von euch nur geträumt. Die Wirklichkeit war Garrison.« Wieder das würgende Geräusch. »Er tat mir weh. Er hat mir so weh getan.«

Caroline fühlte, wie eine Welle von Übelkeit in ihr hochstieg bei der Vorstellung von ihrem hübschen Kind in den Händen eines sexuell Perversen. »Es tut mir so leid«, flüsterte sie.

»Ich war so verwirrt«, fuhr Hayley fort, fast zu sich selbst. »Er kaufte mir Sachen. Er nahm mich überall mit hin. Er brachte mir Sachen bei. Er sagte, so würde eine richtige Dame lernen – von einem Privatlehrer. Deshalb weiß ich soviel über Innenarchitektur – er kaufte viele, viele Bücher über Antiquitäten und Porzellan und Glas, die wir durcharbeiteten. Aber er tat mir *weh*. Und je älter ich wurde, um so mehr haßte ich ihn dafür. Er sagte immer, das wäre der Preis, den ich zahlen müsse, weil er mich aufgenommen habe, als meine eigenen Eltern mich nicht mehr wollten, aber ich wußte, er hatte nicht recht. Er ließ mich nie aus den Augen. Er ließ mich nie fernsehen oder Radio hören. Aber er ließ mich Twinkle behalten.« Sie funkelte Caroline an. »Und du hast Twinkle in den Müll geschmissen! Ich fuhr jede Nacht an deinem Haus vorbei, und eines Nachts fand ich Twinkle im Abfall!«

Also war es doch Twinkle gewesen, die Caroline in Melindas Zimmer gefunden hatte, nicht Lucys Puppe. Caroline hatte gewußt, daß sie recht hatte. »Es tut mir leid wegen Twinkle«, sagte sie. »Es war ein Versehen.«

»Macht nichts, ich habe sie zurück.«

Chris hatte die Waffe gesenkt, und Caroline sah, daß seine Hand zitterte. Also glaubt er ihr auch, dachte sie. Er weiß, er sieht seine Tochter an. »Wie bist du von Garrison weggekommen?«

»Wir sind umgezogen. Wir haben das oft gemacht, vermutlich, damit die Leute uns nicht zu gut kennenlernen und Verdacht schöpfen. Wir waren in Maine, in so einem wirklich verlassenen Ort. Viele Meilen von der Stadt entfernt. Garrison hat mich nie in die Stadt gelassen. Außerdem wußte ich, was passieren würde, wenn ich es versuchte. Aber eines Nachts... hat er mir *wirklich* weh getan. Schlimmer als vorher.« Caroline schauderte. »Ich weiß nicht, was mich überkam«, sagte Hayley träumerisch. »Ich bin einfach ins Wohnzimmer gelaufen und habe einen Schürhaken vom Kamin genommen und ihn geschlagen. Ich dachte, ich würde ihn töten. Ich wollte es. Dann hab ich Twinkle genommen und die Autoschlüssel und alles Geld, das er im Schlafzimmer aufbewahrte, und bin losgefahren. Ich war erst vierzehn. Ich hab den Wagen gegen einen Baum gefahren, auf dem halben Weg in die Stadt, und mußte den Rest laufen. Dort hab ich den Bus nach New York genommen. Und dann bin ich anschaffen gegangen, wie man so schön sagt.«

»Mit *vierzehn*?« Caroline schnappte nach Luft.

Hayley hob eine Augenbraue. »'ne Menge Männer mögen junge Mädchen.«

»Ich kann das alles nicht glauben«, sagte Chris.

Hayley sah ihn wütend an. »Wer sonst hätte Twinkle haben können? Wer sonst hätte von ›Aß oder Ende‹ wissen können? Damit habe ich dir wirklich Angst eingejagt, nicht, Mami?«

Carolines Mund war völlig ausgetrocknet. Ihre Stimme kratzte. »Ja, Hayley, das hast du.«

»Und auch im Lagerraum. Lucy war so beschäftigt, daß sie nicht bemerkte, wie ich einen Moment wegging, als ich dich auf dem Parkplatz hörte.«

»Das war sehr hinterlistig von dir.«
»Ich weiß. Und wie habe ich den Job bei Lucy überhaupt bekommen? Weißt du, vor ein paar Jahren fing ich an, mich an alles zu erinnern, aber ich wollte nichts unternehmen. Ich dachte, ihr wolltet mich sowieso nicht, und ich hatte einen Freund und ein kleines Mädchen, das ich liebte, also brauchte ich euch nicht zu finden. Aber dann starb Valerie. Und dann hat *er* mich verlassen. Ich war ja nur eine ehemalige Prostituierte, und er meinte, er schuldete mir nichts. Und ich wußte, wenn ihr damals versucht hättet, mich zu finden, oder wenn Millicent oder Pamela erzählt hätten, was sie wußten, wäre all dies nicht passiert. Deshalb beschloß ich, zurückzukommen, damit alles so wird, wie es sein sollte. Aber ich mußte klug vorgehen. Ich hatte den Schlüssel zu deinem neuen Haus, Mami. Dann habt ihr die Schlösser gewechselt, aber als dein Mann dich anrief, weil Daddy angeschossen war, und du die Treppe hochranntest, habe ich die neuen Schlüssel aus deiner Tasche geholt und Abdrücke für Kopien gemacht. Und ich habe jeden beobachtet. *Jeden.* Ich war nur über Garrison überrascht. Ich konnte nicht glauben, daß er zurückgekommen war. Aber ich war froh, denn das hieß, ich konnte auch ihn töten.«

Sie war näher ans Feuer getreten, und ihre blauen Augen glitzerten fiebrig, als ihre Hand sich zusammenballte. »Aber er ist mir wieder entkommen. Ich habe ihn nicht mehr töten können, wie ich es vorhatte.«

Caroline erstarrte. Waren das Reifen auf Kies, was sie da draußen gehört hatte? War die Polizei ihnen gefolgt? Hayley schien jedoch nichts bemerkt zu haben, und Caroline fragte schnell: »Was war mit dem Friedhofswärter?«

Hayley rang nach Luft und schaute auf, als sähe sie ihn vor sich. »Ich hatte die Blumen von Pamelas Grab geholt. Und plötzlich stand er da. Er warf mich zu Boden. Er versuchte, mir die Kleider wegzureißen. Er zerriß sie. Er schlug mich. Meine Perücke – meine Twinkleperücke –, er riß sie runter und lachte. Und ich habe weitergekämpft und habe seinen Revolver zu fassen bekommen und habe geschossen.« Ihre Zähne knirschten aufeinander. »Ich wünschte, er wäre auch tot. Aber es gibt Schlimmeres als den Tod. Ich weiß es.«

Caroline wollte weinen und schreien und wegrennen, alles

zur gleichen Zeit.»Hayley, es tut mir leid, was dir passiert ist«, sagte sie leise.»Auch das mit Valerie.«

Hayleys Gesicht fiel in sich zusammen.»Ich hatte ein kleines Mädchen. Sie war die einzige, die mich je geliebt hat. Und sie ist gestorben.«

Caroline machte einen winzigen Schritt nach vorn. Hayley hob eine Pistole, die in den Falten ihres weiten Rocks verborgen gewesen war, und richtete sie auf Caroline.»Du willst mich doch nicht erschießen, Hayley.«

»Nein, aber ich würde es tun.«

Caroline unterdrückte ihre Angst und zwang sich, ruhig zu sprechen.»Hayley, Valerie war nicht die einzige Person, die dich geliebt hat. Dein Vater und ich liebten dich.«

»So sehr, daß ihr aufgehört habt, nach mir zu suchen?«

»Ich sagte doch schon, wir haben nicht aufgehört, nach dir zu suchen.«

Hayley musterte sie beide kühl:»Ich glaube euch nicht.«

»Es ist wahr.« Jetzt hörte sie es genau – das Geräusch von jemandem, der sich vor dem Fenster bewegte –, Füße, die trockene Treben zerknackten. Sie stand näher zum Fenster als Hayley, die immer noch nichts zu hören schien, aber sie sprach lauter, um das Geräusch zu überdecken.»Ich hatte immer das Gefühl, du seist nicht tot. Ich hätte nie aufhören sollen, nach dir zu suchen.«

»Nein, das hättest du nicht«, sagte Hayley bösartig.»Und du hättest keine weiteren Kinder haben sollen, die meinen Platz einnahmen, kein zweites kleines Mädchen.«

»Hayley, Liebling, das ist nicht Melindas Schuld«, sagte Caroline und rückte ganz wenig nach vorne.»Du kannst Melinda nicht für unseren Fehler bestrafen.«

»Fehler? Du nennst das, was mit mir geschah, einen *Fehler*?«

»Es war meine Schuld.« Chris' Stimme klang hundert Jahre alt.»Es war alles meine Schuld. Wenn ich dich nicht auf dem Hügel an jenem Abend allein gelassen hätte...«

»Aber du hast mich allein gelassen, nicht? Deshalb habe ich dich angeschossen. Zur Strafe. Aber ich wollte dich nicht töten. Wenn ich dich hätte töten wollen, hätte ich es getan.« Hayleys schiefes Lächeln erschien wieder.»Frag mich doch, warum ich dich nicht getötet habe.«

»Warum hast du mich nicht getötet?« wiederholte Chris dumpf.

»Weil du mein Daddy bist.« Sie klang wieder wie ein kleines Mädchen. »Du wolltest mir nicht weh tun. Die anderen schon.«

»Nicht Fidelia. Nicht mein Mann«, sagte Caroline. »Und ich habe sie auch nicht getötet, oder? Lucy hat gesagt, ihr würdet wegfahren. Ich mußte deinen Mann anschießen, damit du dableibst. Und diese Putzfrau ist mir nur in die Quere gekommen. Und sie hat mich gesehen.«

Caroline rückte noch näher. Sie konnte jetzt den Schweiß auf Hayleys Gesicht sehen. »Aber obwohl sie dich gesehen hat, hast du sie nicht getötet. Bisher hast du niemanden getötet, der dir nicht vor langer Zeit weh getan hat. Joy hat dir nicht weh getan und auch Melinda nicht, deshalb kannst du sie nicht töten.«

»O doch, kann ich wohl.«

»Würde Valerie gewollt haben, daß du deine eigene Schwester tötest?«

Hayley sah plötzlich verwirrt aus. »Ich habe Valerie geliebt. Sie hat mich geliebt.« Es klang wie eine Litanei. »Aber als sie starb, hat mir keiner geholfen. Selbst dann nicht. Er ist weggegangen. Ich war ganz allein. Genau wie vorher. Ich war allein.«

»Aber du bist jetzt nicht mehr allein«, fuhr Caroline verzweifelt fort. »Wir sind hier.«

»Ihr lebt ja noch nicht einmal mehr zusammen!« Hayleys Hände spannten sich um die Waffe, als sie Caroline ansah. »Und *du* hast andere Kinder.« Sie zeigte mit der Pistole in Melindas Richtung.

Carolines Herz setzte einen Schlag aus. »Hayley, hör mir zu. Es wird nie wieder so sein, wie es einmal war, auch wenn du Melinda tötest.«

»Das weiß ich doch«, höhnte Hayley. »Hältst du mich für dumm? Bin ich nicht. Ich wollte nie, daß du über mich Bescheid weißt. Ich wollte nur als Tina in deiner Nähe sein. Und ich wollte Lowell heiraten und noch ein Baby haben.«

Caroline holte tief Luft. »Du wolltest noch ein Baby haben, so wie ich, nachdem du verschwunden warst.«

Hayley wurde steif. »Das ist nicht dasselbe!«

»Es ist genau dasselbe!«

Sie war außer sich vor Wut. »Nein, ist es nicht! Mein kleines

Mädchen starb. *Ich* bin nicht tot. Du hast nur beschlossen, ich sei tot, weil es einfacher war. Dann hast du noch ein Mädchen bekommen, die meinen Platz einnahm.« Ihre Stimme schlug in ein Kreischen um. »Ich *hasse* sie!«

»Nein, du haßt sie nicht«, rief Caroline. »Du liebst sie, oder du hättest sie schon getötet.«

»Ich *werde* sie töten!«

»Nein. Du kannst sie nicht töten. Du willst, daß ich dich daran hindere. Du hast die ganze Zeit gewollt, daß ich dich aufhalte. Deshalb hast du gesagt ›Hilf mir, Mami‹, in Lucys Lagerraum, und hast es auf die Spiegel geschrieben. Du hast noch nicht einmal versucht, deine Identität vor Joys Mutter zu verbergen. Du dachtest, sie würde es schon früher erzählen.«

»Das ist nicht wahr.«

»O doch. Aber jetzt hältst du dich selbst davon ab. Du kannst nicht ein kleines Mädchen töten, das dich liebt.«

»Sie liebt mich nicht.«

»Doch!« rief Melinda dazwischen. »Ich habe dich geliebt, als du Tina warst. Du warst so nett zu mir und George. Ich dachte, du magst mich. Du hast gesagt, wenn du ein kleines Mädchen hättest, würdest du wollen, daß sie so ist wie ich.«

»Nein, das habe ich nie gesagt.« Hayley schien zu schwanken. »Ich kann mich nicht erinnern.«

»Du hast das gesagt«, sagte Caroline. »Hayley, du kannst nicht deine kleine Schwester töten.«

»Ich werde... ich...« Als Hayley ihre Hände verwirrt zum Kopf hob, zeigte die Pistole auf Caroline.

Ein Schuß explodierte aus dem Schatten des entfernteren Endes der Halle. Spritzer der Ziegelmauer flogen umher, als die Kugel die Wand traf. Caroline schrie. Die Mädchen kreischten. Hayley zuckte zusammen und sah sich wild um. »Du hast die Polizei mitgebracht!«

»Nein, das war ich nicht!« Verdammte Polizei, dachte Caroline hektisch. »Hayley, ich habe sie nicht *mitgebracht*!« Carolines Blick versuchte die Dunkelheit zu durchdringen. »Bitte, hören Sie auf zu schießen!«

»Lassen Sie die Waffe fallen!« Eine Männerstimme. Schritte, die auf dem kalten Zementboden widerhallten. »Ich sagte, Waffe fallen lassen!«

Hayley drehte sich um die eigene Achse, und in dem hellen Licht des Feuers konnte Caroline einen Dynamitzünder erkennen.

»Chris!« rief Caroline, aber ihre Stimme ertrank in dem ohrenbetäubenden Lärm der Waffe, die Chris neben ihr abfeuerte. Hayley erstarrte, drehte sich um und sah ihn mit verletztem Erstaunen an, dann fiel sie nach vorn.

»Ich habe nur ins Bein geschossen!« rief Chris. Die Mädchen schrien in der Dunkelheit, und George bellte wie von Sinnen. Unscharf wurde Caroline gewahr, daß Männer durch das zerbrochene Fenster kletterten, während sie und Chris sich über Hayley beugten. Er legte seine Waffe weg und drehte sie sanft um.

Ihre Nase war blutig von dem Sturz, und sie blickte ihn an mit Augen, die genau aussahen wie seine. »Ich hätte es nicht getan. Ich wollte nur wegrennen.« Dann ergriff sie mit der blitzschnellen Bewegung einer Katze seine Waffe, legte sie an ihre Schläfe und drückte ab.

Epilog

Und so hatte sie Hayley ein zweites Mal verloren.

Caroline hatte nur noch bruchstückhafte Erinnerungen an die Zeit nach Hayleys Tod: Tom war mit dem zweiten Streifenwagen gekommen, nachdem der erste Wagen mit Hilfe des Fahndungsbefehls von Detective Ames Chris' Jeep entdeckt hatte. Die Feuerwehr kam herangebraust, um die Bombe zu entschärfen, mit der Joy und Melinda verdrahtet waren. Ein Krankenwagen brachte Hayleys Leiche weg. Chris fuhr sie und Melinda nach Hause, wo er sie zögernd bei Greg und David, die beide entsetzt und sprachlos waren, zurückließ.

Die Beerdigung war ein Alptraum. Horden von Schaulustigen drängten sich, um das Begräbnis einer Frau zu erleben, die drei Menschen ermordet und zwei kleine Mädchen gekidnappt hatte. Sie warfen mit Schimpfwörtern und mit Steinen, Papierbechern und leeren Zigarettenschachteln. Ich glaube nicht, daß ich fremde Menschen je wieder mögen werde, dachte Caroline versteinert, als sie zum Grab ging. Die Polizei hatte Mühe, die Menge zurückzuhalten, ohne die Feier zu unterbrechen, aber ihre Mühe war umsonst. Noch nicht einmal der erste Schnee des Winters, der in dichtem Schleier auf die braunen Grashügel des Friedhofs fiel, konnte die Horden in ihrer barbarischen Leidenschaft dämpfen, und Caroline wurde klar, daß sie das Grab bewachen lassen mußte, bis die Erregung verraucht war.

David hatte sie begleitet, er sah noch immer blaß und krank aus. Es war sein erster Tag außer Haus, aber er hatte darauf bestanden mitzukommen. Er stützte sich neben ihr auf seine Krücken und versuchte mit angestrengtem Gesicht, ihr jedesmal zuzulächeln, wenn ihre Blicke sich trafen. Chris stand allein, mit verkrampften ineinander verschlungenen Händen und eingesunkenen Augen, und Caroline erkannte, daß er noch verzweifelter war als sie, wahrscheinlich, weil er niemanden in seinem Leben hatte, mit dem er das Entsetzen teilen konnte. Sie hatten seit jener schrecklichen Nacht im Kesselhaus keine Gelegenheit gehabt, miteinander zu sprechen, und sobald der Gottesdienst vorüber war, drehte er sich um und ging mit steifen Beinen davon.

Als Caroline Davids Arm nahm, um ihm den Hügel hinunterzuhelfen, kam Lowell Warren auf sie zu. Er sah zehn Jahre älter aus als auf jener Party vor einem Jahr, wo Caroline ihn zuletzt gesehen hatte.

»Mrs. Webb, ich weiß, man kann bei einer solchen Gelegenheit nichts wirklich sagen.« Seine Stimme war verzerrt, und Caroline sah Tränen aufsteigen. »Aber ich möchte, daß Sie wissen, ich habe Tina – Hayley – sehr geliebt.«

Caroline lächelte schwach und war sich der umherstehenden Menge bewußt, die sie beobachtete. »Außer ihrem Vater und ihrer Schwester und mir sind Sie wohl der einzige.«

Die senkrechten Falten zwischen Lowells Augenbrauen vertieften sich. »Wir alle haben eine dunkle Seite. Bei Hayley übernahm sie die Kontrolle wegen der schrecklichen Dinge, die ihr passiert sind. Aber sogar das Ungeheuer Longworth ist nicht fähig gewesen, ihre Lebensgeister ganz zu zerstören. Sie war immer noch fähig, mich, ihr kleines Mädchen und Melinda zu lieben. Das ist es, an was wir uns erinnern müssen, Caroline.«

Caroline verschluckte ein Aufschluchzen und umarmte Lowell, ohne nachzudenken. Er zitterte, aber er erwiderte ihre Umarmung. Als sie David in den Wagen half, blickte sie sich um und sah Lowell, mit den Händen in den Taschen, wie er auf den Sarg starrte, den man bald in das kalte Grab hinabsenken würde.

Nach der Beerdigung lag Caroline zwei Tage lang lustlos in ihrem Bett. Die Anstrengungen der letzten Wochen forderten endlich ihren Tribut. Sie hatten beschlossen, Melinda für eine Woche aus der Schule zu nehmen, damit der Skandal sich etwas beruhigen konnte, und das Kind, das nach den Erlebnissen erstaunlich schnell wiederhergestellt zu sein schien, spielte die selbsternannte Krankenschwester für beide Eltern und brachte Saft und quasselte ohne Unterbrechung.

»Fidelia wird wieder gesund, weißt du«, erzählte sie ihrer Mutter eines Morgens. »Daddy sagt, ein kleiner Knochen in ihrem Hals war angeknackst, aber nicht gebrochen. Sie war bewußtlos, weil sie eine Gehirnschütterung hatte.«

»Eine *Er*schütterung«, sagte Caroline und trank Saft durch einen gestreiften, gebogenen Strohhalm.

»Na gut. Ich habe mit ihr telefoniert, und sie sagte, sie will mich sehen, sobald es ihr bessergeht.«

»Vielleicht kann ich dich ja hinfahren, wenn Fidelia zu Hause ist«, sagte Caroline.

Melinda strahlte. »Das wär nett. Soll ich dein Kissen aufschütteln?«

»Nein, Schatz. Das hast du erst vor zehn Minuten gemacht.«

David hatte ihr ein altes Stethoskop gegeben, das sie nun herausholte, um den Herzschlag ihrer Mutter abzuhorchen. Caroline seufzte und gab nach. »Einhundertundfünfzig Schläge pro Minute«, erklärte Melinda nach einer längeren Suche des Herzens. »Genau richtig.«

»Bin ich froh.« Obwohl sie so guter Laune zu sein schien, war Caroline beunruhigt über mögliche Nachwirkungen der schrecklichen Ereignisse auf Melinda. Deshalb fragte sie hin und wieder vorsichtig nach. »Melinda, warum bist du mit Joy an jenem Tag nach der Schule mitgegangen?«

Melinda setzte sich auf die Bettkante. »Als sie ankam, habe ich gesagt, sie soll weggehen, weil ich dachte, sie wär ein Geist. Da hat sie gekichert und gesagt, ich soll sie anfassen. Sie hat gesagt, wenn sie ein Geist wäre, würde meine Hand direkt durch sie hindurchgehen. Das tat sie aber nicht. Dann hat sie gesagt, sie wäre gekommen, um mir zu erzählen, daß George sich losgerissen hat und von einem Auto angefahren worden ist. Sie wollte mich zu ihm bringen.« Natürlich, so etwas hatte es sein müssen, dachte Caroline. Angst um ihr geliebtes Tier würde Melinda tausend Warnungen vergessen lassen. »Als wir ankamen, saß Tina, oder Hayley, in ihrem Auto. Sie hat gesagt, du hättest George schon zum Tierarzt gebracht und daß sie mich auch dorthin bringen wollte.«

»Hat sie euch weh getan?«

Melinda sah zu Boden. »Nein. Aber sie hatte eine Pistole, und sie hat sie auf uns gerichtet. Deshalb haben wir stillgesessen, als sie uns gefesselt hat.«

»Hattest du viel Angst?«

»Viel, ganz viel.« Melinda sah hoch und runzelte die Stirn. »Aber irgendwo tief drinnen hab ich nicht geglaubt, daß Tina uns wirklich weh tun würde. Auch als sie die Drähte festgemacht und gesagt hat, daß da Dynamit dranhängt, habe ich nicht geglaubt, daß sie uns wirklich in die Luft jagen würde. Ich dachte, sie ist ganz verwirrt. Sie hat mit sich selbst gesprochen und mich dauernd Valerie genannt.«

»Valerie war ihr eigenes kleines Mädchen, das gestorben ist.«

»Ach, wie traurig. Dann wäre Valerie meine... Cousine gewesen?«

»Nichte. Macht es dir etwas aus, daß Hayley deine Schwester war?«

Melinda hob die Schultern. »Ich weiß nicht. Sie war hübsch. Und vorher war sie nett. Ich weiß, sie wollte Fidelia oder Daddy oder deinem ersten Mann nicht weh tun. Und sie hat George nicht weh getan. Menschen, die Tieren nichts tun, sind gute Menschen.« Ihre Augen füllten sich mit Tränen. »Aber sie hat sich selbst in den Kopf geschossen!«

»Hast du das gesehen?«

»Nein. Ich hatte meine Augen geschlossen. Aber ich habe es gehört.«

Caroline schlang die Arme um das Kind. Eines Tages würden sie und David das Kind zu einem Therapeuten mitnehmen, um festzustellen, wieviel psychischer Schaden entstanden war, aber jetzt schien es das beste zu sein, ihr eine Menge Rückversicherung zu geben.

»Was du von Hayley wissen mußt, ist, daß es ihr jetzt gutgeht, Lin«, sagte sie weich. »Sie ist jetzt wahrscheinlich viel glücklicher, als sie es je in ihrem Leben war.«

»Glaubst du?« Caroline nickte. »Weil sie jetzt bei Valerie im Himmel ist?«

»Ja, ich bin mir da sicher.«

»Dann wird sie sich wahrscheinlich freuen, uns wiederzusehen, wenn du und ich und George auch in den Himmel kommen.« Sie seufzte. »Möchtest du noch eine Decke?«

»Klar. Das wäre toll.«

Am nächsten Tag fand Caroline, daß sie jetzt genug Zeit im Bett verbracht hatte. Hayley war tot, aber sie hatte einen Mann und zwei Kinder, die sehr lebendig waren. Sie beschloß, den

Morgen irgendwie zu feiern, und als sie in die Küche trat, die im hellen Wintersonnenlicht dalag, fand sie alle bereits versammelt. Greg saß am Tisch, während Melinda um ihren Vater herumhüpfte und fragte, ob sie seinen Puls fühlen könne.

»Kindchen, mir geht's gut«, sagte er gutgelaunt. »Warum setzt du dich nicht hin und hörst auf, dich wie Florence Nightingale zu benehmen.«

»Ich bin nicht Florence Nightingale. Ich bin Schwester Hot Lips Hoolihan aus ›M*A*S*H‹. Kann ich dein Fieber messen?«

»Das hast du schon dreimal heute morgen gemacht. Geh und miß bei Greg.«

»Er ist doch noch nicht mal angeschossen worden. Los, Daddy, bitte noch einmal.«

Stöhnend gab David nach. Nach ein paar Sekunden entfernte Melinda das Thermometer. »Hundertfünfundneunzig Grad.«

»Ich dachte mir schon, daß mir etwas warm ist«, sagte David.

»Dummchen, wenn Daddys Temperatur wirklich so hoch wäre, würde er in Flammen stehen«, sagte Greg lachend.

Melinda sah David beunruhigt an. »Wirst du Feuer fangen?«

»Ich habe schon lange nichts mehr von spontaner Selbstverbrennung gehört. Ich glaube, du hast das Thermometer falsch abgelesen.«

»Oh.« Melinda sah verwirrt darauf.

»Okay, hier ist die erste Ladung Blaubeer-Pfannkuchen«, verkündete Caroline und zwang sich zur Fröhlichkeit. Wie sie es auch probierte, es gelang ihr nicht, die Düsternis zu vertreiben, die auf ihr lag, seitdem sich Hayley die Pistole an die Schläfe gesetzt hatte. »Greg, holst du die Würstchen vom Herd?«

»Das sieht toll aus, Caroline«, sagte David.

»Wir haben sogar Blaubeersirup zu den Pfannkuchen.«

»Wir müssen nur ein paar für George aufheben«, sagte Melinda. »Er *liebt* Pfannkuchen mit Butter und Sirup.«

Melinda setzte sich hin, als Caroline zum Herd zurückging. »Schatz, ißt du gar nichts?« fragte David.

»Gleich. Ich will nur eine zweite Fuhre aufsetzen.« Tatsächlich fühlte sie sich den Tränen nahe. Sie hatte es zu früh probiert. Sie konnte nicht leichten Herzens weitermachen, wo sie doch erst vor drei Tagen ihre Tochter beerdigt hatte. Vielleicht würde ihr Herz nie wieder leicht werden.

»So, laßt uns reinhauen«, sagte David fröhlich.

»Warte!« sagte Melinda. »Der Blaubeersirup!«

»Auf der Theke, Süße«, sagte Caroline abwesend.

Melinda rannte zur Theke, wo auch das Telefon stand. Dann schrie sie auf.

Carolines Herz setzte einen Schlag aus, und Greg sprang vom Tisch hoch, ihre Nerven waren vom Schrecken der letzten Wochen zum Zerreißen gespannt. »Was ist los?« rief David. »Was ist passiert?«

»Aurora!« Melinda hielt den Topf hoch, der ihre Bohnensprosse enthielt. »Sie lebt!« Sie rannte zu Caroline hinüber und stieß ihr den Topf in die Hände. »Sieh nur, Mami, sie *wächst*!«

Und so war es, ein zarter, grüner Keim war zu sehen. Greg stand auf, um die Pflanze anzuschauen. »Erstaunlich«, sagte er weich. »Ich war ganz sicher, daß das Ding tot wäre.«

»Oh, ich wußte immer, daß sie lebt«, sagte Melinda selbstbewußt. »Es war nur nicht einfach für sie. Sie brauchte eine Menge Aufmerksamkeit und Pflege. Sie mußte wissen, daß jemand sie liebhat. Mami hat mir das erzählt, nicht wahr, Mami?«

Carolines Augen füllten sich mit Tränen. Sie sah auf den lachenden David, auf Melinda mit den strahlenden Augen und den starken und gutaussehenden Greg. Sie paßten gut zusammen, alle drei. Und vielleicht mit einer Menge Aufmerksamkeit und Pflege, vielleicht mit einer Menge Liebe, konnten alle die Erinnerung an die letzten Wochen hinter sich lassen.

Sie sah David an und lächelte.

Carlene Thompson
Sieh mich nicht an
Roman
Aus dem Amerikanischen von Anne Steeb
Band 14538

Deborah Robinson, ihr Mann Steve und die fünfjährigen Zwillinge Brian und Kimberley sind eine richtige Bilderbuchfamilie – bis zu dem Tag nach der traditionellen Vorweihnachtsfeier in ihrem Hause, als Steve spurlos verschwindet. Deborah hatte gespürt, dass Steve sich Sorgen machte. Was sie nun herausfindet, erschreckt sie zutiefst. Sie kann sich nicht länger sicher sein, Steve wirklich zu kennen. Und sie weiß, dass irgend jemand ihr Haus beobachtet, jemand, der skrupellos getötet hat – und bloß darauf wartet, wieder loszuschlagen …

Fischer Taschenbuch Verlag

Carlene Thompson
Kalt ist die Nacht
Roman
Aus dem Amerikanischen von Irmengard Gabler
Band 14977

Beim Spaziergang mit ihrem Hund entdeckt Blaine die Leiche eines Mädchens. Kurz nach diesem grausigen Fund erhält sie einen Anruf. Jemand spielt ein bekanntes Kinderlied, das auf makabre Weise den Tod des Mädchens untermalt. Und dann entdeckt die Polizei in Blaines Keller einen Koffer der Toten ...

Schon einmal hat Blaine Avery das böswillige Gerede von Leuten ertragen müssen, die ihr die Schuld am Tod ihres Ehemanns gaben. Jetzt gerät die junge Witwe erneut in Verdacht. Um ihre Unschuld zu beweisen und dem wahren Täter auf die Spur zu kommen, muss Blaine sich und ihre Tochter einer unwägbaren Gefahr aussetzen ...

»Carlene Thompsons Bücher machen süchtig.«
Radio Ostfriesland

Fischer Taschenbuch Verlag

Carlene Thompson
Heute Nacht oder nie
Roman
Aus dem Amerikanischen von Anne Steeb
Band 14779

Nicole lebt mit ihrer kleinen Tochter in einem großen Haus. Ihre Ehe ist am Ende. Da scheint plötzlich jedem, der sie schlecht behandelt, etwas zuzustoßen: Die Bremsschläuche am Auto ihres Mannes werden durchtrennt, ein Straßenräuber wird erstochen aufgefunden, eine Kollegin kommt ums Leben. Und immer wieder meint Nicole, Paul flüchtig zu erblicken, ihre große Liebe, der vor fünfzehn Jahren spurlos verschwunden war ...

Fischer Taschenbuch Verlag

Carlene Thompson
Im Falle meines Todes
Roman
Aus dem Amerikanischen von Anne Steeb
Band 14835

Nie wird Laurel jene Nacht vergessen können, als ein dummer Streich für eines der Mädchen tödlich endete. Seither sind dreizehn Jahre vergangen. Und jetzt plötzlich hat sich jemand in den Kopf gesetzt, die überlebenden Freundinnen von damals eine nach der anderen zu ermorden. Laurel könnte die nächste sein. Mit der Post hat sie eine grausige Warnung erhalten ...

»Ein Buch, das absolute Hochspannung verspricht.«
Radio Ostfriesland

Fischer Taschenbuch Verlag

Carlene Thompson
Frag nicht nach ihr
Roman
Aus dem Amerikanischen von Irmengard Gabler
Ca. 384 Seiten. Gebunden

Drei Jahre sind vergangen, seit Dara Prince, eine junge Frau von Anfang zwanzig, von einem Spaziergang am Fluss nicht mehr zurückkehrt ist. Vor ihrem Verschwinden hatte sie zehntausend Dollar von ihrem Konto abgehoben und später treffen immer wieder Postkarten ein, auf denen steht: »Ich fühl mich pudelwohl!« oder »Mir geht's bestens«. Eigentlich untypisch für Dara, denkt sich ihre Halbschwester Christine, und befürchtet das Schlimmste.

Krüger Verlag

Carlene Thompson
Glaub nicht, es sei vorbei
Roman
Aus dem Amerikanischen von Irmengard Gabler
Ca. 384 Seiten. Gebunden

Todd, der kleine Sohn ihrer Kusine Molly ist entführt worden, und Rebekka Ryan versucht mit allen Mitteln, das Kind zu finden. Aber sie weiß, dass sie den Jungen nur finden kann, wenn sie sich ihrer Vergangenheit noch einmal stellt. Denn es scheint immer noch einen Menschen in ihrer Heimatstadt zu geben, der ihr und ihrer Familie schaden will. Aber warum? Ein Carlene Thompson-Krimi der Extraklasse.

Krüger Verlag

Marcia Muller
Ein wilder und einsamer Ort
Roman
Aus dem Amerikanischen
von Cornelia Holfelder-von der Tann
Band 14546

Die Suche nach den Terroristen, die einen Anschlag auf das Konsulat eines arabischen Emirats in San Francisco verübt haben, reizt Sharon McCone anfangs vor allem wegen der Millionen-Dollar-Belohnung. Doch dann lernt sie die Generalkonsulin Malika Hamid und deren neunjährige Enkelin Habiba kennen. Als das Mädchen entführt wird, erklärt Sharon sich spontan zur Zusammenarbeit mit dem für das Konsulat zuständigen Sicherheitsdienst bereit. Und schon bald erhärtet sich ihr Verdacht, dass die Ursache für das Attentat mehr privater als politischer Natur ist ...

»Unter den Frauen, die erfolgreich in die Männerwelt der Privatdetektive eingedrungen sind, war Sharon McCone die erste – sie bleibt die beste und sympathischste.«
Jochen Schmidt, Frankfurter Allgemeine Zeitung

Fischer Taschenbuch Verlag

Marcia Muller
Am Ende der Nacht
Roman
Aus dem Amerikanischen
von Cornelia Holfelder-von der Tann

Band 14352

Irgendetwas stimmt nicht, ahnt Sharon McCone, die eigenwillige Detektivin aus San Francisco, als ihre Freundin und frühere Fluglehrerin Matty sie Monate vor dem Fälligkeitstermin zur Überprüfung ihrer Fluglizenz bestellt. Und ihr Instinkt trügt nicht. Mattys Lebensgefährte ist unter mysteriösen Umständen verschwunden und hat seinen kleinen Sohn Zach in ihrer Obhut zurückgelassen. Als Matty dann während eines Schauflugs vor den Augen des entsetzten Publikums mit ihrer Maschine abstürzt, ist Sharon sicher, dass dies kein Unfall war und dass sie nun nicht nur den Vater des kleinen Zach, sondern auch einen Mörder suchen muss ...

Fischer Taschenbuch Verlag

Marcia Muller
Wenn alle anderen schlafen
Roman
Aus dem Amerikanischen
von Cornelia Holfelder-von der Tann
Band 14537

Wenn alle anderen schlafen, sucht Detektivin Sharon McCone auf den dunklen Straßen von San Francisco nach einer Doppelgängerin, die ihren guten Ruf gefährdet. Eine mysteriöse Unbekannte verteilt Sharons Geschäftskarten, berät in ihrem Namen Klienten, reißt Männer für eine Nacht auf und besitzt bei all dem offenbar eine unheimliche äußere Ähnlichkeit mit ihr. Und was die Sache noch gespenstischer macht: Sie scheint alles über Sharon McCones Leben zu wissen. Irgendwo dort draußen lauert eine Feindin mit finsteren Motiven und einem heimtückischen Plan – getrieben von einem Wahnsinn, der auch für eine erfahrene Ermittlerin unberechenbar ist.

Fischer Taschenbuch Verlag